LO · VE

樂府

心里满了，就从口中溢出

听！这很久很久以前流传下来的故事——
也不知真发生过还是没发生过，
即便没有，
必当真有过的来听呀——

上

日本昔话

[日] 关敬吾 —— 编著

美空 —— 译

北京联合出版公司
Beijing United Publishing Co.,Ltd.

目 录

致读者（一）

结集在这里的昔话，都是从古至今在日本广为流传、为村中老翁、老妪们代代传讲的，也就是说，它们是笔录的口承故事。

一、毫无疑问，昔话并非由特定的个人创作。日本昔话由我们的祖先创造，是我们共有的文化财产，是由全民族继承的直到现在还口口相传的东西。安徒生童话中也有与民众口传相一致的故事，但那是安徒生个人的作品。日本虽也有一些以小波之名广为流传的童话，但那也是以古典文献和国外同类故事为基础，由岩谷小波改写而成的，因此，它们虽然有其自身价值，却自然与这里所说的昔话存有差异。

二、《今昔物语》《宇治拾遗物语》中收录的故事，或者您之前在哪儿读过、听过的类似故事，它们都与此书中的昔话有着很大的不同，对此大家会甚感奇怪吧。从口到耳的昔话是极富变化的，因地区、家庭的不同而不同，在成百上千次的口头传承中，它的某些部分会发生脱落，也会添加不同的要素，亦会随着传承地区、与地域相对应的生活环境或文化存在方式的变化而变化。昔话初从外部传来时，其中不甚亲切的事物、动物名称、不同的习惯和信仰，很快会被本地的、与之相适应的东西所替代。另外，昔话也会因讲述者自身的性格、教养或职业的不同而发生变化，其变化堪比万花筒，这也是该民族、地区以及时代的文化指标。昔话中有上述可由讲述者按自由意志随意变化的部分，也有不可随意变化的部分，不可变化的部分一般称作昔话的"类型"，而不变部分的构造，也常常是与其他民族的昔话所共有的。

三、昔话原本不是"读"的，它是"耳朵"文学，事实上，昔话往往是在家家户户冬夜的围炉边和夏夜的凉台上，由祖父母、母亲等说给他们的子孙的，这是其最一般的存在方式。我们少年时代都有过这样的经验：很多时候从书中读到的内容，往往只记得其中的一部分，而从讲述中听来的却全都记得。与其让幼儿直接阅读故事，不如讲给他们听，这样的效果要好得多，从这点而言，昔话中并不存在令人费解的东西。使用方言、用当地人自己的话语讲述故事也很正常，很多时候，这种方式更能发挥文学的效果。但在本书中，它们已被改写成了标准语，为了有效活跃讲述的声调和语调，只保留了比较好理解的部分方言。

还有一点，因为昔话的讲述对象原本并不只限于幼儿，所以其中也有一些对如今的孩子而言并不适用的语句，这部分经编者判断，已将原有的讲述方式稍做变动。

我以为，大家给孩子讲故事的时候，根据自己的判断或多或少做一些讲述上的变化也并无不可，但请不要破坏故事基本的构造，这么说，是因为完整的昔话必定会讲到开端、经过和结局。不仅如此，昔话是我们祖先集体智慧的创作，我们有必要欣赏庭院中的盆景，也有必要去发现经受风吹雨打的树木及森林中的自然之美。

四、日本的昔话基本是以农民为主体的，这些昔话在庶民阶层被保留，被讲述，因此，它们的内容都是以农民生活为主的，所讲述的事物常常会与都市或与现在的生活格格不入。虽然其中也存有一些难以理解的思想和思维方式，但我们也要原封不动地接受这些过往的文化，且有必要考虑如何传承至将来，这是我们现在在推进文化的基础上必须要做的事情。正是在此意义上，我们编辑了此书。

五、最后，这个集子全书共分三卷。最近，日本昔话的采集工作有了很大进展，也记录了很多迄今尚无文字记载的故事，其类型不下六百种，其中同样类型的故事就有百个以上。编者从中选取了有趣并公认为最具典型性的口承文学故事一百一十多篇，在各卷中采录了对日本孩子而言最亲切的、从远古流传下来的诸如《桃太郎》《摘瘤子的老爷子》《开花老爷子》《咔嚓咔嚓山》《猴蟹大战》等故事，足见它们在民众间的流传是何等广泛！它们与读者记忆中的又有哪些不同呢？如果您能边比较边阅读，我将倍感荣幸。

关敬吾

瓜姬

　　从前，有一个老爷子和一个老婆子，某一年他们刚撒了黄瓜籽，有一块苗床上就很显眼地长出一根粗茎来，它越长越大，却不可思议地净开些谎花，也不知为什么，坐瓜的花却一朵也没有。老爷子老婆子都说："还有这等奇怪的事啊？会不会撒错了种子呀？"正说着呢，这一根茎长啊长啊，它越过苗床顶，就在那儿卓然地开了一朵很大的坐果花。这朵大坐果花已经有一根大黄瓜那么大了，它又不断地变大变长，噌噌地挂下来，转眼就要垂到地上去了。"这可结了个了不起的黄瓜！"老爷子老婆子说着，高兴得不得了。"就让它长得熟透透的，用来留种吧！"等到瓜熟了，两个人抬着它回了家。可是瓜太重，扑通一声落到了地板上。顿时，瓜裂开一道竖口子，从那口子里传出了婴儿的哭声。老婆子急忙取出一看，是一个胖乎乎的女娃。

　　因为是从瓜里生出来的，老爷子老婆子就给她取名叫瓜姬，老两口很疼爱地养育她，瓜姬渐渐长大了，成了一个漂亮女子。这姑娘擅长织布，很快就成了村子里第一等的织布好手。瓜姬每天在二楼的织机上"嗵咔啦咔……嗵咔啦咔"地拼命织，每次都能织出让人看得发呆的好缎子。老爷子老婆子得以到城里的寺庙去拜佛，回来的时候呢，就必定买上瓜姬喜欢吃的野老芋[1]带回去。"瓜姬呀，我们回来啦，托你的福我们去拜佛了，你喜欢吃的野老芋也给买来啦。"这么一说，瓜姬就从织机上下来，一根一根揪掉芋头须须，开心地吃起芋头来。

那时候，有个叫天邪鬼[2]的坏家伙，他总是跑到独自一人在家的女孩子那儿，附到姑娘的身上去。只要被天邪鬼附身，再老实的女孩子也会性情大变，变成笨姑娘。有一天，老爷子老婆子说："瓜姬呀，本愿寺的住持大师来城里了，我们要去参拜。不管谁来，我们回家之前呢，二楼的门都不要开。"把门牢牢锁上后，两个人就离家出去了。

瓜姬正独自在二楼"嗵咔啦咔……嗵咔啦咔"地织布，天邪鬼装着邻居姑娘的声音来喊她了。

"瓜姬，瓜姬！"

"干什么？"

"去玩啊，一起去吧！"

"今天爷爷奶奶不在家，不玩。"

"把门开开一点吧。"

"爷爷奶奶说会有天邪鬼来，不能开门。"

"那……那就开一根手指那么大的缝吧，脸都看不到，好没意思呢。"

1.学名山草薢，薯蓣科蔓生多年生草本植物，长于山野，根茎多须，可食用。（上、下册的脚注，除特殊说明外，均为译者注。）
2.原指画在毗沙门天王腹上的鬼面，这里指小鬼。

瓜姬想：这么小的缝，就算天邪鬼来了也进不来吧。于是，她把二楼窗子开了一指宽的一条缝。

"瓜姬，还是看不见脸呢，再开开一根手指吧。"

瓜姬开了两指宽的缝。

"瓜姬呀，再开开一根手指。"

因为开了两指也没什么事儿，瓜姬就又开了三指宽的缝。

这下，二楼窗户缝里怎么就伸进了长着可怕指甲的手指，瓜姬正疑惑呢，"咔啦咔啦"，窗子被推开了，天邪鬼跳进了二楼房间。

瓜姬吃了一惊，吓昏过去，倒在了地上。等醒来再起身的时候，瓜姬已经不是原来的瓜姬，她被天邪鬼附体，变得面容可怖，"嘎啦嘎啦"，粗鲁地织起了布，根本不管线就要断掉。

不久，老爷子老婆子从城里买了好吃的野老芋回来了，"瓜姬，我们回来啦！"两个人说着开门进来了，瓜姬和平时不一样，她呱嗒呱嗒从二楼狂走下来，用嘶哑的声音说："好吃的在哪儿？"一边说，一边从老婆子手上抢过野老芋，芋头须须也不揪就吃了起来，直把老爷子老婆子看得目瞪口呆。瓜姬吃完野老芋，又咚咚上到二楼，"呛嘎啦……呛嘎啦"，声音乱糟糟地织起布来。

"总之有些古怪。"老爷子一边想一边走到了屋后的旱地边。这时，一只漂亮的小鸟从前面"嗖"地飞来，落在了旁边的无花果树上，它不停地叫着什么，又朝屋子前面急急飞去了。老爷子想：它叫什么呢？侧耳一听，原来它叫的是：

> 天邪鬼上了瓜姬的织机呀
>
> 年轻人啊请去赶走它
>
> 嚯——嚯——

小鸟叫着，又朝屋子前面飞去了。老爷子想：原来是天邪鬼那家伙附上了我家的瓜姬。他快步上了二楼。瓜姬听到上楼的声音吓了一跳，再一看，老爷子的脸凶得像要咬人，她从织机上跳下来想要逃，却被横木绊倒了，一个趔趄，狠狠地撞到了脸和胸，再也爬不起来了。这时，从瓜姬身下飞出了一只鸽子那么大的黑鸟，令人毛骨悚然地怪叫着，飞走了。

老婆子听到动静吃了一惊，她上到二楼一看，瓜姬正倒在地上，而老爷子则呆呆地立在一边。老婆子也呆住了，她和老爷子一起紧挨到瓜姬身边，一边哭一边喊："瓜姬呀，瓜姬呀！"瓜姬一动也不动，慢慢地，她的身体变成了一个长长的葫芦。从那以后，老爷子老婆子的田里结出了好多好多黄瓜，多得呀，据说有一片叶子就有一根瓜。

（新潟县古志郡）

等到瓜熟了，两个人抬着它回
了家。可是瓜太重，扑通一声
落到了地板上。顿时，瓜裂开
一道竖口子，从那口子里传出
了婴儿的哭声。老婆子急忙取
出一看，是一个胖乎乎的女娃。

——《瓜姬》

田螺长者[1]

　　很久很久以前，某地方有一位长者老爷，村里人传言说，那长者老爷是一个根本不知道"不如意"为何物的有钱人。给长者老爷种田的众多雇农里有一户穷苦人家，夫妇俩穷得连那一天的烟囱能不能冒烟都不知道。他们都已年过四十，却不知道为什么还没孩子。一到晚上，两个人就为没孩子发愁叹气："不管怎样都想要一个孩子呀，若是给我孩子起名的话，叫个蛙，叫个田螺都好呢。"一边说，一边祭拜水神向水神许愿。

　　一天，夫妇俩和平时一样去田里除草，"水神，水神，就算像那边的那田螺一样的孩子也好，请务必赐一个给我吧。求求你呀，求求你呀。"媳妇一边说，一边由衷地向水神祷告。突然，也不知道为什么，她的肚子开始痛起来，并且越忍越痛得厉害，痛得她再也忍不住了，爬着回到了家。农夫非常担心，想尽了办法照顾她，可是却怎么也不见好起来，想去看医生吧又没有钱，这可怎么办呢？农夫一筹莫展。幸好那附近有一个接生婆，虽然不是医生，却还是去请来了，谁知接生婆一看，就说媳妇要生孩子了。夫妇俩一听大喜过望，立马往神龛上添了灯明，祈祷水神保佑孩子平安出生。

　　没多久，媳妇生出了一个小小的田螺，大家都吃了一惊。

1.长者：氏族统率者或富翁。

可因为那是神赐的孩子，所以他们就在碗里注满水，把生下来的田螺放进去，供到神龛前慎重地养了起来。

也不知道为什么，从生下来算已经过去了二十年，田螺儿子却一点也没有长大，也没听他说过一句话，饭却是吃得一点也不少。

有一天，上了年纪的父亲要去给长者老爷家交贡粮，他一边把米驮上马背一边叹气。

"啊，啊，好不容易求水神赐了孩子，想着该高兴才对，谁知，却是个田螺孩子，这田螺儿子什么忙也帮不上，我啊，就不得不这样一辈子操劳养家呀！"

"父亲，父亲，那么今天，我来把米送去吧。"

哪儿来的这声音？父亲四下看过，一个人也没有，他觉得奇怪："刚才是谁说话呀？"

"是我呀，父亲，很久以来承蒙您的恩情，我也马上长大可以做事了，今天我就代替父亲去老爷家送贡米。"那声音说。

父亲问："可是你怎么牵马呢？"

"我是田螺，不能拽马，但只要把我放到米袋中间，我就能毫不费力、自由自在地带着马匹去啦。"

从没说过话的田螺不仅开口说话了，还说要代替自己去缴纳贡米，父亲非常吃惊。"可是，这是神赐的孩子啊，违背旨意的话说不定会受到惩罚呢。"他想。他往三匹马的马背上放上米袋，又从神龛前的碗中取出田螺儿子放到了米袋和米袋的中间，田螺说："父亲母亲，我去了！"随即"驾——驾——

嘘——嘘——"，熟练地操纵着马匹出了家门一路行去了。

虽然让他出了门，可父亲对儿子担心得不得了，他藏在马后面一路跟去了。田螺儿子就像一个熟练的马夫，蹚过水洼，又到桥边，"嗨依，嗨依，嘚儿驾"，他娴熟地操纵着马匹往前行。不仅这样，还时而用好嗓子高声叫着，时而小声哼起赶马调，马也应着节拍，把脖子上的铃铛弄得哗哗作响，精神抖擞地撒着蹄子往前走。

路上走的人、水田里做事的人见到这情景都停下来看："听得到声音却看不到人，这是怎么回事？那马是穷苦农夫家的瘦马无疑，可是，是谁在唱歌呢？"他们一边说，一边奇怪地张望。

父亲看着这情形想：这是怎么回事呢？他急急忙忙掉转头回家来到神龛前，夫妇俩一起一心一意地祷告："哎，哎，水神爷，因为之前什么也不知道，所以才那么简慢地待田螺，您赐给我们的，是一个多么好的孩子呀，请保佑他吧！保佑他和马平安到达长者老爷家。"

田螺可并没把大家的议论放在心上，他赶着马不停地朝长者老爷家走去。下人们说："咦，贡米到了。"可是出来一看，却只见马不见人。"怎么回事，怎么就这样让马来了呢？"正说着，马背上的货物里传来了声音："年贡米送来了，请卸货吧！"

"怎么会从那儿传出声音来，这不一个人也没有吗？"下人说着，往米袋边上一看，只见一个小小的田螺附在上面。田螺请求道："从马上往下卸货的工作，我这样的身体实在干不了，真是抱歉啊，恳请你们卸一下！为避免碰到我的身体，还请把我轻轻放到廊檐的边上去。"下人们吃了一惊，喊道："老爷，老爷，田螺送贡米来了！"老爷出来一看，正如下人们所说，田螺送贡米来了。家里人纷纷出来看，都说："不可思议的事情还真是说有就有哇！"

很快，按照田螺的指示，米袋被从马上卸下入了仓，马被喂了食料，田螺呢，也被东家招呼去吃午饭。田螺待在碗后，人眼虽然看不到，碗里的饭却渐渐少了下去，汤也变少了，菜也没有了，最后田螺说："已经吃了很多了，请再来一杯茶吧！"虽然老爷很早以前就听说田螺是水神赐的孩子，却不知道他如此能干，既能像人那样说话又会做事。

长者老爷想，无论如何要让他成为自家的宝物。"田螺，田螺，你家和我家呀，从爷爷那一代起就交情甚好，实在呢，我有两个女儿，嫁一个给你怎么样？"老爷想，不可能无条件就把田螺变成自己家的，所以这么说着和他商量。田螺听了这话大喜，嘤嘤确认道："是真的吗？"老爷说："绝不打诳语，这就把一个女儿嫁给你！"

那天，田螺受到了各种各样的盛情款待。他的父亲母亲却在家里担心不已："怎么这么晚还不回来，路上不要有什么闪失才好呢！"正说着，田螺精神抖擞地带着三匹马回来了。晚饭的时候他对父母亲说："今天，长者老爷把女儿许配给我了。"父亲和母亲都很吃惊：难道还会有这种事？可是不管怎么说，他是水神赐的孩子呀！他们想，得去和长者老爷确认一下，于是拜托家里的姑母去了。长者老爷把两个女儿叫出来问道："你们两个，谁愿意嫁到田螺家做他的妻子呀？"大女儿说："谁要嫁什么虫子，我才不去！"说着，脚下踩得呱嗒呱嗒夺门出去了。温柔的小女儿安慰父亲说："父亲好不容易和人家做了那样的约定，那我就嫁给田螺吧，请不用担心。"姑母从长者老爷那儿得了答复，回家告诉了一家人。

长者老爷小女儿的嫁妆多得七匹马也拉不下，光衣橱和盛衣箱就一溜儿有七棹[1]，随身的行李呢，也多得数不清。因为贫寒之家放不下，长者老爷又另外给建了个仓库。女婿家呢，是什么东西也没有，连亲戚也没有，只有父母和一个姑母，还有住在附近的一个老婆婆来参加婚礼。

得了漂亮的新媳妇，父亲母亲都非常高兴，新娘子周到地侍奉公婆，也去田里做事，一家人的生活比以前改善了很多。大家都说，这是托了水神的福啊。父亲和母亲也因此更加虔诚地信奉水神。

很快，要到回门的日子了，回门日定在四月初八，村里的守护神药师如来[2]的祭礼之后。花儿开了，四月初八药师如来的祭拜日到了，新娘子要去逛祭礼，她装扮得很漂亮，又从衣箱里取出漂亮的和服穿上了，呀，真是越看越美丽，简直就像仙子一样。

1.数量词，棹，由（抬箱子的）杠子而来。
2.东方净琉璃世界的教主。

一切准备妥当，她喊丈夫说："一起去看祭礼吧！"田螺说："是吗？你把我也带上吧，今天天气好，很久没出门了，可得好好看看外面的景色！"两个说好了，妻子把田螺丈夫放进了和服的结扣中出了门，两个一路走一路说笑，路边的行人呀，擦肩而过的人呀，都说："那么漂亮的姑娘，一个人自言自语地说着笑着走着，真可怜啊，是不是疯了呀？"人们说着，看着，走过去了。

　　两个到了药师如来的第一道牌坊前，田螺说："喂，喂，我有点事儿，后面就不跟你去了，把我随便放到路边的田埂上，你一个人去吧，我会在这儿等你的。""那……你可要小心点，不要被鸟看见了，留神在这儿等着哦，拜完神我就回来。"妻子说着，爬上坡走了。等她参拜完了回来一看，哎呀，宝贝田螺丈夫不见了。妻子大吃一惊，这儿，那儿，到处找了个遍，却怎么也找不着，是被乌鸦啄去了，还是落到田里了？她跳进水田去找，正是四月，田里出了很多很多的田螺，她一个一个捡起来看，却见一个一个都是和丈夫完全不同的。

　　　田螺呀田螺

　　　我的夫

　　　今年的春天来了呀

　　　却一眨眼

　　　被乌鸦这浑鸟

　　　叼去了吗

她一边唱，一边下到田里去，脸上沾了泥，美丽的衣裳也弄脏了。很快，日暮西山，祭拜的人们陆陆续续开始回家，他们看到姑娘的样子都纷纷议论："哎呀，哎呀，那么漂亮的姑娘，是不是疯了呢，好可怜啊！"说着，看着，走过去了。

姑娘怎么找也没找到田螺丈夫，她越发往水田深处的泥沼走去，想着死了算了，这就要往深水里跳。这时，从后面传来了说话声："喂喂，姑娘，你在做什么？"回头一看，是一个漂亮的男子，他戴着深斗笠，腰中别着一支尺八[1]站在那儿。姑娘把发生的事情说给他听，讲完她说："我想死了算了。"男子说："如果那样，完全不用担心呀，你找的田螺就是我。"姑娘不听，说："你不是。""你不信也是自然，我是水神赐的孩子，之前一直是田螺的样子，可是今天你去参拜了药师如来，托你的福，我就变成了人的模样。我刚去谢过了水神，回到这儿发现你不在，这不正跑来跑去到处找你呢！"那男子说。

两个人真高兴呀。两人一起往家返，姑娘美貌，田螺儿子年轻帅气，真是天造地设的一对儿。夫妇俩回到家中，父亲和母亲也高兴得不得了，这样的事，简直是故事里传说中也不曾有过的。

后来，长者老爷也知道了，老爷和夫人都来到了田螺家，真是皆大欢喜呀！再也不能让这光彩照人的女婿住肮脏的小屋

1.日本代表性竖笛，无簧，管的一端外斜，一般以竹制成。标准长一尺八寸，故名。

了，于是，老爷帮他们在城里最好的地方建了一个阔气的家，年轻夫妇就在那儿做起了买卖。一说起田螺儿子，世上几乎没有人不知道的，他的店很快买卖兴隆财源广进，田螺转眼成了城里最有钱的富豪。

从那以后，上了年纪的父亲和母亲过上了安乐悠闲的生活，那一位姑母也嫁了一个好人家。田螺被大家尊称为田螺长者，一家人等蒸蒸日上，家族也变得繁荣昌盛。

（岩手县上闭伊郡）

无手姑娘

从前，某地方有一对和睦的夫妇，他们有一个可爱的独生女，女孩子四岁的时候母亲死了。那以后虽然来了新妈妈，可继母讨厌孩子讨厌得不得了，她想尽办法要把孩子赶出家门去，但那孩子天生聪明，所以继母一直也没找到机会。

说着讨厌讨厌，一转眼，女孩子十五岁了。继母每天都想：讨厌的女子，讨厌的女子，总要对她做点什么才好！一天，继母对父亲说："她爹，她爹，和那巧舌如簧的孩子在一起，俺这日子是没法过了，你帮我把她撵走吧！"父亲对继母从来都言听计从，他说："没事没事，别担心，我来想办法对付女儿！"这就想着要马上把毫无过错的女孩撵出门去。一天，父亲说："女儿，我们去看祭礼吧！"他让女孩穿上了她从没穿过的漂亮和服，两人一起出了门。

那天，是风和日丽的好天气，姑娘得到了与往日大不一样的父亲的邀请，高兴极了。可是说是去看祭礼，父亲却带她翻过了山，姑娘奇怪地问："父亲，父亲，祭礼在哪儿？"父亲说："翻过一座山，再翻过一座山，祭礼呀，在很大的城下町[1]那儿。"父亲在前面走，走过了深山又往深山走，翻过两座山，走到了山谷里，父亲说："女儿，该吃中饭啦。"

1.日本以城堡为中心发展起来的市镇。

018

两人拿出带来的饭团吃起来。吃着吃着，女儿因为走路太多实在太累，不知不觉打起了瞌睡。父亲一看，觉得是时候了，他拔出插在腰间的劈柴刀把姑娘的左右胳膊全砍了，然后丢下哭泣的姑娘，自己一个人往山下走。"父亲，等等我！父亲，痛啊！"姑娘浑身是血，跌跌撞撞地跟在后面追，可是，父亲头也不回地走掉了。"啊，真伤心，为什么连亲生父亲也做得出这样狠毒的事呢？"她已经无家可归，所以只好用山谷里的溪水来洗胳膊的伤。好不容易靠吃草籽和野果活了下来。

一天，一个英俊的年轻人骑着马带着侍卫从那儿走过，"咦，长着人的脸却没有手，你是什么动物呢？"他发现了窸窸窣窣躲在灌木丛中的姑娘，问她道。姑娘说："我是被亲生父亲遗弃了的无手姑娘。"一边说一边哭出了声。年轻人又问了其中缘由，果然好可怜！"不管怎么说，去我家吧！"年轻人让姑娘骑马下了山。回到家，年轻人对母亲说："母亲，我今天没打到猎物，在山上捡到一个无手姑娘。真是可怜的姑娘，请您务必留下她！"又把姑娘的身世说给母亲听。

母亲也是个心地善良的人，她给姑娘洗了脸梳了发髻，又给她化了妆，无手姑娘又成了原来的美丽姑娘。母亲也高兴极了，把她当作自己亲生的女儿来疼爱。过了一段日子，年轻人恳求母亲说："母亲，母亲，我向您请求，请务必把那姑娘给我做新娘吧！""那姑娘呀，做你的新娘很合适。我也早这么想着呢！"母亲同意了，很快给他们办了婚礼。

不久，姑娘要生孩子了。姑娘和母亲和睦地生活着，可是年轻人却要去江户了，"母亲，孩子生下来就拜托您了。"年轻人向母亲拜托道。母亲说："别担心，孩子一生下来就去给你报快信。"说好了，年轻人就动身去了江户。

没多久一个可爱的男孩降生了。母亲说："姑娘呀，一刻也不耽搁，这就找人去江户报信！"说着她写了报喜信，拜托隔壁跑腿的男人立马去送。送快信的翻过山又过平原，半路口渴了，到一户人家去讨水喝。偏巧这人家就是无手姑娘从前的家。继母问送快信的："这是要去哪儿啊？"送快信的没心没肺地回道："你问去哪儿？俺隔壁长者老爷家的无手姑娘生了孩子，要给江户的少爷送急报呢！"

继女还活着？继母突然体贴起送快信的来了，她说："天这么热，去江户这一路该有多受罪！不妨休息一下吧！"她拿出酒菜招待他，送快信的很快吃醉了。趁着这当儿，继母把信匣[1]里的信取出来看了，只见上面写道："珠玉无法比拟，什么都无法比拟，生了一个可爱的男孩。"继母看了说："啊，真可恨！"她改写成了："像鬼，像蛇，生了一个不知何物的妖怪。"然后偷偷放进了信匣。"啊，没想到得了这样的招待！"送快信的因为喝酒睡过了头，醒来的时候都有些手足无措，继母一边眯眯笑着一边热情地说："回程时也请一定来我家，来给我们说说江户的见闻！"

年轻人看了信大吃一惊，可他还是写了回信："鬼也

1.传送信件用的长方形小匣。

好，蛇也好，请一定好好养着，等我回去。"写完就让送快信的带回去。送信的没有忘记去江户时，讨水喝的那家女主人说的话，他还想着去喝酒，便在回程路上又去了那家。继母说："哎呀，天这么热，您这就回去吗？来来，快请进来吧！"她把送信的请到上座："请喝这个，请吃那个！"又一次把他灌得烂醉如泥。看送信人睡着了，继母又写了一封信："根本不想见到那样的孩子，也讨厌看见无手姑娘，请把她和孩子一起撵走吧！否则，我一辈子不回家，就在江户过了。"她用这封信换掉了信匣里的回信。

送快信的醒来向继母道谢告辞，好不容易，穿过平原回到了长者老爷家。年轻人的母亲说："是带来了儿子的回信吗？"展开信一看，上面写的全是意想不到的话。"不得了！来回的路上你有没有去哪儿待过呢？"见这么问，跑腿的撒谎道："什么？哪里都没有待过！就像马一样，径直去又径直回来啦！"尽管如此，母亲还是想等江户的儿子回来再说。"今天会回来吗？明天会回来吗？"母亲没把儿子回信的事告诉姑娘，只是每天这样等着。可左等右等，根本没有年轻人要回来的迹象。母亲没办法，一天，喊来姑娘，告诉她江户的儿子写了这样的信来。姑娘好伤心呀，好不容易才说出话来："母亲，蒙您收留我这残废人，这恩情还未来得及回报一丁点儿！出去虽然伤心，可如果是少爷的意思那也没办法。那么，我去了！"姑娘让母亲帮忙把孩子背到背上，和母亲道别，哭啊哭啊出了门。

虽然出了门，姑娘却没地方可以去，正犹豫着要不要继续走下去的时候，她感觉口渴了。很快她来到一条小河边，想着喝口水，正准备咕咚咕咚喝个痛快的时候，背上的孩子哧溜哧溜就要往下滑。"呀，来人呀！"她一边叫，一边吃惊地就想用那并没有的手去抓。不可思议的事情发生了：她的两只手齐整整地生了出来，把滑下的孩子紧紧抱住了。"呀，太高兴了，手长出来了！"姑娘高兴极了。

又过没多久，年轻人也急急忙忙从江户回来了，他想快点见到孩子、妻子和母亲，可却得知姑娘和孩子都被撵出家门了。他仔细问过母亲，觉得送快信的很可疑，于是又详细地问了送快信的，这才知道他在姑娘继母家被灌酒的事。"真可怜啊，越快越好，快去找姑娘吧！"母亲催促年轻人。

年轻人到处奔走寻找，这天，他来到了河边的一个神社，看到一个抱着孩子的女乞丐正对着神一心一意地祈祷。乍见背影觉得像妻子，可是她却有两只手，年轻人觉得蹊跷，喊了一声。女乞丐一转身，呀！真的就是无手姑娘。两个人真高兴啊，开心地哭了又哭。是怎么回事呢？他们眼泪洒落的地方开出了美丽的花，三个人一起往家赶，他们回家经过的路上，草和树也都开出花来。再后来，继母和父亲因为犯虐待女儿的罪，受到了地头老爷的惩罚。

（岩手县稗贯郡）

女乞丐一转身，呀！真的就是无手姑娘。两个人真高兴啊，开心地哭了又哭。是怎么回事呢？他们眼泪洒落的地方开出了美丽的花，三个人一起往家赶，他们回家经过的路上，草和树也都开出花来。

——《无手姑娘》

鱼妻

从前，有一个家境穷苦的男人去海边拾漂木，看见海龟孵了一大窝的蛋。——听说小海龟从蛋里孵出来的时候，总是从最早生的那个蛋开始依次破壳，老海龟来领它们的时候，它们也按顺序排好了队跟着走。——这时候，小海龟已经全孵出来了，老海龟正要到沙滩上来接它们，可它看到孩子们的地方有人，所以只把脑袋露在水面上朝这边看着。而这边，男人很怜惜地把小龟从沙里挖出来，说："嘿，大家一个接一个地游过去吧！"把它们一一交给了老海龟。

男人拾好柴火正要回家，老海龟来了，说："刚才真是太感谢了，我一定得给您回个礼，请务必坐到我的背上，我们一起去龙宫吧！"

男人说："我才不要去龙宫。"可是海龟说："请不要那么说，请您一定坐到我的背上来，只要我的翅桨一划，一眨眼就到龙宫了。"男人坐到了海龟背上，海龟把翅桨这么一划，果然，很快就到了龙宫了。去的路上海龟告诉男人："如果龙王问你想要什么，你就回答说只要你的独生女儿。"

男人被带到了龙王面前，他被招待吃了很多很多好吃的。龙王又问他："你还想要点什么呢？""我想要您的独生女儿。"这么一说，龙王就把独生女儿给了他。两个人离开龙宫

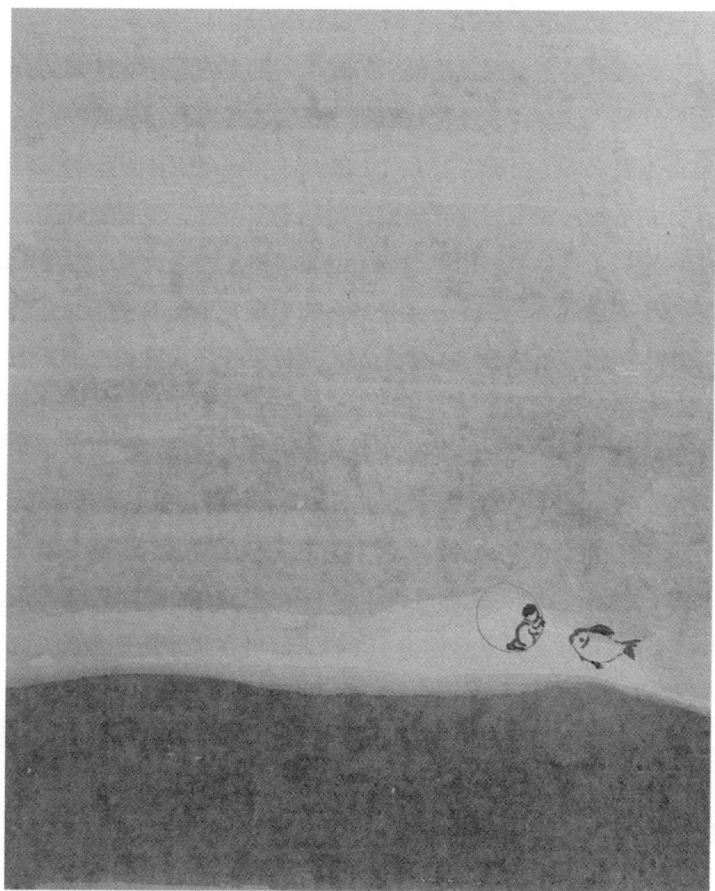

的时候，龙王给了女儿一个叫"虫虫小笼"的小盒子。

男人带着妻子回到了岛上的家。一到家，食物呀什么的全都不用男人操心，妻子把什么都安排得妥妥当当，转眼，家里就富了起来，他们还生下了三个孩子。

妻子每天在客厅的正中间拉起隔扇来洗澡，事先她就和丈夫约定好了，自己入浴的时候绝对不能看。可是，从来没偷看过妻子入浴的丈夫，这一天突然就想偷窥一下，他用指头蘸上口水，把隔扇纸戳开了一个小洞，只见妻子往水盆里放上了满满一盆水，人进到里面，化成了一条很大的鱼，而她的两只手则变成胸鳍哗啦哗啦地撩水洗起来。"这下糟了！"男人正想着呢，妻子已穿好衣服，开始这样那样地张罗起饭菜来了。

男人觉得奇怪，问道："为什么就那样做起饭菜来了呢？"妻子说："我有话对你说。"饭菜做好吃完了，妻子说："事先已经再三对你说不可以看，可你到底还是看了，既然这样，我们就不能一起生活了，最小的孩子我带走，上面两个大的由你养，只是，抚养孩子这事儿我还是会帮你的。"她把"虫虫小笼"交给丈夫，告诉他说："这盒子绝不能打开，如果要开呢，必须先到海边，等两脚都浸到水里之后才能开。"然后，她就带着最小的孩子离开了。

这妻子是个非常美丽的女人，女人离家后，男人寂寞得不得了，他把女人交代的话也忘了，人还在家中呢，就打开了"虫虫小笼"，只听"噗"的一声，小盒里冒出一股白烟，家转眼就变回了原先的赤贫模样。

有一天，孩子们去海边，因为没东西吃，孩子们每天都要去海边抓鱼。这天刚一到海边，水面上就黏糊糊地漂来了一片闪着美丽光泽的东西，是什么呢？孩子们伸手就要捞，可手上只沾到了一点点。回到家，孩子们把这事告诉了父亲，男人决定亲自去捞，可是，他刚一到那儿，那东西就"咕"的一声沉下了水。

据说，这是一种叫"汁浮"的稀世之宝，是龙宫的龙王赐给孩子们的，可因为来捞的是他们无福报的父亲，所以它沉到了水底，只赐给了孩子们手沾到的那么一点点。据说，这男人后来又续了弦讨了后妻，两个孩子到处乱跑，最后也走丢了，从此再没有人看见过他们。

（鹿儿岛县大岛郡）

鹤妻

　　有一个叫嘉六的男子，和年已七十的老母在山中烧炭度日。冬天的时候，他去城里买被子，半路上看见一只鹤在猎人的圈套里苦苦挣扎。他刚想把鹤从套子里解出来，下套的男人就来了，斥责他道："你做什么！想给别人的工作添乱吗？""看着好可怜，所以想帮它，怎么办呢？要不，你能不能把这鹤卖给我，这儿有买被子的钱，你就把它卖给我吧！"嘉六恳求道。男人把鹤卖给了他。鹤一到手，嘉六立马就把它放飞了。

　　"今天晚上再冷也没办法啦！"嘉六这么说着回到了家。一到家，母亲就问他："你买的被子呢？"嘉六说："母亲，鹤落在圈套里好可怜，我用买被子的钱买下它，把它放走了。"母亲说："是吗？你做得对！"

　　第二天天刚擦黑，一个漂亮女子来到了嘉六家，这女子漂亮得都有点让人不敢直视。"今天晚上请让我住在这里可以吗？""这样小的小屋……"嘉六这么一拒绝，她就说："不，请一定让我住下吧！"于是嘉六让她住下了。那女子又说："我有事想跟你商量，请一定听着。""商量什么呢？""恳请娶我做你的妻子。""我还是第一次见到像你这么漂亮的女子，而像我这样的总是要想今天吃什么明天吃什么

028

的人，怎么能娶你做妻呢？""不要再说了，请一定娶我为妻吧。""这可真让人为难啊！"嘉六的母亲听到了这话，她说："话既然已说到这份上，那就嫁给我儿子，大家一起努力一起吃苦吧！"就这样，女子嫁给了嘉六。

过了一段时间，妻子说："请把我关到壁橱里三天，这期间请一定不要打开橱门看。"妻子进到壁橱里三天，嘉六没有看，到了第四天，她出来了。"很难受吧？真让人担心，快吃饭吧！"妻子说："好的。"吃完饭，她说："嘉六，嘉六，你把我在壁橱里织的布拿去卖掉吧，得值到两千两呢！"说着，就从壁橱里拿出织好的布来。嘉六拿着布去了王爷府，王爷说："这么好的东西，就算花两三千两也值得啊！能不能再送一反¹来？""好的，不过这事儿要不问问我家里的还真不知道行不行。""不用问，你知道就行了，钱呢，我现在就给你！"嘉六回到家告诉了妻子，妻子说："给我时间就行，那我现在就织吧，不过，这次要把我关在壁橱里一周，这期间你一定不要偷看哦！"说着，她又进了壁橱。

到了第七天，嘉六因为担心，打开了壁橱门，一看，只见一只光溜溜的鹤正拔了自己细细的羽毛在织布，正是织完要收工的时候。"布织好了。可是，真身已经被你看到了，想必你会讨厌我吧，我已经不能再待在这儿了，其实，我就是你救下的那只鹤。这反布还请按约定给王爷送去吧！"鹤说。它一声不响地面朝着西方，突然，足有千百只的鹤飞拢来，它们拥着

---

1. 日本布匹长度单位，长约2丈7尺，宽9寸。一反布料可做一套和服。

裸鹤，带着它一起飞走了。

嘉六得到了很多钱，可是他想念离开了的鹤，非常非常想见她。他找啊找啊，找遍了整个日本，一天，他来到一处海滩，刚坐下，就看到对面有一个老爷子正划着船往这边驶来，这附近似乎并没有岛屿，那船又是从哪儿来的呢？这么想着，船已经靠了岸，"老爷爷，老爷爷，你从哪里来？""我呀，从一个叫'鹤的羽衣'的岛上来。""请您带我去那个岛上吧！""可以啊！"说话间嘉六上了船，小船嗖嗖地行进，不知不觉到了一片美丽的白沙滩，嘉六刚一脚下到沙滩上，小船和老爷子就都消失不见了。

嘉六在沙滩上继续往前走，他看到一个美丽的大池塘，池塘的正中间有一个沙丘，裸鹤正在那上面，很多很多的鹤围拢在她的四周，裸鹤是鹤王。嘉六在这儿受到了热情的款待，后来，他又坐上老爷子的船回了家。

（鹿儿岛县萨摩郡）

"我还是第一次见到像你这么漂亮的女子，而像我这样的总是要想今天吃什么明天吃什么的人，怎么能娶你做妻呢？""不要再说了，请一定娶我为妻吧。"

——《鹤妻》

猴女婿

　　某地方有一个老爷子，一天，那老爷子去挖牛蒡，可是一根牛蒡也没挖到。他想，这可怎么办？正想着呢，来了一只猴子，猴子说："老爷子，老爷子，要我帮你挖牛蒡吗？"老爷子说："喂，喂，帮着挖吧挖吧，要是能帮我挖，我就嫁一个女儿给你！"猴子说："真的吗？那我三天之后去娶亲！"老爷子想，难道一只猴子还会来娶亲？他说："好嘞，好嘞！"谁料，就在如此这般说着的时候，猴子已扑哧扑哧拔出了很多很多的牛蒡。挖牛蒡倒是好，可猴子不会真的来娶亲吧？老爷子开始有一些担心起来。很快，猴子那家伙就把牛蒡地里的牛蒡一个不剩地挖完了，它对老爷子说："老爷子，我可真去娶亲呀！"说完就逃走了。

　　老爷子想："这是真的要来呀？可是，嫁女儿这事该怎么对女儿说出口呢，怎么办，怎么办？再说了，三个女儿哪一个愿意嫁去呢？还是和女儿商量一下吧！"这么想着，老爷子无精打采回到了家。

　　"今天呢，有这么一个事，三天后猴子那家伙就要来娶亲，你能嫁去吗？"老爷子跟大女儿拜托道。才这么一说，大女儿就摇头拒绝了："谁要嫁什么猴子啊！"接下来，老爷子又用这话去问二女儿，也是才一开口就被顶了回来："你就是个浑蛋！哪里有这样奇怪的约定啊？我虽然是姐姐，可是我不去，谁要去呀！"二女儿也拒绝了他。老爷子见这情形，估摸着三女儿也不会去，可是想想，不说吧也不行，于是他到了三女儿房间来拜托三女儿："好女儿，好女儿，事情是如此这般的，那猴子呢要来娶亲，可是两个姐姐都不愿嫁，怎么办呀，你能不能嫁去呢？"一边拜托女儿，一边脸都变青了。那边是这么说着，这边呢，三女儿一动不动呆呆想了一会儿，道："爹爹，爹爹，既然那样，那我就嫁给猴子吧！"老爷子大喜过望道："真的能去吗？"女儿说："我去呢，是对您行孝，话是这么说，还想请您给我三样东西。"老爷子问："哪三样东西？你倒是说来听！""请给我一个很重很重的石臼、一根很重很重的杵，然后还要一斗米。"老爷子说："什么，就要这些呀？可以！可以！"他很快把这些东西拿来了。

三天过去，猴子果然来娶亲了。三姑娘说："猴倌人，猴倌人，我嫁给你！因为我们到了山里要捣年糕吃，所以呢，你得把这石臼、杵和米都背去。"猴子试了试，虽然实在重得有些过分，可因为这是新娘子说的，猴子背起这三样咚咚地上了山。

正是四月时候，道路两旁樱花盛开，从那里一直往前走，前面现出一条很大的峡谷，溪水在谷中奔流，一枝樱花兀自从崖边伸出来，开得美艳异常。新娘子说："猴倌人，猴倌人，那樱花真美啊，你能不能把它采来给我呀？"猴子想，这也是新娘子要的。它说："好的好的。"猴子开始爬树。"猴倌人，猴倌人，请你采最顶上的那朵给我！"新娘子在树下喊。猴子说："是这儿吗？"新娘子说："还在上面！"渐渐地，猴子爬到了最细的树枝上。因为猴子那家伙背上背着重东西，而树枝又太细，树枝"啪"地断了，"嗖"的一声，猴子掉进了万丈深谷，落入峡谷的水中，随很重的石臼沉了下去。它一边被冲走，一边咏唱道：

　　猴郎死去啊 命不足惜
　　但闻少女 怜其呀悲声

　　后来，三女儿高高兴兴地回了家。故事讲完啦，哪——喂呀喂呀，糯米团子[1]。

（熊本县阿苏郡）

---

1. 糯米团子，为日本奥丰后地区昔话结尾惯用语，语意不详，单纯为故事完结之意。原文：もーすもーすこめんだんご。

从那里一直往前走，前面现出一条很大的峡谷，溪水在谷中奔流，一枝樱花兀自从崖边伸出来，开得美艳异常。新娘子说："猴倌人，猴倌人，那樱花真美啊，你能不能把它采来给我呀？"

——《猴女婿》

母亲的眼珠

　　很久很久以前，某地方有一个心眼实诚的生意人。一天，他外出卖货，路过村子的时候看见一大群孩子聚在一起，正抓了一条尺把长的小蛇要杀不杀地捉弄着玩。生意人想：真可怜！他说："你们干吗要杀那蛇？罪过啊，请把它卖给我吧！"他从怀里一文两文地掏出钱来散给孩子们，救下了那条小蛇。

　　一天晚上半夜时分，从门口传来了"行行好吧"的女人的声音。"恳请开一下门吧！"那声音不停地请求道。生意人诧异地开门一看，只见一个素不相识的女子站在门边，女子哀求道："我是个过路的，正要往家赶，可是因为迷了路，请一定让我在这儿借住一宿吧！"生意人想，这样三更半夜的迷了路一定很为难，于是让她住了下来。他说："我是个生意人，明天一早要起早外出行商，你好好休息，明天呢你就请回吧！"说着，他就去睡了。第二天早上生意人起早外出了，到了晚上回来一看，那女子却还在家中。就这样，她今天说"请让我再住一晚"，明天说"请让我再留一宿"，就这么住下不回去了。

　　一天，女子请求道："我是个过路人，其实也没有家可以回，请你务必娶了我吧！"生意人也是孤身一个人，这样，他们就结成了夫妇，很快生了一个男孩子。生意人每天不停地劳作，一天，他出门做生意，到中午事情就办完了，因此比平时提前回了家。到家一看，家门紧闭着，这是在做什么呢？他一边想一边从窗子偷偷往里看，只见八张席子大的屋子里满满当当盘着一条大蛇，而孩子正抱在蛇的正中间，生意人吓着了，拔腿就朝隔壁人家逃去，一边跑一边心里在想：这可出了大事了！到了晚上再去一看，家里还是原来的妻子。"会不会……那可怕的大蛇变成了我妻子？"他这么想着，一声不吭地回到了家。妻子一边吃晚饭一边说："你做得太过分了！你偷看我睡午觉了吧？"生意人说："没……我什么也没看。"可妻子却说："我已经不能再在这儿待下去了，我呢，其实就是你之前搭救过的那条蛇，可是已经没法挽回了，分手吧！"生意人没办法，他说："是吗，这就分手吗？"妻子说："孩子呢，因为他生下来就是人，所以拜托你一定照顾好！"说着取出一颗很大的珠子来："把这留给你，我走后，你把这个给孩子舔吸，要是万一有事的话我会来见面的。我走了！"说完，妻子伤心地离开家走了。

左邻右舍纷纷议论道："没有娘还能养活孩子，真是奇怪啦，到底怎么养的呢？"可是不久，孩子舔珠子吃的事情就尽人皆知了，这事传到王爷耳中，珠子就被抢去了，从那天起，孩子就不停地哭啊哭啊，再也没法养活了。

生意人实在没了主意，这就去事先说好的山洞见蛇女，他到了山洞前，高声喊道："哪怕只见一面也好，你出来吧！"

话音刚落，女子就从里面出来了，只见她一边的眼睛上缠着布，她说："那眼珠已经没有了，我还有一个叔母，为了孩子，我已经取来了叔母的眼珠。"女子边给珠子边说："你们再不要待在这儿了，不然，珠子还是会被抢的，且拿好了回家收拾收拾逃走吧！"

生意人听从劝说带着孩子远走他乡了。不久，他们原来住的地方就发生了山崩，石头滚落到城下，把城下町砸得一塌糊涂。听说，山崩连着七天七夜一刻也没停止，王爷也被石头压死了。

（香川县三丰郡）

话音刚落，女子就从里面出来了，只见她一边的眼睛上缠着布，她说："那眼珠已经没有了，我还有一个叔母，为了孩子，我已经取来了叔母的眼珠。"

——《母亲的眼珠》

天女下凡

　　某地方有个叫米开朗的年轻男子，他靠每天耕地和去山里砍柴过日子。有一天，米开朗和村里人一起去了山里，每次去山里做事，村里人总喜欢到山中的一条小河边喝水擦汗。那一天，米开朗也早早做完了事下到山谷的溪流中去洗浴，可那一天米开朗去的是比村里人平时洗浴的潭更上游的地方，几乎没人去过，那里有一个水面宽阔的大池塘。

　　米开朗脱下汗湿了的衣物正要下水，突然，他看见池塘边一棵松树的树枝上挂着一件美丽的衣裳。米开朗想，这可是宝贝！他立马把那衣服取了下来。这时，从米开朗脚下的池塘深处现出了一个双手合十的裸身女子，她伤心地请求道："那是我的飞天羽衣，人拿它并没什么用，请您务必还我吧！"可是米开朗一句话也不说，只是默不作声地看着她。裸身女子再一次由衷请求道："米开朗，你是不是没听明白我的话？那件衣裳，它是我的。如果没有它我就回不了天上，而你是人，那件飞天羽衣对你是没用的，请你还给我吧！"米开朗问她："你为什么会在这儿？"

　　女子看米开朗根本就没有还飞天羽衣的意思，不仅这样，他似乎还对天女来这儿很好奇。她想，如果把真相告诉他，他一定就会把飞天羽衣还回来了吧！女子一边流泪一边请求道：

"我呢，是经常飞落到这儿来洗浴的天女，并不是人间的姑娘，若你的疑问消除了，就请把飞天羽衣还我吧！"可是米开朗根本就不听，他说："我们一起回岛上，一起过日子吧，那样，你也不必每次特意从天上下来洗浴了，想洗的时候我就带你来这儿！""米开朗，请不要说那样无情的话，我是天上的女子，不能在人间生活的，请无论如何把飞天羽衣还我吧！"可是米开朗还是不肯还飞天羽衣，他说："不，不，飞天羽衣还给你，你肯定就回天上去了，请去岛上吧，我们一起过日子！"

天女伤心得不得了，可是羽衣被夺了回不了天上，她只好跟着米开朗回到村子里，和米开朗过起了日子。很快，七年过去了，他们生了三个孩子。天女每天都想着回天上，可是飞天羽衣到底在哪呢？她一直在寻找。有一天，米开朗出门钓鱼去了，天女和往常一样，让七岁的老大背着刚出生不久的最小的孩子，又让五岁的老二拍着小小孩的背哄他玩，自己则出门做事去了。

天女去村子外面的小河边汲水，没一会儿，她汲了水回家来，刚走到门口，人还在房子后面呢，就听到大孩子哄小孩子入睡唱的摇篮曲：

哎哟 哎哟 不要哭呀

爹爹回来 给好东西啊

打开那四根柱子的粮仓

打开六根柱子的粮仓

推开那粟束与稻束

会飞的衣呀 飞天羽衣

给你拿出来

　　天女站住了听那摇篮曲，这才知道，原来七年来一直寻找的飞天羽衣被藏在了高脚粮仓，在粟束和稻束的下面。

　　趁着米开朗还没回来，天女架了梯子爬上高脚粮仓，开开仓门进去了，她推开粟束和稻束，这就看到了飞天羽衣。趁着米开朗没回来，她在背上背起老大，怀里抱住老二，又用右手抱起了最小的幼子，然后穿上了飞天羽衣。一扇，飞到了院子里的松树顶上，又一扇，飞到了半空中的云峰上，再一扇，终于飞上了天。可令人伤心的是，刚从云峰上起飞的时候一个闪失，把右手中抱着的小小孩掉落了。

　　米开朗钓鱼回到家一看，家里冷冷清清一个人也没有，不仅这样，四柱和六柱的高脚粮仓都仓门洞开。米开朗想，完了，飞天羽衣肯定没有了！不由得呆呆发起愣来。这时，已经是晚饭时间了，米开朗来到地炉边想点火做饭，他拿起吹火筒吹火，却发现根本吹不通，觉得奇怪往里一看，只见里面塞着一张折得方方正正的纸，拿出纸条看，只见上面写着："木屐千双、草鞋千双埋进土里，种竹其上，三年后，竹即长入云霄，借此可轻松登天。"

　　米开朗马上动手准备木屐和草鞋，可是不管怎么想办法，木屐和草鞋却都只集齐了九百九十九双，即便这样，米开朗也在上面种了金竹，竹子渐渐长高，一晃三年过去了，仰头往上看，金竹似乎已经伸入了云天。米开朗高兴极了，他爬上金竹，越爬越高，想着这就能到天庭了。可是，竹梢却在一步之遥的地方停止了生长，米开朗没能登上天庭，他挂在金竹顶上，轻飘飘地随风摇来又晃去。

天女虽然登上了天庭，可是却时时想念着人间，她不停在织机上织布，盼着等着金竹从人间慢慢长高，一直长到天上来。

一天，天女和平时一样，一边织布一边从窗口往下看，见金竹似乎已经长得触手可及了，在很近的下面，竹梢被风吹得摇来晃去，仔细一看，却见一个芥菜籽那么大的男人正紧紧抱在竹子顶上。天女高兴极了，她拿出织机上的梭子往米开朗头顶悄悄垂了下去，米开朗抓住梭子头，终于被提上了天。

上得天庭，母神对米开朗热情极了，可父神却不断吩咐他做一些棘手的事。正是天上的播种季节，父神吩咐米开朗开垦山地，一日内必须开一千町步[1]，那工作可是米开朗无论如何也完成不了的啊，他担心得不得了。这时，天女来了，她教他道："开一千町步的山只要伐倒三棵大树，然后枕着这倒下来的树睡上一觉就好了。"第二天，米开朗就来到了父神吩咐的山中，照着天女教的做了，果然，一天之内就砍完了指定的树木。他回去禀告了父神，可是这还没有完，父神又吩咐说：

---

1. 日本面积单位，一町步约合9917平方米。

"今天呢，把伐好的一千町步山都去翻耕一遍吧！"米开朗忧心忡忡地自言自语道："这样的工作，又是无论如何也做不到的啊！"天女来了，她又告诉米开朗说："这个很容易，你挖起三锹土，在土上睡一觉就行了。"米开朗在田里按天女所说的一做，果然轻松完成了。

那天，米开朗高高兴兴回去禀告父神，告诉他说工作已经做完了。可是他又被吩咐了难题："昨天翻耕好的一千町步的山地，一天之内要全部撒上冬瓜种！"可是，这也不是一天就能完成的工作啊！米开朗又找天女商量，天女出主意说："你在田里找三处撒上冬瓜种，再在那儿睡一觉，那么一千町步的田里就全撒上冬瓜种啦！"撒冬瓜种也又按天女所教的做了，果然完成得很出色。

米开朗想，这下该没事了吧！他喜滋滋地回来禀告父神。"明天，把那刚种下的冬瓜一个不剩地收回来！"父神说道。米开朗怎么也想不通，单单一个晚上，冬瓜就能开花结果吗？那样的事根本也不可能吧？他担心得不得了，又找天女来商量。天女说："冬瓜已经结果了，你去采三个冬瓜，当枕头睡一觉就好啦！"米开朗想，天女的话好奇怪！可是第二天早上他早早来到地里一看，正如天女所说的那样，瓜已经结好了。他照着天女说的采完了一千町步的冬瓜，欢欢喜喜回去了。

最后吩咐的事也顺利完成，父神高兴极了，决定为好收成隆重庆祝一番。那一天，米开朗被吩咐做瓜食料理。父神一直是个坏心眼的人，可那一天他却异常亲切地教米开朗切瓜的诀窍。父神叫他把三个冬瓜竖着切开，然后再仰面躺上去。坐在前面的天女对米开朗直使眼色："不能按父亲说的做，要横着切！"可米开朗却认为父神这么亲切地教他不能不听，于是，他把瓜竖着切开了。顿时，堆积成山的冬瓜全都竖着裂开了，一眨眼变成了滔滔洪水，把米开朗冲走了。

直到今天，在秋天的夜晚还能清晰地看到那时从冬瓜中流出的大水，那就是银河。米开朗变成了牵牛星，天女则变成了织女星，他们被分隔在银河两岸，一直一直都在哭。七岁和五岁的孩子也变成了织女星近旁的两颗小星星。那一天正是七月七日，而据说也只有这一天，米开朗才能和天女相会，至于天女升天时掉落的那个孩子，他一直都在人间平安地生活着。因为是天女的孩子，所以每年都会给他从天上落三石米到山里的溪流边，那孩子就用那米过一年的生活。后来，因为人间的女人总去那河里洗脏东西，三石米变成了三粒，而不知什么时候，那孩子也不见了。

（鹿儿岛县大岛郡）

猜谜女婿

从前，在摄津国[1]的有马温泉[2]，有一个长者的独生女儿在那儿做温泉疗养，一个年轻人也来做汤疗，两人住在同一个板屋下的相邻房间。姑娘长得漂亮，年轻人也是个美少年，因为早晚相见，两个人不知不觉相好了，双双坠入了情网中。

很快，姑娘要回家了，两个人虽然相好，却连自己的地址和姓名都还没有向对方说。因为要回家，所以姑娘想着要把家里的地址和名字告诉年轻人，她写了一首诗谜：

> 若恋慕就来寻访哟
>
> 那十七的村庄
>
> 不腐的桥之侧畔啊
>
> 夏虫声声牡丹饼[3]

姑娘想："若这男子确是真心，那么，不管怎样难猜的谜他也一定会找来；若能猜出这谜他就是有出息的，若猜不出就

---

1. 日本古代令制国之一，位于今大阪府北部和兵库县东南部。
2. 位于今日本神户六甲山地北斜坡，历史悠久的有名温泉，疗养胜地。
3. 将蒸熟的糯米和粳米轻捣成圆形，撒上豆馅、黄豆粉等做成的年糕团。春天时做的叫牡丹饼，秋天时做的叫萩饼。

是笨蛋！"姑娘把写了诗的纸送给年轻人，说："我是生活在这地方的如此这般之人，请你一定来找我。"姑娘就此别过青年回了故乡。

不久，年轻人也从有马回到了家乡，他想去姑娘住的地方找她，可无论如何也看不懂姑娘写的诗谜。因为怎么想也想不出一点头绪，他在街上晃来荡去，走着走着走到了城外，他要去见一个按摩师，按摩师是一个顶有智慧的人。他想，问问按摩师看，说不定他知道呢？年轻人拿出姑娘的诗向他请教，按摩师一边说"这样啊"一边抱着胳膊想了一会儿，随即一击掌说："啊，知道了！"他告诉年轻人："所谓十七的村庄，因为'年轻'，所以呢是若狭[1]；不腐的桥是石桥；夏天的鸣虫呢是蝉，对，就是桥侧的蝉屋；牡丹饼也叫萩饼，所以呢，姑娘的名字叫阿萩。你只要去找蝉屋的阿萩，就一定能找到！"

年轻人大喜，他谢过按摩师，马上脚不停步去若狭乡间找姑娘。找啊找啊，见到了石桥侧畔的蝉屋，他走近一看，却是一个很大的门头，屋子被粮仓围抱着，长长的粉墙连绵不绝，这是一个富得让人咂舌的长者的家。年轻人惊呆了，他想，这样的大户人家，陌生人可是不能随便进的啊，所以那天晚上他先住下来想了一夜。第二天一早天刚蒙蒙亮，他就来到蝉屋门前，拿起门前的扫帚仔细扫起地来。

不久，开门时间到了，看门人开开门一看，今天门前干净

1.若狭国，日本古代令制国之一，位于今福井县西南部。此处说"十七"（岁）即为年轻，因"若"有年轻之意，故作此解。

得简直一粒沙尘也没有。他吃惊地想："怎么，也没拜托谁，是哪个家伙扫了这地方？这是来羞辱我的吗？"可是第二天，接下来一天，再接下来一天，早上门前都干干净净，看门人想："这里面必有缘由，明天我要早早起来，非把那家伙抓住不可。"那天早上，看门人比平时起早了很多，他靠在门后等着，看什么人来打扫。

不一会儿，就听到了扫地声，看门人急忙开门抓住了那扫地的男子。看门人问："你到底是什么人？每天早上来别人家门前做什么？"男子说："我呀，其实并不是什么古怪的人，不过，像这样的人家看起来需要很多的使唤用人吧，如果可以的话就请用我吧，我看好了这大户人家，无论如何想在这儿效劳，你能不能替我向主人求一下情呢？就是想拜托这事，我才每天早上来扫的，请一定帮忙说一下吧！"看门人说："如果这样的话，我这就去帮你问问！"他很快来到主人面前请求道："有一个男子每天早上来打扫大门口，他说不管做什么都可以，想请求您雇用他。"长者说："好的，那就用他吧。"主人好心地用了他。

年轻人顺利地成了蝉屋的下人，开始的时候，他被安排做最底层的澡堂工和扫除工，所以每天都脏头巴脑，浑身黑黑地做事，虽然从早到晚都在同一个屋檐下生活，却和恋慕的姑娘一面也见不着。

而蝉屋的姑娘呢，她自小就已经由父母订下了婚约，男方家本也是个与蝉屋门当户对的长者之家，却不知从何时起家运衰落，到如今已是一贫如洗，和蝉屋比起来简直是一个天上一个地下。而姑娘本来就一点也不喜欢与之订婚的男人，可是她想，父母许下的婚约是没有理由说不的，而之前在有马温泉相好的年轻人，虽然用那种方式写了地址和名字给他，却不知是因为没猜出谜底呢还是怎样，总之，至今也没有要寻来的迹象。

日子一天天过去，很快到了要和许婚男子举办婚礼的时候了。由于父母亲好言叮嘱，姑娘一边揉着憋闷的心口，一边答应了婚礼。不久，因为大喜的日子已定，姑娘坐的轿子也要定两个小工来抬，这就找来了才招的澡堂工抬前杆，又找了另外的一个人来抬后杆。

终于到了那一天，姑娘穿着长袖盛装小袖衬服，打扮好坐进了轿子。澡堂男子抬前杆，另一个下人男子抬后杆，两个人抬着花轿，傧相、客人、随从紧随其后，队伍浩浩荡荡从长者家出发了。

路程很快过半，因为抬轿子的也很重要，所以让轿夫稍事休息，轿夫落轿的时候，前杆说："嘿，落轿！"一边招呼后杆一边一个回头，正是那一瞬与轿中姑娘四目相接打了个照面。顿时，姑娘的心痛病复发了，因为疼痛很猛烈，她的两只手按在胸口，看上去痛苦异常。

至关重要的新娘子得了急病，当天的婚礼已无法进行，长者家立即派使者去对方家中报信，暂时将婚事往后延期了。

这边轿子急忙回到蝉屋，姑娘已病重得卧床不起了。蝉屋家中大吃一惊，又是请医生又是给姑娘吃药，闹哄哄地乱作一团。可是医生仔细看过了，姑娘的身体哪里都没有问题。若身体没什么，那不就是相思病吗？父母和奶妈轮番来姑娘枕边打探她的心事，可姑娘却害羞地一言不发，于是请了有名的算命先生来卜卦，卦象上说："姑娘害的确是相思病，而对方呢，就在这家中的人里面。"问怎样才能知道是谁，算命先生答说："只消看笔迹就好了。"

长者夫妇把家中使唤的上至掌柜下至伙计，所有的男人加起来七十几人一个一个地喊去，看他们写字。

下人们听到这消息全都兴高采烈，大家争先恐后，每个人都怀着做小姐夫婿的心拼命写，他们拿着字去给在一间内房休息的姑娘看。可姑娘不管见到谁，都是头也不从枕头上抬一抬，眼睛也不朝这边望一望。所有的下人全去过了，却没一个是姑娘中意的。

"这样可不行，再想想，还有一个刚雇来不久的澡堂工，那也是个男的，也让他来写一笔看看！"澡堂工也被喊来了，写好了一看，写的是：

　　若恋慕就来寻访哟

　　那十七的村庄

　　不腐的桥之侧畔啊

　　夏虫声声牡丹饼

其他人嘲笑说："什么呀！这家伙写这么奇奇怪怪的，想必就能成小姐的意中人啦！"可是，这男子到了姑娘那里，把刚才写的拿给她一看，姑娘抬起头来微微笑了，姑娘一一问他别后的情形，知道了从有马温泉到如今发生的事。终于，那年轻人被定为了蝉屋的女婿。家里给他和姑娘举行了盛大的婚礼，两人就此结成了夫妇。

（山梨县西八代郡）

烧烤芜菁[1]的甚四郎

从前，有一个年轻人靠烧烤芜菁吃度日。村里的其他年轻人都说要给这个叫甚四郎的后生娶个媳妇，于是，一大群人一个接一个挎着葛藤篮子从附近朝日长者家的门前走过。长者老爷见了很奇怪，问道："你们在做什么？"这些年轻人说："去给烧烤芜菁的甚四郎采橡子，采啊橡子！"一边说，一边走了过去。又一回，是一大群肩上扛铁锹的人从长者老爷家门前走过，长者老爷又跑出来问，年轻人说："去给烧烤芜菁的甚四郎翻耕水田，翻呀水田！"一边说，一边又走远了。长者老爷想："烧烤芜菁的甚四郎，这名字可从来没有听说过，可又是采橡子又说翻水田的，了不起！要是可以的话，真想把女儿嫁给他！"

一天，朝日长者老爷家来了一个提亲的，因为说是烧烤芜菁的甚四郎家派来的，事情很快说好了。这之后，长者老爷的女儿就带了各种各样的嫁妆出嫁了。可到了甚四郎家一看，却是一个茅棚一样的家，又脏又小。因为家里什么也没有，年轻人给借来了屏风、锅子、茶釜等，顺利办完了婚礼，可是到了第二天，榻榻米呀，屏风呀，锅子呀，茶碗呀，一个不剩全还了回去。新娘子急得坐立不安，甚四郎却全不在意，满脸稀松

1.十字花科一二年生草本植物，根叶均可食用，原产欧洲。

平常，一副满不在乎。

　　想要煮饭，家里却一粒米也没有，甚四郎说："饭呀？不需要的！"他像平时那样烤了芜菁就吃，可新娘子却怎么也吃不下，没办法，她拿出从家里带来的三匹绸缎说："请把这个拿去卖了买米吧！"甚四郎动身去集市，可是刚走到半路，绸缎就让商贩白白拿去了，什么也没买成就回到了家。第二天，他又去集市买米，可还是两手空空地回了家。

　　第三天，终于卖了缎子得了钱，可是半路上他遇到一帮孩子正抓了一只鹰戏弄着玩，甚四郎用卖缎子得来的钱从孩子手里买了老鹰，甚四郎真高兴呀，他喊着：

　　　　去找啊

　　　　快抓吧

　　　　噼啰啰啰

　　他一边喊一边让老鹰飞着玩。老鹰飞到了水田边，恰巧河童[1]在那儿玩，老鹰一见河童就迅速猛扑了上去，河童说："给你宝物，请快放开我！"甚四郎让老鹰放开了河童，就这样，河童给了甚四郎一把叫作"延命小槌"和一个叫作"延命小袋"的宝物，甚四郎说："袋子可以用来装芜菁，槌子没一点

1.日本传说中的水怪，据说形体像青黑色的猴子，手脚似鸭掌，头顶凹陷处像顶着一个碟子，无论水中或陆地，碟子里的水不干则力大无穷，能与人或马角力。

用！"说着，丢掉槌子回了家。

妻子等甚四郎买米回来，已经等得很不耐烦了，可那天他又是什么也没带回来，妻子彻底惊呆了。米的事儿呢甚四郎早已忘得一干二净，他把那天发生的事儿说给妻子听了，还把袋子拿出来给她看："喏，说的就是这个袋子。"不愧是长者老爷的女儿，她说："没错，这确实是宝物，不过没有小槌配套可不行！"甚四郎又跑去找丢掉的小槌，捡了小槌又回到了家。因为家里的房子实在不像样，所以马上就用延命小槌建起了一座漂亮的大房子。甚四郎看着这些想，这到手的宝贝真是太好用了！他说："这东西真好玩，我也来试试！"妻子说："那么，你就变米和米仓吧！"她把小槌的击法教给了他，甚四郎照着妻子教的说道："米仓出来！"然后咚地挥了一下槌，可是因为说得太快，一下子变出了很多很多的小瞎子[1]。妻子惊呆了，她又重新做了一遍，这次，终于如愿地出来了米和米仓。

一天，家里准备设宴请客，甚四郎派人去请岳父、岳母。岳父、岳母非常高兴，很快动身了，到家里一看，老两口惊得目瞪口呆。没一会儿饭菜做好了，这饭菜又是好得叫人吃惊，宴席一吃完，小两口又把餐桌呀碗啊什么的全丢到河里冲走了。双亲吃完宴席要回去，女儿说："朝日长者老爷要回家，请亮灯火！"说话间就把房子点着了，大火熊熊，明晃晃地亮着，一直到双亲大人迈进自己家的大门。

1.原文"小盲"（ko mekura），与"米仓"（kome kura）发音相近。

过了一段时间，长者老爷因为之前受了请吃想回礼，他也学甚四郎夫妇的样子请客。宴席结束了，长者老爷想，如果把餐桌和碗也都顺水漂走的话，以后可就没得用了，所以只做了个样子给人看。后来，年轻夫妇要回家，长者老爷也把房子点着了给他们照明送行。甚四郎的家烧了可以马上再建个新的，可长者老爷就不灵了。这之后，长者老爷住进了一个很小的小屋里，甚四郎看他可怜，就也帮他建了一个气派的大房子。

（岩手县上闭伊郡）

画像妻子

　　很久很久以前，某地方有一个缺心眼的人，他的名字叫权兵卫，已经三四十岁的年纪了，可是谁也不愿嫁给他。他住在一个很小的棚屋里。一天傍晚，来了一个从没见过的漂亮阿姐，阿姐说："今天晚上，恳请让我在这借住一宿吧！"权兵卫愣了一下，随后开开心心让她借了宿。到了夜里，那阿姐请求道："你是一个人吧，我也是单身，要不，你就娶了我吧！"权兵卫很欢喜地娶她做了妻子。

　　权兵卫对新娘子又是满意又是喜欢，喜欢得简直没办法，编草鞋的时候，因为眼前总晃着老婆的脸，所以草鞋编得五尺六尺长，根本没法穿。织蓑衣的时候呢，又因为老婆的脸总在眼前晃啊晃，把个蓑衣织得足有一丈两丈长，也是穿也穿不得。过一时他去翻耕水田，又不放心家里的妻子，刚翻一垄田就想："老婆在家吧？"撒腿跑回去看看再跑回地里，再翻一垄地又想："老婆在的吧？"再跑回家去和老婆见上一面，根本就没法好好做事情。阿姐去城里，让画像的给自己画了一幅像，随后让权兵卫把这画带到地里去，她对权兵卫说："这画呢是和我一样的，你把它挂在桑树枝上，就看着这个做事吧！"从那以后，权兵卫就每天看着画耕地。一天，狂风大作，画被吹上了天，权兵卫哭哭啼啼回到家跟阿姐说了原委，

"不用担心，再画一张就好啦！"阿姐安慰道。

画像忽忽悠悠飞到天上又忽忽悠悠地落下来，正好落到了王爷家的院子里。王爷一看，是一个漂亮的阿姐，于是想要她，他吩咐仆人："既有这画像就一定有这个人，想尽办法也得把她给找来！"仆人们拿着这画到处去问人："认不认识这女的？"最后，他们来到权兵卫的村子里问："认不认识这女的？"村里人说："啊，这女的呀？在权兵卫家呢！"仆人跑到权兵卫的棚屋里一看，这就看到了和画中人一模一样的阿姐。"王爷吩咐了，要把这女的给带走！"说着，就要把阿姐强行拉走。权兵卫向他们赔礼道："饶了我们吧！饶了我们吧！"可阿姐还是被带走了，权兵卫难过得哭起来，鼻涕一把眼泪一把拖得足有五尺六尺长。阿姐也哭了，她告诉权兵卫："实在没办法，只好去了，这样吧，大年三十那天你到王爷府的大门前去卖门松[1]，那样，我们就一定能见上一面的！"

很快，到了大年三十了，权兵卫精神抖擞地背着一大捆门松来到王爷府门前大声叫卖："门松呀！门松呀！"听到这喊声，打来这儿从没笑过的阿姐突然微微笑了起来，王爷见了心花怒放，吩咐仆人道："快把那卖门松的给我叫来！"阿姐又一次眯眯笑了起来，王爷大喜，他想："原来她喜欢卖门松！那么，要是俺也去卖门松她该多高兴啊！"王爷让权兵卫穿上自己的衣服，自己则穿上了权兵卫的脏衣服，他扛着门松喊了

1.日本民俗中正月竖在房门口或大门口的装饰性松树。松树原为年神入门的依附之物。

起来："门松呀！门松呀！"阿姐更开心了，她笑着，看起来从来没有现在这么开心过。王爷也愈发高兴了，他走出大门，"门松呀！门松呀！"连声高喊着一步一步走远了。趁着这时候，阿姐吩咐仆人把铁门牢牢关了起来。没一会儿，王爷回来了，见铁门锁上大吃了一惊，他一边叩门一边喊道："王爷在外面！王爷在外面！"可是根本不见一个人来开门。

阿姐和权兵卫在王爷府用着很多的仆人，他们平安快乐地生活了一辈子。真是可喜可贺呀，可喜可贺。

（新潟县中蒲原郡）

山神和扫帚神[1]

从前，某地方有一对叫森平的穷夫妇，托神的福，他们很快就要生孩子了。一天，森平去山里砍柴，他正想着"再砍一会儿，再砍一会儿"呢，不知不觉天就黑了，于是，他来到一个山洞旁的大树下过夜。到了半夜，山深处传来了"丁零当啷"的马铃声和"嗨嗨"的喊叫声，似乎正有人热热闹闹往这边赶来。他默不作声地听着想："奇怪的事情原本也是有的吧！"那声音却渐渐近来，在那棵大树前停住了。

只听一个声音说："呀，是山神，您来得可真准时呀！"随即从树下传出声音道："呀，原来是道祖神[2]，您和扫帚神一起吗？"又从远一些的地方传来了回答声："是啊，我们一起去！"树下又有声音说："实在呀，今天晚上我这里来了客不能去，你们两个可要好好干啊！""是吗，原来有客！那就我们俩去吧！"神仙们一边热闹地说着，一边动身离开了。

很快，天就要亮了，先前的神仙回来了："山神，我们回来了！说实话，我们去的时候以为只一个森平媳妇，没想到他隔壁家的媳妇也在今天晚上生了，因此不知不觉耽误了些工

1.即产神，产妇分娩时，在她枕头边放倒立的扫帚，也用扫帚轻扫产妇的肚子以求顺产。

2.在村边或岔道口保护行人不被恶鬼或坏人侵犯的神仙。

夫，幸好两边都平安顺产，你就高兴吧！森平那边的是男孩，可是呢，只有一天一根稻草的身家；隔壁家生的是女孩，那可是带九十九件宝的，她每天的用度都得有三升盐那么多！道祖神说想撮合这俩孩子结为夫妇，山神您觉得如何呢？"山神马上表示赞成。"那么，回头见！""再见！"神仙们说着，就此别过了。

那些话一字不漏全被森平听到了，他想："奇怪的事情说有也是有的吧！"第二天早上，他早早下山回到家一看，昨晚家里果然添了一个男孩，他又急急忙忙跑去邻居家一看，果然，也是昨晚生了一个女孩。因为男孩和女孩出生于同一天同一夜，大家都说好运气，两家于是订下了娃娃亲。

两个孩子长大后果真结成了夫妇。妻子心胸宽阔，自己喜欢喝酒也不惜给别人喝，用钱也是当用则用毫不吝惜，生意做得又大又好。正因为这样，家里渐渐置办了很多东西，粮仓啦，小房子啦，渐渐多起来，刚好建了九十九间，成了很富有的长者。可丈夫却简直和她倒了个个儿，又胆小又怕事，明明只要再建一间就能成为拥有百间粮仓的长者了，丈夫却绞尽脑汁地想："老婆用钱实在无度，可不能再建粮仓了，无论如何，得想办法把老婆无节制用钱的毛病给戒掉。"

一天，来了个行脚乞食的游方僧，丈夫向游方僧请教此事，游方僧指点道："这件事并不难，到月中，十五早上太阳升起的时候，你且看一下九十九间粮仓正当中那间土仓的屋顶，九十九间正中的土仓屋顶上，会有三个穿着紫色直垂礼服[1]的小老人在日影下展着红扇子跳朝阳舞。你用空木[2]作弓，艾草作箭，对准三个小人正中间那个老翁的左膝射去，这样，你的愿望就能实现了。"

丈夫做好了一切准备，只等着月中十五日早上的到来。这就到了十五了，太阳升起的时候他往九十九间土仓正中的屋顶上一看，只见三个小老人展着红扇子，正一边往东西南北四个方向招手一边跳朝阳舞。男人往空木弓上搭了箭，往正中间的小老翁膝上直射过去。小老翁折了左膝，转眼全都不见了。自那以后，家里与之前相比完全变了样，变回了贫穷，妻子再也喝不上她喜欢的酒了，来访的客人也渐渐少起来。丈夫大怒，说这些都是妻子导致的，便给了她一个侍女，把她从家中撵了出去。

妻子带着侍女，也不知道要往哪里去，很快，太阳落山，天暗了下来。妻子已经连走路的力气也没了，她和侍女坐在路边，两个人从夜里一直哭到了天亮。天亮起身，两人正商量着要往哪儿去，突然，有三个年轻美貌的姑娘打身边走了过去。"你们这是去哪儿呀？"妻子问姑娘们。"我们呀，要翻过这座山和那座山，去一个叫'雄鸡一声'的村子。我们中的两个人倒没什么，可有一个脚痛得厉害走不了路啦！"姑娘们答

1.日本古时对襟有袖扎的衣服，平安时代后期为室内便服，镰仓之后成为武士的便服和礼服。
2.即溲疏，虎耳草科落叶灌木。

道。"要不，我们也去那个叫'雉鸡一声'的村子看看吧！"主仆二人跟在三个姑娘的后面走起来，山路险峻，正吃苦不迭的时候，却突然不见了姑娘们的身影。很快，天又黑了，难道今晚又要露宿吗？正这么想着呢，却看到了远处的灯火，两人继续前行想去投靠那灯火，这就到了，是一个肮脏的破房子，家中只有孤零零的一个女孩。"今天晚上请让我们借住一宿吧！"两人请求道。姑娘说："这样的破房子，又没吃的又没穿的，不过，接下来你们不管往哪也不好走，就请先住下吧！"说着，就让她们住下了。

两人高高兴兴进了屋，只见地炉上只有一个可装三升米的旧锅。姑娘说："家里什么也没有，我去拔个萝卜来。"说着，出门拔了一个很大的萝卜回来煮给她们吃，一吃，味道真是太好啦。

第二天早上两人醒来，姑娘却不见了，也不知去了哪里。两人想，主人不在家的时候离去似乎不太好，于是只好等。等啊，等啊，一晃到了中午了，侍女跑到昨晚的萝卜地里一看，只见是一块很大的地，姑娘昨晚拔萝卜留下的坑，正从里面咕嘟咕嘟往外涌水呢。侍女口渴了，她掬起那水一喝，却是非常美味的酒，她马上回去告诉了主人，两人又一起去喝，都喝得痛快淋漓醉醺醺地睡着了。傍晚，两人醒来一看，姑娘还是没回来。两个人又从萝卜地里拔萝卜吃舀酒喝，又在那儿住了一夜，可是第二天，姑娘还是没回来。

主仆二人暂时在这家中住了下来。侍女说："我把酒舀到锅里，再拿到集上去卖吧！"她把酒装到锅里带去了集上。"酒呀，酒呀，泉酒呀！"侍女这么吆喝着到处卖，集市上的人买了一喝，实在太好喝啦！酒因此卖得供不应求。

侍女用卖酒得来的钱买回了各种各样的物品，而泉酒仍在不断地涌出来。主仆二人转眼成了大酒商，建起了很多房子，各色人等从各地云集而来，不知不觉，那地方就成了一个挺大规模的集镇，这妻子也成了酒屋的女长者。

森平的儿子，也就是之前的那个丈夫，已经穷困潦倒，日子过得一天不如一天。这丈夫听说有一个叫"雉鸡一声"的地方出了个卖酒的大富商，那儿的集镇热闹非常，因此，他想着编些草鞋去卖。

一天，酒屋的富豪女主人突然看到了卖草鞋的老爷子，"这人好像在哪见过的，怎么想不起来了，他到底是谁呢？"她左思右想，也想不出个所以然，侍女说："那人是先前的老爷呀！"女掌柜想：变得这样面目全非啦，真可怜！她量了一升金币包在稻草里，说："请用这个编一双草鞋来吧。"说着，叫侍女把东西给了他。先前的丈夫拿着那稻草回去了，可是因为那天夜里太冷，他把那稻草丢到地炉里烧火取暖，然后，又从别处找来些普通稻草编了草鞋给酒屋长者送去了。妻子想，至少得把身上穿的衣服换换再来吧？可是没想到，他依然跟原先一样脏兮兮地来了。这一次，妻子又把小判[1]捏到了饭团里，对他说："把这吃了再走吧！"那丈夫拿着饭团往家

1.日本江户时代通用的金币之一，一枚为一两。

走，路上见池塘里有野鸭，他捡起石块掷了过去，可是一下都没打中，最后又气又恼，干脆把手里拿着的饭团也扔了出去。

先前的丈夫又去了酒屋长者家，那老爷子还是原先破衣烂衫的寒碜样，妻子见了叹气道："唉，这是个多么背运的人啊！"又说："从今天起你就在这酒屋做个下人怎么样？"老爷子说："那就做下人吧！"据说，他就在那儿做下人过了一辈子。

（岩手县下闭伊郡）

猴长者

东长者是财主，西长者呢，是上了年纪的老爷子和老婆子，他们没有孩子也没有钱，是真正的穷人。某一年腊月二十九的晚上，西家老爷子对老婆子说："是不是去东长者家借一点米味噌[1]来过年呢？"老婆子说："倒是想去东长者家借东西，可是光绕弯子说话就叫人心里不痛快，还是用粟米种子熬点粥，也算吃个年夜饭吧！"正巧这时候，天上的太阳神为视察人心下凡来了。

太阳神化成了一个穷要饭的和尚模样，他先去了东长者家，说道："真不好意思，因为无处可去，恳请让我在这借住一宿吧！"可东长者拒绝了他："你难道不知道这是腊月二十九小年夜吗？再啰啰唆唆，小心把你骨头打折了！""那好吧。"化缘和尚这么说着，又来到了西长者家："老爷子，老婆子，我是化缘的和尚，可今天是小年夜，恳请让我在这借住一宿吧！""来，来，快请进，什么吃的也没有，只有一点粟种熬的米汤，尽管如此也请喝了吧！"

老爷子和老婆子高兴地把和尚迎了进去，和尚说："请洗一个一升[2]的锅，往锅里放三片青叶，然后加满水煮一下！"老

1.以米曲为原料做的味噌，日本最普通味噌品种。
2.日本容积单位之一，为一斗的十分之一，约合1.8 L。

婆子照着和尚所说的一煮，顿时出来了满锅美味佳肴。接下来和尚又说："这下，你把锅洗了吧！"老婆子刚洗好锅，和尚就从腰包里取出三粒米放了进去，他说："来，你把这个煮一下！"一煮，又煮出了满锅的米饭。三个人吃着饭菜，过了一个开心年。

饭后，和尚问他们："老爷子，老婆子，你们又穷又上了年纪，你们想要宝物呢，还是觉得回到原来年轻时的模样比较好？"两人回答说："我们想要十七八岁时的年轻模样。""那么，就请在大锅里烧水吧！"水烧好了，和尚从腰包里捏了一点黄色粉末放进去，说："老爷子，老婆子，一个一个来不要弄错顺序，请你们入浴吧！"老爷子和老婆子一入水，就都变成了十七八岁时的年轻模样。正忙着呢，天亮了，和尚又说："用水把火浇灭了，老婆子你现在去东长者家借个火种吧！"

老婆子去东长者家借火种，东长者一家人见到重返青春的老婆子，全都吃惊得不得了。老婆子说："是昨天晚上来的一个化缘和尚把我变成这样的。"话音刚落，东长者老爷就说道："原来我做了件蠢事！要是住我家，我们不是也能得到那样的好运了吗？这样吧，请你帮忙叫他来我家，拜托啦！"老婆子回家一说，和尚立马就去了东长者家，他说："怎么，东长者你有了那么多财产，难道还有什么不满足的吗？"东长者请求道："正因为有，所以才想要更多，请您赐给我更多吧！""钱你肯定不缺，那就给你原有的年轻吧！"和尚一边说，一边让东长者家烧洗澡水，这回呀，他从腰包里掏出红色药粉放了进去，然后道："来，大家都请入浴吧！"于是大家全泡了进去，这下可好，主人夫妇变成了猴子，孩子变成了狗，男佣变成猫，女佣变成了老鼠，另有一个男下人变成了一只山羊。

自那以后，和尚就把东长者的地位和财产全转给了西家夫妇。可是，每到日暮时分就有两只猴子来捣乱，西长者夫妇为难地说，在那个家无论如何也住不下去了，想回原来的家。这时，和尚又来了，夫妇俩这么一说，和尚就让他们取两块院子里的黑石烧烫了放在猴子常来的地方。夫妇俩按和尚所说的刚一放好，猴子就浑然不知地来了，它们往石头上一坐，哈，这就被烫到了！从那以后就再也没来过。

因为那时候被烫的缘故，猴子的屁股直到现在还是红的。据说，变年轻了的老爷子和老婆子，直到今天还在那个家里过着好日子。

（鹿儿岛县大岛郡）

　　"那么，就请在大锅里烧水吧！"水烧好了，和尚从腰包里捏了一点黄色粉末放进去，说："老爷子，老婆子，一个一个来不要弄错顺序，请你们入浴吧！"老爷子和老婆子一入水，就都变成了十七八岁时的年轻模样。

——《猴长者》

老爷子和蟹

　　是从前的事儿啦。某地方有一个老爷子和一个老婆子，一天，老爷子去河边看见一只螃蟹，就把它带回来，放到家里的廊檐下养了起来。老爷子一有好吃的就最先分给螃蟹，只要每次去城里，就总也不忘买螃蟹喜欢的烤芋头回来给它吃。

　　螃蟹和老爷子已经相处得很熟了，老爷子一去螃蟹那儿就先喊它：

　　　　老爷爷呀 他来啦

　　　　螃蟹你啊 咔沙咔沙

　　螃蟹就会从廊檐下出来，欢欢喜喜吃分给它的好东西。

　　可是，因为老爷子太一门心思宠着螃蟹，这不，老婆子不满意啦，她想：自从螃蟹来了，那些好吃的，老爷子就一点儿也不分给我，净给那螃蟹吃了。等什么时候老爷子不在家，我可要给螃蟹那家伙点颜色看看！

　　一天，老爷子到城里去了。"就今天，要给那螃蟹点苦头吃！"老婆子说。她在背后藏起一根木棍，一边往养螃蟹的廊檐下走去，一边学着老爷子的声音说：

老爷爷呀 他来啦

螃蟹你啊 咔沙咔沙

螃蟹以为是老爷子回家，又带了什么好吃的来了，它高兴地从廊檐下出来啦。谁知，来的并不是它喜欢的老爷子，却是把眼睛瞪成了三角形的老婆子，拉着一张可怕的脸。螃蟹想：不得了！它急忙转身要逃回洞里去。老婆子拿出身后的木棍，"啪"的一声敲到了螃蟹的背甲上，虽然下手并不多狠，可是也不知道是不是敲的不是地方，螃蟹很痛苦地吧嗒吧嗒蹬了几下腿，就可怜地死去了。

老婆子想：这下闯大祸了！可是因为老婆子特别喜欢吃螃蟹，于是，趁着老爷子还没回来，她就把螃蟹煮着吃掉了，又在屋后的竹林里挖了个坑，把螃蟹的背甲呀，壳呀，一股脑儿埋了进去，然后装出了一副毫不知情的没事人样子。

老爷子从城里回来了，他像平时一样，带了螃蟹喜欢吃的烤芋头去了廊檐下，他喊道：

老爷爷呀 他来啦

螃蟹你啊 咔沙咔沙

可是，在平时只要一喊马上就出来的螃蟹，那一天却怎么也不见出来，怎么喊怎么喊也没见出来。老爷子想，它会不会到屋后的田里玩去了？于是就去屋后找，可是这里那里到处找遍了，到处喊，却根本不见螃蟹的影子。

老爷子呆呆地站着想：这可怎么办？这时，从竹林那边飞来了一只漂亮的小鸟，它停在前面的树枝上"噼叽咕，噼叽咕"地叫，叫完又往竹林那边飞去了。

老爷子第一次见到叫声这么好听的小鸟，他想：这是什么鸟呢？不由得想出了神。不一会儿，那小鸟从竹林那边飞了回来，又停在树上"噼叽咕，噼叽咕"地叫，然后又向竹林那边飞去了。

小鸟来来回回，几次三番，飞去回来，回来又飞去，老爷子觉得奇怪，他跟着小鸟往它飞去的地方一看，咦，是谁挖了地，还有回填起来的痕迹，小鸟就在那儿用爪子刨着哪。老爷子一走近，小鸟就又往竹林飞去了。

老爷子觉得奇怪，他一看小鸟用爪子挠过的地方，哎呀，螃蟹的背甲呀，蟹腿呀，这不满满散着一地哪！老爷子想：谁呀，是谁做了这么狠毒的事啊！看样子，很可能就是我家那个好吃螃蟹的老婆子。

老爷子怒气冲冲地回到家："老婆子，老婆子，你做了件多么作孽的事，螃蟹它死在了竹林里！"老爷子一边说，一边伤心过度倒了下去。

老婆子也吃了一惊，她想，自己做的事情真的太坏了！她后悔不已，一边哭一边赔不是道："老爷子，老爷子，你饶了我吧，我真的错啦，本来并不想杀它，只是想吓唬吓唬它的，谁知，用木棍一敲它就死啦，你可饶了我吧！"

072

老爷子终于醒来了，说："好了，好了，你做了坏事，也赔了不是，我就饶了你吧！"他原谅了老婆子，两个人一起去竹林，给螃蟹建了一个小小的墓。

从那以后，漂亮的小鸟常常飞来，用好听的声音"噼叽咕，噼叽咕"地叫，直到现在还叫着呢！

（新潟县古志郡）

地藏极乐世界

很久很久以前，某地方有一个老爷子和一个老婆子。早上起来，老婆子扫里屋，老爷子扫泥地房间，才刚一扫，一粒豆子落了下来，"老婆子，老婆子，我捡到了一粒豆子，这一粒豆啊，是种到地里让它变成千粒好呢，还是用石臼舂成豆粉好呢？"两人正商量着，豆子"噗噜"一下，从老爷子的指缝间滑掉，骨碌骨碌滚走了，一直滚进了泥地房间角落里的老鼠洞。"哎呀，这可不得了！好不容易捡到的豆子不见啦，老婆子，老婆子，快帮忙拿一块木片来！"老爷子说。他一边用老婆子从地炉边的木头橛子里拿来的木片挖鼠洞，一边往那洞的深处慢慢地走了进去。

> 老爷子滚掉的豆子呀 知不知
> 老爷子滚掉的豆子呀 见没见

他一边唱着，一边往里走，这就看见路边有个石头的地藏菩萨，老爷子问："喂喂，地藏菩萨，有没有看见老爷子滚掉的豆子呀？"地藏菩萨说："看见啦，我给炒着吃掉啦！""那好吧，我这就回家去。"老爷子转身正要往回走，地藏菩萨觉得过意不去，说道："老爷子，老爷子，你且等一下，我来帮你做点事！"老爷子说："那好啊，地藏菩萨你请指教吧！"地藏菩萨指点他道："这样吧，老爷子你慢慢往里行，看到围着红屏风有很多老鼠的地方，那是老鼠娶亲在做排场，到了那里你就说'我来帮忙春石臼'！之后呀你再往里行，到了立着黑色屏风的地方，那是鬼们在赌钱，到了那儿你就学鸡叫，抢了钱呢就快跑！"

老爷子对地藏菩萨说："好的，多谢了！"说着就往洞的深处走。果然如地藏菩萨所说，看到了围着红色屏风的地方，他说："恭喜恭喜！"才一进去，就有老鼠新娘从里面出来问他道："老爷子你来做什么？"老爷子说："我呀，因为听说这里要娶亲，我来帮忙春石臼。""啊呀，来得可正是时候，快快进来帮忙吧！"老鼠新娘说着，把老爷子引进了家门。老爷子进门一看，那家里真是气派啊，第一个房间有朱红的餐桌餐碗青铜火钵，第二个房间挂着许许多多的绸缎窄袖衣裳，进到第三个房间一看呀，很多老鼠把金子放到石臼里，哗啦哗啦正在春捣，它们一边春一边在唱：

嗨哟 好呀

嗨哟 好呀

喵喵的叫声啊听也

不要听呀

老爷子走到那里，帮着一起春起了石臼，老鼠们高兴极了，送了很多绸缎窄袖衣裳给他。之后，老爷子带着得来的红衣裳径直又往里面走，这就走到了立着黑屏风的地方。只见有很多鬼正噼噼啪啪在赌钱，为了不让鬼发现，老爷子爬到了马厩的横梁上。到了半夜，他一边啪啪地敲着蓑衣，一边"喔喔喔"地学公鸡叫。鬼们说："咦，第一遍鸡叫了吗？"过了一时，老爷子又啪嗒啪嗒敲着蓑衣"喔喔喔"地学公鸡叫起来，"是第二遍鸡叫了吗？"鬼们说。又过了一时，老爷子又一边啪嗒啪嗒敲蓑衣，一边"喔喔喔，喔喔喔哦"地学公鸡叫起来。鬼们大吃一惊道："已经三遍鸡叫了，天一亮可就糟了！"任凭赌资乱散着，他们一个个争先恐后也不知逃到哪儿去了。

老爷子从马厩的横梁上慢慢下来，把那些钱全部带回了家。他和老婆子脱掉了一直穿着的破衣裳，穿上了老鼠给的丝绸窄袖衣，心花怒放地把钱"丁零当啷"放到升箩里去量。正在这时，"在家吗？这丁零当啷的……我来借个火呀！"隔壁的老婆子一边说一边进了门。"哎呀，哎呀，做什么交了这样的好运啊？发财大喜呀，发财大喜！"隔壁老婆子说道。老爷子和老婆子于是给隔壁老婆子讲了发财的经过，如此这般，得了红衣裳啦，得了很多钱啦，"喏，喏，就是这个！"他们说。

隔壁老婆子说："哎呀，那可太让人羡慕啦！这样，我也早点回家，让家里的老爷子也去上一趟。"说着，急急忙忙回去了。隔壁的老爷子老婆子也一样，老婆子扫里屋，老爷子扫泥地房间，可是怎么扫也没见扫出豆子来，老爷子于是大声说："老婆子，老婆子！快从那边的袋子里抓一把豆子来！"

他把老婆子拿来的豆子抓一把放进了老鼠洞，然后用木片挖开，自己则走到里面去。就像听说的那样，隔壁老爷子也看见路边坐着个石头的地藏菩萨，老爷子问："有没有豆子滚到这儿来？"地藏菩萨说："啊，有的，被我捡了吃掉了！"老爷子说："什么浑蛋地藏菩萨，把人家的豆子捡吃了，侮辱人呢！缎子的窄袖衣裳也好，钱也好，你给赔来吧！"地藏菩萨板着脸，很不情愿地同教隔壁老爷子那样地教了他。

　　俺的豆子谁偷了
　　赔来俺的豆子钱

　　老爷子一边唱一边往里走，走了一会儿，果然看见前面立着红屏风，老鼠们正唱着：

　　嗨哟 好呀
　　喵喵的叫声啊听也
　　不要听呀

　　一边哗啦哗啦在石臼里舂黄金。老爷子偷眼一看，正如隔壁老爷子说的，红衣裳啦，朱红的餐桌餐碗啦，还有很多很多的钱……那些个老爷子都想要，他想，只要一学猫叫，那宝物就可以全拿走啦！于是他大叫一声道："喵！喵！"刚刚还灯火通明的老鼠的家，转眼就像熄了灯一样变得漆黑一片，统统消失不见了。

　　老爷子想，这是怎么回事呢？他一边想一边摸黑往里爬，这下，听到了黑屏风对面发出的"噼哒，咔哒"的声音，他想："那是什么？"偷偷一看，是鬼们正聚在一起赌钱呢。老爷子想起了地藏菩萨教的话，为了不让鬼发现，他爬到马厩的横梁上躲了起来。到了半夜，他啪嗒啪嗒敲起蓑衣大声说："嗨！一遍鸡叫！"鬼们大吃一惊，一个个不安地面面相觑道："那是什么？"老爷子又大声说："嗨！二遍鸡叫！"鬼们又说："那是什么？"他们慌慌张张开始骚动起来。老爷子想，这次可要把鬼们镇呆，然后再把他们撵出去，于是，他用了更大的声音道："三遍鸡叫！"鬼们说："怎么！那声音可不就是昨晚的假公鸡，抢了俺们的钱今晚又来了，快把他给抓起来啊！"说着，就要爬到马厩的横梁上来。

鬼们因为爬得太急，被梁上的钩子钩住鼻孔吊在那儿了，老爷子见了大声笑起来。鬼说："那老爷子，不要让他给跑了！"一大帮鬼一拥而上把老爷子拿住了，说："就是这老爷子，昨晚偷了俺们的钱！"他们对老爷子一顿拳打脚踢，老爷子浑身受了伤，血流出来弄得满身都是，他"噢哟，噢哟"地一边哭，一边爬出来。老婆子听到老爷子的哭声，说："咦……咦，是不是我家老爷子穿着红锦缎窄袖衣裳，唱着歌儿回来了？"她把身上的破烂衣裳脱下来丢进了火里，就那么光溜溜地等着他。老爷子呢，好不容易从洞里爬出来，"噢呵呵，噢呵呵"地一个劲儿哭。那正是呀，坏老爷子浑身是血，坏老婆子呀烧了衣裳！

（岩手县上闭伊郡）

摘瘤子的老爷子

很久很久以前，某地方有两个老爷子，他们各自长着一颗拳头大的瘤子。两人都觉得瘤子难看想要摘掉它，于是，两人来到山里的神社向神灵许愿，又开始做通宵祈祷。

到了半夜，远远的好像传来了什么声音，那声音渐渐近了，仔细一听，是笛子和太鼓的配乐合奏[1]声，"怎么回事儿呢？"正疑惑着，那声音就到了第一个牌坊那儿。

嗵嗵嗵 嗵嗵嗵
嗵恰啦 嗵恰啦
嘶嗵嘶嗵嗵

眼见乐声直往神社的长殿这边来，"这可太意外了！"两个老爷子这么想着，就想跑到角落里躲起来。正在这时，神社的门"吱嘎"一声开了，一个差不多有六尺高、红脸高鼻的天狗[2]带着五六个同伴走了进来。

1.为衬托歌、舞、戏剧、动作等的气氛而热闹地演奏的音乐。
2.日本民间传说中的似人怪物，赤面，高鼻，有翼，善飞，穿着类似修验道的修行者，手持羽毛扇，神通广大。

嘈嘈嘈 嘈嘈嘈
嘈恰啦 嘈恰啦
嘶嘈嘶嘈嘈

　　天狗们奏着乐，可是，光奏乐却没有跳舞的，看来他们已
经听厌了神乐，正相互推让着要对方跳，可是，却没有一个会
跳的。一个天狗一边气吼吼地哼着一边往旁边看，这一看，看
到了躲起来的两个老爷子。

　　"怎么？这里有人类的老爷子，那就快出来跳个舞吧！"
天狗说着，拽住站在那儿的一个老爷子的袖子把他扭到了众天
狗间。老爷子骇得浑身发抖，可是，那伴奏实在太有趣了，老
爷子忽地来了劲，忘形地跳了起来。

核桃圆圆 啪咔啪咔
小毛孩的娘呀
喂啊喂奶奶 嘶嘈嘎啦嘈

　　他一边唱一边跳，直把歌来回唱了三遍，天狗们高兴极
了，大家都拍手称好。"跳舞跳得这么好，就是你额头上的瘤
子太碍事，挡得连长相都看不清啦，来，帮你把瘤子摘了吧！
嘿，真是个跳舞的好手！"天狗们一边说，一边把老爷子额上
的瘤子轻巧巧地摘掉了，老爷子觉得脑袋忽地一轻，高高兴兴
从场上退了下去。

接下来，另一个老爷子被拽到了大家伙团团围坐的圆圈正中间，"来，这次到你了，跳个舞来看看吧！"天狗们说着，又吹吹打打伴起奏来。

　　嗵嗵嗵 嗵嗵嗵
　　嗵恰啦 嗵恰啦
　　嘶嗵嘶嗵嗵

可是，这老爷子怕得实在太厉害，他身体"嘚嘚嘚"地发着抖，连膝盖也伸不直了。被大家催急了没办法，他也一边唱一边跳了起来。

　　下下停停 下下停停 停了又下啊
　　下小雨的时候 更寂寞啦
　　轻飘飘呀 扑通通

好不容易唱一首，可是那声音却发着抖，牙齿咬得咔嚓咔嚓响，音调还合不上拍，而且声音太小，把个阳刚气满满的天狗们听得一脸不痛快。天狗说："打起点精神来吧！"被这么一说，老爷子却愈发畏畏缩缩，终于一个屁股墩坐在地上哇啦哇啦哭了起来。

天狗们心情大坏，说："胆小也该有个限度不是！俺们的脸难道就长得那么奇怪吗？那么有趣的神乐也被你哭毁了，从此再不想见到你这样的老爷子了！给，这个瘤子你也给带回去吧！"说着，把刚才从前一个老爷子脸上摘下的瘤子，往这老爷子的鼻子上径直扔了过去。

老爷子大吃一惊，用手在鼻子上转圈一摸，可不，在前面的瘤子下又长出了一颗大瘤子，据说，老爷子的脸从此变得奇丑无比，简直叫人不忍再看第二眼。

（岩手县上闭伊郡）

"胆小也该有个限度不是！俺们的脸难道就长得那么奇怪吗？那么有趣的神乐也被你哭毁了，从此再不想见到你这样的老爷子了！给，这个瘤子你也给带回去吧！"说着，把刚才从前一个老爷子脸上摘下的瘤子，往这老爷子的鼻子上径直扔了过去。

——《摘瘤子的老爷子》

天福地福

很久很久以前，比邻住着一个老实人老爷子和一个贪心鬼老爷子。有一年岁末，两人在路上相遇了，老实人老爷子说："到了新年，但愿我们都做一个能应验的灵梦呀！"贪心鬼老爷子说："好啊，好啊！"两人约好，只要做了梦就得告诉对方。

正月初三，老实人老爷子和贪心鬼老爷子在路上相遇了，"怎么样，昨晚做梦了吗？""啊，做啦，做啦！""做了什么梦？""做的呀，是福从天上掉下来的梦。"老实人老爷子说。贪心鬼老爷子说："我做的呀，是福从地下赐来的梦。""是吗，是吗，不管哪个都是好梦啊！"

过了些日子，一天，老实人老爷子说："今天天气好，俺先去地里把豌豆种子撒了吧！"说着就去翻地了，翻着翻着，锄头尖尖"咔嚓"一声碰到了石头，"咦，这地方不该有石头呀！"老实人老爷子觉得不可思议，他拿掉石头一看，石头下面埋着一只瓦罐。"咦，挖出了一只瓦罐！"打开罐子盖一看，只见满满一罐子的大判[1]和小判[2]正闪闪发着光。老实人老爷子吃了一惊，他想："这可是隔壁老爷子梦到的地福啊，

1.日本古时的一种金币，一枚为十两。一枚大判相当于十枚小判。

2.小判，参见本书P064脚注。

得赶紧去告诉他！"他连忙收了工拔腿往隔壁家跑去，喊道："隔壁老爷子，你的地福出来啦！快去看看吧！"一边把那地方告诉隔壁老爷子，一边自己回了家。回到家，老实人老爷子把这事儿告诉了老婆子："隔壁老爷子很开心地飞跑着去了，马上，他就会背着金币罐子回来啦！"老婆子也说："喂，你可做了件好事！来吧，来吧，你也来烤烤火！"就这样，老爷子老婆子就着地炉，一边烤火一边说着话。

贪心鬼老爷子欢天喜地飞跑到地里，果然见到了翻土挖掘的痕迹，罐子也在，他想，这里面可都是大判和小判啊！一边想一边打开盖子看，谁知，有什么嘛！不但没有大判和小判，里面还蠢蠢地蠕动着许多蛇，"上了隔壁那臭老爷子的当了！"贪心鬼老爷子像着了火一样地发起怒来，"好吧，下次我一定反过来搞他个目瞪口呆！"说着，他背起那罐子回了家。

贪心鬼老爷子从家里扛来梯子爬到隔壁家的屋顶上，他从烟囱往下一看，老实人老爷子正在地炉边烤后背。"骗了人还在这烤后背！"贪心鬼老爷子气啊，愈发气得肚子都鼓了起来，他取下罐子盖，把罐子里的东西稀里哗啦一股脑儿全朝老实人老爷子头上倒了下去，可这回罐子里的却不是蛇，一阵噼里啪啦过后，真正的大判和小判落到了老爷子和老婆子身旁。

"喂，老婆子，隔壁老爷子被赐到了地福，俺们家的天福也到啦！"两人高兴极了。正月初二的灵梦实现了，老实人老爷子和老婆子成了顶顶有钱的大财主。

（新潟县南蒲原郡）

买梦的男子

从前，某地方有两个做买卖的生意人，两人结伴出门去行商。一天，他们来到一个像寺泊[1]那样的海边，因为走得很累，脚也麻了，就说："哎，在这儿歇一下吧！"这就停下来稍事休息。

其中年长的男子说："俺困啦！""是吗，困的话就睡一会儿吧！"年轻的男子道。话音刚落，年长男子就已经呼呼地打着鼾睡着了。"喂，喂，怎么又睡得这么快！"年轻男子一边想，一边无意中朝睡着了的男子脸上看了一眼，只见一只虻虫正从他鼻孔中"嗡"地一下飞出来，随即往佐渡岛方向飞去了，"啊，还有这等奇怪的事！"年轻男子正想呢，只见刚才那虻虫又飞了回来，往睡着了的男子鼻孔中钻了进去。过了一会儿，男子睁开眼醒来了，他说："俺刚才做了个古怪的梦。""是吗，做了什么梦？"年轻男子问。"是这样的……梦到佐渡岛上有一个非常有钱的长者，他家院子里有一棵开满白花的山茶树，从那棵树的树根下飞来一只虻虫，它说：'挖这里！'俺就在那树下挖，谁知这一挖，挖出了一只装着满满黄金的罐子——喏，就是这样的梦。"年轻男子专心听着这话，也不知想到了什么，他突然开口道："能不能把你

1.为新潟县中部三岛町的港町，为佐渡岛航渡要港。

那梦卖给我？""买梦？你买它做什么？"年长男子不解道。可年轻男子却死乞白赖地请求道："不管怎样，把它卖给我吧！""那么，你打算出多少钱？""这样吧，三百块，你把它让给我！"年长男子也接受了这个价，总之，三百块钱买梦的事儿就这么成交了。

行商结束后，买了梦的男子暂时回了老家，随后，他又装作出门行商的样子悄悄渡海去了佐渡岛。他在佐渡岛这里那里地到处寻找，好不容易找到了财主家，跑到那家的门口大声一招呼，老爷就出来了，他向老爷请求道："我是从越后国来的穷苦人，流浪到这儿真是难为情！可是，不知您能不能雇用我打扫庭院呢？"老爷说："来得正是时候，家里正想要一个洒扫庭院的，你就在这好好做吧！"就这样机缘凑巧地雇用了他。买梦的男子每天认真做事，一心等着春天的到来。

寒冷的冬天过去，春天来了，天气渐渐暖起来，花开满了一院子，山茶也开了，可是不知为什么开的全是红花，白花却一朵也不开。尽管这样男子也没有灰心，他决心等待下一个春天。又一个春天来了，院子里的花又开了，他每天都留意着去看白山茶花开没开，就在某一天的早上，他见着了一棵山茶树上满满当当盛开的白花。

男子真高兴呀，那天夜里，他悄悄从床上起来，没让任何其他人知道，他拿着一把铁火钳来到开着白花的山茶树树根下捅了起来，才一捅，就听到了"嗑噜嗑噜"的声音，挖开土一看，见到了一个罐子盖模样的东西。"就是它！就是它！"他一边想一边打开盖子，一看，眼睛也花了，那是一个装着满满黄金的金罐子。男子把罐子挖出来，把土盖回去恢复原样，又把金罐子放到没人知道的地方藏了起来。

　　半年过去了，这一天，男子对老爷说："承蒙长久以来的照顾，因为必须要回老家给父母做周年忌的法事，所以特来向您告假！""是吗，很长时间以来，你做事也很努力，那么，你就请回吧！"老爷说着，又给了他些许盘缠。买梦男子向老爷道过谢，把藏着的黄金罐子弄成了行李模样，带着回到了越后的老家。据说从那以后，男子成了了不起的长者，财富足够他一辈子都过得轻松自在。

（新潟县南蒲原郡）

撒灰童子

从前，有东长者和西长者两家，西长者家很穷，家里只有母亲和一个十五岁的儿子相依为命。大年夜那天，西长者家没吃的，于是就想去东长者家商量借一升米和一碗味噌。

西长者的儿子去东长者家请求道："东长者老爷，恳请您借一升米和一碗味噌给我吧，作为交换，从明天起，我就给老爷您家做雇工！"东长者说："说借东西给你们，可我能借什么呢？嗻，院子的垃圾堆里有稻壳，屋后的芭蕉田里有芭蕉渣，你就把那些个拿去吃吧！"儿子回到家，说："母亲，母亲，东长者说院子的垃圾堆里有稻壳，屋后的芭蕉地里有芭蕉渣，稻壳不是能吃的东西，芭蕉渣呢也吃不了，母亲，您不是有年轻时穿的芭蕉布[1]衣裳吗？就用那个换米做年夜饭吧！"母亲说："我是为死的时候着想，才把一件芭蕉布衣裳藏在了柜子底。要不，你就把那衣裳拿去换一升米来吧！"

儿子拿着母亲的芭蕉布衣裳去换米。路上，他看见三个孩子吊着一只小老鼠的颈子把它丢到池塘里，丢下去拉上来，丢下去又拉上来。"做什么呢！你们这些孩子，与其这么做，不如把那老鼠和我这芭蕉布衣裳换一换怎么样？""不换不换，

1.用芭蕉叶纤维织成的布，质硬，透气性好。冲绳、奄美大岛特产，可作夏装衣料。

老鼠好玩，芭蕉衣裳又不好玩！""才不呢，老鼠不能吃，芭蕉衣裳可是能换米换饼子的！""那就换了吧！"

儿子用芭蕉衣裳换了老鼠，怀揣着老鼠回了家，"母亲，在路上，我见孩子们把老鼠丢到池塘里去捉弄好可怜，就用芭蕉衣裳把它换下了。""也只有你这样的傻孩子才做那傻事，真没办法啊！"母亲一边说，一边把留种的小米拿去煮粥了。也不知是不是在儿子怀里得了暖，那小老鼠不知什么时候出去了，这时，它又不知从哪里找到一个钱袋衔着回来了，打开一看，里面有大钱二十两。母亲见了说："因为你救了它，它才报恩衔来了这个吧！"说着，她把钱袋供到了先祖的牌位前。

母子俩睡下了，母亲做了一个梦，梦里老鼠说："承蒙阿哥救了我一命，可是这恩情，单凭我的力量还无以为报，请用我带来的钱去买一条有三个斑点的狗来好好养着吧！"第二天早上，母亲说了她的梦，这就去买了有三个斑点的狗来精心养了，这期间，狗常常去山里叼野猪回来，母亲和儿子有钱了。

因为有了很多钱，母亲和儿子就又煮野猪肉又喝酒地庆祝起来。东长者来了，他问："这是怎么回事？你们不是说大年夜没吃的，要借一升米和一碗味噌吗？如今却搞起了什么庆祝，这到底怎么回事啊？"两个人于是把后来的事说给东长者听了。"来，你也请尝尝！"母子俩说道。"谢谢，明天把狗借我，我也让它抓个野猪来吃吃！"东长者说道。第二天，东长者把狗借去了，可那狗却尽叼些死了臭了的猫呀猪崽什么的回来，东长者怒不可遏："可恶的家伙！我要杀了你，把你丢掉！"他果真把狗杀了丢掉了。

三天过去了，狗也没见还回来，西家的儿子跑到东长者家去了："老爷，老爷，你借了我的狗，三天过去了没有送回来，这是怎么回事呀？"东长者答道："这条狗太不像话了，不叫野猪，尽叼些臭猫烂猪崽的回来让家里人清扫，我已经把它杀了，丢进了院子的粪坑里！" "就算那样，狗的尸体我也要带回去，也好给它做个墓。"西家的儿子说着，把狗尸体带回去埋在了院子的假山下。不久，从那上面长出了一株叫"灯台"的大竹子，竹子径直长到天上，竟戳破了天上的米仓，米成袋成袋地落了下来。母亲和儿子高兴极了，得了米，又吃饭喝酒庆祝起来。东长者又来了，问道："狗也已经被我杀掉了，你们又庆祝什么呀？" "实在是如此这般，天上落米下来了，这正庆祝哪！"

东长者说："那么，把那骨头也借给我用用吧！"西家把骨头从土里挖出来借给了他，东长者带回去，也把它埋在了假山下，不久，那上面也长出了一株很大的"灯台"竹子，一直长到了天上。可是这回捅破的却是天上的茅厕，脏东西纷纷落了下来，东长者家不得不全家出动大扫除，把他们累得骨头都散了。

因为一直不见狗骨头还回来，西长者的儿子又上门去讨。可是东长者说，已经拿到海滩上烧掉了，问明了海滩的具体方位，儿子又去把灰取了来，"就算是灰，也带着你去巡个山吧！"他一边说一边往山中走去。没想到，这就遇见了五头大野猪，西长者的儿子瞅着那野猪对灰道："原先，你可是很厉害的狗！"说着把手一扬，灰飞出去飞进了野猪的眼睛，野猪和野猪互相厮打起来，其中有一头被咬死了。儿子把死猪扛回家做了菜，他说："母亲，吃野猪呢就只今天啦，您请多吃点！"两人正吃着，东长者又来了，他说："骨头不也被我烧了吗，还有什么好开心的？"儿子说："我带着那灰去巡山，这不，抓了一头野猪回来了，刚还说'吃野猪就只今天了'，喏，我们母子正吃呢，你也请尝尝！"东长者说："明天把你那灰借给我，我也去抓一头来吃吃！"

第二天，东长者带着灰去了山里，刚一进山，就有四头野猪跑来了，东长者对灰说："你原先可是很厉害的狗！"说着，把灰撒了出去，野猪们愤怒极了，它们说："昨天吃我们同伴的就是这家伙！"说话间，东长者就被四头野猪咬死啦。

（鹿儿岛县大岛郡）

三兄弟

很久很久以前，某地方有弟兄三人，最大的哥哥叫一郎治，老二叫二郎治，最末的叫三郎治，一郎治是人们常说的那种有一点呆傻的愚钝长子。到了一郎治二十岁、二郎治十八岁、三郎治十六岁的时候，父亲把三人喊到身边说："这样，你们呢，也已到了可以独当一面的年纪了，总这样待在家里只会一事无成，从今天起给你们三年时间，三人各行其道出门去，都闯出点什么再回来吧！"他给了弟兄们每人五两小判。二郎治和三郎治都说："父亲，三年后我们肯定会出息了再回来的，您可要保重身体，健健康康的！"只有一郎治什么话也没说。

话说，很快就到了要出门的日子了。十五的晚上，弟兄三人起程了，三个人沿着山道一直走，风吹芒草，芒穗在风里飞。走啊走啊，恰好走到一处三岔路口，就在那里露宿了一夜。第二天早上，二郎治商量着说道："一郎治哥哥、三郎治，每天这样一成不变地走下去好没意思！不如我们仨各走各的，都去闯了天下再回家吧！就在这里别过吧，你们说怎样？"三郎治听到二郎治的话说："嗯，二郎治哥哥说得对，我赞成！"一郎治也说："那就这样吧！"三个人约好三年后的今天在此会合，随即，一郎治走右边的路，二郎治走中间的

094

路，三郎治走左边的路，三人就此别过，各奔东西了。

先说走右边路的一郎治吧。因为一郎治有一些呆笨，所以尽管和弟弟们分开了，他也依然满不在乎地继续往前走，一点也没觉得寂寞。很快，他翻过了群山，只见山尽头有一片很大的沼泽，沼泽里落满了大雁。一郎治想，该找个石头来砸雁，可是找来找去找不着，因此他从怀里摸出小判"砰"地一下砸了出去，可是雁没打着，小判却白白扔掉了。即使这样，一郎治还是不管不顾地继续走，天渐渐黑了，肚子也饿起来，想吃点什么却又没有钱。不愧是呆傻的一郎治，他一边为难着一边进了路边的佛堂，就在佛堂里面睡着了。

也不知过了多久，只听一个声音叫道："一郎兄，一郎兄！"一郎治睁开眼睛往四下看，却没见到一个人，他想："怎么，该不会是狐呀狸子什么的捉弄自己玩吧？"这么想着又睡了，这下，叫声却比之前更大了："一郎兄！一郎兄！"仔细一看，在佛堂的角落里，一只破碗正"一郎兄一郎兄"地叫着呢。"怎么，是你叫我吗？我还光想着狐呀狸子什么的。"一郎治说。那破碗道："哈哈，是什么都没关系，老兄你身上分文没有，除了穿的，就真的什么也没啦！不可能一直这么走路走下去吧，怎么样，往后和我一起做事吧？""什么，你能做什么呀？""没关系的，你只要按我说的做就好。"两个说着，好一番商量，然后才又睡下了。

第二天开始每一入夜，一郎治就怀揣着那破碗去了城里，去的都是有钱人家，等夜深人静人们都睡熟了，他就把那碗从猫进出的洞放进人家的家里去，碗再从里面把门打开让一郎治进去。就这样，黄金呀，各种各样的宝物都被偷了出来，从那以后，一郎治便成了有名的盗贼。

再说走中间那条路的二郎治吧！二郎治打生下来就老实，他是弟兄几个中性格最好的，和一郎治、三郎治分开后他觉得很不安，一心想快快到有人烟的地方去，所以他尽量挑选大路和正路走，可是也不知走了多少路，却怎么也到不了热闹地方。很快，到了晚上了，二郎治垂头丧气地在路边草地上坐了下来，才刚一坐下，家里的事、弟兄的事全涌上心头，不由得呆呆发起愣来。这时，从他屁股下传来了"二郎治，二郎治"的叫声，他吃了一惊，挪开屁股仔细一看，只见那儿落着一把刮刀。"怎么，喊我的是你吗？被你吓了一跳！"二郎治说。"怎么，用不着那么吃惊吧？哎，你呢，也不能总这样说着'好害怕啊，好害怕啊'地一直走下去吧！告诉你个好事情，离这儿仅一里地的地方，有一个长者老爷家的小姐得了大病，他家每天都请些和尚道士的上门去，医生都已经看尽了，可那些家伙全都是些无用的，根本治不好！小姐的病只是一天天在加重。其实呀，医那小姐的病也太容易了，你只要把我翻过来在小姐屁股上轻轻刮一圈，她的病就能好得干干净净啦！""那，要是用正面会怎样？"刮刀说："用正面的话，病反而会更重，所以呀二郎兄，你把我带到那儿，去刮一下小姐的屁股试看吧！要在平时，小姐的屁股可不是随便摸的，这如今呢，是已到了'今天会死吗，明天会死吗'的地步了，现在他们会同意的！"

　　二郎治是个老实人，他想，不管怎样，病重的人能得救岂不太好了！他立马把刮刀揣进怀里，连夜就往长者家赶去了。到了那儿一看，小姐病得果然很重了，连在大门口都听得到她嗯嗯的呻吟声。二郎治小心翼翼地进了门，因为小姐的病如今已经到了死马当作活马医的地步了，家人就什么办法都想试试，所以二郎治刚一开口说给小姐治病，长者家就同意了。二郎治让人退避了，在小姐的四周围起了屏风，然后他从怀里掏出刮刀，在小姐屁股上快快地刮了一下。方才还呻吟不止的小姐，一下子好得干干净净了！真是手到病除呀，长者家高兴极了，说二郎治是小姐的救命恩人，立即将他奉为上宾殷勤招待，又招他做了上门女婿。

　　接着要说的是小儿子三郎治。三郎治虽然年纪不大，可在弟兄中却是意志最坚强的一个，自兄弟们分别后，他在左边那条路上"咚咚"地使劲儿走，可三郎治走的那条路，不知怎的，走啊走啊，走来走去却依然在山里打转转。很快，天黑了，晚风吹到松树上发出轰轰的嘶吼，让人瘆得慌。三郎治走了一天也累了，他在松树下歇下来，想着："今晚就睡这儿吧！"谁知刚一歇下，就听瑟啦瑟啦，草被吹倒到一边去，一股腥风从远处直吹过来。他"啊"地掉头一看，只见从山那边伸过来两条火红的蛇芯子，一条大蛇摇摇晃晃边翻身边往这边窜过来，"不得了！"三郎治在心里大叫一声，爬到松树上躲了起来。大蛇不停地伸出长芯子抬头往松树上看，终于发现了三郎治，它开始一圈圈往树上盘，连意志坚强的三郎治也害怕了，他想，这该怎么办呀？而这边，大蛇已经开始绕着树往上爬了。

三郎治一边念"南无阿弥陀佛，南无阿弥陀佛"，一边瑟瑟地发着抖，正在这时，三郎治的腰带突然松了，怀里的钱"扑通"一声落到了正往上爬的想把三郎治一口吞下的大蛇嘴里，恰好堵住了大蛇的喉咙，大蛇猛一翻身从树上落了下来。危难紧急关头，三郎治却得救了！他松了一大口气。这时，王爷正巧带着很多随从从这儿经过，看到那垂死挣扎的大蛇说："太了不起了！这蛇也不知害了多少人，现在你除了这蛇，真是太好了！来吧，你到我那儿去吧！"三郎治跟着王爷回到了都城，不久他又被提拔为武士，专做惩办坏人的差使。

第三年的秋天到了，做惯了盗贼的一郎治也想起了遥远的故乡，"啊，我做这事已经三年了，如今父亲在做什么呢？"虽然做着盗贼，一郎治却并没有贪念，他把偷来的钱财都给了穷人，自己却依然穿着破破烂烂裙带菜一样的衣服，坐在破庙的廊檐下叹气，"按兄弟们的约定，这次是非回家不可啦，可是父亲，我这样子哪有脸去见您呢？还是要去再偷一次，偷点什么东西做礼物才好！"他这么自言自语地一说，怀里的破碗也说："好的，好的，今晚就去，别担心！"

二郎治做了长者家的女婿，并不缺钱，可他却还是带着刮刀这里那里地给人看病，又因为他是长者的女婿，所以受到每个人的感激和尊敬。今天，他又从病人家出诊回来，坐在廊檐下看圆月升起在对面的山头上，心想："啊，今天是八月十五了，约定回故乡的日子是九月十五，这时候，哥哥弟弟他们都在做什么呢？定好的日子，可是非回去不可呀。"他备好了五百两黄金作礼物，一心等着回家的那一天。

小儿子三郎治反反复复想着故乡，他最近老梦到兄长们。再过一两天就是九月初一了，明天，就是动身启程回家去的日子了。谁知却来了一纸诉状，说乡下有一个长者家的五百两巨款昨天晚上被贼人偷走了。临回老家的最后一天却要去抓贼，终于，把那个浑身脏兮兮的穿着裙带菜一样破烂衣服的小偷抓到了。把贼这样那样地一审，却原来是三年前分开的大哥一郎治；而起诉的长者，也正是小哥哥二郎治。弟兄相见，真是心绪难平呀，大家不禁相拥而泣。

第二天，一顶快轿把父亲从家乡接了来。多么令人称奇的事啊！弟兄三人的故事这就讲完啦，真是呀——世道昌盛啊，门庭昌盛！[1]

（宫城县桃生郡）

---

1. "世道昌盛啊，门庭昌盛"，为宫城县昔话常用结束语。

狗和猫和戒指

　　三个船工从甑岛[1]划船出发，到达对岸的时候，船主拿出三十文钱给了其中的一个穷船工，让他买些点心之类的带回岛上给孩子作礼物。船工在街上走着四处一瞧，看到几个孩子正用绳子绑着一条蛇玩弄，他掏出十文钱买下来救了它；再往前走，又看到有孩子正欺负一条狗，他又给了十文钱救了狗的命；继续往前走，这次是看到一只猫正被孩子们捉弄着，于是，他又用十文钱买下来救了它。那男子的三十文钱就这样用光了，而他一回到海边，船已经装好货物在等了，于是他立马上了那条回甑岛的船。

　　回去的路上，船在波涛汹涌、水浪湍急的海上航行，可是不知为什么突然停住了，真奇怪呀，有风，船却开不动——这么想着去船尾边一看，只见一条大鲨鱼正紧紧咬着船桨不放。船主说："喂，喂！大家都把自己的布手巾[2]扔到海里去，都看好了！谁的手巾扔下去鲨鱼松口，那么，谁就跳下去喂鲨鱼！"大家争先恐后把自己的布手巾扔下去，一个人扔了，三个人扔了，最后，那个穷船工也把布手巾扔了下去，没想到，

1.甑岛列岛，位于鹿儿岛县串木野市西南。
2.布手巾，日本特有的洗脸洗澡用的棉布片，有时也戴在头上，大小约24cm×90cm。

鲨鱼这就松了口，船像原先那样地动了起来。男子只好跳进了海里，可是鲨鱼说："我不是来吃你的，之前，你救的那蛇是龙王的女儿，我是为了感谢你特意来接你的！"男子坐到鲨鱼的背上往龙宫去了，路上鲨鱼教他道："到了龙宫，你就要放在桐木箱里的那个戒指。"

穷男子到了龙宫，受到了丰盛的款待还得到了戒指，然后，他又坐在鲨鱼背上被送回了岛上。就这样，短短三年时间他建起了好几个仓库，成了有钱人，只要拿上那戒指，想什么就来什么，要什么就有什么。却说，有一个大阪的牛马贩子听说了此事，为了得到那戒指，他来到了甑岛，他说："我是大阪的大富翁，你是甑岛的大富翁，我想会会你！"男子用各种各样好吃的款待了他，大阪的牛马贩子说："我有很多很多宝物，请把你的宝物也拿来让我开开眼吧！"男子拿出戒指给他看，可是，他趁男子不注意把戒指调了包。从那以后，岛上的男子一下子变得很穷很穷，穷得连头都抬不起来了。

听说戒指被偷，男子救下的狗很快跑来了，猫也跑来了，男子请求它们道："若能把戒指取回来，我就让你们上饭桌吃饭。恳请帮我出力吧！"狗和猫立马动身去了大阪，到牛马贩子家里一看，见那戒指正藏在一个罐子里，可是根本没有办法取出来。于是，猫抓了住在那儿的一只名叫"吱多"的老鼠，老鼠哀求道："三花猫，三花猫，您请饶命啊！""听好了，你主人的罐子里有一个戒指，把它拿来就饶过你一命！"老鼠很快咬破罐子拿来了戒指。

可是，狗和猫为谁拿戒指争了起来。狗赢了，它衔着戒指跑到一条足有八里宽的大河边，刚游到河中间，狗饿了，恰有一条鱼"噌"的一声跳出水面，狗张嘴正要吃鱼呢，衔着的戒指掉进河里了。

猫站在岸上，看见一只螃蟹出来了，它一把按住了螃蟹的背甲，"饶了我啊，我可是螃蟹王！""你能把戒指给我找来吗？""我这就召集所有的喽啰找！"螃蟹王一边这么说，一边把家丁全都召集来了。戒指找到了！依然是狗把戒指衔走了，它把戒指交给主人，说这全都是自己的功劳，可是，猫却说出了真相。主人道："你们这样上饭桌会受天罚的！猫你就在家里吃饭，狗呢，你到院里吃去吧！"

从那以后，猫就在家里吃饭，狗就在院子里吃饭了。

（鹿儿岛县萨摩郡）

回去的路上，船在波涛汹涌、水浪湍急的海上航行，可是不知为什么突然停住了，真奇怪呀，有风，船却开不动——这么想着去船尾边一看，只见一条大鲨鱼正紧紧咬着船桨不放。

——《狗和猫和戒指》

神耳

有一天，一个男子从海岸边经过，看到一条小鲷鱼被大鱼追赶着到了浅滩，正慌不择路地在逃命。"你在这种地方，要是被贪心的人看见会把你做菜吃了哟，我来把你送到水深的地方，快快逃回家去吧！"说着，他帮鲷鱼逃走了。

"今天做了件好事呢！"那男子一边想一边渐渐走远了，却从他身后传来了呼叫声："喂，喂！您请稍等一下。"叫他的是一位漂亮得让人疑心是不是神仙的美丽女子。"真奇怪，我可从没见过这么漂亮的女子，该不是认错人了吧？"他想着，又迈开步子往前走去了，那女子再次叫他道："您请等一下！""是叫我吗？"他问。"是的，我是龙宫龙王派来的使者，刚才，龙王的独生女儿在性命攸关的时候被你救了，龙王吩咐我带你去，无论如何请一起去吧！"她回答道。男子拒绝说："我连游泳都不会，龙宫什么的也去不了呢！""不，根本不用担心，请坐到我的背上来，我带您去！我是水母。"她一边说一边伸手邀请男子。两个人到了海边，女子化成了一个很大的水母，男子则坐上了她的背。水母背着男子边行边说："龙王要是问你喜欢什么，你就说，也没有什么特别的，只想要装饰在壁龛上的那个神耳朵。因为你是龙王独生女的恩人，尽管这宝物龙宫里仅此一件，他也一定会给你的！"

到了龙宫，男子受到了各种各样的热情款待，据说，章鱼还用手巾缠在头上跳了舞，不过这些事都记不太清了。那男子在龙宫里待了很长一段时间，到了要回去的时候了，龙王说："什么都可以，喜欢什么你尽管说！"男子答道："其他的我都不要，只要壁龛上的那个神耳朵。""那可是龙宫里独一无二的宝物，不过，你是我家独生女儿的恩人，既然开口说了，那就给你吧！"龙王说着，把称作神耳的那东西给了他。

男子得了神耳，又坐到水母背上由水母送了回去。和水母道过别，他一个人坐在海边，这就听到有麻雀在对面啾啾地叫，男子想着试听一下，于是把神耳贴在了自己的耳朵上。太不可思议了，他竟然听懂了麻雀的话！到底在说什么呢？他侧着耳朵仔细一听，说的是："人那东西看起来聪明，其实却什么也不懂！俺们落脚的树下面的小河，河中间有一块石头，人总踩着它过河的，却根本不知道那石头是黄金！"麻雀们说着，全都笑了起来。那男子想，它们说的话好奇怪呀。他来到河里一看，果然有一块石头，他取了石头，把上面的苔藓洗净了一看，果然如麻雀所说，是一块闪闪发光的金块。

男子拾了那金块纳入怀中，心想，哪儿来的这好事呀！他继续往前走，这就听到乌鸦在松树上嘎嘎地叫。男子又拿出神耳贴在自己的耳朵上一听，只听乌鸦道："人都是蠢货，那么多知名的医生云集一处却治不好王爷独生女儿的病！那个呀，用药是治不好的，是当初葺王爷府屋顶的时候，错把一条蛇混在茅草中苫了进去，如今呢，只要把那屋顶拆开给蛇喂食，小姐的病就马上能好啦！"

男子想，这可听到了好事情！他来到王爷府门口一看，见门前立着个告示，上面写着："若有人治好独生女儿的病，当如愿给予奖赏。"神耳男子进了王爷家中，说："我可以治好小姐的病。"那儿的医生都说："连我们都治不了的病，你这么个脏兮兮的男人就能治好啦？"说得大家哄堂大笑。王爷说："不管怎样，事关宝贝独生女儿，不管是谁都请看看吧！"男人到内室看了看小姐的病，说："这个呀，是有什么活物正在受苦，是它作祟起的病。"他照着乌鸦的话说道："没错，确是有一条蛇正在屋顶上受苦。"

王爷吩咐家丁速速把屋顶拆下来一看，果然如男子所说，蛇已经痛苦得快要死了。于是马上把它救出来喂它米粒吃，蛇有了些元气爬了一尺远，而这边，小姐也从床上坐了起来；又给蛇接着喂米粒，这回，蛇爬了有二尺远，小姐也站了起来。随后，蛇完全恢复了元气，哧溜哧溜不知游去哪儿了，小姐的病也完完全全好了。据说，男子最终做了那家的女婿。

（鹿儿岛县大岛郡）

稻草王子

　　从前，在琉球的那霸，有一个母亲和一个儿子相依为命。孩子七岁的时候，母亲得了不治之症，临死的时候母亲对孩子说："孩子啊，我就要死了，虽然什么财产也没有，可是，储物间顶棚上有三把糯稻的稻草，那就是你的财产啦。我死后过了头七，你就拿那稻草到大酱店去换点大酱吧！说起这稻草呀，那时候我还是王后，国王用了很多的役夫，大家正做事的当儿，我看着经过洋面的船说了一句'好大的船啊'，很多人因为听到这话回头去看，国王怒不可遏，骂我说：'让那么多人白白偷了懒，这样的女人，把她赶出去！'就这样，我被赶了出来。出来的时候，你爷爷给了我这三把糯稻草。"说完这话，母亲就死了。

　　过了母亲的头七，孩子就按母亲的遗言拿着三把糯稻草去了大酱店，可是谁也不理他，他就在那儿两天三天地一直坐下去，终于，大酱店掌柜的受不了了，拿出三升大酱给他说："那稻草我买下啦！"

　　这下，孩子拿着稻草换来的三升大酱去了补锅店，又在那儿不声不响地坐了一整天。补锅店的掌柜说："能把你那大酱给我吗？"孩子说："这大酱可是我的财产，不能白给的。""那就卖给我！""不，也不可以卖的，就用那边的那个锅换吧！"补锅店掌柜的说："锅呀，随便哪个，你喜欢就拿去好了！""那么，就和那个掉了锅沿子的破锅换换吧！"孩子这就背着用大酱换来的掉了锅沿的破锅，又去了铁匠店。

他又在铁匠店坐了整两天，铁匠店掌柜说了："怎么样啊，小孩，这锅卖不卖？""不卖，用刀换倒是可以的！"这么一说，铁匠店掌柜的问他了："你想要哪把呢？"孩子说："那把，刀柄脚断了的那把，就和它换换吧！"于是，孩子得了那把没有刀柄的刀，又去了泊着唐船[1]的海滨。

因为太累，孩子就在那儿睡起了午觉。小偷来了，他的眼光落在了孩子枕边的刀上，但是只要他伸手去取，刀就变成蛇。小偷想尽办法也没法把刀弄到手。而唐船上的船老大从海上把这些全看得一清二楚，他大声喊道："这样，这样，那小孩！拿着那刀到船上来吧！"孩子到了船上，船老大说："请把那刀卖给我吧！""卖也可以，你出得起吗？""有这么个唐船，要多少钱我都有，按你说的给就是啦！"船老大这么一说，孩子道："我的刀不卖钱，你就用那屏风来换吧！"船老大说："屏风的话倒是有好几个，你喜欢就拿吧！"孩子说："就要那个破屏风。"孩子用刀换了破屏风，背着去了加那志[2]的王宫。

孩子把破屏风立在王宫院子里的假山上，自己却跑到阴凉处睡起了午觉。这时，屏风上画着的黄莺开始叫起来，很多很

1.中国式船只。

2.1477年—1526年，琉球国君主尚真统治时期，君主敬称为御主加那志。

多的小鸟也跟着一齐婉转啼鸣。国王听到了说："小孩，小孩，把那屏风卖给我怎么样？""这东西可不能卖，用两样东西来换就成！""哪两样，你说吧！""海里的咸水和陆上的淡水。"孩子说。

国王一听心想，这是不是遇到了一个大疯子？他马上就给孩子下达了咸水淡水的交换文书。因为所有的海水和淡水都成了自己的了，于是，孩子向来汲淡水的人每次收取十文钱，向来汲海水的人每次收取五文钱。一次一次被收钱，老百姓不干啦！他们向国王请愿，要求恢复原来的做法让他们免费取水。国王说，是啊，这真是做了件坏事呢！他把孩子喊来了，请求道："我出多少钱都可以，你把海水和淡水都还给我吧！"孩子不听，说什么也不答应。"那么，是要动用武力才能换回来吗？""打仗我也不怕，只有一点想问问您，当年我母亲在您这儿的时候，说让役夫们白白偷懒，把她逐出家门的人是谁？"孩子道。被这么一问，国王才知道了孩子的身世，他说："我把王位让给你，你把海水和淡水还给人民吧！"国王很快隐退，将王位让给了孩子。

（鹿儿岛县大岛郡）

火男[1]的故事

　　某地方有一个老爷子和一个老婆子，老爷子去山上砍柴的时候发现了一个很大的山洞。"想必，这样的洞是坏人住的吧？还是堵上比较好。"老爷子这么说着，就把一捆柴从洞口推了进去。谁知那捆柴非但没把洞口堵住，反而哧溜哧溜滑到洞里去了。又推一捆，又哧溜哧溜滑了进去，推了一捆又一捆，想着再推一捆怎么样，正想呢，砍了三天的柴火已经一捆不剩全推进洞里去啦。

　　这时，从洞里出来了一位美丽的女子，女子向他行礼道，因为得了很多的柴，作为报答，想请他到洞里去走一走。女子再三邀请，老爷子只好答应了。他进到洞里一看，里面有让人眼前一亮的漂亮的家，而那屋旁，正整整齐齐码放着老爷子花了三天时间砍好的柴。美丽的女子说："这边请！"老爷子进门一看，只见漂亮的客厅里坐着一位气度不凡的白胡子老翁，老翁再次向老爷子道了谢。老爷子在这儿受到了各式各样的热情招待，临回去的时候老翁说："为了略表心意，请把这个带走吧！"老翁说的是一个童子，这童子的脸说不出有多丑，这小子还总喜欢捣鼓自己的肚脐玩，老爷子虽然不想要，可因为

1.尖嘴向上弯翘（吹火表情）的滑稽面具，常用于民间神乐，狮子舞和风流舞等舞台表演。日本东北地区用它挂在灶间柱子上以作灶神。

对方非要给，所以只好带回了家。

　　童子到了老爷子家也还是净捣鼓肚脐玩，一天，老爷子用火钳对着他的肚脐轻轻一戳，"扑"地一下从童子的肚脐里突然掉出了一颗小金粒，从此每天都要掉三次，老爷子家转眼成了富贵长者。老婆子是个贪心的女人，她还想要更多，趁老爷子不在家的时候，她拿起火钳对准童子的肚脐猛戳了下去，这下可好，金子没出来，童子却死了。老爷子外出回来看到童子死了悲伤万分，夜里，他梦到童子来了，童子对他说："老爷子您别哭，请照着我的脸做个假面具，挂在每天看得见的灶前柱子上，那样，家里就会繁荣昌盛啦！"这童子的名字叫"火男"。

　　就这样，听说那地方的村子，直到现在还用木头和泥土做很丑的火男假面挂在灶前的柱子上，人们称它为灶神。

　　　　　　　　　　　　　　　　　　（岩手县江刺郡）

临回去的时候老翁说："为了略表心意，请把这个带走吧！"老翁说的是一个童子，这童子的脸说不出有多丑，这小子还总喜欢捣鼓自己的肚脐玩……

——《火男的故事》

金茄子[1]

从前，某地方有一个老爷子和一个老婆子，一天，老爷子正在海边割裙带菜，突然漂来了一艘独木船，老爷子往独木船里一看，见船中有一个姑娘，因为在船里晃荡了很多天已经气息奄奄。为救那姑娘，老爷子把她带回了家，然后又和老婆子一起竭尽全力地照顾她，姑娘很快恢复了元气，人也精神了，她看到老爷子老婆子这么亲切非常高兴。因为老爷子和老婆子没有孩子，他们就把那姑娘当作了自己的后人。

姑娘在随船漂来之前就已经怀孕了，不久，她生下了一个玉一样的男孩，老爷子和老婆子高兴极了，那孩子也渐渐长大，很快到了七八岁的年纪。可是，他总是一遍又一遍地问母亲："一起玩的小伙伴都有父亲和母亲，而我却只有爷爷奶奶和母亲，为什么我没有父亲呢？"可是母亲怎么也不说。其实，母亲原本是王爷的妃子，她年纪轻，长相好，才能也好，很受王爷的宠爱。可是，就因为这样招致了别人的憎恨，她们做了各种各样的密谋，最后，有人在王爷床上偷偷藏了一个香榧壳，王爷对此毫不知情。那天，他刚一到，香榧壳就"噗"

1.此篇题名《金茄子》，亦有版本作《结黄金的树》。通篇并未涉及与"茄子"相关内容，故推测"茄子"（音nasu）为"放屁"（音nalasu）讹化。

的一声破了，听到这声音，其他的女人都说："妃子在王爷面前放了一个屁！"王爷大怒，最终把妃子丢到船上流放了。"你的父亲就是王爷。"母亲告诉他。

自那以后，孩子每天死乞白赖地恳求母亲说要去那个国。母亲没有办法，只好答应了。她给了他两枚·朱金[1]，让他用作途中的吃用盘缠。男孩来到沙滩上，用石头把一枚一朱金敲碎了，用纸把金粉粒包起来放入怀中，这才动身往那个国走去了。到了那儿，他每天都一边绕着城堡转圈，一边大声叫卖：

结金子的树种要不要

结金子的树种要不要

每天不知要走着喊叫多少遍。开始的时候根本没人睬他，可是很快，王爷听到了那声音，他想："这么奇怪的叫卖声，且把他叫来看看吧！"他吩咐手下把男孩叫进了城堡，问他道："结金子的树种，那是什么东西？"男孩拿出事先准备好的纸包，指着里面的一朱金的金粒说："这就是结金子的树种，这种子得撒在火钵灰中，每天用茶水作肥浇它，不久呢它就会发芽了，金呀，银呀，怎么想就怎么长，最后会长成一棵大树。可是，撒这种子的必须是一个从生下来就从没放过屁的人，否则，它就不发芽！"王爷厉声骂道："这不是胡扯吗？从生下来就从不放屁，世上有这样的人吗？"男孩反问道：

1.一朱金，日本江户时代货币的一种，为1两的小判金的1/16。

"那为什么，我母亲只放了一个屁，你就因此治了她的罪，把她流放到岛上去了呢？"

王爷这才知道男孩是自己的孩子，刚好他又没别的子嗣，于是满心欢喜地让那孩子做了自己的继承人。这个国度因此一朝繁荣昌盛。

（新潟县佐渡岛）

先知童子

听说，是从前琉球那霸地方的事儿。有一个叫乌朱的小哥儿，和住在他家门前的马笛是好朋友，两个人每天一起去上私塾。哥儿乌朱从私塾一回家，就坐在高脚饭桌上吃米饭，而住在前面的马笛从私塾一回家，就只能用筐箩装草吃。一天，哥儿乌朱说："前面的马笛呀，你不能老过那样的寒酸日子，我们俩都想想，怎么样才能坐上饭桌吃米饭吧！"前面的马笛回答说："我既没有父母也没有兄弟，你也不用为我操心啦！"

可是哥儿乌朱想：想尽办法也要让前面的马笛坐饭桌吃上饭。幸好，哥儿乌朱家的粮仓里有一个装黄金的箱子，他把那箱子偷出来藏到了海滩上。很快，父亲发觉箱子不见了，问乌朱道："装黄金的箱子被偷了，你知道吗？"乌朱回答说："我不知道啊，可是前面的马笛，不管东西在哪儿，他用鼻子一闻就能找出来，许一半的钱给马笛，让他帮忙找找吧！""那就许他一半让他找！"父亲说。于是，哥儿乌朱带着前面的马笛去了海边，把黄金箱子挖了出来，一半给马笛，一半还给了父亲。从此，马笛就能在桌子上吃饭了。

那时候，恰巧萨摩国[1]王爷的金釜也被盗了，他听说琉球国有用鼻子一嗅就能把不见了的东西找出来的神人，便下令说：

1.日本古代令制国之一，位于今鹿儿岛县西部和甑岛列岛。

"快把那人叫来让他找找看！"这就装了七艘船的米来请马笛。马笛很担心，跑到乌朱那儿商量："究竟怎么回事啊？乌朱，萨摩来请啦！"哥儿乌朱告诉他："你到萨摩的海边盖一栋长宽各三间的房子，在里面待三个昼夜，失窃的东西自会有人送去的！"

马笛被带到了萨摩国，他去海边盖了一栋长宽各三间的房子住在里面，到了晚上，一个长着乱蓬蓬白发、腿脚不太灵便的老爷子，一手撑地一手拿着金釜摇摇晃晃地来了。马笛见了说："老爷子，老爷子，你拿着那东西走，被人看见可不得了！王爷宫中北边角上，生着很多叫'真御荣'的草，你快把东西藏那儿，然后你就逃走吧！明天我就去把它找出来。"老爷子高兴极了，说："谢谢！我一定藏到那儿去，不过，请一定不要对任何人说起我！""好的，我不说！"

第二天早上，马笛一大早就去了王爷府，他说："金釜必在家中，不在外面。"然后，他从"真御荣"草的地方把它找出来送给了王爷。王爷大喜道："太稀罕了，你真会闻！先前给了你七艘船的米，这下再奖你七船米！"马笛带着七船米回了故乡，那米也分给了哥儿乌朱，从此，俩人就一直能在饭桌上吃白米饭了。

可是接下来，中国国王的金马镫被盗了。"听说琉球国有一个用鼻子嗅气味找东西的人，快把他喊来让他找找吧！听说萨摩国带去了七船米，我们就出八船吧！"中国国王说。他决定带八船米去请马笛。

马笛又是担心得不得了，他去乌朱家找乌朱商量："又来请啦，这是怎么回事呢？"哥儿乌朱说："在萨摩国怎么做，这回还这么做就好！"马笛渡海到了中国，建了一栋长宽各三间的房子待在了里面，可是这次，三天过去了，七天也过去了，就是不见有人送东西来。他想："啊，看来这次自己很危险！"他逃到山里躲了起来。那天，正是大年夜，山里的白猴、赤猴、黑猴聚在一起，闹哄哄地说想请猴王来吃饭。马笛不作声地看着，只见三只猴子捣好年糕交给一只跛腿猴子看着，出门去请猴王了。

马笛肚子饿了，趁跛腿猴子不注意，偷了年糕躲进了那儿的一个大木桶。三只猴子请了猴王回来，却独独不见了年糕。那么多的年糕怎么不见了？白猴说赤猴拿了，赤猴说黑猴拿了，黑猴说跛腿猴子拿了，猴子们互相指责起来，跛腿猴子大怒道："跛猴子虽然腿脚不灵便，却从老的开始一代一代从没做过贼！黑猴你才是贼坏子！偷了国王的金马镫，这不，还在东边松树上挂着呢！"

马笛在桶中听到这话高兴坏了，他从桶中跳出来，抱起桶就往众猴中间扔了过去，三只猴子逃得不见了踪影，只有跛腿猴东倒一下，西歪一下，这里摔一跤，那里跌一跟头，跑也跑不掉。"你刚才说什么来着，再说一遍来听听！"马笛说。跛腿猴子道："我说什么！我说黑猴偷了国王的金马镫！""那就好，你注意着不要让人把那马镫拿走了，我呀，就是找它的卜卦者。"马笛说着，来到东边松树下盖上树叶睡起了觉。

正在这时，国王的五个仆人来找马笛了，"琉球的博识者，你在哪儿呀？"他们一边喊，一边找，其中一个人看见了躺着的马笛，说："在这儿！在这儿！"大家听到都聚拢来，说："你是个坏人，为什么要逃到山里来？你要是找不了，就说找不了不行吗！"马笛说："你们抬头看这树上，我又爬不了树，去喊人吧又怕被人拿走，正为这事发愁呢，所以只好看着啦！好了，现在你们帮我拿下来吧！"

就这样，五个人到树上取了马辔，六个人一起回去了。国王大喜，又装了八艘船的米作为奖赏，把马笛一直送回了琉球。马笛又把米分给了乌朱。据说直到今天，这两人还每天在高脚饭桌上吃着白米饭过着好日子。

（鹿儿岛县大岛郡）

大豆树

从前，某地方有一个老爷子和一个老婆子，早上天才麻麻亮，两个人就起床打扫起屋子来，老爷子扫里屋，老婆子扫外屋，正扫到里屋和外屋交接的地方，突然，有一个脑袋那么大的东西骨碌骨碌往两人中间滚了过来。是什么呢？老爷子和老婆子把它抱起来一看，是一颗很大的豆子。都说这么大的豆子从没人见过，也没人听说过，村里的人全都跑来看稀奇。

老爷子说想用它来做种，老婆子说要把它吃掉。趁老婆子去庙里拜佛不在家，老爷子悄悄把豆子播到了门前地头的角落里。过了几天，田边角落里发出了一个很大的白芽，白芽越长越高，很快就长到了两三丈。很快，它的枝子向四个方向展开，长出了绿叶，长成了一株根部比家里的枞树还要粗的大豆树。树梢一直伸到雾气蒙蒙的云上面，看都看不清。

不久，到了夏天了，大豆树开满了白花，花密得遮住了叶子。很快又到了秋天，树上结了很多很多的豆荚，风一吹，五里十里地外都能听得到豆荚嘎啦嘎啦的声响。一天，老婆子说："老爷子，老爷子，明天呀，那豆荚可非摘不可啦！"老爷子一副十分为难的模样，"怎么办呀，要不架个够长的梯子，连最下面的枝子都够不着呀！""老爷子，注意不要受伤才是呢！"老婆子也担心起来。

第二天，老爷子起了个大早，他在家里最长的梯子上又接了一个短梯子，好不容易爬上豆子树开始摘豆荚。摘了豆荚就从上面扔下来，就着好日头，老婆子在地里铺了一张草席，就把豆子铺在上面晒。老爷子摘着豆荚，越爬越高，从上面往下一看，老婆子就像蚂蚁一般大。这么的，老爷子一直爬到了云端上，他往云上一看，只见雷公正扛着好几个鼓呼呼地打着鼾在睡午觉。老爷子吓了一跳，正想逃跑，雷公醒来了，他说："喂，老爷子！你来得正好，请你帮个小忙，风神他睡着了，少了搭档正为难呢，好久没下雨了，下界的万物正受罪哪！"老爷子被雷公拉住了。

因为没做过什么坏事，老爷子安下了心，他想："很久没下雨，正是老百姓为难的时候，那么，就在这里助人一把，给雷公搭个手吧！"老爷子对雷公点头哈腰表示了同意，雷公这就拿来了一个装满水的手提桶和一把小小的羽毛帚，"来，老爷子，我呢轰隆轰隆击太鼓，老爷子你就用这个羽毛帚洒水，这样，下界就下大雨啦！久旱逢雨，百姓也会高兴吧，我的工作也就可以完成啦！"雷公说着，"砰砰"地轻轻敲起了太鼓，就这，都差点把老爷子的耳膜震破了，老爷子伸手一捂耳朵，险些把水桶掉下去。很快，老爷子习惯了那声音，雷公轰隆轰隆一击太鼓，老爷子就啪啦啪啦地洒水桶的水，于是，下面就哗哗地下起了大雨。老爷子想，家里的老婆子怎样了呢？他从云的裂缝里往下一看，只见她正拼命在卷晒豆子席子，接着又往家中搬，再看看屋后的田地，因为很长时间的烈日暴晒

已经干得裂了口子，芋头叶子也已半焦。"这可不行！"他想着，把雷公的吩咐忘得一干二净，端起水桶就"哐"地一下泼出了半桶。下界的雨变成了暴雨，大水冲走了树和房子，老婆子家附近也有浊浪打着漩涡急急流过去。"啊，房子漂来了，大树漂来了，要撞上我家的屋顶啦，我家老婆子正抱在上面哪，来人呀，快救救我家的老婆子！"老爷子大声叫起来。

喊叫声太大，在院子里晒豆子的老婆子听到，跑过来把他摇醒了。老爷子打了一个哈欠坐起来，一脸茫然地发着愣。

（新潟县古志郡）

好运的猎人

　　从前，有一个神官，一天早上，天刚擦亮的时候他去打猎，只见离家不远的田埂上有十三只野鸭，其中十二只聚在一处排成锯齿状站着，另有一只在稍远一些的地方。

　　神官拿起火绳枪仔细瞄准了，他一边晃着火枪的枪托，一边开了火，子弹走着锯齿状路线飞了过去，十二只野鸭子全打中了！这还不算，有一发子弹打到石头上弹了出去，正好又打中了离得稍远的那只野鸭。就这样，十三只野鸭一只不少全打到了。

　　可是，那野鸭子却并没有完全死去，它们急慌慌张着翅膀，扑腾扑腾飞起来，翻落到了附近的一条大水沟里，浮在水面上渐渐往下游漂去了。"这水好深呀！"神官想着，慌慌张张跳进沟里，把里面的野鸭子一个一个抓拢来，他在齐腰深的水中走着，好不容易把野鸭拢齐，用藤条扎了起来，正想上岸呢，却一哧溜被烂泥滑倒了，他不由自主伸手去抓沟边一个突出来的树根，那树根却摇摇晃晃地动起来，神官一个屁股墩坐在了沟里。谁知，刚才的树根却是一只野兔子的后脚，就这样，他又抓到了一只野兔。不过，因为一个屁股墩坐在了水沟里，他身上全湿透了，"嗯"，他想，"真可气啊！"一边想，一边往沟沿上面攀，而那野兔子呢，因为被突然一把抓住了后脚，它一心想着逃跑，所以伸出前脚往地面就是一通乱抓，谁知这一抓竟扒出了一堆山芋，足足都有八贯[1]重。

神官把全部东西：十三只野鸭、一只野兔、八贯山芋扛着回了家。"啊，湿透了，真冷，真冷啊！"他一边说，一边去炉边烤火，可是不知为什么，就是觉得腿上麻酥酥的不舒服，"得，到底是什么呀？"他急急忙忙把身上的细筒裤[2]脱下来一看，只见里面不知什么时候钻进了许多泥鳅。这些泥鳅又足有六贯重，弄得家里一时间到处是泥鳅。

（山梨县西八十代郡）

1.贯，日本旧度量衡重量单位，一贯为一千枚开元通宝钱的重量，约3.75kg。

2.紧贴腿部的裤子，自江户时期起为手工艺人、农民等穿用。

他在齐腰深的水中走着，好不
容易把野鸭拢齐，用藤条扎了
起来，正想上岸呢，却一哧溜
被烂泥滑倒了，他不由自主伸
手去抓沟边一个突出来的树
根，那树根却摇摇晃晃地动
起来……

——《好运的猎人》

旅人马

　　某地方有一个富人家的孩子和一个穷人家的孩子，他们处得就像亲兄弟一样，世上相处得像他们这样好的，怕是从古至今都少见。

　　一天，两个人出门去很远的地方旅行，走啊走啊，天黑了去投宿，两个人住到了一间有六张榻榻米大小的房间。自古有谚语说"穷人的孩子睡不着"，吃过晚饭两人就都躺下了，可是穷人家的孩子果然怎么也睡不着，他睁开眼睛，一动不动怔怔地盯着地炉看。正是半夜时分，眼见着店家的女子在地炉里来回搅和着耕了地，撒了稻种，秧苗生出来了，她又拔了秧苗去莳田，接着又除草，稻子渐渐长出稻穗来，那女子又割了稻，去稻壳、舂米、用米做成了年糕。他想，多不可思议啊，奇怪的事，说有也是有的吧！正这么想着呢，天亮了。

　　店家的女子来喊两人起床，又沏了茶来喝。穷人家的孩子走到富人家孩子那边，边掐他的膝盖边小声告诉他："那年糕不要吃！"可是，也不知富人家的孩子是不是没听到呢，他把年糕吃了下去，吃第一个倒还没什么，刚吃完第二个他就变成了马。变成了马的富人孩子似乎这才明白过来，眼泪吧嗒吧嗒直往下落。"没看见吗？我那么掐你的膝盖告诉你……不过，我一定会把你变回原来的模样的，在此之前，你就暂时吃点苦，在这儿待着听使唤吧！"穷人家的孩子说着，出了客栈门走了。

这里那里到处奔波了很久，一天，穷人家的孩子在路上遇到了一个满头白发的老爷子，足有七十岁。"老爷子，老爷子，冒昧地想向您请教一件事！"白发老人问："什么事呢，年轻人？""其实，是我的朋友，他吃了地炉里长的稻米做成的年糕被变成了马，这样的事情，也只有像老爷子您这样年纪的人才知道吧！怎样才能把朋友变回原来的人身呢？请您务必指教我！"穷家孩子道。"好吧，我来教你！接下来，你就往那边走，那边有一块地种满了茄子，你在朝东的一棵茄子树上，采下七个茄子给他吃就好了！"老爷子说。穷人家的孩子道了谢，往前走去了。

果然如老爷子所言，有一处地里种满了茄子，可是不管怎么找，朝东的茄子树呢，倒是有一棵结了四个茄子的，结七个的却根本不见有。他想，这可不行！于是继续往前走，这就又看到了一块茄子地，可这里的茄子树上只结了五个茄子；再往前走，这次的茄子树上结了六个茄子；他再继续往前走，终于，找到了一棵朝东的结了七个茄子的茄子树，"就是它，就是它！"他高兴地采了茄子，想着快去救下朋友，早一刻也是好的啊。他汗流浃背跑回了客栈，恰好，这时候富人家孩子变的马正被主人拽着要去地里，仔细一看，马背上尽是累累伤痕。

穷人家的孩子马上说："快，赶快使劲儿把这些茄子吃下去！"可是，马咔嚓咔嚓只吃了四个，就说再也吃不下了。"说什么呢！要不把这个吃完，就恢复不了原来的人身啦！"这么一斥，马又吃了一个，可是才吃一个，马又摇起了头。穷人家的孩子不依不饶硬让他吃下了七个，七个茄子一吃完，富人家的孩子就变回了原来的人模样。

两个人一起回了家，富人家的父亲问："你们俩怎么出门这么久？""说实话，是吃了地炉里长的稻米做的年糕变成了马。过去的那些日子吃了大苦啦！"孩子把之前的事情说了出来。富人说："是吗？"他把家里所有的财产一分为二，把一半给了穷人家的孩子。就这样，穷人家的孩子也成了有钱人。

（鹿儿岛县大岛郡）

赶牛车的与山姥[1]

　　从前，某地方有一个赶牛车的，他受村里财主老爷的委托去海边城市买鱼，买了咸鲑鱼、小鳕鱼驮在牛背上回来了，刚走到村子入口处竹林下有水坑的地方，太阳就落下去了。他从竹林下走过，冷不防，山姥在暗处大喝一声道："赶牛车的，快给一条鱼来吃！"赶牛车的刚说了句："是财主老爷的东西，不能给。"山姥就瞪着可怕的眼睛恐吓起来："好，好，你要不给，我就自己拿了吃，你可记好了！"赶牛车的想还是不要惹麻烦，他说："那，那就给你一条！"说着，从草包袋中抽出一条鳕鱼扔到了山姥脚下。

　　赶牛车的松了一口气，他往牛屁股上甩了一鞭子刚要迈出脚步，"等等！"山姥非常生气似的大声怒喝道。赶牛车的虽然吃了一惊，但还是又一次鼓起了勇气："鱼也给你了，还不好吗？"山姥说："说了叫你等着！你一边等，我一边吃！"她一边拿眼瞪赶牛车的，一边"啊呜啊呜"地细细吃起了刚才的鱼，从鱼头到鱼尾，吃得一根鱼刺也没留下，然后一边踮着脚一边又说再要一条鱼。"鱼呢不是我的，是财主老爷的，不能给你很多呀！"赶牛车的拒绝道。山姥的脸看上去又凶狠又愤怒，她气冲冲地威吓道："再啰唆再啰唆，连你也一起吃

1.山中女妖，住在山里，以女人形象出现的吃人的女鬼。

了！"赶牛车的于是又给了她一条，山姥很快把那鱼也吃了下去，最后，她把赶牛车的帮财主老爷买的鱼一条不剩吃了个精光，再没什么可吃的了。"把那牛给我！"山姥说。赶牛车的虽吃了一惊，但想想若这牛也被吃了的话那可不得了，他拒绝道："牛是财主老爷的，不行！"山姥怒气冲冲地极力争辩，最终，牛也被山姥抓去了。

山姥就像刚才吃鱼那样"呜哧呜哧"地从牛头开始吃，吃得几乎一点都不剩。夜渐渐深了，只有一块牛屁股的皮嚼不动，她却还在黏糊糊地嚼着，可是还是吃不动。山姥把牛皮从嘴里掏出来，叫赶牛车的去对面河里洗洗。赶牛车的害怕极了，他想，不如趁这机会跑了，于是拿起牛皮就去洗。山姥想，不能让赶牛车的跑了，她在赶牛车的腰上系了一根长长的细绳子。赶牛车的来到离那儿二町[1]远的小河边咔嚓咔嚓洗起了牛皮，一边洗一边想：那鬼婆子吃完牛皮肯定还要吃俺呀，无论如何得想办法逃出去！于是，他把腰里系着的细绳子解下来绕到柳树枝上，又把牛皮系到绳头上扔进河水里，然后三步并作两步地逃走了。

山姥一点也没有察觉，"赶牛车的家伙怎么那么慢，在干什么呢？"她自言自语道，"还没好吗？"边说边"啪啪"地拉绳子，只听牛皮发出"还没呢……咕咚咕咚"的声音，那是牛皮在水里忽浮忽沉的声响。山姥觉得奇怪又一次紧了紧绳子，牛皮还是发出"没呢，咕咚咕咚"的声音，山姥生了气，

1.日本长度单位，一町约等于109m。

用力一拉，可不，牛皮依然还是发出"咕咚咕咚，咕咚咕咚"的声响。山姥终于忍不住了，她跑到小河边一看，赶牛车的早逃走不在那儿了。山姥一看赶牛车的跑了，怒火中烧："赶牛车的你往哪儿跑！不管逃到哪儿我都不答应！你等着！"她在那一带来回地跑来跑去闻气味，用来辨别赶牛车的逃走的方向。就这样，她终于闻出方向飞奔去追赶。

那一天是阴历二十，月亮高高升上了天，夜已经很深了。赶牛车的趁着这月色跑过原野，跑过森林，越过山又蹚过河，一直一直拼命地飞跑。后面，山姥的叫喊声也越来越近，他害怕极了。跑着跑着，一直跑到了海边，修船的木匠正起早在钉船，赶牛车的跑到船木匠的身边请求道："钉船的，钉船的，我呢，是被山姥敲竹杠跑到这儿来的，能不能帮我躲起来？"船木匠说："那可不得了！可是，我又没有藏身的好法子，你躲到那边的船底下看看吧？"赶牛车的迅速用手把那儿扔着的一条破船翻扣过来躲了进去。不一会儿，一个披头散发、眼珠发光的鬼婆子来到了钉船的身边，"钉船的，钉船的，刚才，赶牛车的那家伙来没来这里？""来还是没来，我可不知道。""说不知道！要是你把那赶牛车的藏起来了，我可不答应！""什么答应不答应，要是不信，你就去那边找找看。"木匠这么一说，山姥就去了匠人的工作间，把堆在那儿的木材呀、边角料呀什么的全搞得纷纷乱，又将拿来修缮的船一条一条翻过来找，眼看着就要翻起赶牛车的藏身的那艘，赶牛车的想：不得了！他"腾"地掀开罩着的小船拼命逃走了。

133

山姥又追了上去，赶牛车的跑过原野，跑过森林，蹚过河又越过山，一直跑到中午，跑进了一个很大的旷野。一个砍芒草的正在那儿干劲十足地"咔嚓咔嚓"砍芒草。赶牛车的跑到砍芒草的身边请求道："砍芒草的，砍芒草的，我呢，是被山姥敲竹杠跑到这儿的，无论如何，请你把我藏起来！"砍芒草的话说得和钉船的一模一样："说把你藏起来，这急慌慌的可怎么藏，去那边丢着的芒草捆里躲躲吧？"赶牛车的把芒草捆堆起来，钻到里面躲了起来。山姥上气不接下气地追来了，山姥问："砍芒草的，砍芒草的，刚才，赶牛车的那家伙来过这儿吗？""我不知道，你去那边找找吧！"砍芒草的不想惹上麻烦事，他这么冷淡地回答道。山姥把芒草捆一个一个翻开来找，赶牛车的差一点就要被发现了，他急忙从芒草捆下跳起飞跑出去，山姥又也跟在后面追，跑过原野，跑过森林，蹚过河又越过了山。

已经是傍晚，赶牛车的好不容易逃到一条河边，爬上了河边的大柳树。随后，山姥也气喘吁吁地追来了，因为从早晨追到晚上也吃不消了，她无精打采地站在柳树下问道："赶牛车的，你爬树爬得可真好，你是怎么爬的呢？"那儿并排站着一棵枯树和一棵活树，赶牛车的教她道："爬枯树的时候要咚咚地发力蹬；爬不枯的树呢，就用脚轻悄悄地蹬。"

山姥照着赶牛车的所教，在活树上轻轻踩，在枯树上嗵嗵出力踩着爬了上去，眼看山姥的手差一点点就要抓到赶牛车的了，就在这时，山姥使劲踩着的枯树枝"砰"的一声断了，山姥落进深潭沉到了潭底，发出了咕咚咕咚的喝水声。趁着这当儿，赶牛车的从柳树上下来又逃走了。天已经黑透，他逃了出去，这就看到对面有灯火正闪闪地发着亮。

赶牛车的累极了，他拖着脚步好不容易走到那家的门口，一个年轻女子正独自在家中的地炉边烤火。赶牛车的进到那家里请求道："我正被山姥追着，快救救我吧！"女子很冷静地说："啊，是吗？那准是俺家的坏老婆子。你请到这边来吧！"赶牛车的累极了，他进到家中，在燃烧的炉火前烤手。那女子说："俺家老婆子早晚要回来，你请到这二楼上去嗑橡子吧！"赶牛车的觉得奇怪，那女子告诉他："是这样的，俺家的老婆子是个非常怕老鼠的，一见老鼠来就会怕得战战兢兢说要躲到柜子里去，这时候，就可以在柜子上盖上盖子，从缝隙里注入开水烫死她。"

赶牛车的虽然觉得毛骨悚然，但还是按女子说的抓了一把橡子，爬到屋子顶棚后面去等着了。没一会儿，山姥一边说着："娘的，俺回来了！"一边进了家门。因为之前掉进河里身上全湿了，她像个落水老鼠一样瑟瑟发抖，完全不在意家中女子，就在地炉横座的正中间把脚支起来烤火。这时，从二楼传来了嗑橡子的声音。"娘的，那是什么，老鼠吗？"山姥问。"是老鼠，我一个人在家，就是白天也有老鼠出来，真没办法！""太可怕啦！"山姥一听是老鼠，已经吓得心嗵嗵跳，姑娘又说："是很大的老鼠呢！""唔……我要躲到柜子里去！""就那么办吧，那儿有个空柜子，你就去那儿吧！"

姑娘道。老婆子急急钻进了柜子，说："盖上盖！盖上盖！"二楼也更使劲地嗑起了橡子，发出"噼哩噼哩"的声响。姑娘拿了一块厚厚的板盖在柜子上，又压上了重石头，然后从二楼喊出赶牛车的，两个人在大锅里咕嘟咕嘟烧了很多开水，把那滚沸的开水从柜子缝里灌了进去。山姥被烫死在了柜子里。从那以后，赶牛车的就留在了那家，和姑娘过起了日子。

（青森县八户地方）

赶牛车的松了一口气,他往牛屁
股上甩了一鞭子刚要迈出脚步,
"等等!"山姥非常生气似的大
声怒喝道。赶牛车的虽然吃了一
惊,但还是又一次鼓起了勇气:
"鱼也给你了,还不好吗?"

——《赶牛车的与山姥》

不吃饭的女人

从前，某地方有一个男人，因为一直单身，朋友们都担心地劝他道："马马虎虎算啦，你也讨个老婆吧！"可那男人却说："就算一直等也不要紧，如果有不用吃东西的女人呢，再麻烦你们牵线吧！"

话说有一天傍晚，那男人家来了一位漂亮女子向他借宿："我是过路的，天黑了不好走，请务必让我借住一宿吧！"男人拒绝道："借宿可以，但我家可没吃的哦！"女子却依然请求道："我什么也不用吃，我是不吃东西的女子，只要住宿就行了。"男人虽然吃惊，到底还是让女子住了下来。

第二天早上，女子也没有要出门的意思，而是帮着做了各种各样的家务活，于是，男人让她留了下来。什么也不吃光做事，还有比这更好的好事吗？过了很久，那女子真的还是什么也不吃，男人试探着对她说："少吃一点吧！"女子却无论如何不吃，只说："闻闻味道就好啦！"

男人想：这样的好媳妇世上少有啊！不禁在朋友面前吹嘘起来，可是没有一个人信他。很快，一个关系最好的朋友到他家来了，告诉他道："喂，你是怎么回事啊？难道还没觉察，你媳妇可不是人呀，不小心可不行！"男人睬都不睬他，说："哪会有那样的事！"

"只有你不知道啦，村里的人都在说！世上哪有不吃东西的人？你要是不信，就假装出门去，然后躲到顶棚上不让媳妇发觉，倒是看看她都做些什么。"

一天，男人要去赶集，他对媳妇说："我不到夜里回不来呢！"出家门才走了一町路，他就回来了，为了不被媳妇发现，他悄悄爬上了屋子的顶棚。只女子一个人在家了，她马上开始淘米，又烧起火煮起了饭。饭一煮好，马上捏了三十三个饭团，然后又从厨房取来三条鲭鱼放在火上烤起来，接着，她支起一条腿坐着，把头发乱纷纷地披散了开来。要干什么呢？仔细一看，原来是往脑袋正中的一个大嘴里丢饭团，烤好的鲭鱼也接二连三地往里扔着吃。

男人见到惊得肝胆俱裂，他从顶棚上下来，飞快逃到朋友那儿去了。朋友说："看到了吧？真相真是没法说呀，所以呢今天你就佯装不知，先回家去吧！"男人装着若无其事地回家一看，媳妇正在家躺着说头痛。问是怎么回事，她像猫一样地媚声答道："什么也没有啊，就是不太舒服躺着。"男人说："那可不行，是不是要吃点药呢？或者请人来祈祷一下吧！""我呀，不知道该怎么办才好。"女子说着就要扑过来。"那么，俺这就去请祈祷师。"男人说着，又飞跑去朋友那儿把朋友带来了。"是有什么东西作祟吧？三升饭的祟？三条鲭鱼的祟？"朋友这么一说，女人从床上腾地一跃而起道："嗯？你看见了？"说着，直扑过来抓住朋友的脑袋，嘎吱嘎吱吃了起来。

男人吓得不轻直想逃，女人吃完朋友又抓住了那男人，把他像猫崽一样拎起来顶在头上，迅速往山中逃去了，越过原野，跨过高山，跑得就像兔子那么快。穿过森林的时候，前面有树枝伸出来挡了一下，男人想，太好了！他伸手悬到了树枝上，不吃饭的鬼媳妇却根本没察觉，依旧跑得尘土飞扬。

男人从树上下来，悄悄藏到了那儿的艾蒿和菖蒲草丛里，随后，鬼女也找来了，她说："不管躲到哪儿，你以为逃得掉啊！"说着就要猛扑过来，可是，却在就要挨着男人的地方迅速退回了身："啊，真可恨！艾蒿和菖蒲这玩意儿，没有比这更毒的东西了！碰到这草身上都要烂，要是没那草，我就把你也吃了！"她说着，一脸都是遗憾。男人想，这下好了！他拔下那草朝鬼扔了过去，果然，鬼很快中毒死掉了。

（广岛县安芸郡）

为了不被媳妇发现，他悄悄爬上了屋子的顶棚。只女子一个人在家了，她马上开始淘米，又烧起火煮起了饭。饭一煮好，马上捏了三十三个饭团，然后又从厨房取来三条鲭鱼放在火上烤起来……

——《不吃饭的女人》

独栋屋里的老婆子

　　村里有一个叫重兵卫的傻里傻气的年轻人，冬日的一天，他想去五里地外的集市上买东西，天还没亮他就起床出了门。刚走到山崖上的路边，突然听到前面有"咔嚓咔嚓"的声响，因为天尚暗得看不清人影，他手脚着地地爬过去一看，只见一町外的地方有一只狐狸，正用两只前脚一个劲地在刨什么，大约是找到了被冻住的死老鼠或吃剩的芋头之类的东西。

　　重兵卫想：一定是平时来俺家附近作恶的臭狐狸，俺这就来吓它一吓！他捡起路边雪地上被丢弃的冻成了冰疙瘩的马蹄铁，瞄准狐狸直击过去，"啪"的一声，马蹄铁将将好落在了狐狸的胯下。狐狸吃了一惊，"噌"地跳将起来，而那山崖下恰是一个深潭，狐狸往那潭中"扑通"一声落了下去。重兵卫一看，见狐狸似乎喝了很多水，挣扎半天终于浮了起来，往对面山中沙沙地逃去了。

　　重兵卫心情大好，一路往集市走去，他买了各种各样的东西，傍晚又早早踏上了归程，他想："今天要早点到家，一回去呢，就把这狐狸的事说给大家听。"他一边想，一边不知不觉走过了一半路，不知什么时候，天却微微地暗了下来。"明明离傍晚还有一段时间啊！"他一边嘟嘟哝哝地自言自语，一边走到了早上狐狸跌下去的那条山道。天完全黑了，四下什么也看不见，尽管如此，重兵卫还是脚步匆忙地急急往前赶。天越来越黑越来越黑，最后黑到重兵卫感觉寸步难行了。没办法，他在那儿原地停下往四处张望，这就看到了对面的灯火。他想，是不是去那儿借个松明或者灯笼呢？要是实在没有的话，就请求住一晚吧！重兵卫摸着黑，好不容易走到了房子那儿。

"有人吗？有人吗？"重兵卫喊。只见家中一个年纪八十岁左右的老婆子正独自在篝火旁一边烤火一边往牙齿上涂着黑浆[1]。老婆子虽然一头白发，嘴里却是一口坚固的牙齿，且一颗也不缺。

"老婆婆，我呀，是这下面村里的重兵卫，刚从集市上买东西回来，因为半路上天黑了走不了，若有松明呀灯笼什么的，能否借给我用一用？"老婆子一言不发。重兵卫想，她是不是耳朵聋了呢？于是又重复了一遍刚才的话。老婆子懒洋洋地抬起脸看着重兵卫说："灯笼没有。松明，也没有！""老婆婆，那今夜能否让我在这儿借住一宿呢？"重兵卫请求道。老婆子说："床也没有，被褥也没有，住不了的！不管怎样，不来这篝火边烤烤吗？"

重兵卫靠着炉侧和老婆子面对面烤起火来，老婆子还是一句话也没有，只是把头向前倾着拼命往牙齿上涂黑浆。渐渐地，柴火烧没了，眼看着火就要熄灭，重兵卫为难起来，他

1.染牙液，将铁浸泡在酒或茶水中，使其氧化制成的浆液，日本江户时代成年已婚女子用以染黑牙齿。初为贵族身份地位的象征。

想，火熄了可怎么办啊？一边想，一边默不作声地看着涂黑浆的老婆子的牙齿。老婆子把眼珠子骨碌转了一圈，突然道："染好了吗？"那声音让人心里猛然一惊。她露出令人恶心的黑浆牙齿，脸凑过来直抵着重兵卫的鼻尖，重兵卫吓得跳起来，猛然从炉边跌翻了下去。

他落下悬崖，一直落到早上狐狸掉下的潭中间，直到这时候，重兵卫才意识到了这一点。外面冷得连空气都要冻起来一样，重兵卫一边咕嘟咕嘟大口喝水一边游泳，好不容易爬上了岸，他往四下一看，只见树丛里的林间小路这时候正微微地发着光亮。

（青森县三户郡）

"有人吗？有人吗？"重兵卫喊。只见家中一个年纪八十岁左右的老婆子正独自在篝火旁一边烤火一边往牙齿上涂着黑浆。

——《独栋屋里的老婆子》

剃头狐狸

从前，有个叫"立见岭"的地方住着一只叫"阿顿女郎"的狐狸，它时常化作人，手脚麻利地很快就把人家的头发剃落，村里人因此很是发愁。一天，村里的庄头老爷请村人喝酒，大家在酒桌上说到了阿顿女郎，庄头老爷说："谁要能把阿顿女郎降伏，我一定大加奖赏，怎么样，有没有人去啊？"两个平时以力大自豪的年轻人应声道："降伏阿顿女郎简直是小菜一碟，我们这就去降给你们看！"聚餐的人们觉得这两人靠不住，心想别说降服狐狸了，能近它身就不错了，所以都在心里暗暗发笑。

两个人当晚就回了家，腰里别上镰刀即刻去了立见岭，这就看到一只金黄颜色上了年纪的老狐狸正闲闲地走来。一个年轻人对另一个说："来了，来了！"另一个附和道："在呢，在呢，上这样的家伙的当，真让人受不了啊！"两个人不作声地看了一会儿，只见狐狸变成了一个年轻女人，它把路边的小石头地藏菩萨抱起来，再从溪谷里掐了一根水草贴上去，小石头地藏菩萨立马变成了一个婴儿，它把那婴儿背在了背上。两个年轻人说："那家伙做的事，我们可都看着呢！"一边说，一边悄悄地跟踪它。看样子狐狸完全没觉察到那两人，它又走了一段，走近了一座单门独户的独栋房子，狐狸女子敲开门进

146

去了。两人从门缝里偷偷往里看，只见一个老爷子和一个老婆子，正很开心地像待孩子和孙子那样招待着狐狸变的女子和婴儿。

两个年轻人看着这情景想："好可怜啊，老爷子和老婆子被狐狸惑住啦，得想办法告诉他们！"很快，老婆了到门外来了，一个年轻人跑上前去告诉她道："老婆婆，那是狐狸变的！"老婆子根本不睬他，年轻人又说："那真是狐狸变的呀，老婆婆！"说了好几遍，老婆子还是不信。渐渐地，两人说话声音大起来，屋里的人以为出了什么事都出来了，两个年轻人说："刚才进这家里的人是狐狸变的！"老爷子和老婆子都说："你们真是疯啦！"然后根本不理他们了。两个年轻人说："你们如果不信我们说的话，可以把那婴儿放到锅里煮煮看，画皮马上就会被揭开的，那婴儿，他是石头地藏菩萨！"老爷子说："既然你们说到这等地步，那就煮好了！"他不顾老婆子的阻拦把婴儿放进了锅，婴儿在锅中大声哭叫，煮来煮去也没有变成地藏菩萨。两个人害怕起来，一时不知该怎么办才好。老爷子怒火中烧道："这两个浑蛋，不要脸的东西！到底有什么仇要杀我可爱的孙子！走，我要到奉公所去告你们，一起去吧！"说着，强拉着他们就要走。

两个人都吓青了脸，身子抖得像筛糠，一屁股坐到地上求告道："请饶了我们吧！"老爷子和老婆子不听，都说无论如何要把他们带去奉公所。这时，一个和尚路过这儿见了这纠纷，他问清了原委，然后亲切地说道："我呢，是助人的人，

大家都请听好了，即使治了这年轻人的罪，死了的孩子也不能再复生，与其让这年轻人去奉公所做罪人，还不如让他们入寺院做和尚更好呢！我会让他们为孩子祈祷的，那样，对孩子也是好的！"老爷子老婆子都觉得和尚说得在理，于是原谅了年轻人。和尚马上带着两人回到了寺庙，说："你们俩还是做和尚比较好！"说着，就帮他们落了发。两人就此敲着木鱼，为婴儿唱经念佛做起了祷告。

　　过了一段时间，忽然听到有人大声叫他们的名字，两人吃惊地睁眼一看，天已经亮了，两人却都坐在草地上，没有和尚，没有寺庙，没有家屋，也没有老爷子和老婆子。两人觉得奇怪一摸脑袋，什么时候被剃的呢？头上一根毛也没有！而手里拿着的，也是梢上沾着马粪的竹枝。两人正是被阿顿女郎骗剃了头。

（鸟取县气高郡）

乔变的狸

　　某村有一个铁匠，一天，他去了邻村，因为事情耽搁，回去的时候已是半夜。到小岛的摆渡处一看，只见一个女人孤单单无精打采地站在那儿，像是很为难的样子。她与铁匠搭话道："我必须回对岸的岩仓那边去，可是夜太深，摆渡已经停了，要是船主在的话倒也可以叫他起来帮忙渡一渡，可是摆渡人也不知去了哪儿，好为难呀！无论如何，得想办法渡过去啊！"听说摆渡停了，铁匠也觉得很为难，可是这时候潮水已经退了，稍往上游的浅滩爬一爬，似乎也可以徒步涉水走过去。于是铁匠就想从那儿过河去，跟女子一说，女子也很高兴，说："若是那样，我也从那儿过去吧！"这就在铁匠身后跟了过来。

　　到了浅滩地方，铁匠掀起下摆正要蹚水，女子害怕，说："你拉着我的手吧！"铁匠拉着女子的手涉到半途，水却渐渐深了，女子说："这下你背着我吧！"没办法，铁匠背起了女子，可是一背，就发觉女子的身体比看上去要轻很多，铁匠觉得蹊跷，但是不管怎样，还是先背着她往对岸的浅水处走去了。

　　"已经到了水浅的地方，请把我放下来牵着我走吧！"女子说。铁匠照着女子所说把她从背上放下来牵着手往前走，一

边却偷偷留意她的样子，只听她涉过浅水的足音有一点点奇怪，她脚每踩一次水，都发出"啾乓啾乓"的声音，那是狗呀猫的踩水声。铁匠心里已经断定这是个狸猫。

上了岸，两个人的手还是牵着没分开，才走了一町地，路隐入了杂树丛，女子说："换一只手牵吧！"一边伸出了另一只手，可是铁匠却并不理睬。

出了杂树丛又走了一段，这就到了宽阔的大路上，女子说："太谢谢了，给您添麻烦了！"说着就想把手抽回去，可是铁匠就是不放，说："这样的深更半夜，女子一个人走路不放心，干脆，去我家住一夜再回吧！"

女子很不情愿地被拉扯着带到了铁匠家。"媳妇，我回来了，还带回了一位客人，你仔细把炉坊的火给我生起来！"铁匠道。他一会儿安抚一下媳妇的醋意，一会儿又装模作样地摆架子，铁匠铺的火生起来了。

"喂，狸婆子！给你烤烤火！"铁匠说着，直把那女子拉到熊熊燃烧着的炭火旁。

女子惊叫着往后退："饶了我吧，饶了我吧！"

"说什么呢，你这狸婆子，你是想迷惑我吗？"

"不，我绝没有迷惑你的念头。"

"骗人！"

"不，绝没有说谎，其实，我是住在岩仓杂树丛里，名叫次郎八中的狸，嫁去三岛的女儿今天生孩子，今天晚上我是去看了女儿回来，为了不被人发觉平时总是坐渡船的，可今晚渡船停了，所以才变成了女人，想着借一借您的肩。完全没有想迷惑您的坏脑筋呀！今晚的事还请多体谅，求您放过我，这恩情永不忘记！"

狸女子拼命地道歉，男子觉得它可怜，即让它发誓从今往后再不变成人，也不把人变成物，这才松了手。狸猫女子向铁匠辞谢了两三次，刚一出门，转眼就不见了踪影。

（德岛县美马郡）

百变头巾

　　一个和尚从施主那儿回来，走到野地里，看到杂树丛中有一只狐狸举止可疑。很快，它变成一个美丽的阿姐微笑着走了出来，向他作态道："喂，和尚，你从哪儿来呀？""是狐狸呀，你的变术怎么看也不甚高明，一眼就被人看穿啦！"和尚说。狐狸吃了一惊，问道："你是怎么知道的？"和尚说："其实呢，俺是你的同类，怎么样，俺的变术比你要好吧？你呀腰部以上还像人，下面可完全还是狐狸，那尾巴不也看得见吗？耳朵也出来啦！"狐狸惊得目瞪口呆，问："真的那样吗？"和尚问道："那么，俺看起来像狐狸吗？""真的是你高明，一点也不像狐狸，完全是个标准的和尚。"狐狸说着，佩服极了。和尚又笑着问："你这样子是用什么变的呢？"狐狸说："喏，是用我这粗手巾。那么，你的道具又是什么呢？"和尚说："俺的也是粗劣之物，喏，是俺的头巾呀！"说着，把戴着的头巾取下来给它看，狐狸说："怎么样，和我的换换吧！""俺不干，不干。"和尚越说，狐狸就越想要和尚的头巾，它请求道："请一定换给我吧！"和尚一边说着不干，一边却心花怒放，这就用脏兮兮的旧头巾换了狐狸的变术手巾。他把旧头巾给狐狸戴在头上，夸赞道："啊，太好看了！太好看了！"和尚又把从狐狸那儿得来的手巾往头上一戴，立刻，他就变成了一个漂亮的阿姐。狐狸也把和尚变的女子好好夸奖了一番，两人就此分开了。

和尚回了寺院，却还将那手巾揣在怀里，装着一副若无其事的样子。一天，村里的年轻人顺路来了寺里，"和尚在吗？和尚在吗？"他们在玄关处喊，可是却无人应答，正觉得奇怪，从房里出来了一位美丽的阿姐，她从隔扇的缝隙往玄关偷偷看那儿的众青年。众人一见阿姐都惊讶极了，问："你是从哪儿来的阿姐，从没见过的阿姐，你是一个人在吗？和尚呢？"阿姐说："我一个人呀！"众人大喜，上去就要捉她，阿姐莞尔一笑，抛过来一个媚眼。因为阿姐这样子，众人于是追了起来，直追到正殿上把她捉住了，谁知刚一抱入怀，阿姐就变成了和尚。

狐狸戴着从和尚那儿换来的头巾刚一到集市上，众人就喊："哎呀哎呀，狐狸戴着那么个头巾来了！"就这样，它被那儿追这儿撵，连滚带爬，好不容易才逃回了山里，这才知道自己被和尚骗了。

（岩手县上闭伊郡）

小鸟的传说

杜宇兄弟

从前，某地方有弟兄二人，哥哥的心肠非常好，弟弟却本性恶劣。有一天，弟兄二人分别出门去山上做事，哥哥在从山上回来的路边挖了一个薯蓣，拿去在炉里烤了，因为弟弟回来得晚，自己就把靠近茎的不好吃的部分先吃了，把好的根部留着给弟弟。弟弟回来一吃，啊，太好吃了！可是本性不好的弟弟胡乱猜测着想："给我吃的都这么好，那么，哥哥吃的肯定比这更要好得多！"于是把哥哥杀了。剖开哥哥的肚子一看，里面却尽是不好吃的茎。就这么个弟弟，这下却也后悔了，他想，无论如何要让哥哥复活！他出了门，每天奔走寻找哥哥死时飞走的灵魂，用悲切的声音不停地叫："飞去那边了吗？飞去这边了吗？"可是始终也没找到哥哥的亡魂，不久，弟弟的灵魂变成了杜宇鸟。据说直到今天，杜宇还用悲切的声音在叫着："飞去那边了吗？飞去这边了吗？"

（岩手县九户郡）

山鸽的孝行

从前，有一个脾气特别别扭的孩子，他爹叫他去山上，他就得去河里；让他去水田，他必定要去旱地。就那么个德行，爹娘也拿他毫无办法。不久，父亲病了，这不孝的孩子也根本不当一回事。父亲想："这孩子总跟我唱反调，我死以后，虽然想让他给埋到山上去，反正，正经说也不会照着做……"所以父亲临死的时候就把儿子叫到枕边留下遗言说："你把我的墓修在河边吧！"说完就死了。看到父亲死了，一贯胡闹的儿子为自己以往的行为悔恨得不得了，正是这次，他决定要好好听父亲的话。他也不知道死去了的父亲的心思，就把他埋在了河畔的岩石边。可是只要一下雨河里就涨水，一发水，眼看河边的父亲的墓就要被冲走，儿子急得坐卧不安。后来，因为太想念父亲，他变成了一只山鸽，每当天要下雨它就担心得不得了，总是从山上到河边，从河边到村里，"爹爹咕咕，爹爹咕咕"，不停地到处叫。

(岩手县和贺郡)

157

啄木鸟与麻雀

很久很久以前，啄木鸟与麻雀是两姐妹，两个都在城下町做事。有一天，主人要给她们做飞白花纹的礼服，给了纱线让两个做准备。两个高高兴兴地绕线，其中一部分已经在染了，正在这时，老家来了急报，说父母病重让快快回去。这可怎么办？两个商量起来，啄木鸟说："好不容易准备到现在，还没染好做好衣服就回，那就太遗憾了！再说，不穿礼服就回去的话，在朋友面前也没脸。"她不走，说要等衣服做好了再回去。而麻雀听到父母得了病，哪里还顾得上什么衣服，她说，必须马上回去，就算早一刻回去看望也是好的！麻雀颈子上套着还没染的纱线就回去了，终于，她赶上了父母的弥留之际。而啄木鸟等礼服做好了才回到老家，回到家一看，父母都已经死了。

两个被叫到了神的跟前，神说啄木鸟认为和父母相比衣服更重要，所以让它永远把礼服裹在身上，并让它不停地捅枯树自己找虫子吃；而麻雀呢，认为父母重要，对衣服没有执念，所以让它颈子上挂着纱线，给它吃白米。所以直到今天，它们还是那样生活着。

（鹿儿岛县大岛郡）

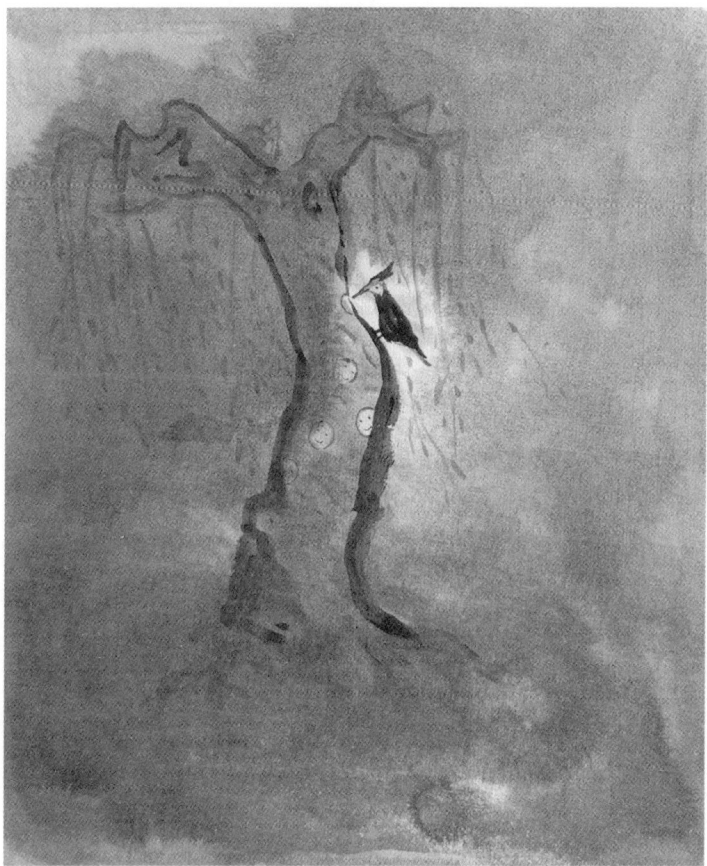

郭公[1]

　　一天，孩子去外面玩了回到家，母亲就让他帮忙给背上挠痒痒，可是孩子根本不理。母亲痒啊痒得不行，实在受不了了，她来到后山的山崖边，把背靠在岩石上蹭，蹭着蹭着，也不知是不是因为冲劲太大，一不小心掉下溪涧死了。孩子看到，伤心得"挠[2]啊挠啊"地哭了起来。这时候，神来了，因为孩子一直哭着说"挠啊挠啊"，神就把他变成了一只鸟，让它每天"挠啊挠啊"地叫。孩子变成了鸟，这就是郭公，据说它每天要"挠啊挠啊"地叫八千零八声。

（长野县北安云郡）

水乞鸟

　　水乞鸟原本是马贩子的老婆，马贩子养着几匹马，老婆的差事就是每天早晚给马喂料喂水，可是到门前河里汲水这样的

1.即布谷鸟，学名大杜鹃，杜鹃科杜鹃属普通杜鹃，鸣声响亮，"郭公"二字为其叫声拟音。

2.（日语发音kakoo）与"郭公"（日语发音kakoo）同音。

事老婆就懒得去，不卖力，还装着已经喂了水的样子，其实根本就没喂。老公问她："给马饮过水了吗？"她总是回答："啊，饮过啦！"马儿们的嗓子干透了，想喝水呀想喝水呀，想得不得了，马儿们痛苦异常。

为了惩罚这老婆，神在她投胎转世的时候就让她变成了鸟。这鸟腰部的羽毛有一点点蓝色，从嘴到尾巴却都是火红色的。这鸟刚想在溪谷中喝水呢，自己赤红的身体映在水中让它以为水里燃着一团火，所以，它根本连一口水也喝不成，渴得痛苦极了，只好吸一点树叶上的露水润润嗓子。可是一旦到了连日干旱不下雨的时候，树叶上的露水就也喝不上了，为了能喝到水，它就朝空中鸣叫以求快快下雨。就这样，人们管它叫"水乞鸟"。据说，只要这鸟"呼噜噜"地连声一叫唤，天很快就会下雨啦。

（山梨县西八代郡）

☆

也有这样的说法。

从前，某地方有一对母子，母亲疼爱儿子，儿子却一点也不听话。母亲太过担心终于病倒了。一天，母亲口渴了想喝水，儿子却不愿去汲，反而把炉子里烧了一半的木炭抽了一根来，母亲见到那火，一惊吓就死了，不孝之子惊呆了，随后变成了鸟。

从那以后，母亲墓地的树上就总停着浑身赤红的鸟，这鸟口渴了去喝水，却见水中像烧着火似的没法喝，只有下雨的时候，它才能喝一点点来续命。据说，它总是"呼咧，呼咧，呼咧咧"[1]地叫着在求雨。

（埼玉县秩父郡）

不孝的山鸽

从前因为闹饥荒，渐渐地没了可吃的东西。某地方有个人，他觉得也不能因为闹饥荒就什么也不做吧，于是就到荞麦地里去看看。

媳妇炒了熟米粉让孩子送到地里去给他。去荞麦地的路上有一条小河，那孩子正要过河，突然看到河里许多小杂鱼游来游去。孩子把拿着的米粉投下去喂小鱼，饶有兴趣地看小杂鱼们你争我夺地抢食，过了好久才想起父亲来，可是一看炒米粉，已经只剩下了两三口，他急急忙忙赶到荞麦地里一看，父亲却已经饿死了。

孩子吃了一大惊，叫道："爹爹！"却已经没有应答。孩子不断地哭着喊："爹爹啊吃粉，阿妈说的！"一直哭到吐血

1.日语发音同"下吧，下吧，下雨吧"。

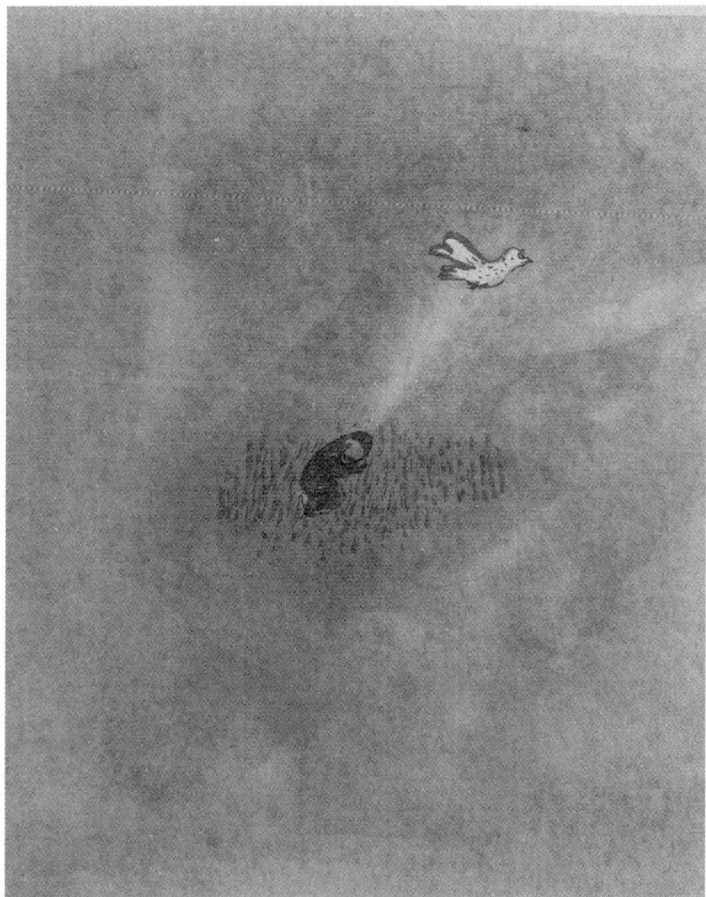

死了过去。他的灵魂变成鸟从尸体上飞起来，一边找父亲，一边叫："爹爹吃粉，阿妈说的！"还时不时地低着头说，"对不起！对不起！"直到今天，它还在这么叫着。

后来，母亲在孩子吐血的地里种了荞麦，因为被血染了，荞麦的茎变成了红颜色。又因为是母亲一个人边哭边种的荞麦，荞麦的果实结成了三角形，要是磨成粉之前不把它的壳（魂）去掉，吃了就会肚子疼，而据说如果枕着那荞麦壳（魂）做的枕头就不会头疼，身体也会变得更健康。

（青森县三户郡）

一只绑腿

从前，有一个名叫"郭公"的孩子，亲生母亲死了，又来了后妈。父亲总是"郭公，郭公"地叫着疼爱他，可是后妈却恨郭公恨得不得了。

有一天，父亲出门回来，平时总是飞跑着迎上来的郭公这次不知为什么不在家，父亲问后妈，郭公哪儿去了？后妈回答说，刚才还在那边玩来着。父亲刚刚解了一只绑腿，另一只绑腿还没来得及解下来，他想，郭公可能在那边玩，于是"郭公，郭公"地一边叫，一边来回去找。可是哪里都找遍了也没有找着，找着找着，父亲变成了一只鸟，据说，那就是叫着

"郭公，郭公"，飞来飞去的"合法鸟"[1]。正因为这样，那鸟的一只脚上像打着绑腿那样长着羽毛，而另一只脚上却没有。就是这样的。

（熊本县玉名郡）

杜鹃[2]与后妈

从前，某地方有一个后妈，五月的一天，后妈要去割麦，嘱咐女儿随后去送中饭，然后，她自己就到山脚边陡峭的山地割麦去了。

到了中午，女儿背上后妈的中饭去了山脚，她喊："妈妈，你在哪儿呀？"

为了虐待女儿，后妈跑到山地的最上面回答道："这儿呀！"女儿背着饭汗流浃背地爬到那儿，后妈却早已到了最下面的地里，又在那儿喊："这儿呀！怎么那么磨磨蹭蹭的！"女儿背着中饭刚急急赶到下面，后妈却又到了山地的最上面："这儿啦！你磨蹭什么呢！"这样来来回回折腾了十几次不

1.合法鸟，郭公鸟的别称，即大杜鹃。

2.原文标题为"时鸟"，时鸟应为杜宇，但文中所述为"郭公"，当为记述讹误。因两者皆为杜鹃科杜鹃属，故更名"杜鹃"。

止。女儿饿了，又逢暑气难当，她背着很重的中饭在陡坡上上上下下跑来跑去，终于倒在地上死掉了。后妈受了神的惩罚变成了郭公鸟，每天"郭公，郭公"地一直叫，必须连叫八千零八声，直到嘴开裂进血。据说，要是不叫满那么多声，它的嘴里就会生出肮脏的蛆虫来。

（山梨县西八代郡）

行行子[1]

据说，行行子原是身份低下、替武士拎草鞋的侍仆。有一天，他把高脚草鞋弄丢了一只，被老爷狠狠骂道："不给我找回来就砍了你的头！"可是，他到处找遍了也没有找着。

拎草鞋侍仆没办法，来到寺庙恳求道："师父，师父，也不知我那老爷的高脚草鞋在哪儿，请借我一点智慧吧！"

和尚为难地敷衍他道："那么，你去芦苇荡找找吧！"

拎草鞋侍仆大喜，那边的苇荡、这边的苇荡都找遍了，却还是没找着。走到那边，脚划破了，走到这边，眼睛被刺了，他一边流着血，一边变成了行行子。

直到现在，行行子还在芦苇间飞来飞去叫着找草鞋："行

1.俗名叫叫子、苇串儿，鹟科小鸟，学名大苇莺。

行去去，行行去去，一只高脚鞋，去那边没有呀，来这边也没有，呢，呢，呢，我的头啊要被砍！行行啊去去，顿居寺的大法师！"

（岩手县稗贯郡）

马追鸟[1]

从前有兄弟二人，母亲死了，不久，又来了后妈。后妈心地很坏，总是虐待这两个孩子。

一天，后妈让兄弟二人去野地里放马，因为那天不用担心被骂，兄弟俩开开心心地玩了一整天。到太阳落山的时候两人开始唤马，可是，也不知马去了哪儿，这儿那儿都找遍了，怎么找都不见踪影。"啊，呼儿！啊，呼儿！马啊，呼儿！"两人一边走一边喊，可是直到天黑也没见着马，兄弟俩没办法，只好拿着马嚼子哭着回了家，告诉后妈道："马不见了。"后妈把他俩无情地赶了出去，骂道："不把马牵回来，就算回了家都不准进家门！"

1.柳田国男《远野物语》记述曰："马追鸟似杜宇而稍大，羽色赤中带茶，肩有条纹，类马索，胸亦有斑如口笼状。"实际到底为什么鸟，有说猫头鹰的，也有说山鸽的，迄今众说不一。

兄弟俩晃着松明又去了野地，"啊呼儿！啊呼儿！马啊，呼儿！"两人一边哭一边不停地唤，到处走着找，松明熄了，月亮出来了，却是一声马嘶也听不见。

兄弟俩又饿又累，却还是连声呼唤着："啊，呼儿！啊，呼儿！马啊，呼儿！"从野地到野地，从森林到山间不停地找，可到底也没见着马的踪迹。两人累极了，你靠着我我枕着你睡着了。

第二天早上，他们变成了鸟。马追鸟就是这两兄弟变的，一到黄昏，它们就"马噢，马噢"地叫，那是在向人打听马的行踪呢。这鸟的羽毛有马嚼子形状的花纹，据说，那是兄弟俩走着找马时，肩上挂马嚼子留下的印迹。

（岩手县岩手郡）

动物的竞争

猫与蟹

一天，猫和蟹决定赛跑。猫有些轻敌，心想：蟹再怎么横着跑，难道还能与俺匹敌吗！可是比赛一开始，狡猾的蟹就趁猫不注意冷不防咬在了猫的尾巴上，猫完全不知道，拼命跑，一直跑到了约定的终点，它想，蟹这时候到哪儿了？一回头的当儿，蟹就从猫尾巴上下来了，说道："猫先生，猫先生，你怎么才来呀？""啊呀"，猫回头一看，蟹恰好先到了一步。猫输了，它向蟹俯首鞠躬道："无论如何也比不上你呀！"

（鹿儿岛县大岛郡）

老虎和狐狸

狐狸去外地的老虎那儿，说："虎先生，虎先生，跟不跟俺赛跑呀？"老虎同意了："那倒可能怪好玩的！"两个很快定下来赛跑。老虎刚一起跑，狐狸就紧紧抓住它的尾巴把自己吊在了上面。老虎却不知道，拼命跑到了约定的地点，它想，狐狸现在到哪儿了呢？一回头，只见狐狸正在脚下一骨碌躺着呢。狐狸说："虎先生，虎先生，你怎么迟了呀？"老虎不甘心，可是比了好几次都输了。狐狸说："不管怎样你都比不过俺，作为输了的惩罚，你就给点什么吧！"老虎没办法，只好拔了三根眉毛给狐狸。

狐狸的眉毛就是那时候得到的，直到现在它还逞威风摆架子呢！

（新潟县南蒲原郡）

狼、狐狸、狮子和老虎

从前，天竺国的唐狮子派使者到日本，说想和日本的狼比本领。日本的狼让狐狸做侍仆，两个一起去了天竺国。

最开始是赛吼，唐狮子一声吼叫，震得方圆七里的锅釜都裂了，狼和狐狸挖了洞穴躲在里面，一副满不在乎的样子。

接下来是赛跑，由一日可跑千里的老虎和狐狸比赛。狐狸变成蚂蚁咬在老虎的尾巴上，老虎竖着尾巴跑。到了终点，狐狸扑的一声从老虎尾巴上跳下了来，佯装说："虎先生，你怎么才到呀?"

最后一项,是各尽所能地比手艺。狐狸做了一个富士山,上面生着竹丛、岩石和树,它把这给老虎和唐狮子作住所,让它们住了进去,又在周围设了泥海不让它们跑,随后,狐狸烧起了熊熊大火。老虎和唐狮子怎么也逃不出去,只好向狐狸投降求助。"日本的野兽,光一只狐狸就这么厉害了,根本用不着我出马!"狼逞足了威风带着狐狸回去了。

(岩手县和贺郡)

猫与十二生肖

一天,王爷决定召集动物们举办一次宴会,动物们开心极了,都等着那一天的到来。可是,猫把宴会日期给忘了,它问老鼠,老鼠故意往后说了一天。

到了宴会那天,动物们争先恐后地出了门,牛慢吞吞走在最前面,它的后面是老虎,老鼠大叫着:"迟到了可不得了!"一下跳到了牛背上,刚到门口,老鼠跳进去最先到了王爷跟前。御殿里,秩序井然地一溜儿排着鼠、牛、虎、兔、龙、蛇、马、羊、猴、鸡、犬、猪,它们被招待吃了各种各样的美味佳肴,高高兴兴回了家。

第二天，猫开开心心精神抖擞地去了王爷门前，可是，太安静了！它觉得奇怪向门房一打听，门房笑得腰都直不起来，说："宴会是昨天呀！"从那以后，猫就恨死了老鼠，与老鼠成了仇敌。

直到现在，只要猫一看见老鼠就想抓住它吃掉它。也因为猫没参加宴会的缘故，十二生肖中也就没有它。

（静冈县清水附近）

鲸和海参

从前，鲸自夸道："这世上没有比我更厉害的了！"海参听到笑了起来。鲸气鼓了肚子对海参说："我们赛跑吧！"海参答应了，和鲸约定道："那么，请等我三天，到时候你去油良海湾，我在那儿等你！"说着，海参就去找伙伴，它把伙伴们召集到一起拜托它们道："是这么回事儿，我和鲸约好了赛跑，可是其实是不可能胜它的，麻烦你们去各个海湾待着，等鲸来的时候你们就说：'才来呀！'"伙伴们都答应了，一个个滚着去了各自的海湾。

三天后，海参到油良海湾与鲸碰了头，海参说："现在我们开始比赛，都游到小浜海湾去吧！"说着，两个就游了

172

起来，鲸游起来气势惊人，而海参呢，骨碌骨碌滚着也太艰难了。

终于到了小浜海湾，鲸想，海参肯定还没到，它喊："海参先生，海参先生！"谁知这就听到了回答："鲸先生，你才来呀！"鲸大吃了一惊。

接下来，两个又说好游到下田海湾，这就又游到了下田海湾，"海参先生，海参先生！"鲸说着往四下一看，"鲸先生，你才来呀！"海参回答道。

下一次又说好去森之浦海湾，可是不管游到哪儿总是海参领先。最后，鲸只好认输啦。

（山口县大岛郡）

狐狸的故事

尾巴钓鱼

每天每天下雪，狐狸都没法下山去村里了。它饿得实在受不了，趁着雪晴的当儿，好不容易才挨到了村子里，刚走到河边，就看到水獭叼着鲤鱼从冰下钻出来，狐狸招呼道："呀，水獭先生，水獭先生！""还当是谁呢，狐狸先生，好久不见呀！"水獭回答说。狐狸请求道："这一向下雪俺没法来村里，正为饿肚子犯愁呢，这鲤鱼，请分一半给我吧！"水獭说："那么的，俺从鱼头吃，你就从鱼尾吃吧！"说着，两个咯吱咯吱把鱼吃了。吃完鲤鱼狐狸说："幸亏得了你的帮助，可是，你是怎么抓到鱼的呢，教教俺吧！"水獭骗它说："一点都不费事，冻得咔嚓咔嚓的晚上，你把马蹄铁绑在尾巴上，到河边一走，就能看到冰窟窿啦，你把尾巴戳到那冰窟窿里去，鲤鱼就会来咬的，再一拉尾巴，嘿，要多少就有多少！"

狐狸想，这下学到好办法了。一个寒冷的夜晚，它在路边捡了一个旧的马蹄铁拴到了尾巴上，到河边一走，果然看到冰上有窟窿，就是这儿啦，它想着，把尾巴戳了进去。过了一会儿，只听"啪"的一声像有什么碰了上来，"呀，一条！"它

174

刚这么一想，又是"啪"一声碰了上来，"呀，两条！"正数数呢，啪嗒啪嗒接二连三地有东西碰了上来，"钓得可真不少！"狐狸高兴极了。这时，从附近的农家传来了鸡叫声。"这么多，行啦！"狐狸想着，试图把尾巴拉上来，可是却被冻得牢牢的怎么也拉不出。狐狸正在左右为难，早起的媳妇拎着提桶从家里出来汲水了，看见狐狸正在拼命拔尾巴，媳妇吃惊地返回家去告诉丈夫："哎呀，狐狸在河里！"丈夫从房里操起捶稻草[1]用的木槌就跑了出来，想着打狐狸，慌乱中却打到了冰，冰破了，狐狸就势把尾巴一拔，"嗷"的一声，拼命跑啊跑啊，疯了一样地跑，终于跑回了山里。等一口气缓下来，狐狸想，"到底钓了多少鲤鱼呢？"这么想着往尾巴上一看，哪有什么鲤鱼，马蹄铁上却是结了一长溜的冰疙瘩，怎么甩也甩不掉，狐狸只好到山里向阳的地儿晒太阳，这才终于把尾巴和马蹄铁分开了。故事就到这儿啦，可喜可贺呀，可喜可贺。

（岩手县紫波郡）

狐狸和水獭

狐狸和水獭约好了轮流做东请客。先是水獭请狐狸，到了

1.用稻草制作什物或搓草绳时，用木槌击打以使其柔软。

晚上，水獭做好各种好吃的等着，客人狐狸这就喜滋滋地来了。"喂呀老狐，请多吃一点，吃得饱饱的！"水獭说。狐狸说："那我就不客气啦！"一看那饭菜，浅碗、深碗、碟子，全都装满了珍贵少见的杂鱼。狐狸佩服得不得了，吃得酒足饭饱回去了。

不久，轮到了狐狸请水獭。狐狸一早就到田埂和河边到处转，想着抓点鱼，却一条也没抓到。晚上，水獭来了，水獭说："老狐，老狐，今晚我就不客气啦！"一边说，一边往家里看，这是怎么啦，只见狐狸两只眼睛盯着屋子的顶棚一动不动，身子也一动不动，不管说什么它也一声不答。水獭没办法，只好回去了。

第二天早上，狐狸轻飘飘地道歉来了："小獭，昨晚呢真是对不住，实在，我是担着'望天棚'的任务呢！"又说，"今晚请一定再来吧！"那一天，狐狸又是拼命地跑来跑去抓鱼，却还是一条也没逮着，垂头丧气地回了家。晚上，水獭又来了："晚上好呀！"可狐狸这次还是脸朝下盯着地面一动也不动，那一晚，水獭又是无可奈何地回了家。第二天早上狐狸又来了，说："小獭呀，我昨晚呢，是担着'看地下'的任务呢！"水獭说："老狐，你是因为逮不到鱼才说那样的话吧？"狐狸爽快地回答说："对，就是小獭你说的那样。""那，我来教教你怎样逮鱼吧！"水獭说："老狐你有那样大的好尾巴，寒冷的夜里，你只要把它放到河里，就会有很多很多鱼咬上来的。"狐狸听了高兴地回去了。

天黑了，狐狸来到河边，按水獭教的那样破了冰把尾巴垂了下去。过一会儿它拉起来一看，尾巴上结了冰，咔啦咔啦直响，可是没有一条鱼来咬，试了几次都一样。狐狸想，是不是提不起它们的兴趣，给它们咬食的时间不够呢？于是耐着性子一直垂着尾巴，这下，尾巴慢慢地开始疼起来，最后连脑门子也疼了起来，尽管这样狐狸还是忍住了。好不容易到了早上，那边传来了孩子们涉河踩在冰上的脚步声，狐狸想，这可了不得！它把尾巴往上提，却是冻住了怎么拉也拉不动。"鲤鱼鲫鱼都不要，赶紧让我挪地儿啊！"它一边说一边使劲儿拉，总算拔了出来。

（新潟县南蒲原郡）

偷鱼贼

　　冬天，天很冷，渔夫从冰窟窿抓了几条鱼用爬犁拉着往回走。狐狸看见了，狐狸最爱吃鱼了，加上肚子又饿得厉害，它想，一定得想办法吃到鱼。

　　狐狸抢先跑到爬犁的前面，脸朝下趴在路上装死。渔夫正想要狐狸皮做帽子，他以为狐狸死了，就把它捡起来放到爬犁上，继续拉着爬犁运鱼。趁渔夫不注意，狐狸偷偷从爬犁

上拿了一条鱼跳了下来，为了不被发现爬犁变轻，它还捡块石头放了上去。狐狸拿着鱼飞快往森林逃去。

狐狸正在森林里吃偷来的鱼，熊来了，"那鱼在哪儿抓的？""钓的呀！""我也好想抓一条那样的鱼啊！"狐狸说："那我来把抓鱼的秘诀教给你，喏，沿这条路一直走，会看见一条河，河里结着冰，冰上有圆圆的窟窿，你把尾巴放到洞里，鱼就会来咬，到时候你一拉，鱼就上来啦！"

熊高兴地飞跑去找到冰窟窿，把尾巴垂了下去，很辛苦地等着鱼来咬。过了一会儿，熊觉得像有什么东西抓住了自己的尾巴，它想：没错，咬住我尾巴的一定是条很大的大鱼，可以美美地饱餐一顿啦！这么想着，它开始拔尾巴，可不知为什么，熊一个跟头往前翻出去，摔在了冰面上，它还不清楚到底发生了什么，回头一看，一整条尾巴被连根拉断在了冰窟窿里。

（埼玉县入间郡）

熊和狐狸

某座深山有一只狐狸和一只熊。"最近不知怎么搞的没有好猎物，我想出了一个好办法，怎么样，咱俩商量商量？"狐狸道。熊问："此话怎么讲？""我常走过的地方有一块好地，把那儿开垦出来种上好庄稼，您觉得怎么样？"狐狸道。熊说："那太好啦，就那么办吧！"两个很快商量好去了那地方。

"老熊，你身子大，爪子也比我的坚固，你把这儿的土顺便翻翻吧！趁着这当儿，我去乡里找点好种子！"狐狸说。熊又挖树桩又挪石头，把地开垦出来做成了耕地，这时，狐狸也从村里偷来了种子。撒完种子休息的时候狐狸说："老熊，老熊，种子已经撒下去了，马上呢会长大，咱们丑话说在前面不能事后吵架，我们得先说好谁得什么！""嗯，那样也好！"熊赞成道。"那么，我先说。"狐狸抢先道，"我要长在泥土下面的。"熊没办法，只好要了泥土上面的。

没多久，地里发了绿油油的芽，芽又渐渐长大了。狐狸和熊觉得时候已到，它们出了门。虽说有约在先，狐狸还是耍起了滑头："老熊，老熊，你去摘泥土上面的吧，你的爪子不是很好吗？你摘的时候呢，顺便再把泥土翻一翻！"因为摘了很多好菜叶，熊开心得像做梦一样，它把地全翻了个遍，然后抱着绿菜叶回了自己的洞穴。狐狸也把熊挖好的萝卜一根一根往洞里搬。菜叶刚运回的那天，熊美美吃了一顿，可是刚过了一天，菜叶子就打蔫不好吃了，熊沮丧极了，它想，狐狸怎么样呀？这就往狐狸家走去，"小狐，小狐，你这里怎样？"只见狐狸洞里满满放着白白圆圆的东西，不管吃到什么时候都是美美的。"这是什么？"它问。"这是芜菁，你得的呢是它的叶子，两天过去就没法吃，这也很正常呀！"狐狸说。"上当啦！"熊想，可是没办法，它请求道："小狐，你能给我一个芜菁吗？"狐狸说："之前不都说好了吗？不行！"熊气鼓鼓地回去了。

一天，狐狸去熊的住处鼓动道："怎么样，熊先生，我们再种点什么吧！"熊想，这回我可要报复一下，它说："好的，说干就干吧！"它耕好地刚等了一会儿，狐狸就带着种子回来了。两个又像第一次那样商量起来，"这次，我拿泥土下面的！"熊抢先道。"是吗，那么这次我就拿泥土上面的！"就这样说好了。日子一天天过去，地里的作物长大了，两人来到地里按约定开始采摘。狐狸把泥土上面的全抱回去了，整整齐齐码在了洞穴里。熊边挖地边想："应该会有很大的吧？"可不管怎么挖，挖出的全是一二寸大小的毛根儿。熊又生气地跑到狐狸那儿去看，只见狐狸洞穴里绿叶码得整整齐齐，上面还放着草莓，狐狸正美滋滋地吃着呢。熊气鼓了肚子，请求道："小狐，给我一个吧！"狐狸说："说好了的，不能给！"没办法，熊又只好回去了。它气极了，终于和狐狸绝了交。

又过了一段时间，一天，狐狸又去了熊那儿，"熊先生，熊先生，请不要生气了，前面的事情是因为有约在先才那样的嘛，还生气呢？我们和从前一样和好吧！我今天来呢，不为别的，虽说我们有约定，但还是觉得对不起你，今天来就是想告诉你一件好事，用它向你来赔罪，一起去吧！"狐狸这么说着，就把熊带去了一处矮竹丛。狐狸说："你看那儿，有很多很大的蜜蜂呢！我就是想着要给你，才来告诉你的！"熊说："果然，这可是我的心头物！"一边说，一边去后面摘蜂巢。蜜蜂"轰"的一声怒了，全往熊这边追了过来，熊想把它们拂掉，却被刺得更厉害了，就在它无助又痛苦的时候，蜂蜜又全被狐狸拿跑了。熊越想越气，心想，狐狸那小子！这仇非报不可！一心等着时机到来。

又一天，熊杀了一匹马正吃呢，狐狸来了，"呀，熊先生，今天可真丰盛呀！也请分我一点吧！""好呀，请吃吧！"熊应声分了一点给狐狸。那肉真是太好吃了。"怎样才能捉到马呢，教教我吧！"狐狸说。熊想，是时候了！非把这仇报了不可！熊说："这个呀，抓马没什么诀窍，你这样的小个子，比起我来倒还更好些！"狐狸听说，急急追问怎么抓的。"从这儿出发，翻过山就会有一条大河，河边有开阔的野地，马都在那儿。只要去那儿，趁马睡着了不注意的时候咬住它的脚后跟，它就会渐渐失去力气倒下的，到那时候，你就把尾巴和马尾巴绑在一起，马很快就不行啦！"熊教它道。狐狸听着，高高兴兴回去了。

狐狸到了大河边的开阔地，只见很多很多的马正躺在那儿，它看准了其中一匹肥大的悄悄靠上去，把自己的尾巴和马尾巴拴在了一起，然后，对着马的后脚狠狠一口咬了下去。马吃了一惊，咴咴地嘶叫着站了起来，把那狐狸甩得团团转。因为尾巴和尾巴绑着，狐狸被转晕了，只听"呼"的一声，狐狸被连根拔掉尾巴甩到对面的岩石角上，直撞得奄奄一息，只有出的气没了进的气。熊在狐狸耳边小声说道："活该！"说着，它笑了。所以呢，心地太坏，往往会招人恨哪！

（冈山县御津郡）

狸和狐

狐狸和狸猫约好了比赛变术。先是狐狸变，狐狸想，得设法教训一下狸猫！它咚咚咚先跑了，变成了一个路边的地藏菩萨。狸猫也跟着来了，以为那是个真地藏，它把自己带的饭团拿出一个供上，又拜了拜，拜完抬头一看，刚才供的饭团已经不见了。咦，它觉得奇怪，又供了一个，拜一拜，再一抬头，可不，又没了。于是，它再一次供，再一次拜，这次拜完它猛一抬头，看到吃残的半个饭团正好好在地藏菩萨手上端着呢。狸猫怒道："你这是做什么！"一拉那手，地藏菩萨就现了原形，就是狐狸。

狐狸对吃了狸猫饭团的事也不辩解，只对狸猫道："这下轮到你变了！"狸猫说："嗯，好的好的！"它不作声地想了一会儿，想着要好好教训狐狸一番。它说："明天中午我会变成王爷的队列从这儿经过，你可要好好看哦！"说完，两个就各自回家去了。

很快到了第二天，狐狸想当然地寻思：说不定，狸猫那家伙早上就从那儿经过呢。所以，天还没亮它就出门去了那儿坐在路边等。好不容易等到正午，这就传来了鸣锣开道的声音："哎，嚯，让开！让开了！"一列队伍浩浩荡荡往这边开来了。狐狸跟在人群里看热闹，一开始还是人模样，不知什么时候竟现了原形，却连它自己也忘了。狐狸在路的正中跑，拼命地拍手赞叹："哟，狸猫你这家伙，太好啦，你变得太好啦！"岂料，那却是真正的大名[1]的队列，话还没说完，狐狸的脑袋就飞了。

（高知县吾川郡）

鹌鹑和狐狸

一天，鹌鹑和狐狸在路上碰了面，鹌鹑说："今天，我想让你见识见识王爷的队列，怎么样？你变成马桩子吧！"它开口劝说狐狸。狐狸说："好呀！"这就变成了马桩子一动不动戳在了那儿。鹌鹑摆出一副傲气十足的模样，停在变成马桩子

1.日本战国时代，将部分领地分给家臣，统一管辖领地内的独立领主；江户时代直接供职于将军，俸禄在一万石以上的领主。

的狐狸的头顶上。

这时，一个高个子脚夫扛着扁担走了过来，他从鹌鹑和狐狸的怪模样跟前走过，鹌鹑却装着一脸若无其事，没有一点点要逃的意思。脚夫叫道："这厚颜无耻的臭鹌鹑！"说着，抡起手里的扁担就朝停在马桩子狐狸头上的鹌鹑直打过来。说时迟那时快，鹌鹑"呼"地一下飞起来，瞬间逃走了。脚夫看着笑了起来。

狐狸气鼓了肚子，说："骗我看王爷的队列让我变成马桩子，就因为这我才挨了打，还不管不顾地先飞了！"它一把抓住鹌鹑"吧唧"叼在了嘴里。

鹌鹑被狐狸叼住了，身体一动也动不了，它请求道："我还有一个老母，若这样被你吃了，我就连和母亲打招呼作最后道别也不能啦，怎么样，你能不能帮我喊一下母亲呢？""那我就帮你喊一声！"狐狸说着，大声喊起鹌鹑的母亲来，可是它刚一张嘴，鹌鹑就飞了出来。狐狸又火了，它跳起来咬住了鹌鹑的尾巴。鹌鹑想，这下逃不掉就没命了！它拼了命地挣扎，使劲儿逃，尾羽都被拔了下来。就这样，直到现在鹌鹑还是个秃屁股。

（熊本县阿苏郡）

鹌鹑说："今天，我想让你见识见识王爷的队列，怎么样？你变成马桩子吧！"它开口劝说狐狸道。狐狸说："好呀！"这就变成了马桩子一动不动戳在了那儿。

——《鹌鹑和狐狸》

咔嚓咔嚓山

　　是从前的事儿啦。有一个老爷子和一个老婆子，这一天老爷子正在山间旱地里翻地，坏狸猫来了，它坐在休息石上戏弄老爷子：

　　　　右一锄头 老爷子往右一跟头
　　　　左一锄头 老爷子往左一跟头

　　"无聊的狸猫，净白白浪费别人的时间！"老爷子气鼓鼓地扛着锄头追了上去。狸猫说："嘻！老爷子，一个屁墩儿翻个底儿朝天！"一边说，一边噼噼啪啪拍着屁股往山中逃去了。

　　第二天，老爷子正在翻地，狸猫又来啰唆纠缠了："右一锄头，老爷子往右一跟头！"老爷子拿它一点办法也没有。再一天，老爷子在休息石上抹了厚厚的粘鸟胶[1]，狸猫不知道，又来了，它坐在休息石上看老爷子撒什么种，随后又戏弄道：

　　　　老爷子撒下千粒种

1.捕鸟用的、具有黏着力的半固体物质，可从昆栏树、细叶冬青等树皮中提取。

188

到了傍晚 一粒呀也不见

　　"咦，狸猫今天又来啦？一直一直总是那么坏！"老爷子抓着藤蔓咚咚地追上去，狸猫想逃跑，却被粘鸟胶牢牢粘住了，怎么也脱不了身。

　　狸猫的屁股蛋儿生了根
　　到了晚上呀 呀 把它变成狸肉汤

　　老爷子说着，用藤条把狸猫一圈一圈捆起来带回了家。"老婆子，老婆子，晚上就煮狸肉汤！"老爷子说着，把狸猫吊在了大门口。

　　老婆子正在院子跟前春粉，狸猫在门口招呼老婆子："老婆婆，老婆婆，你要春多少粉？"老婆子说："三臼三饭桶，堆得三层高。""啊呀，太可怜了，那么俺也来帮忙吧，您请把这藤条解开一点点！"狸猫劝她道。"老爷子会生俺的气，俺不干。""哪会对您生气呢，把粉春完了，您再把俺原样吊起来！"狸猫喋喋不休地说道。"既然那样……"好脾气的老婆子说着，帮它把藤条解开了。"老婆婆，俺来春，老婆婆您请搭个手！"狸猫说着作势要春，却冷不防照准了老婆子的额头"砰"地一击，把老婆子敲死了。然后，它把老婆子的皮剥下来披在身上，再把老婆子炖了汤，专等老爷子回家来。

　　傍晚，老爷子回来了，"老婆子，老婆子，狸肉汤好了吗？"老爷子一边说着，一边从山上回来了。"啊呀呀，老爷子，这么晚呀，狸肉汤炖好了，你请快吃吧！"变成了老婆子的狸猫说着，给老爷子端来了炖好的老婆子汤。"那俺就不客气了！"老爷子尝了一口，味道一点也不好，"老婆子，老婆子，这狸肉汤味道怎么这么怪？"老爷子疑惑道。"煮狸猫的时候，它不好受放了一个屁，所以变成那味道。"狸猫佯装的老婆子说道。"话是那么说，还是好吃的，好吃！"老爷子说着，吃了三大碗又三小碗。狸猫看他吃完了，说：

> 老婆子肉卡在了 最末一个牙齿缝
> 老婆子汤喝了啊 真呀真可笑

它一边说一边脱下老婆子的皮，啪啦啪啦撒腿往深山跑去了。

"啊，真卑鄙呀！呜呜呜，被骗吃了老婆子，呜呜呜！"老爷子又惊又悲地哭着。一只兔子慢吞吞走过来说道："老爷子，你哭什么呀？""也没什么，兔先生，你请听俺仔细说！"老爷子道。他哭啊哭啊，把老婆子被深山的坏狸猫杀了煮了让他吃的事说给了兔子听。"老爷子你请不要哭，俺来帮你去报仇！"兔子给老爷子鼓劲道。

（岩手县稗贯郡）

190

☆[1]

某地方，有一只熊和一只兔子决定上山去砍柴，两个穿上护服，腰里别着砍刀去了山里。熊鲁钝，兔子聪明又狡猾，还没走到山里呢，兔子就说："受不了啦！受不了啦！"

到了山里，两个咔嚓咔嚓开始砍树，熊力气大砍了很多，兔子只砍了一点点。砍好的柴火，熊也背了很多，而兔子只背了一点点。两个这就往家走。

兔子聪明又狡猾，它落在后面，"啊，受不了哇，受不了哇！"说着，它就不走了。"兔子，兔子，你怎么这么不中用，俺也扛着柴在走呢。"熊说。可是兔子怎么也不走了，熊说："好了好了，要是那么受不了的话，就分一半给俺吧！"说着，把兔子背的柴分出一半，背上就走了。又过了一小会儿，兔子又不走了："啊啊，受不了啦，啊啊，受不了啦！""兔子，兔子，你是怎么搞的，要是那么难受的话，全都给俺吧！"熊说着，把全部的柴火背在了身上。尽管这样，又走了一小段，兔子又叫起来："啊啊受不了哇，啊啊受不

1.《咔嚓咔嚓山》的故事分为两部分，本书以☆间隔。第一部分出场的是老爷子、老婆子、狸猫、兔子；第二部分的前段，出场的是熊和兔，后段出场的是兔子和附近的一户人家（父母和孩子）。两部分可以看作相对独立的故事，也可以第一部分和第二部分的前段结合起来讲述。把第二部分的前段里的熊换成狸猫，结合起来就是一个兔子除掉狸猫为被狸猫炖成汤的老婆子报仇的故事。

了哇！"说完又不走了。"要是那么难受的话，俺来背着你吧！"熊说着，又把兔子背在了背上。

兔子在熊的背上咔嚓咔嚓用火石打火。熊问："兔子，兔子，背上响的是什么声音？""熊，那是咔嚓山上咔嚓鸟在叫。"兔子装着什么也不知道的样子回答说。接下来，兔子"呼呼"地吹起了火，熊问道："兔子，兔子，那呼呼的声音是什么？"兔子回答说："那是呀，呼呼山上的呼呼鸟。"说着，它从熊背上一个弹跳跳下来逃走了。熊背上着了火，火越烧越热，熊这才意识到被兔子戏弄了。

熊被烧得很厉害，它"嗯嗯"地呻吟着翻过山去，看到兔子正在砍藤蔓。熊说："兔子，兔子，俺刚才可上了你的大当，烧伤啦！"兔子一脸茫然地说："前山的兔子是前山的兔子，藤山的兔子呢，是藤山的兔子，俺可什么也不知道！"熊想，可不是嘛！它又问："可是你说，兔子，你砍藤蔓做什么？""今天天气好，俺想去太阳地里玩一天，所以砍藤蔓。"兔子回答说。熊说："看起来很好玩的样子，俺也一起去可以吗？"两个这么说好了。砍好了藤蔓，熊问："怎么玩法呢？"兔子说："把手脚紧紧捆上，再从斜坡上横着滚下去，多好玩呀！"熊同意道："真的呢！"很快，游戏从熊开始了，两个到了山顶上，兔子先把熊的手脚捆绑起来，说："喏，很好玩的，你滚滚看！"熊想："没错儿！"这就滚了起来，可是一会儿撞上树根，一会儿落入竹丛，不说好玩，最后摔到谷底简直要了命。但因为手脚被捆着，起也起不来，等好不容易爬起来，兔子早已不知逃到哪儿不见了。

熊"嗯嗯"地呻吟着翻过山去，看到兔子在向阳地里做蓼[1]味噌，"兔子，兔子，刚才俺可被你欺负得要死了，你看，俺身上受了这样的伤，你为什么呀？"熊说。兔子又用一副全然不知的面孔回答道："藤山的兔子是藤山的兔子，蓼山的兔子呢，是蓼山的兔子，俺可什么也不知道！"

熊同意道："还真是这样！"它问："可是你说，蓼山的兔子，你现在在做的又是什么呢？"蓼山的兔子说："这叫蓼味噌，是一方妙药，只要在火伤或跌打伤的皮肤破损处一抹，伤马上就好啦，俺正想做了去集市上卖呢！"熊想要得不得了，它天真地说："兔子，兔子，俺也正如你说的，正为火伤和碰伤烦恼着，你就让一点点给俺吧！""那，俺就分一点给你吧！"兔子说着，往熊背上的伤口抹了一大圈的蓼味噌。盐渐渐渗进伤口，直把熊痛得死去活来，兔子却已经逃得不见了。

熊可怜极了，它哭啊哭啊，下到河边洗身上的蓼味噌，好不容易洗掉了，"嗯嗯"地呻吟着翻过山去，看见兔子独自又伐木又锯板地忙着在做事。熊好不容易走到那儿，责问道："兔子，兔子，刚才你可让俺倒了大霉了，托你的福俺的身体肿成了这个样，你为什么呀！""蓼山的兔子是蓼山的兔子，杉山的兔子呢，是杉山的兔子，俺可什么也不知道！"兔子佯装糊涂道。

1.蓼科蓼属一年生草本植物的总称，有辛辣味。

"兔子说得也在理"，熊想，它问道："可是兔子，你锯了杉板做什么？""杉山的兔子要用这板造船，然后乘着去河里，去抓很多很多鱼！"兔子回答说。熊说："这样啊，那倒蛮有趣，兔子，兔子，算俺一个吧！"两个一起去造船，说好了，因为兔子是白的，就用白杉板做的船；熊是黑的，就用黑泥做的土船。熊做好了土船，兔子做好了白船，两个乘着船往河里进发了。

熊的黑船是泥巴做的，一碰就会缺损散架，兔子用自己的板船故意对着它一撞，熊的船就慢慢下沉了。熊窘极了，叫道："兔子，兔子，快救俺！"兔子说："好的好的这就去！"正说着，土船散了，熊扑腾一声落了水，兔子佯装去救，一边用竹竿推，一边叫："熊快起来呀！那个熊，快起来！"把熊推到深渊淹死了。

兔子把死熊拖了上来，再去附近人家借了锅炖熊肉汤。那户人家的大人都到地里去了，只留着孩子们在看家。兔子和孩子们一起做熊肉汤吃了，把骨头和熊头留了下来。"小孩，小孩，父亲母亲回来你就说，'把这锁砰地敲一下转一圈，再照着这熊头咔地一口啃下去。'俺呀，俺就在后边山上睡着呢，千万不要说出去！"兔子说着就走了。

不久，父亲母亲从地里回来了，孩子们便照着兔子教的说了，两个人把锁砰地敲一下转了一圈，再照着熊头咔地一口啃了下去。就在砰地敲一下转一圈咔一口啃下去的当儿，两人的牙齿全磕掉了。父母亲气极了："上了那兔子畜生的当，牙齿

194

全掉了！"他们盘问道："小孩，兔子在哪儿？"虽然兔子不叫说，但因为被盘问，他们就告诉父母兔子正在后山睡觉呢。父母就地拿了一口锅跑去了，跑到孩子们所说的地方一看，可不兔子正睡着呢！这就用锅将它扣住了。"托这坏兔子的福，牙齿一颗不剩全磕了！可恶的畜生，俺要杀了你！给俺把枕头边的刀拿来！"他们吩咐孩子道。

孩子跑回去拿，却因为错听成了"把枕头拿来"，急急忙忙拿着枕头跑来了。"蠢孩子，不是枕头，说的是枕头边的刀！不知道的话就把案板上的刀拿来！"父母再次吩咐道。孩子们又听成了案板，拿着案板跑去了。"什么蠢孩子，那就用这案板把兔子压住不要让它跑了！"说着，自己跑回去拿菜刀。

这一忽儿，兔子想出了一个主意，它问小孩道："你妈的头有多大？"孩子们用一只手比画着说："这么大！""那哪能比得明白，得用两只手！"兔子说。孩子伸出两只手说："这么大！"这一松手的当儿，兔子跑掉了。

父母亲回来看见兔子逃走了，随手将手上拿的菜刀朝兔子掷了过去，恰好砸中兔子的尾巴，把兔子尾巴斩断了。所以自那时起，兔子就没有尾巴啦！故事讲完了。

（岩手县岩手郡）

致读者（二）

汇集在这里的昔话，与之前的《摘瘤子的老爷子》《咔嚓咔嚓山》那卷一样，全是各个村的老翁、老妪口口相传的口承故事。

一、昔话是什么？我想在此已无重述的必要了，我们懵懂初开，最早在母亲怀里听到的故事，可能多数即是昔话吧！"割了舌头的麻雀，它的家在哪儿？"桃子"扑通扑通，扑通扑通漂过来"，类似这样《割了舌头的麻雀》和《桃太郎》中的句子，可以说没有一个日本人不知道。

即使对个人成长而言，昔话也是文艺的萌芽。孩提时代，我们把一切自然物当作生命体来感知，视一切与人一样具有灵魂，也许，将这种朴素的观察用故事形式加以表现的东西，就是昔话吧，或者是我们的祖先欲借助昔话说出人类的苦恼、喜悦和希望也未可知。

二、从内容到讲述方式，昔话都在人们心中有特殊的影响力，受其影响的不止各个时代的孩子，大人也常能体验到个中魔力。

《竹取物语》《今昔物语》《宇治拾遗物语》的作者、编者，他们最先也都是得到这些昔话魔力滋养的孩子吧，魔力进一步变成热忱的挚爱，这些故事才得以留传后世。《御伽草子》也是以昔话为题材的无名作者的文艺作品。

不知是不是因为文体的原因，这些故事似乎并不特别为现在的民众所亲近，可是，无名百姓却在各个时代用不同时期的语言将这些故事讲述得异常亲切。任何时代，昔话都是民众喜闻乐见的。

三、当然，并不只限于日本，欧洲中世纪的《狐狸故事》直到现在还被广泛传阅着。自17世纪末法国佩罗[1]首次记录昔话以来，这种新形式的文艺便牢牢抓住了诗人、读者和研究者的心。欧洲曾盛行用佩罗那样的方式记录口承故事。

在德国，穆赛乌斯[2]最先编辑了民间故事集，接着，维兰德[3]写了童话叙事诗，歌德也写了好几个具有梦幻色彩的童话故事。对于德国浪漫派诗人而言，昔话则成了"文艺的典范"，"一切文艺都须是昔话（märchen）式的。只有在昔话中，我才能更好地表现我的情感。一切皆是昔话。"诺瓦利斯[4]甚至这样说。正是浪漫派诗人对昔话如此这般的热爱，才促成了格林兄

1.佩罗（1628—1703），法国诗人、评论家，因编撰收入民间故事传说《蓝胡子》《小红帽》等的童话集而闻名。

2.穆赛乌斯（1735—1787），德国作家，代表作《被夺去的面纱》。

3.维兰德（1733—1813），德国作家，其民间故事集《奥伯龙》取材于一千零一夜等。

4.诺瓦利斯（1772—1801），德国浪漫主义诗人、小说家、思想家，代表作诗集《夜的赞歌》。

弟[1]对昔话的收集与汇编，而这正是促进昔话研究的主要原因。

四、但是，昔话是在农民、渔民、猎人中生发成长起来的，它并不诞生于诗人的脑中和研究者的桌上。也许，农民、渔民和猎人们是在工作之余通过讲述这些故事来排遣无聊，可是，不论从其内容还是从其讲述时期看，昔话都与生产有着很强的关联：水稻插秧前，由特定的讲述者给大家讲述昔话，他们相信通过此种方式能慰藉农业神并带来丰产；收割后也要讲述昔话，以此作为对丰产的答谢；就是现在，各地也有民族相信，猎人们只要在山上的狩猎小屋讲述昔话，掌管动物的神灵就会赐给他们猎物以作听故事的补偿。

昔话是何时何地为了什么创作出来的？为何在各民族间具有一致性？对此，有很多对立的假说，迄今也无法明确规范，但有一点可以确定：昔话是以生产为基础生发保存的，并且，它与生活的关系要比今时今日更加紧密。

五、这三卷昔话，是由编者挑选日本民间故事中相对完整的一百一十篇汇编而成的。其中也有一些与其他国家昔话极为相似的篇章，教人疑心是否为改编的。可是尽管看起来雷同，奉在此处的却绝非近期传来的故事，恐怕它们很久很久以前就已扎根日本了吧！我们辗转各个村庄当面听取的时候也常常有那样的经历，亦常常陷入那样的错觉中。

六、最后，在日本，昔话自着手收集到现在虽只有短短的

1.德国语言学家、民俗学家。兄雅各（1785—1863）、弟威廉（1786—1859）合著《儿童与家庭故事集》，即《格林童话集》。

五十年，却已经收集到了全国除两三个县以外的数量极多的故事，光条理清晰、结构完整的就有一万多篇。按地域划分的话，东北、中部、九州收集来的最多，各占22%—23%，为总量的68%；关东、近畿、四国最少，各占6%—7%；中国[1]占13%。从各地故事的分布情况看：有同一故事在全国范围内广泛分布的，也有仅仅在某个特定的地域且极少为人所知的。

广泛分布于全国的《桃太郎》《割了舌头的麻雀》《开花老爷子》[2]《文福茶釜》《百合若大臣》等我们自少年时代便倍感亲切的昔话，都收集在这一卷中。

关敬吾

1.日本中国地区。位于日本本州西端，由鸟取、岛根、冈山、广岛和山口五县组成。

2.《开花老爷子》故事内容见下册。关敬吾编著的《日本昔话》日文版为三卷本，本版中文简体本分为上下册，第二卷后半部分篇目编在下册。——编者注

桃太郎

　　听说，是很久很久以前的事儿啦。某地方有一个老爷子和一个老婆子，老爷子到山里去砍柴，老婆子去河边洗东西，正洗着呢，从上游扑通扑通、扑通扑通漂过来一个桃子，老婆子捡起桃子一吃，太好吃了。她想："这桃子这么好，也带一个给俺家的老爷子吧！"于是她说："甜桃子呀来这里，苦桃子啊去那边！"话音刚落，一个很大的甜桃子就向老婆子这边漂来了。"这桃子看上去很好呢！"老婆子说着捡起桃子，带回家藏到了橱柜里。

　　傍晚，老爷子背着柴火从山中回来了，"老婆子，老婆子，俺回来了。""老爷子，老爷子，今天从河里拾了个甜桃子，给你留着呢，你来吃了吧。"说着，老婆子从橱柜里拿出桃子放到案板上，刚一切，桃子就"嚓"的一声裂开了，"哇啊！哇啊！"桃子里生出了一个可爱的男娃娃。老爷子和老婆子吃了一惊，"哎呀呀这可不得了！"两人一阵慌乱。"因为是从桃子里生出来的，就叫桃太郎吧！"这么说着，就给男娃取名叫了桃太郎。老爷子和老婆子又是喂他吃粥又是喂他吃鱼地养育他。桃太郎呢，吃一碗长大一寸，吃两碗长大两寸，教他一，能懂十，渐渐长得强壮有力，成了一个各方面都很出色的孩子。老爷子和老婆子喜欢极了，总是"桃太郎桃太郎"地喊他。

一天，桃太郎来到老爷子和老婆子面前，两手触地端端正正跪坐着请求道："老爷爷，老婆婆，俺已经长大了，想去鬼之岛惩治恶鬼，请给俺准备日本第一的黄米面团子吧！"老爷子和老婆子都劝阻道："不管怎么说你年纪还小，打不过鬼的。"桃太郎不听，说："俺能胜！"老爷子和老婆子没办法，说："那么就去吧！"他们做了十个黄米面团子，让桃太郎扎上新头带，穿上新和服裙裤，佩上大刀，拿着写有"日本第一桃太郎"的幡旗，又把黄米面团子挂在了他的腰间，嘱咐他："那么，你可一路小心去，俺们等你打败了恶鬼回家来！"老爷子和老婆子给他送行，桃太郎这就动身了。

走到村外，一只狗"汪汪"叫着跟了上来，"桃太郎，桃太郎，你要去哪里？""俺去鬼之岛讨伐恶鬼。""俺也陪你去，请务必把那日本第一的黄米面团子给俺一个吃！""那就做俺的侍从吧！吃了这团子会变得有十个人的力气，你吃吧！"说着，桃太郎从腰间的袋子里拿出一个团子给了它，狗于是做了他的侍从。两个往山的那边走，这次，雉鸡"咯咯"叫着跟了来，它也像狗那样要了一个黄米面团子，做了桃太郎的侍从。桃太郎带着两个侍从又往深山走，猴子"咔咔"叫着也跟了来，猴子也做了桃太郎的侍从。桃太郎大将让狗拿着幡旗，一行人急急往鬼之岛赶去。

到了鬼之岛，鬼之岛上大黑门耸立，猴子"嗵嗵"地一敲门，门内问："谁？"出来了一个赤鬼。桃太郎说："俺是日本第一的桃太郎，来这鬼之岛治鬼，你们可要小心咯！"一边说一边拔出大刀，猴子拿长枪，狗和雉鸡拿短刀，一顿乱斩，那里的小鬼们一下子全乱了，直往里逃。里间的鬼们酒兴正酣，听说桃太郎来了，一边迎上来一边嘲笑说："什么？桃太郎是谁？"这边的四个因为吃了日本第一的黄米面团子，个个力大无穷，足抵几千人，鬼们纷纷败下阵来。

黑鬼大将在桃太郎面前双手触地跪着，大眼睛里"扑扑"地落下泪来，他向桃太郎赔罪道："随便怎样都没有关系，只请饶我一命，从今往后再也不敢作恶了！"桃太郎说："那么，从今往后你保证不再作恶，就饶了你的性命吧！"鬼说："宝物全都给你。"于是把所有的宝物都给了桃太郎。

桃太郎把宝物装上车，狗、猴子、雉鸡"哼唷哼唷"地又拉又拽，当作给老爷子老婆子的礼物拉回了家。老爷子和老婆子高兴极了，大大地夸赞了桃太郎。天子听说这事亦给予了桃太郎盛赞，老爷子和老婆子得到了一生安乐。真是可喜可贺呀，可喜可贺。

（青森县三户郡）

桃太郎把宝物装上车，狗、猴子、
雏鸡"哼唷哼唷"地又拉又拽，
当作给老爷子老婆子的礼物拉回
了家。老爷子和老婆子高兴极了，
大大地夸赞了桃太郎。

——《桃太郎》

桃子太郎

　　很久很久以前，某地方有一个老爷子和一个老婆子，老婆子到河边去洗东西，这时，从河的上游漂来了一只漂亮的箱子，老婆子把那箱子捡起打开一看，只见里面有一个桃子。她把桃子带回了家，想着要给老爷子看看，于是藏到了衣柜里。老爷子从山里回来了，老婆子把桃子拿给老爷子看，老爷子也觉得很有趣，仍旧把它放回了衣柜里。

　　半夜，突然传来了婴儿的哭声，"是哪里呢？"两个人这么想着一找，哭声像是从衣柜里传出的，老婆子打开衣柜门一看，只见桃子里生出了一个可爱的男娃娃。

　　"老爷子，取个什么名字好呢？"老婆子说。因为是从桃子里出生的，就取名叫了桃太郎。

　　桃太郎渐渐长大了，说要去讨伐恶鬼，让给做日本第一的黄米面团子。老爷子老婆子都说，你还小，等长大一点再去吧！可是不管怎么说桃太郎都不听，老爷子和老婆子没办法，给他做了黄米面团子。桃太郎这就在腰里挂上老爷子老婆子做的黄米面团子，轻快地出发了。

　　对面来了一只狗，"桃太郎，桃太郎，你腰里挂着的是什么？""这是日本第一的黄米面团子！""给俺一个吃，俺就给你做侍从。"桃太郎给了它一个，狗于是忠心耿耿一直陪着他。

对面来了一只猴，猴子说："桃太郎，桃太郎，你腰里挂着的是什么？""这是日本第一的黄米面团子！""给俺一个吃，俺就给你做侍从。"桃太郎给了它一个，猴子于是忠心耿耿一直陪着他。

对面又来了一只雉鸡，"桃太郎，桃太郎，你腰里挂着的是什么？""是日本第一的黄米面团子！""给俺吃一个，俺就给你做侍从。"桃太郎又给了它一个，雉鸡于是也加入了他们一起走。

这就看到了对面的鬼之岛，那里有一条很大的河。"桃太郎，那河怎么也过不去。"桃太郎坐到狗背上，猴子坐到雉鸡背上，大家一起过了河，急急赶往鬼之岛。

对面来了一只鬼："你们是什么人？"桃太郎说："是来讨伐你们的桃太郎！"鬼马上回去把这事告诉同伙说："一个看上去很厉害的来讨伐俺们啦！"鬼的大将说："那么，不能再在这里待了！"鬼们全躲了起来。

鬼之岛耸着一个很大的门，桃太郎把那门"嗵嗵"一敲，守门的鬼问："谁呀？""来讨伐这鬼之岛的桃太郎！"话音刚落，所有的鬼全都朝桃太郎冲了过来。桃太郎说："俺才不是会输给你们的桃太郎！"说着，拼命向鬼们打过去，狗、猴子和雉鸡也一起咬住鬼不放，再厉害的鬼跟桃太郎一打，也全输了。

鬼的大将说："不管多少宝物都给你，只求饶过俺一命！” “那就把宝物拿来吧！”桃太郎说。他把宝物全都带着回家去，狗在前面拉，猴子在后面推，雉鸡用绳子拽着飞。

老爷子和老婆子到大门口去迎接，看到桃太郎功成而返的开心样子，老爷子和老婆子高兴极了。从此，老爷子和老婆子一年到头都穿好衣裳，活到了长命百岁。故事这就讲完啦，可喜可贺呀，可喜可贺。

（青森县西津轻郡）

竹童子

　　从前呀，有一个叫三吉的箍桶匠小伙计，到后面的竹山上去砍箍桶用的竹子，正砍着呢，听到似乎哪里有声音在叫他。

　　"谁呀？"他问道。

　　"三儿，在这儿呢，在这儿！"那声音说。

　　三吉又问："在哪儿呢？"

　　"这儿，在竹子的里面。"

　　三吉来到那竹子边，可是一个人也没见到。三吉奇怪地站在那儿，那声音又说："三儿，你帮俺从竹子里面出来吧！"

　　三吉急忙用锯子把那根竹子锯倒了，这就从里面出来了一个个子很小的可爱的小人儿。三吉惊得摔了一个跟头，定睛仔细一看，正是从那竹子里出来的。这个只有五寸高的小人儿在叫"三儿"，那声音大得和他的身体根本不相称。

　　三吉把那小人托在掌心里问他道："你是谁呀？"

　　"俺被竹子的坏儿子抓住关到了竹子里，回不到天上去了，正好你来救了俺，没有比这更让人开心的啦。"小人儿说。

　　三吉问："俺的名字，你可怎么知道的？"

　　"俺们呀，世上的任何事情都知道。"

　　三吉问他叫什么名字，他回答："俺叫竹童子。"又问他年纪有多大，他回答说："一千二百三十四岁。"问他马上回去吗？他说："马上就要回天上去，可是如果不报恩就回的话，会被天女责骂的，所以呢，要谢过之后再回去。"

三吉问："你说谢俺，那么用什么来谢呢？"

"俺有七样东西，俺会拿出三儿你喜欢的酬谢你。"

"真的？不骗人吗？"三吉说。

"天人是不说谎的。"那竹童子说道。

童子这就念起了奇怪的魔咒，于是，从三吉的口中发出了声音："竹童子，竹童子，把俺变成武士吧！竹童子，竹童子，把俺变成武士！"三吉念完立马变成了一个真正的武士。三吉向童子道了谢，出门游学练武去了。

故事就到这儿啦。

（熊本县球磨郡）

三吉急忙用锯子把那根竹子锯倒了，这就从里面出来了一个个子很小的可爱的小人儿。三吉惊得摔了一个跟头，定睛仔细一看，正是从那竹子里出来的。

——《竹童子》

砍竹子的老爷子

从前，某地方有一个老爷子，有一天正在地里耕地，一只白脸山雀飞来停在了锄把上，老爷子抓住它一口吞到了肚子里，没想到，却从屁眼里伸出了一只鸟脚。老爷子想把它弄出来，一拽鸟脚，肚子里却发出了鸟的鸣叫声：

嗤嗤 咕哩咕哩
砰砰 咕哩咕哩
咕嘛 萨啦萨啦

老爷子回到家和老婆子商量，是不是到王爷家的竹林里砍点竹子烧洗澡水，洗洗就会好了呢？老爷子去了王爷家的竹林砍竹子，正巧王爷从那儿走过，他责问道："砍竹子的家伙是什么人？"老爷子回答："是从前的放屁老爷子。""能放屁的话，就放一个来看看！"王爷说。老爷子于是撩起衣服下摆露出屁股，一拽鸟脚，肚子里就发出鸟的鸣叫声：

嗤嗤 咕哩咕哩
砰砰 咕哩咕哩
咕嘛 萨啦萨啦

"果然有趣，再放一遍来看看！"王爷说。于是老爷子就又拽了一次鸟脚，肚子里又发出了鸟的鸣叫声：

嘡嘡 咕哩咕哩
砰砰 咕哩咕哩
咕嘛 萨啦萨啦

王爷佩服极了，奖赏了老爷子很多东西，又告诉他，竹子想砍多少就可以砍多少。

隔壁的贪心老爷子听说了这件事说："俺也去。"这就到了王爷的竹林里砍竹子，王爷又从那里经过，说："砍竹子的家伙是什么人？""从前的放屁老爷子。"贪心老爷子回答道。"能放屁的话，就放一个来看看！"贪心老爷子撩起衣服下摆露出屁股，拼命地憋气，可是屁没有放出来，屎却出来了。王爷生了气，拔出刀一刀斩了贪心老爷子的屁股。

贪心老爷子家的老婆子，想着老爷子会带什么赏赐回来呢，一边想，一边等，远远看见被斩了屁股的老爷子回来了，还以为他得了奖赏骑着马回来了。她想，得了那么气派的赏物，那些破烂就不能放家里了，这就把它们全丢到灶里烧掉了。老爷子回到家说："老婆子，快拿破衣裳来换！"老婆子说："还以为你骑着赤马来了呢，破烂全烧啦！"

（爱知县北设乐郡）

211

灰小子[1]

　　从前，大村国的大村王爷生了一个儿子，取名真道金。真道金三岁的时候母亲死了，父亲又娶了新妻，真道金便由继母养到了九岁。

　　真道金九岁的时候，王爷要到江户去三个月，走之前他对妻子是这么说的："你什么事也不用做，每天给真道金把头发梳洗整齐就好。"说完，王爷就出门去了。继母送走了王爷的船一回来，就开始待真道金薄情冷酷起来："喂！现在去山上砍点柴来！"真道金砍柴一回来，继母就又吩咐："呐，现在快去把院子扫扫！"这样那样地不停让他做事。不要说帮他梳洗头发了，连虱子长出来也不管不问。很快，真道金就变成了脏得没法看的孩子。

　　很快三个月过去了，父亲写信来说他的船第二天就要到了。继母对真道金说："父亲就要回来了，你去把柴砍好，把院子扫干净，要多多做事！"第二天，真道金说："母亲，我们一起去接父亲的船吧！""你先去，我梳个头就去。"继母说着，让真道金先去了。她用剃刀把自己的脸割伤，盖上被子躺下了。真道金接到了父亲的船，父亲看到他的脏样子问

1.意为"整天沾着灰的（伙夫）"，日语名"灰坊"，亦作"灰坊太郎"，与格林童话《灰姑娘》异曲同工。

道："你怎么弄成这样子？"真道金回答说："因为母亲不管我。""母亲呢？"父亲问。"她说梳好了头再来。"两人于是就在那儿等，可是等来等去也不见人来，父子二人只好回了家。到家一看，母亲正躺着。父亲问她怎么了，母亲一推被子伸出脑袋说："看看你儿子对我做的事！自从把你的船送走，每天都骂我：'你这个臭后妈！'还拿剃刀把我的脸割伤，让人见到这样的脸，我心里难受呀！所以才没有去接船。"

父亲听了那话，就再也不相信真道金说的了，骂他道："像你这样的不孝之子，不管哪儿都行，给我滚去乡下吧！"父亲从三匹马中挑了最好的一匹，把从江户买来作为礼物的衣裳和那匹马给了真道金，然后把他逐出了家门。真道金穿着漂亮的衣裳乘着马，离开家往南走去了。

走啊走啊，前面出现了一条河，河长千里，河宽一里，上游行不得，下游过不去。真道金说："真道金的马飞起来！"一鞭子下去，马就轻巧地过了河。走啊走啊，前面出现了一座山，山顶覆着白云，山上长满荆棘，左边行不得，右边过不去。真道金说："这么点小事！真道金的马飞起来！"一鞭子下去，马点点头，两鞭子下去，马就轻巧地过了山。

继续走啊走啊，遇到一个长着长长乱发的老爷子在粟田里除草，真道金问："老爷爷，老爷爷，这村里有没有人可雇我？"老爷子说："西边顶头的那家雇了三十五个人，有一个死了，今天是头七，那家应该要雇人。可是像你这样打扮的应当不会要。""那么，把你穿的无袖工装和我的衣裳换换吧！""那么气派的衣裳换给我穿，我都担心遭报应。无袖工装送你吧！""是我要换的，老爷爷，无论如何请换吧！老爷爷您再借我一个柜子，把我带的衣裳藏里面。"老爷子答应了。

那孩子穿上无袖工装，把带来的衣裳和马鞍藏到柜子里，又把马放到一里外的竹山，由老爷子带着去了西边顶头的长者家。"无论如何请雇我吧！"这么一请求，马上就被雇用了。

那孩子开始在长者家做事，他去割马草，可是马草也不好好割就回来了，他请求主人道："净割到手，不割了，请让我打扫院子吧。"可是一扫院子他又说："手光起泡，院子我也扫不了，请给我六个人，让我组一个伙房吧。""嘿，嘿，那就按你喜欢的做！"主人这么一说，他又说道："请给七个人一天的时间。"于是，一人挖土，一人取石，两人汲水，一个人切稻草，两个人拌泥，很快，七个灶刷得雪白，这就建好啦！用它们一做饭，三餐饭都做得很快。以前，早饭总要到中午吃，中饭傍晚吃，晚饭半夜吃。可是现在只要天一亮，"嘿，快来用早饭！"一到正午，"请用中饭！"太阳刚一落山，"请用晚餐吧！"时时听得到这样的招呼声。

主人大喜，"真是找到了好伙夫，请一直在这做事吧！明天有戏班子来跳舞，今天你就快去备好要带的饭菜吧！"主人吩咐道。早上，很快做好了饭，主人对那伙夫灰小子说："你也陪我一起吧！""抱歉，今天是我母亲去世三周年的忌日，喜庆场合我不能去。""那么，你就留在家里吧，我们去去就回来！""噢！"伙夫灰小子说。等主人他们一出门，他就去洗了澡，披上存在老爷子家的最好看的衣裳，穿上气派的好木屐，唤出放养在竹山的马，架上鞍，站在戏班子的北边位置上说："真道金的马跃起来！"一鞭子下去，马就飞到戏班子南边落了下来。

王爷和看客们都说："天上的神仙来了，快叩拜！"大家都对着伙夫灰小子拜，西边顶头的长者也拜了。长者家准备招女婿的女儿说："那是我家的灰小子呀，左边耳朵上还有黑灰印！"长者老爷听到了说："不要对神仙说无礼的话，快拜吧！"姑娘一边笑，一边行礼叩拜。

灰小子先一步回去了，他把马放回竹山，把衣裳藏到老爷子那里，穿上无袖工装，枕着吹火筒睡着了。长者回来了："灰小子，灰小子，开门呀！"门一开，"你也去就好了，今天天神来了戏场，大家都拜啦！""是吗，我也去就好了！"灰小子说。"后天还唱戏，后天也早点起床做饭吧！"长者老爷拜托道。

到了那天，灰小子早早做好饭端给了大家。长者说："你也陪着一起吧！"灰小子说："今天是我爷爷的忌日。"等大家都走了，他又一个人洗澡打扮备马鞍，正忙着呢，老爷家的姑娘谎称忘带草鞋回来了。没办法，灰小子只好说："你也坐到马上吧！"两个人一起骑着马，这次是站在了戏班子的东边，"真道金的马跃起来！"说着，一鞭子下去马跃起来，落在了戏班子小屋的西边。王爷长者们一看见都说："今天，神仙夫妇一起来了！"大家都对他们行礼参拜。

灰小子和姑娘先一步回去了，灰小子把马放到竹山上，又换了衣裳枕着吹火筒一骨碌躺下了。姑娘谎称肚子痛，躲进了耳房中。正在这时，"开门呀，灰小子！"长者说着，回来了，"你今天要去就好了，今天，神仙连妻子都带来啦！"他对灰小子说。灰小子说："那真遗憾！"长者老爷一听独生女儿肚子痛，家里顿时乱作了一团。听说要请医生，姑娘请求说："不要医生，请叫女巫来！"请了三个女巫卜了卦，卦象说："这病并非犯冲遇了脏东西，这是老毛病！"姑娘不认可，继续请求说："请叫另一处的新女巫来！"把那女巫叫来一卜卦，卦象说："这可不是什么老毛病，是喜欢上了你家男仆中的一个，让这十七个男雇工好好打扮，让姑娘给他们敬酒，姑娘的酒杯端向谁，谁就是那人。"

长者老爷让十七个雇工按女巫说的那样做了，可是，姑娘对谁也不端酒杯。"还有谁呢？"长者老爷问。"还有一个脏脏的灰小子。""灰小子的出身和你们也一样，让他打扮一下出来吧！"长者老爷这么说着，借出了自己的旧衣裳。灰小子洗了澡，用那衣裳擦了擦身子，把它扔进了猪圈。老爷又借出了好衣裳，可灰小子还是用那衣裳擦擦身子把它丢到了马厩后面。再接下来，长者老爷拿出和服外褂借给他，可是他又用来擦擦身子扔到了茅厕里。随后，灰小子穿上寄存在老爷子那儿的衣裳，骑着马来了。长者老爷见了，牵着他的手把他引入房间，姑娘的病马上就好了，她拿起酒杯递给灰小子。长者说：

216

"我没有女儿那样的好眼光，恳请做我家的上门女婿吧！"这就举行了盛大的婚礼，一连庆祝了三天三夜。第四天，女婿对长者说："请给我三天时间回去见父母！"可是长者说："不，三天不行，给你一天吧！"女婿决定用那一天时间回家去。妻子说："你是走海岸呢，还是行山道？""走海岸要三天，走山道呢一天就行了，我走山道吧！""走山道的话，会有桑果落下来掉到马的前鞍上，不管多想喝水也绝对不能吃，若吃了那桑果，我们就再也不能相见了！"

从山道策马一过，果然有桑果落下来掉到马鞍上，因为妻子交代不能吃，所以开始的时候真道金没吃。可嗓子渐渐干渴，真道金终于忍不住吃了一个，吃完很快倒在马颈子上死去了。马驮着死去的真道金，爬坡的时候落前脚，下坡的时候落后脚，努力不使他掉下来，一路跑回了真道金出生的那个家，咴咴嘶鸣了三声。父亲听见了说："那是真道金的马，不听见喊父亲，却听马叫三声，真奇怪，你去看看吧！"他让妻子出去看。妻子一开门，冷不防被马一口咬死了。父亲也立马过去，说道："活着你不回，死了却回了，这到底怎么回事啊？"他把真道金放到木酒桶里，又盖上了盖子。

"若知道老家在哪儿还能写封信，给了他一天时间，却三天过去也不见回！"真道金的妻子想，他肯定吃了桑果了！她买了三盒起死回生水，漫无目的地出发了，真道金的马一天走的路她用半天时间就走完了，到了真道金家门口，她问道："这儿是真道金的家吗？"父亲出来应道："是的！""请让我见一见真道金。""我的儿子，陌生人不能见！""不是陌生人，他是我丈夫，结婚第四天他出了门，请您一定让我见一见！""那就是我的不对了，你快请看吧！"说着，父亲从木酒桶中取出真道金的尸体给她看，他看起来像活着睡着了一样。妻子给尸体沐浴，又给他了擦起死回生水。

"我这是睡早觉呢，还是在睡晚觉？"真道金说着，活了过来。妻子说："你也不是睡早觉，你也不是睡晚觉，你是吃了不该吃的桑果死了，我用起死回生水让你复活了。来，我们一起回家吧！"父亲说："这是我的独养儿子，不能让他去别处！""那么，两人就都留下吧！"真道金说："我不能同时侍奉两个父亲，我会给你钱，父亲您再找一个好的养子吧！我要去救了我命的妻子家做事。"说着，两人辞别父亲回家了。

据说，直到如今他们还过着好日子。

（鹿儿岛县大岛郡）

百合若大臣

百合若大臣是一个一旦睡着就能连睡整七天、一旦醒来又能连着醒整整七天的人。在去江户的旅途中,船漂流到了一个叫东方无人岛的荒岛。大臣的第一侍从登上陆地去岛上视察了一番,他让众多侍从们下了船,说道:"大家在陆上玩一玩吧,大臣和俺要睡会儿。"过了一会儿,第一侍从又说:"大家吵吵闹闹吵得人无法睡,你们还是上船去玩吧!"大家于是回了船。没一会儿,大臣睡着了,第一侍从取了他的腹带和大刀回到船上,就这么开船离岛回去了。

第一侍从对大臣的妃子说:"我们漂流到了无人岛,大臣就死了。死的时候留下遗言说'我的妻子给你,你们一起生活吧!'我是办完了大臣的葬礼才回来的。"妃子不答应,说道:"那么多人,不可能偏偏死了他一个;就算死了,魂也还活着,我不能做你的妻子!"其他的侍从也劝道:"至少也要等她守满三年吧!"第一侍从说:"你们不要再说了!"这就把大臣的妃子强抢做了自己的妻。

大臣有一匹非常好的马,只要第一侍从想骑它,它就变得暴烈异常,让人一点办法也没有,第一侍从做了个黑铁马厩,把马关了进去。

百合若大臣在无人岛上连睡了七天,一睁眼,侍从们一个也不见了。岛上既没有人，也没有火种，大臣每天拾海贝用短刀撬肉吃，在无人岛上生活了很长时间。不久，有一条大船驶过岛所在的洋面，大臣拼命招手，船上的人发现了他。一个人说："这岛上不应该有人，会不会是鬼啊？"另一个见多识广的说："不，不，你看他频繁地在低头，没错，肯定是人。让船靠过去，在船桨头上放三粒米伸给他，如果是人，他会取了那米放入口中不停地嚼，如果是鬼，会把生米整个儿囫囵吞下去。"船靠了过去，乍一看，果然满脸胡子不像人，可是在船桨上放上米粒一伸出去，他就取了米粒不停地嚼起来，于是，船上的人降下小船把大臣救了上来。

一回到家乡的岛上，大臣就去自家东边的邻居家请求道："请雇我做割马草、扫庭院的工作吧！"他受雇成了那家的割草工。其他的下人们看到大臣的衣着打扮都嘲笑他，可是，一旦割起草来，他敏捷的身手却让人瞠目结舌。第二天，大臣和附近的七个割草工一起去割草，他对大家说："你们寻草割草，要花上半天工夫吧？俺能让地上变出草来，所以呢你们各自割好一筐，再割一筐给俺吧！"说着，就在地上变出了草。众人大喜，转眼间就割好了自己的草，又帮大臣割了一筐。这样，每天早、中、晚，大臣每天都挑三个七筐草回去。

主人把这事跟邻居——大臣的第一侍从一说，第一侍从请求道："恳请把那割草工让给我吧！""那可不行！"主人拒绝道。可是对方又说："一定得让给我！"主人说："那就问问他本人的意愿吧。"百合若一听，答应道："俺去看看

220

吧！"于是，大臣受雇做了自家的割草工。

大臣一到自己家就说："请让我看看马！"边说边往马厩走去了。人家告诉他说："那马一靠近就会咬人的，可要小心了！"他进到马厩，把嘴凑在马耳朵上小声说："你忘了原来的主人吗？"马倒立的毛立刻顺了下来。大臣把马牵到庭院里，说："请借这马的鞍用一用！"四个人抬来了马鞍，大臣单手把那马鞍架到了马身上，又说："马鞭借来用一用！"这次，由两个人抬来了马鞭，大臣用小指夹起马鞭骑上了马，绕着庭院东西方向跑了一圈，然后取下马鞍，向正屋和中屋之间掷了过去。他让马入了厩，又说道："弓箭借一下！"弓箭一来，他就拿在手上说："恰有好鸟落在这家主人的餐盘里，我来把它射了。雌鸟躲开，雄鸟出来！"主人（第一侍从）出来说："什么什么，鸟在哪儿？"大臣一箭将他射杀了，自己进到了正屋里。知道此事的妃子在耳房里哭啊哭啊，直哭得上气不接下气。

大臣从妃子那儿听说了事情的前后经过，说："你是因为力气不如男的不得已。我们还和原来一样做夫妻，一起生活吧！"从那以后，两人又和睦地生活在了一起。

（鹿儿岛县大岛郡）

蛤蟆报恩

从前，某地一个长者有三个女儿，一天早上，他去田里看水，见水稻田里一滴水也没有，稻子枯得像干草一样。长者急得一筹莫展，"谁能把这田里灌上水，我就把三个女儿中的一个嫁给他。"他自言自语说着回了家。第二天早上他再去田里一看，却见水从出水口源源不断地正往田里灌，长者想，这可非嫁一个女儿不可了！他一边想一边往下方走去，只见下边田里的稻子被分开了，一条很大的蛇正在田的正中间蠕蠕游动。"啊，是它呀！"他想着，垂头丧气地回了家。

长者一言不发地想啊想啊，不知不觉到了正午，大女儿端来了中饭说："爹爹，爹爹，请用饭！""你爹不想吃，虽然饿啦，你要是答应嫁与给稻田灌水的大蛇呢，我就吃饭！""哪里我都嫁，就是大蛇不能嫁！"大女儿说着逃走了。接下来，二女儿来了，说道："爹爹，爹爹，请用饭！"可是长者刚一说让她嫁给为稻田灌水的大蛇，二女儿也说着和大女儿一样的话跑了。因为二女儿听了他的话也很快不见了人影，长者又无精打采了。三女儿端着饭来劝父亲了，他又和之前那样求女儿。"只要是爹爹说的，不管什么我都听，我愿意嫁给那大蛇。无论如何您请用饭吧！"三女儿说道。父亲高兴地吃了饭，说："你有什么想要的，不管什么全都买给你！"

222

姑娘请求道："也没有什么特别的需要，只请您买一千根针、一千个小葫芦和一千片丝绵。"

很快，到了出嫁的那一天，三女儿拿着那些东西去了大蛇所在的沼泽，她往小葫芦的口里塞进丝绵，丝绵里插上针，然后把它们扔进了池沼，说："你若把葫芦弄沉，我就嫁给你！"池沼里的大蛇出来了，它来回游着努力把小葫芦往下压，压着压着，就被针刺死了。

姑娘连家也没回，直接从那儿走了。她上了一个三里地的坡，又下了一个三里地的岭，突然听到从山里传出"轰隆轰隆"的响声，好像有什么出来了。她以为是大蛇的亡魂作祟来抓她，一边担惊受怕一边跑，这就遇到了一个从没见过的上了年纪的老婆子。老婆子对她行礼道："阿姐，阿姐，俺是这山里的癞蛤蟆，那大蛇也不知吃了俺多少子孙，托您的福，从此风平浪静太平无事了！"老婆子接着又说："你这样漂亮的阿姐，一个人走路太危险，把俺这张老奶奶皮披去吧。"说着，她把老奶奶皮给了姑娘。

姑娘和蛤蟆老婆子道了别，披着老奶奶皮来到一个村子里，到那儿的长者家做了下人，从早到晚地努力做事。一天晚上，那家的长子注意到，大家都休息后，还有一间屋子点着灯，他走去一看，只见在老奶奶的屋子里，有一个从没见过的十七八岁的漂亮阿姐在看书。他想，奇怪的事情，原本也是有的吧！

可是不久，大公子眼见着害了相思病，也不知看了多少医生却一点也不见好。一个医生说，家里的女人，让她们一个一个端饭给大公子吃，他吃谁的饭就让谁嫁给他，这样病就会好。于是，长者让家里所有的使女一个一个端着饭去了，可是大公子谁的饭也不吃。最后，只剩下一个上了年纪的老婆子。"老婆子也是女的啊！"家里人说。因为她太脏，就让她洗了澡换了衣裳，谁知，一下变成了一个浑身上下漂亮无比的阿姐。大家吃了一惊，这就让她端着饭去了，大公子立马起来吃了饭，姑娘做了那长者家的新娘子，过上了安乐的生活。真是可喜可贺，可喜可贺啊！

（青森县三户郡）

狐妻[1]

　　从前，因京师王爷的御殿山上有野兽大量出没，宫中决定猎狐。家臣们刚到山中狩猎，一只千年白狐就来到了一个名叫保名的人面前，也不知那狐狸是不是怀着孕，它眼里流着泪，请求在分娩之前留它性命，保名于是帮它逃了生。可是，放生狐狸的事情传到禁中，保名受罚遭了贬，被流放到了安倍地方。

　　保名的妻子名叫葛叶。保名因被流放无法再与葛叶一起生活，又这样那样地担惊受怕，就在安倍地方病倒了，虽然受到仅有的十个随从样样悉心照料，却还是到了生命垂危的境地。即使这样，因是流放中，葛叶也不能去安倍见他一面。

　　先前被救了性命的白狐知道了此事，它化作葛叶一路寻到了保名处，想进家门，却因门上挂着禁令牌而入不得，她求人将令牌揭了，好不容易进了门。保名以为是真的葛叶来了，大喜过望，病也很快好了。因保名当她是真的葛叶，过了不久，

白狐变的葛叶就生了一个男孩，取名叫童子丸[1]。

保名流放到安倍已过去很多时日，王爷传旨出来，准许葛叶去保名所在地探亲。葛叶去了一看，只见另有一个与自己长得毫厘不差的也叫葛叶的女子，甚至还有一个叫童子丸的孩子，不由得大吃一惊。两个葛叶，连保名也糊涂了，弄不明白到底哪个才是真正的妻子，这就把两人喊来吃年团子，吃完一看，白狐一千零三岁，真正的葛叶三十三岁。因为白狐葛叶一千零三岁，所以无法再继续待下去了，她留下手书一封道："如果想念就来见吧，信田之森林。"然后独自回了信田。童子丸是白狐的儿子，自白狐走后，他想念母亲想念得不得了，于是，在某一天寻去了信田的森林。白狐道："你终于来了！"给了他一根芦苇棒作手杖。童子丸拿着苇杖回了家。

随后，京师的宫中又传出谕旨，准许保名和葛叶带着童子丸回京。回京后的一天，三人去住吉[2]的集市，童子丸身上带着一百文钱，在集市上不知不觉与父母走散了。

与父母失散了的童子丸一直走到了住吉的海边，看到有孩子捉了海龟在恶作剧地推搡着玩，童子丸把一百文钱给孩子，买下那龟放回了海里。过了一会儿，海潮涨起来，刚才的孩子也已经往海里游去了，可是龟却还是没游走，于是又被捉住了，捉它的孩子又开始把龟恶作剧地推搡着玩，这回童子丸

1.即安倍晴明（921—1005），日本平安中期阴阳师，传说他能驱使某种精灵活动并预见未来重大事件。
2.住吉区，日本大阪市二十四区之一，位于大阪市南部。

没了钱，没办法，他走到那孩子跟前说："放那龟一命吧，我把身上穿的衣裳和你身上穿的换一换！"因童子丸是公卿的儿，那孩子是渔夫的儿，他们穿的衣物不同，那孩子立马应承换了衣物。童子丸得了那龟，一直走着把它送到了洋面上的湍流处，"海龟呀，你快点，快点，再被抓住就不好办啦！"说着，帮海龟逃了生。

因为童子丸是孩子，与父母走散了回不了家，他在住吉的海边正走着，龙王派了一条船来迎他。是一条漂亮的船，船上人说："我们奉旨来接你！"童子丸刚一坐上去，眨眼就到了龙宫。"刚才，我家小女得了你天大的关照！"龙王向他道谢，又摆出各种各样好吃的招待他。不知不觉，三十天五十天也过去了。童子丸因为想念父母要回去，把这话跟龙王一说，龙王说："那么，给你三件宝物吧！给的三件宝物，一件是管潮涨潮落的玉；一件是舌头舔一下能管十五天不饿的玉；再一件是听得懂老鹰呀乌鸦之类叫声的玉。"最后，龙王又给了他金丝线织的锦缎衣裳，让船把他送回了住吉的海边。

童子丸上岸一看，只见去时才发芽的稻子，不知什么时候已熟得一片金黄。因为还是孩子，童子丸也不知该往哪儿去。正为难呢，飞来了一只白乌鸦，童子丸把从龙王那儿得来的玉贴到耳朵边一听，这就听到乌鸦说："童子丸呀快回去，你母亲想你已经想死了，你的父亲也要死！"又叫道，"不知道路也正常，俺在上面飞，你在下面跟着吧！"于是，童子丸在下面走，白乌鸦在上面飞，很快，童子丸回到了家。正如白乌鸦

说的那样，葛叶已经生病死去了，保名也染了很重的病。童子丸用从龙宫中得来的玉在保名身体上轻轻一抚，苦病中的父亲就一下子痊愈了。

这时，鸽子飞到屋顶上不停地叫起来，童子丸急忙用得来的玉贴到耳朵边听，听到鸽子说："童子丸哟快来京师，不快点来呀，就不能有出息！"童子丸这就告别父亲往京城赶去了。因为他带着舔一次管十五天不饿的玉，所以干粮也不带就出了门，吭哧吭哧地往京师走。到了正中午，来到一处田角边休息，正发着呆，从东边和西边各飞来一只乌鸦，停在了一旁的树上。他想，它们在叫些什么呢？拿出玉贴在耳朵边一听，东边的乌鸦问："你从哪儿来？"西边来的乌鸦说："俺从熊野来，熊野那边，今年作物收成坏得一塌糊涂，京师这边怎样呀？""京师似乎还不错，这里的人却太蠢！道满[1]诅咒宫中王爷，在戌亥（西北角）埋了三木盒的虫，人却不知其事，又是请祈祷师，又是延法印大和尚，想治王爷的病，这样那样想尽了办法也是枉然，实在，只把那三木盒的虫挖出来就好啦！"东边的乌鸦说。

童子丸想，这可听到了好事情！他吭哧吭哧走，好不容易入了京城，到京城的经基[2]家借住了一宿。第二天，他挂着从母亲那儿得来的苇杖，边走边唱："灾难马上就要降临，无知

1.芦屋道满，亦称道摩，日本平安时代阴阳师，藤原道长时传与安倍晴明斗法。

2.源经基，日本平安中期武将。

无觉的人啊最可怜！"这样唱着绕城走了一周，恰巧道满的家仆从城中经过，看到童子丸一边说着奇怪的话一边走，就想惩治他一下。可是童子丸手中有苇杖，他用那苇杖击溃了道满的家仆。

经基也知道了童子丸的事，他到王爷面前禀告说，童子丸为了治王爷的病，已从住吉赶来了。可道满在一旁说："王爷的病恙，由我来祈祷即可治愈，小孩子说的话岂能取信！"经基生了气，向王爷提议能否让道满和童子丸比试智慧。王爷同意了，并决定由胜出的一方为他治病。这就决定当着主君的面比试。

童子丸被喊了来，童子丸和道满面对面跪坐着，先是童子丸将一张纸放入盆景中变成梅树，接下来，又把纸裁成小片一撒，纸片眨眼变成鸟停在了梅树上。童子丸击掌三下，树和鸟又都消失不见了。道满认为对方是小孩子，所以没当他一回事，一看这些非凡的举动，他顿时傻了眼。道满把纸裁成两片，做成弯弯扭扭的蛇体状，那蛇扭动着要来吃童子丸，往童子丸身边游去了，童子丸却并不害怕，他的智慧令道满也佩服极了。接下来，道满在一个多层漆饭盒中放入了十二个柚子和橘子，问童子丸到底有几个。这一次，童子丸也犯了难，他刚拿着苇杖一思索，母亲就附体来了，教他道："就说是老鼠十二只！"因为放入的是十二个柚子和橘子，所以道满一听童子丸说"老鼠十二只"就想："赢定了！"可是打开一看，漆盒中的东西却真的就是十二只老鼠！道满输了，他想逃走，童子丸拿出管潮涨潮落的玉说："潮水往道满那儿去！"道满被潮水淹死了。童子丸接着说："潮水退下退下！"周边就又恢复了原样。

　　童子丸走到王爷身边说："您的病恙，只要把宫殿戌亥（西北）角上埋着的三木盒虫子挖出来就会好！"家臣们去西北角一挖，果然挖出了三木盒的虫子，王爷的病好了。童子丸得了很多嘉奖，拄着苇杖回了老家。

（香川县三丰郡）

文福茶釜[1]

某地方有一个老爷子和一个老婆子，家里很穷，老爷子每天去山里砍柴，再把柴背去集上卖了度日。

一天，老爷子同往常一样往山里走，只见村里的三个小孩抓了一只狐狸，正把它玩弄折磨得半死。老爷子可怜它，说道："哎呀，小孩你们在做什么！不能这样过分地对待活物呀，把它卖给俺好不好？"他给了每人一百文钱，小孩子们高兴地说："那就把这狐狸给你吧，老爷子！"说着，把狐狸和套在狐狸颈上的绳子一起交给了老爷子。老爷子说："啊，真可爱，真可爱！"一边说，一边拽着狐狸往山里走去了。"虽不知你是哪座山上的狐狸，可是以后呢，你可别再大白天往村屋这边来了，千万小心，别再让那些孩子逮到了！好啦，快回自己的洞里去吧！"老爷子对它说着，把它轻轻放进了小树林子里。

第二天，老爷子又去了山里。昨天的狐狸来了，它说："老爷爷，老爷爷，俺昨天，承蒙您在危难时候救了我一命，

1.茶釜，茶道用的烧水锅。文福，又名分福，据说由来有多种说法，一说此茶釜拥有多种好的力，其中最强的力即是将福分开（给众人）的力，"分福"由此而来；另一说为釜中一注入水即会"噗噗"沸腾（日语中"噗"与"福"同音），由此得名。

实在感谢不尽呀！"老爷子听它这么说，也道："哈，你是昨天的狐狸啊？俺可不是为了图你报恩才救你，只是觉得可怜才帮的！不用报什么恩，你身为牲畜，能说出这番话已经足够啦！你跑到这种地方来，再让村里的孩子们发现就糟了，快回洞去吧！"狐狸流着泪蹭到老爷子身边，说："老爷爷，老爷爷，那这么办吧，正好，这下面村子的寺庙，因为没有茶釜正为难呢，俺这就变成茶釜，虽然多少有点重，老爷爷您请拎着去卖给和尚得点钱，你说好不好？"说着，狐狸卷起尾巴骨碌骨碌转了三圈，立马变成了一只气派的青铜茶釜。老爷子一敲，"嗡"的一声，铜釜发出了好听的金属鸣声。

事已至此，老爷子也不能把它扔了，他扛着茶釜来到了寺庙，说："这茶釜呢，虽是先祖买下留下的，但也想把它卖掉算啦！"庙里的和尚一眼见着就相中了，说就算稍微贵点也要了！于是，出三两黄金买下了。

老爷子还从没见过那么多的钱，他把钱揣进怀里，高高兴兴地回了家。

得了称心的茶釜，和尚也高兴极了，他吩咐道："小和尚，小和尚，把这茶釜用砂子好好磨一磨，明天就请人来砌灶，也该砌个灶啦！"小和尚把茶釜滚到后门口，用砂子"咔哧咔哧"地磨起来。茶釜道："小和尚，痛啊，小和尚，痛啊，你磨轻一点！"小和尚惊呆了，直奔到厨房说："师父，师父，那茶釜会说话！"和尚说："什么？那是茶釜的金属声，你听到的肯定是那个，好茶釜嘛，鸣声当然也不同。没关

234

系，你就把它滚到厨房吧！"他吩咐道。小和尚一边觉得奇怪，一边照着大和尚说的，又把它从河边滚到了厨房。可是那天晚上，茶釜就不知为什么不见了。事后和尚连连懊恼遗憾，他想，一定是茶釜太好，夜里被盗贼偷去了。

老爷子做梦也没想到会有那样的事，第二天，他照例去了山里，昨天的狐狸又来了，"老爷爷早上好！昨天俺在寺庙里，被小和尚用砂子咔哧咔哧磨，简直受够了！今天，俺要变成老爷爷您的闺女，老爷爷您请到集市上去，梳子呀，簪子啦，还有腰带呀，手巾啊，围裙和足袋，请把这些都买来，那样，俺就变成美丽的姑娘，让老爷爷您带着去城里的妓院卖很多钱！哎呀，快去快去吧！"被这么一说，老爷子就去了集市，买了狐狸所说的物品又回了山中。"老爷爷您真快，买的净是俺喜欢的好玩的。那么，您看好，俺这就变成阿姐啦！"说着，狐狸团团转了三圈，变成了一个漂亮的阿姐。老爷子带着那阿姐，去城里的妓院问："这是俺家闺女，要买吗？"老鸨很想要，她出了一百两金子给老爷子。

老爷子拿着那钱回了家。姑娘在妓院当红极了，帮老鸨赚了很多钱。

第二年，到了过节的那一天，姑娘来到老鸨跟前说："我自来这里一次也没有回过家，如今，想回去见上父母一面再回来，请准一天假！"老鸨想，说的也是实情。于是让她带了好些礼物准她回了家。

从那以后，姑娘就再也没有回到妓院。老鸨已经赚了很多钱，那钱已是当初买姑娘的钱的不知多少倍了，她想，姑娘若已经厌倦了妓院生涯，那也是没有办法的事！因此并没有派人去找她。

一天，老爷子又去了山中，狐狸又来了，说："老爷爷，老爷爷，好久不见，您身体还好吗？俺自去了城里的妓院，因为疲劳，暂时歇了一阵子，如今身体状况好些了，想再给您报一次恩！这次，俺会变成马，不管哪儿都行，您就牵着俺，把俺去卖给遥远地方的长者吧！不过这次，是俺这辈子最后一次为老爷子您效劳了，搞得不好，从今往后也许和老爷爷您再也见不着了，若真是那样，就把今天当作俺的忌日吧，请时时记得为俺祈冥福呀！嘿，俺这就来变成马！"老爷子说："别这样！已经得了你双重的关照，和以前不同，如今，俺这老爷子已完全不用为家计操心了，你什么也不用做，这样就很好！"正这么说着，狐狸却已变成了一匹漂亮的青骢马。

事已至此，老爷子也无计可施，他牵着那马去了很远地方的长者家，卖得了一百两黄金。老爷子又带着那钱回了家。

恰逢朝中征用良马，被征去的狐狸青骢马左右各挂着大藤条箱，背上骑着贵人，走了很长很长的山路，可是它原本毕竟是个小兽，所以很快精疲力竭汗流不止，再也走不动了。一伙男人见了这情形纷纷骂道："没跑惯的，就这样！"狐狸就这么倒了下去。"这马已经没用了！"人们说着，把它丢在了水边，把货物卸下来移到了别的马上，贵人也坐上别的马翻山走了。

等大家离开那儿走远后，狐狸变的马也不见了，从此再没人见过它的踪影。

托狐狸的福，老爷子成了近乡首屈一指福财双全的长者，他记得狐狸的遗言，在宅基内建了一个气派的佛堂祭祀它。据说，一到每月的十九日，老爷子和老婆子就去佛堂为狐狸祈祷极乐往生来世幸福。

（岩手县上闭伊郡）

灯台树¹的话

从前，某地方有一个很懒的年轻人，每天什么也不做到处闲逛。一天，他想吃柿子却懒得爬树去摘，他想，若在树下待着，也许柿子会自己掉下来，于是就在树下铺了一张草席，抬头张嘴地坐着等。这时，从西边飞来一只乌鸦停在了树上，不一会儿，又从东边飞来一只乌鸦停在了树上，两只乌鸦闲聊道："俺那个城市的长者老爷得了大病，是被院里长着的一棵大灯台树吸了血，可却没有人知道，真是可悲可叹啊！其实，只消把那树伐倒，长者老爷的病就会马上好……"

树下的年轻人喜出望外：这可听到了好事情！他立马跑到城里一看，果然，长者老爷家正闹哄哄乱作一团。年轻人吹嘘自己是个有名的卜卦先生，到了长者老爷的枕边，他胡乱念了一些诵词，装模作样道："这家的庭院中，是不是有一棵大灯台树呀？要不把那树伐去，病就不得好！"家里人大吃一惊："有灯台树，有的！怎么算得那么准！"于是赶紧着手去伐树。真是奇怪，长者老爷的病一点一点好了起来！可是只要砍树的人稍一停手，砍下的木屑就又纷纷按原样粘回去，这样，长者老爷的病又再次恶化了。大家全都犯了难。

那天晚上，年轻人在房间睡着，半夜，他听到了树叶"沙

1.山茱萸科落叶乔木。

啦沙啦"的问话声："灯台树，灯台树，听说你今天受了重伤，情况究竟怎样呀？"从地底下发出了小小的声音，那声音回答道："是小仓山[1]的红叶树呀？这次，俺可差点没命啦！""不要灰心，很快会好的！"安慰声和道别声说道。过了一会儿，又传来了"沙啦沙啦"的声音，那是大威德山[2]的桂树来了，随后，古城山的姥杉[3]也"嗵嗵"地迈着大脚步来了，它大声问候过了，又道："花场山的栎木来过吗？"听说还没来，它气极了："早晚过来给它点颜色看看！"正说着，栎木来了，姥杉道："怎么才来？"栎木怒声对灯台树骂道："灯台树你这个浑蛋！巴巴来看你还被这么说，真是划不来！只要在你身上泼上盐水，木屑就粘不回去，俺要把这话告诉全世界！"它甩下气话就走了。

年轻人躺在那儿，却把这些全听到了耳朵里。第二天早上做过祈祷，他就说："灯台树伐倒后，要用盐水挨个儿浇一遍。"人们按他说的伐了树浇了盐水，终于，大灯台树倒下了，病得很重的长者老爷也一下痊愈了。懒汉年轻人受到了神仙一样的膜拜，得到了两三个千两箱[4]的谢礼，成了大财主。

（秋田县仙北郡）

1.位于京都市西北部，保津川北岸。
2.位于仙北郡角馆町下菅泽地区。
3.日本杉柳，松柏门中柏科植物，日本特有种。
4.日本江户时代收纳千两金币的木箱，箱材为松、柏或榉木，铁皮包角。通常以25两为一包，共放40包。

摘山梨

某地方有母亲和三个儿子，母亲病得很厉害，她说想吃山梨。

老大太郎说："那么，我去摘山梨！"说着他出了门，走啊走啊，走进了山中，见一块大石头上有一个老婆子，老婆子问他去哪儿，"我去摘山梨！"太郎说。"那么，前面三岔路口的地方有三棵小竹子，它们说'走吧，沙啦沙啦''不要走啊沙啦沙啦'，你就往说'走吧沙啦沙啦'的方向去。"老婆子告诉他道。太郎继续赶路，走啊走啊，走到了三岔路口，果然如老婆子说的，那儿站着三棵竹子，正"走吧，沙啦沙啦""不要走啊沙啦沙啦"地发出响声。太郎把老婆子说的话全忘了，他往"不要走啊沙啦沙啦"的那棵竹子所在的路走了下去，这就又到了一处，乌鸦正在那儿筑巢，乌鸦叫道："不要走啊，喀喀！"可他不在意地继续走。再往后，就看到葫芦从一棵大树的树枝上挂下来，正"不要走啊嘎啦嘎啦"地在响着。他依然不在意地继续走，这就又听到池沼畔的山梨正"唰唰，唰唰"地在风里响。太郎爬上树正要摘山梨，他的影子映在了水中，被池沼里的水怪发现，"呼"地一下把他吞掉了。

等啊等啊，怎么等也不见大哥太郎回家，这次，次郎出了门。次郎也没听大石头上老婆子说的话，也被池沼里的水怪咕的一声吞掉了。

　　老三三郎聪明伶俐，他对大石头上的老婆子说，哥哥们去摘山梨没回来，病重的母亲正在担惊受怕。老婆子说："都是因为不听我的话！你呀，一定一定要小心！"她给了三郎一把刀，三郎感激地接了过来，走啊走啊，走过了三岔路。

　　　　不要走啊沙啦沙啦
　　　　走吧沙啦沙啦

　　三棵竹子都在响。他往正中间唱着"走吧沙啦沙啦"那棵竹子的路走了下去，到了乌鸦筑巢的地方，乌鸦叫道："走吧喀喀，走吧喀喀！"又走了一会儿，他看到葫芦从大树枝上挂下来，正"走吧嘎啦嘎啦，走吧嘎啦嘎啦"地发出声响。他快快往前走，前面出现了一条河，一只红色的破碗晃晃悠悠晃晃悠悠漂来了。他拾起破碗继续走，只见很大的池沼边，山梨正唰啦唰啦作响，那山梨每被风一吹，就齐声唱道：

　　　　东边不能待呀
　　　　西侧也危险
　　　　北边影子映在啊水中央
　　　　只有南边呀 请从那儿爬上来
　　　　唰啦 唰啦

"哈，这是要从南边爬呀！"三郎想。他爬上了山梨树，手脚麻利，吧嗒吧嗒只拣甜梨子摘。可是，下树的时候他弄错了树枝，在池沼一侧的树枝上多转了一下，三郎的影子映在了池沼中，池沼里的水怪一见影子，就想把三郎也咕的一声吞下去。三郎敏捷地拔出大石头上那老婆子给的刀，朝水怪砍了过去，水怪被刀砍中，伤口发臭很快死掉了。这时候，从水怪肚子里传来了低低的叫喊声："喂，三郎呀！"把水怪肚子剖开一看，只见被吞的太郎和二郎都脸色青紫，三郎用拾来的红色破碗舀了池沼的水给他们喝，他们很快就恢复了元气。兄弟三人带着山梨回家去了，把山梨拿给母亲一吃，母亲的病也完完全全好了。从那以后，一家人一直快乐地生活着。

（岩手县稗贯郡）

鬼妹妹

某地方有一个年轻人，也不知什么名字，他在村子里走着，看到孩子们把蚊子装进竹筒里虐待，便说："你们为什么要那样做？俺出钱，把蚊子卖给俺吧！""这样的东西居然有人出钱买！"孩子们说着，高兴地把蚊子卖给了他。那男子对蚊子说："你们可别再被那坏家伙抓住啦，俺把你们放了，反过来，俺为难的时候呢你们也要帮助俺！"一边说，一边把它们放了，又往下一个村子走去了。

不对不对，故事不是这样的，要说的是博夸和阿赛夸兄妹的故事。那么，打头开始重说吧！父亲、母亲、博夸、阿赛夸是一家人，阿赛夸和博夸总在一个被窝里睡觉。可是，总是博夸一睡觉，阿赛夸就悄悄出去了，要到天快亮的时候才回来，回来后，总是浑身冰冷地钻到被子里来。博夸奇怪得不得了，他想，阿赛夸到底去哪儿了呢？一天夜里，他假装睡着了，阿赛夸一边听着他睡着了的呼呼声，一边蹑手蹑脚地出了门。博夸想，奇怪的事儿也是有的吧！他悄悄跟在阿赛夸的后面走，出了村子，到了一个牧场，阿赛夸把放养在那儿的牛用胳膊夹起一只，横抱着喝起牛血来。看到这情景，博夸简直惊呆了，一直以为的妹妹原来却是鬼！博夸想：妹妹阿赛夸一定是被鬼吃了，鬼又化成了她的模样。他哆哆嗦嗦，浑身打战，回到了家。

第二天，博夸趁妹妹不在家的时候对父母说："阿赛夸是鬼，不早点把她逐出家门，大家都会被她吃了的！"父母大怒，斥责道："这个混账儿子，是你想把阿赛夸杀了吃掉吧？温顺听话的妹妹被你那样说，还不如把你逐出家门去！""真是没办法！"博夸说着，出了家门。

现在，回到刚才的故事……话说博夸买下了蚊子，又往下一个村子走去了。路上，他遭遇了一只大老虎，正想逃，却看到老虎一动不动地在流泪，又向博夸频频颔首，博夸想，它该不会有什么事要求俺吧？他走到老虎身边，只见老虎的脚上扎着一根钉子，看样子是扎到了骨头。"啊，它是想说让俺帮它拔掉吧？"博夸这么想着，帮老虎拔掉了钉子。老虎温顺地跟在博夸后面，和他一起走起来。

博夸带着老虎往下一个村子走去，村子里这儿那儿到处贴着告示，告示上写着："王爷粮仓的谷物有多少袋？猜中者即招为女婿。"博夸想："到底多少袋呢？"许许多多的蚊子飞来了，它们在博夸的耳边叫道："一千袋，一千袋！""太好了！"博夸想着，这就去了王爷府，他回答道："您的粮仓里有粮食一千袋！"王爷马上兑现诺言招博夸做了女婿，也给老虎做了一个漂亮的家，把它养在了金丝笼子里。从此，他们过上了奢华的日子。

一年过去了，博夸说，也不知父亲母亲怎样了，无论如何想回一趟老家去看看。他用马驮了很多土产礼物出了门，出门的时候拜托妻子道："若什么时候老虎不安发狂了，你就打开笼门把它放出去！"

博夸站在老家的山岭上往村里看，一个人影也不见，他好不容易走到自己出生的那个家，站在门口喊："有人吗？""是博夸呀，你到哪儿去了？"阿赛夸出来了，"快进来吧！"博夸刚一进家门，阿赛夸就"哇"的一声哭了起来，说："喏，博夸，自你走后，这个村子就发了瘟疫，村里的人全都死光了，父亲和母亲也死了，只剩下了我一个人！""我这就去淘米，你在这儿敲太鼓玩一会儿吧！"说着，她就出门去了。

博夸正敲太鼓玩，来了一只白老鼠和一只黑老鼠。"博夸，博夸！"它们招呼道，"俺们是你的父母啊，阿赛夸现在是去磨牙了，你说的没错，阿赛夸果然是鬼！村里人都被她吃了，最后，连俺们也被她吃啦！她磨完牙，会把你也吃了的，快逃吧！太鼓呢，俺们来敲好了！"说着，两只老鼠用尾巴敲起了太鼓。博夸于是骑马逃走了。

阿赛夸回家来，博夸已经不见了，只有老鼠在敲太鼓。"他妈的！"她一边说，一边赶走了老鼠，"到手的新鲜货还让他跑了！"她朝前面一看，见博夸正往坡上逃去。"你逃得掉吗？"阿赛夸叫着追了上去，不一会儿，眼看就要追上了，博夸没了办法，他斩下一只马脚扔了过去，趁阿赛夸啃食马脚的当儿，马用三条腿继续拼命地逃。眼看着又要追上了，博夸又斩下一只马脚扔了出去，这下，马终于倒下走不了了。阿赛

245

夸开始吃那匹马，趁她吃马的当儿，博夸又继续逃，他爬到了路边的一棵松树上，阿赛夸又追来，发现了树上的博夸，她也一步一步往树上爬，把博夸急得不知怎么办才好。

话说博夸家里，老虎在笼中发起了狂，博夸的妻子一打开笼门，老虎就立刻朝着老家的岛上飞奔而去了，就在阿赛夸追着博夸要往树上爬的时候，老虎赶到了，它和阿赛夸搏斗起来，博夸说："老虎，老虎，你要赢啊！"这么说着一看，老虎已经咬住了阿赛夸的脑袋把她咬死了。

据说，博夸带着老虎回了家，后来也一直养着它。

（鹿儿岛县大岛郡）

鬼笑了

从前，某地方有一位有钱的老爷，他有一个可爱的独生女。独生女要嫁到很远很远的村里去，出嫁的日子到了，女婿家来了很气派的花轿接新娘，母亲和亲戚们跟着花轿，一边"新娘子！新娘子！"地大声称好，一边翻山越岭往前走。突然，一块黑云从空中落下，把新娘子的花轿整个儿裹住了，"这可怎么办，怎么办呀？"说话间，黑云就把花轿里的新娘子抢走了。

宝贝女儿被抢走，母亲急得简直要发疯，"俺无论如何也要找到女儿！"她说着，背起烤饭团出了门，虽然不知道要往哪儿去，却还是在山里来回地找。走过原野，翻过群山，这儿那儿地找啊找啊，天黑了，看到对面恰有一座小的佛堂，她往佛堂走去，说："虽然太为难人，今晚还请容俺借住一宿吧！"从佛堂中出来了一位尼姑，尼姑道："这儿既没有穿的，也没有吃的，可是不管怎样您请住下吧！"入得佛堂，母亲因为实在太累，马上躺下了，尼姑脱下自己的袈裟给她穿，穿上袈裟后，尼姑说："你要找的姑娘被劫到了河那边的鬼屋，可是，因为河边有狼狗和狮狗把守，所以很难过去，不过中午的时候它们要打盹，如果趁那机会过河，倒也不是不可行。那桥叫算盘桥，上面有很多算珠，过桥的时候一定不要踩

247

到那珠子，如果踩落了珠子，就会掉回阎王那去的。你可要小心了！"

第二天早上，母亲被一阵沙啦沙啦的声音惊醒了，她睁眼一看，只见自己在一片长满芦苇的野地里，没有佛堂，也不见尼姑，只有晨风吹着芦苇叶在伤心地沙啦沙啦唱。自己却是头枕着一截被风雨蚀了的墓石躺在那儿，她道谢说："尼姑，谢谢你！"然后照着尼姑说的来到了河边，恰好那时候狼狗狮狗都在打盹儿，趁着那空当儿，她登上了算盘桥，很小心地不踩着算盘珠，好不容易才过了河。继续往前走，这就听到了"恰……恰……恰咔哩咚。"母亲不由自主地喊出了声："女儿！"女儿伸脸一看，两个人都朝对方奔去，高兴地抱在了一起。

女儿很快为母亲做好晚饭给她吃了，"若被鬼发现那可不得了！"说着，她把母亲藏到了石头柜子里。正在这时，鬼回来了，"怎么会有生人味儿？"它一边说，一边"吭吭"地吸着鼻子闻。姑娘刚开口说她不知道，鬼就说到院子里去看花！院子里种着一种奇怪的花，那花的朵数是按家里的人数来开的，一看，今天恰开着三朵，鬼大怒着回来了："一定是你把人藏起来了！"说着，立马就要来抓她。姑娘想，这可怎么办？突然她有了主意，说："是俺有了身孕，花才开的三朵吧！"没想到，正发着怒的鬼突然高兴得要翻起跟斗来，它开心地大声喊道："仆人们，快拿酒来！拿太鼓来！河边的看守狗也杀了来吃算了！"一边说，一边来回地蹦，仆人们也都高

兴极了，"酒来了！太鼓来了！狼狗狮狗都杀了！"它们嚷嚷着，轰轰喧闹起来。

没一会儿，鬼们就喝多了，醉得横七竖八躺满一地。鬼将军说："老婆，俺想睡觉，你带俺进木柜子里去吧！"姑娘把木柜子打开让鬼进去了，然后在上面盖了七个盖，上了七把锁。她又急忙把母亲从石柜子里叫出来，从鬼的家里逃了出去。因为狼狗和狮狗都被杀，没了看守，她们很快到了收纳出行工具的仓库，商量道："是万里车好呢，还是千里车好？"尼姑现身出来道："万里车千里车都不好，请选快船吧！"母女二人坐上船，拼命往河里逃去了。

睡在木柜里的鬼口渴了，"老婆，给俺水！"大声吼了好几遍却没有人应答，它打坏七个盖子出来一看，姑娘不见了，哪里都找遍了也不见踪影，"这家伙逃啦！"它说着，把仆人都喊了起来，到摆放出行工具的仓库一看，船不见了。于是大家伙跑到河边去，只见母女俩的船远远只剩下一个影子，眼看着就要消失了，鬼吩咐仆人道："快把河里的水喝干！"许许多多的鬼齐声应着把头插进河里咕咚咕咚开始喝水，水一下变浅了，母女俩的船随之慢慢后退，眼看鬼的手就要够着了！船上的母女绝望了，正要放弃，尼姑又现身了："还在磨蹭什么！快把你们要紧的地方露出来给鬼看！"尼姑也一起，三个人把衣裳下摆撩起露出了屁股，嘿，看到这一幕的鬼们全都嘎嘎地笑起来，笑啊笑啊，笑得直打滚，把喝下的水全吐出来。河里的水涨起来，船又往远处驶去了。危难关头，母女二

250

人的性命得救了！

　　母女俩向尼姑行礼道谢，说这全因为托了尼姑的福，尼姑说："俺本是这野地里的一条石碑，请每年在俺的旁边立一块新碑吧，没有什么比这更令人期待的了。"说完，就消失不见了。

　　母女二人平安回了家，那以后，她们也一直不忘尼姑的恩情，每年都在那块石碑旁边恭敬地立上一块新的石碑。

（新潟县南蒲原郡）

割了舌头的麻雀

啊，是很久以前的事儿啦。有一个老爷子和一个老婆子，老爷子去山上砍柴，到了山上，老爷子把带来的饭挂在树枝上，麻雀把他的饭吃了。老爷子想吃饭，打开饭盒一看，只见一只麻雀睡在那里面。老爷子捉了麻雀，很爱惜地养起来，每天"阿啾、阿啾"地叫它。一天，老爷子把老婆子和麻雀留在家里，自己又去山上砍柴了。老婆子见日头好，她煮了浆子[1]，对麻雀说："俺到河边去洗东西，你留心看好不要叫隔壁的猫把浆子吃了！"说完就去河边。麻雀因为肚子饿，就把那浆子全吃了。老婆子回来问："阿啾，阿啾，浆子呢？"麻雀说："被隔壁的猫吃了。"老婆子看看隔壁的猫，隔壁的猫嘴上没粘浆子，看看麻雀的舌头，麻雀的舌头上有浆子，她把那舌头割了，把麻雀放走了。

老爷子从山上回来，问道："阿啾呢？"老婆子说："俺做了浆子放在那儿，可是趁俺去河边，它就把浆子吃掉了，俺一生气，把它割了舌头放掉了！"老爷子觉得麻雀太可怜了。

阿啾麻雀哪儿去了

割了舌头的麻雀哪儿去了

1.旧时将洗好的衣物用淀粉做的浆子水上浆，以保持衣物挺括。

哎呀心爱的 到底哪儿去了

　　他一边这么念着，一边一直走，遇到了一个洗牛的，"洗牛的，洗牛的，有没有一只割了舌头的麻雀打这儿过？""有的，有从这儿过，可是你要把这洗牛水，用老爷子你的碗喝十三碗，再用老婆子的碗喝十三碗，俺才告诉你！"老爷子喝了洗牛水，洗牛的告诉他："你往这下面走，会有一个洗马的。"

　　　割了舌头的麻雀哪儿去了
　　　阿啾麻雀哪儿去了
　　　多可爱呀 哎呀多可爱

　　老爷子一直走，这就看到了一个洗马的，"洗马的，洗马的，有没有一只割了舌头的麻雀打这儿过？""过是过去了，你若把这洗马水，用老爷子你的碗喝十三碗，再用老婆子的碗喝十三碗，俺就告诉你！"老爷子喝了洗马水，洗马的告诉他："你往这下面走，会有一个洗菜的。"

　　　阿啾麻雀哪儿去了
　　　割了舌头的麻雀哪儿去了
　　　多可爱呀 哎呀多可爱

老爷子一直走，这就看到了一个洗菜的，"洗菜的，洗菜的，有没有一只割了舌头的麻雀打这儿过？""有的，过是过去了，你若把这洗菜水，用老婆子的碗喝十三碗，再用老爷子你的碗喝十三碗，俺就告诉你！"老爷子刚把洗菜水一喝下，洗菜的就告诉他："你往这下面走，会有一个大竹林，接着往那去，会有一个穿红色围裙，系红色带子[1]的在割稻。"

　　割了舌头的麻雀哪儿去了
　　阿啾麻雀哪儿去了
　　多可爱呀 哎呀多可爱

老爷子一边这么说着一边走，一直走下去，果然看见一大片竹林，再往下走，出现了一户人家，老爷子敲敲门，门里说："是老爷子呀？还是老婆子？""老爷子，老爷子。""若是老爷子，就请快进来！"老爷子一进去，就受到了麻雀的隆重招待，之后，麻雀又问道："老爷爷，老爷爷，你是要重的柳条箱呢，还是要轻的柳条箱？""俺年纪大了，给俺轻的吧！"麻雀让老爷子挑上了轻的柳条箱，"老爷爷，老爷爷，到哪儿也请别打开，到家再打开！"老爷子到家打开一看，箱子里满满装着大判和小判。老爷子和老婆子都高兴极了。

　　老婆子是个贪心的老婆子，"俺也去要！"说着，她也

1.束和服袖子便于活动的带子，从肩到后背打十字结。

去了。到了麻雀的地方敲敲门，门里说："是老爷子呀？还是老婆子？""老婆子，老婆子。""若是老婆子，就请快进来！"麻雀说。老婆子一进去，麻雀就把茅厕板拿来当饭桌，把篱笆枝折来当筷子，用沙子当饭给她吃。后来，老婆子说要回去了，麻雀说："老婆婆，你是要重篮子呢，还是要轻篮子？"老婆子因为是个贪心的老婆子，她说："给俺重篮子！"麻雀又对她说："那么你挑着去吧，到家之前不要看！"老婆子想看得不得了，刚到篱笆后面，她就迫不及待打开了，哗啦，出来了很多毒蛇、蜈蚣把老婆子咬死了。诸位，你们可不要这样贪心呀！

（石川县江沼郡）

猴子的地藏

　　某地方有一个老爷子，带着老婆子给做的荞麦面烤饼去山上的旱地里除草，从山里来了很多猴子，把老爷子挂在树枝上的荞麦面烤饼拿去吃掉了。尽管那样，老爷子还是坐在地中间，不声不响地看着，猴子们看到老爷子，说："这儿有个地藏菩萨，放这儿太可惜了，不如把它放到河对面的佛堂去吧！"说着，猴子们一个一个双手交握组成轿子，把老爷子抬了起来。

　　　宁愿脏了猴子呀
　　　也不能 脏了啊地藏

　　猴子们一边这么唱着，一边抬轿子过了河，老爷子虽觉得好笑，可他却闭着眼睛一声也不吭，不一会儿，就被抬到了山上的佛堂。猴子们把老爷子在上座放了下来。也不知从哪儿得来的，猴子们一边说着："奉给地藏菩萨，奉给地藏菩萨！"一边把很多香资钱轮番往老爷子的膝上扔，完了，又不知都往哪儿散去了。

　　等猴子全都走完了，老爷子才慢慢起来，把钱捡好收齐出了佛堂，然后去了集市，买了好些漂亮衣裳回了家。老爷子和老婆子穿着新衣裳吃着好吃的，开心极了！这时，邻家老婆子来了，她问："你们从哪儿得来那么好看的衣裳，看把你们高兴的！"老爷子和老婆子把原委和隔壁老婆子说了。"那么，俺也叫俺家老爷子去一趟！"隔壁老婆子说着，急急忙忙回去了。

隔壁老爷子得了老婆子的吩咐，带着做好的荞麦烤饼也去了山里，他刚把饼挂上树枝，就从山上下来很多猴子把那饭食吃掉了，于是，猴子们把装成地藏模样坐在田地正中间的老爷子用手轿子抬着。

　　宁愿脏了猴子呀

　　也不能 脏了啊地藏

这么唱着过河去，老爷子觉得这歌很可笑，恰走到河的正中间，老爷子不知不觉笑出了声，把闭着的眼睛也睁开了，猴子们一惊，松开了手，老爷子扑通一声落下了河。

老爷子晃晃悠悠晃晃悠悠顺流而下，好不容易抓牢岸边的一根柳枝爬上了岸。老婆子想，老爷子这就要带着猴子给的钱，买很多漂亮衣裳回来啦！她把身上一直穿着的旧衣裳脱下烧了，光溜溜地等着老爷子回家来。谁知，老爷子像个落水老鼠一样呜呜地哭着回来了，老婆子听到了说："哎呀，哎呀，俺家老爷子带着猴子给的漂亮衣裳和钱，唱着歌儿回来啦！"

（岩手县江刺郡）

拖鼻涕小子

有一个穷苦男子，每天从石地[1]来这儿卖花，一有卖剩的，他就一支一支放入河中奉给龙宫的仙女。

有一天，他和往常一样卖完花回来，河里却发了大水怎么也过不去了。"啊，这可太让人为难了，这样的话，家也回不了啦！"

刚这么一想，脚下突然出来了一只大乌龟，似乎在对他说："坐上吧，坐上吧！"他刚一坐到那龟的背上，还没弄明白要去哪里，就被驮着到了一个什么地方。男子吃了一惊，问："这是哪儿？"龟说："因为你总给龙女奉花，龙女说要感谢你，吩咐我来接你。""是吗？"男子想着，一边就进了龙女的宫殿，龙女说："我送你一个男孩，这孩子又流鼻涕又流口水，可是如果你爱护他，他就能帮你实现所有愿望。就让他做你的孩子吧！"男子问："这孩子叫什么名字？""他的名字叫途方[2]。"

男子带着途方，又由乌龟驮着回来了。比起其他，家里最窘迫的事儿要数房子太小太逼仄，男子想着换一换，他说："途方，途方，真是抱歉，你能不能把家里的房子换一

1.新潟县中西部柏崎市西山町的一个地区，旧北陆道沿线渔村之一。
2.为手段、方法之意。

换？"途方闭上眼睛击了三下掌，竟马上变出了一间非常漂亮的房子。

"房子是有了，可是没有地上铺的¹也不行，能不能再给变来呢？"话音刚落，地上铺的也毫不费事地变了出来。

"途方，这下，能不能变点儿衣裳呢？""好的，好的！"衣裳也变出来了。

"途方，俺没有钱，你能不能再变点钱出来？""要多少？""一千两可以吗？""啊，那也不是什么难事！"说着，途方就变出了一千两。男子用那钱做本放贷，又是雇管家，又是请女佣，很快就成了有钱的大财主。

过了有五年吧，掌柜的生意越做越广，经常有这儿那儿的老爷来请他，每逢这时，途方也必定要一起去，不管走到哪儿都不分开。

可是途方太脏了，有一天掌柜的说："途方，途方，把你那鼻涕擤擤怎么样？""根本也擤不了！"途方回答道。"口水呢？""口水也擦不了！""换换衣服怎么样？""那也换不了！"途方那么说，可把掌柜的彻底难住了。一天，他说道："途方，你有没有什么喜欢吃的东西呢？""俺啥也不想吃。"途方说。"是吗……是这样的，我已经得了你很多的关照，现在，你已经不用再在这儿了，方便的时候你就请回吧！"途方说："是吗？那真是没办法！"一边说，一边走出了家门。

1.保温、防潮、防污、装饰等为目的的地毯、草席、榻榻米等的总称。

途方一走，眨眼间，家就变回了从前脏兮兮的家，掌柜身上穿的衣服、一切一切，完完全全变回了从前的模样。掌柜的没了途方，终于日暮途穷一筹莫展[1]。说的啊，就是这个理。

（新潟县南蒲原郡）

1.日语成语"途方がない"，直译为"没有途方"。

池沼精的信使

这故事说的，是"未曾有"池沼的故事。

在这池沼旁住着一个叫孙四郎的种田人，村里的人们成群结队去参拜伊势神宫，可是孙四郎呢，却只有"俺这么穷，什么也做不了"地一边咕咕叨叨发牢骚，一边去池边割草的份。这一天，从池沼里出来了一位美丽的女子，她招呼孙四郎道："你那样一年到头地每天帮我割池畔的草，真是感谢呀！我想谢谢你，你倒是想要点什么呢？"孙四郎是个脑子有点迟钝的人，听了女子这话并没感到有什么异常，他说："俺想去参拜伊势神宫，可是没钱去不了。"女子微微一笑道："那太简单了，我给你钱，你只管去就是。作为交换，我也有一件事情要拜托，你能把这封信送到富士山脚下一个叫高沼的地方吗？你到了那儿，一拍手，就会有一个女子出来的，那是我的妹子，你就把这信交给她。喏，这是给你的钱！"她说着，把信和钱袋递给了孙四郎。

孙四郎拿着从女子那儿得来的钱，也动身去参拜伊势神宫了，同去的人们都觉得很奇怪。几番昼行夜宿，终于走到了富士山山麓的原野上，孙四郎悄悄从同伴中抽身离开，去寻那个叫作某某的池沼。路上，他遇到了一个云游的行脚僧，一问僧人，僧人说："去那个池沼做什么？是你去吗？"孙四郎拿出书信给他看，行脚僧一看，就觉得大事不好，上面写的是："因这男子平日里每天在池畔割草，使我日益藏身不便，我倒是很想把他抓住吃了，可若那样做，反教人知道此处藏有精怪，如此，亦会再生麻烦吧！因此差使他去你处，你且捉了吃吧！"行脚僧说："那么，我来帮你把这书信重写了！"他拿出随身带的笔墨写道："这男子一年到头帮我割除池畔杂草，无论如何要谢他，请尽你之力帮我做点什么，若是给黄金马的话，即是最好不过！"然后，他把这重写的书信交给了孙四郎。

孙四郎拿着那书信来到池沼边，他按老家池沼女子所教的拍了拍手，也不知从哪儿就出来了一位美丽的女子，她看了孙四郎交给她的信，脸上满是疑惑，可却还是说："你且进来吧！""那不行，俺可不到你这水里去。"孙四郎说。女子道："我来背你，你只要闭上眼睛就好！"孙四郎照着女子说的做了，过一会儿女子说："可以睁眼了。"孙四郎睁眼一看，到处是令人眼前一亮的美丽建筑，而自己，正是在漂亮气派的房间的正中央。

孙四郎估摸着自己待了有三天了，"不管怎么说，不能老这样待下去"，他说，"我想回去了！"临走的时候，池沼的女子把信上写的马驹从马厩牵出来给了孙四郎，告诉他说："请每天给这马喂一合[1]米，那样，它就会屙金一粒。"孙四郎骑着那马，眨眼就到了伊势国，他装着无事人一样参拜了神

1.日本固有度量衡容积单位，为一升的十分之一。

宫，又乘上马，一眨眼就回到了故乡奥州。同去参拜神宫的人们自途中不见孙四郎后，花了一百天时间，这时恰巧刚到故乡，孙四郎在村子的入口处赶上众人，同他们一起回了家。

回家后，孙四郎把那马拴在内室，每天喂它一合米吃，果然，每天就有一粒金疙瘩从马屁股里屙出来。转眼，孙四郎就成了福德长者。话说，孙四郎有一个不成器的弟弟，他想，这脑子不太灵光的哥哥最近怎么忽然变得圆圆胖胖的了呢？一天，他悄悄到哥哥房里一看，见一匹拴着的漂亮马正屙下了一粒黄金粪，这也太奇怪了！他拿起那儿放着的一合米喂给马吃，"噗噜"一下，马又屙出了一粒黄金。弟弟想，就是这了！为了能让马一次屙出很多金子，他急急忙忙从外面借来一斗米让马吃了下去，谁知，马突然变得精力百倍，一声长嘶飞了起来，直往陆中和秋田国境的山那边飞去了，谁知，却一头撞到山上与山粘在了一起。据说，这就是如今的驹岳[1]。

（岩手县江剌郡）

1.位于日本岩手县秋田县境内，海拔1637m，为复式火山。

不倒翁

先说在前面呀，这是一个既没有地点，也不知道名字的故事。某地有一对夫妇，他们生了一个男孩，那孩子自能说话起就在外面走着了。这孩子对父母的话言听计从，从不顶撞，外人也都说他好。有一天，夫妇俩说："拿三个一厘的大子儿，叫他用这三厘钱换条大船来，那样他该说'不'了吧！"正说着，孩子从外面回来了。"喂，你能用这三厘钱换一条大船来吗？"父母这么一说，孩子就道："好的！"他拿了钱，什么也没说就出了门。父母亲哎呀呀感叹着，有点惊呆了。

那孩子随处乱走——若要说得明白一点，就是从这儿走到青濑[1]那地方的样子。他走到那儿一看，只见一个店铺前放着小法师不倒翁。也不知是店里的掌柜呢，还是老爷。小孩问他道："这小法师不倒翁多少钱？""两个卖两厘。"店家答道。孩子买了两个不倒翁，又往青濑的村子走去了，途中有一处景色特别好，他在那儿歇下来乘凉，这就听到放在右边袖子里的不倒翁对放在左边袖子里的不倒翁说："这儿的景色真美，我们来玩相扑吧！"说着，就从袖子里跳出来，两个一会儿攻，一会儿摔，玩起了相扑。男孩开心地看了一会儿，

1.鹿儿岛县萨摩川甑岛郡甑岛乡青濑村。

随后问它们道："不倒翁们，要是去邻村，你们也比赛相扑吗？""好呀，我们赛，我们赛！"不倒翁们说。

孩子想：这可要换一条大船呢！他来到邻村的庄头家说："怎么样，庄头先生，你能帮我出个布告吗？"庄头问："你从哪儿来？""我是手打[1]人，明天，木头做的偶人要比赛相扑，请帮我出个布告，让大家都来看吧！""要是那样，我这就贴布告去，就说门票十钱，请大家明天来看木偶人一决雌雄！"庄头说着，让人在海边筑起了比赛用的土俵台。孩子这边呢，虽然让庄头帮忙贴出了布告，可他担心不倒翁们不会真赛，担心了一晚上都没睡着。谁知，天刚一亮，众人就按布告上所说的云集而来。

孩子把两个不倒翁东西两边分开，不倒翁从土俵台两侧上场，转眼在台上格斗起来，精彩极了！"十钱算什么！"人们叫着，有钱的扔钱，没钱的扔起了布料之类，庄头老爷也赞不绝口。孩子把那些东西装上船，正好装得满满一船，他立马雇了船工，在旗号[2]上写了自己的名字，又写上"三厘钱换了一艘船"几个大字，开船往家乡驶去了。船驶入了手打港，看见的人赶紧把这事告诉了孩子的父母。父母说："真的吗？"出来一看，果然不假。从那以后，一家人过上了好日子。

（鹿儿岛县萨摩郡）

1.鹿儿岛县萨摩川甑岛郡下甑町手村。
2.作为标记而树立的旗帜上所绘的家徽、文字以及其他图案、花纹等。

买味噌桥

很久很久以前，飞驒[1]泽山地方有一个叫长吉的烧炭人，为人正直，对菩萨又有虔诚心。一天夜里，有一位仙人模样的老人来到他的枕边对他说："你到高山[2]集市去，站在买味噌桥上，就会听到非常好的好事情。"话音刚落，他就醒了。虽说是梦，可长吉还是一边卖炭，一边很快去了高山集市，站在了买味噌桥上。

他在桥上站了整整一天，却什么好事也没听到。第二天，第三天，也一样没听到什么好事情。到了第五天，买味噌桥边一个豆腐店的掌柜觉得奇怪，问他道："你为什么每天站那儿呢？"长吉一说那梦，豆腐店掌柜的就笑了起来，说："无聊的梦，不要当真就好啦，不久前我也做过梦哟，梦里出来一个老人，好像说什么乘鞍[3]山麓的泽山村有一个叫长吉的男子，说在他家旁边的松树根下挖，就会挖出宝物来！我又不知道乘鞍泽山什么的村子在哪儿，好吧，就算知道，那样稀里糊涂的梦又哪能信呢？我也不说那就是坏事情，差不多的你也请

1.日本古代令制国之一，位于今岐阜县北部，属东海道。

2.高山市，位于岐阜县北部飞驒地区。

3.乘鞍岳，位于日本长野和岐阜两县交界处，飞驒山脉南部的火山，海拔3026m。

回吧！"

听到那话的长吉激动得身体发抖，胸口怦怦跳，他想："正是这样，这梦才是真的啊！"他道了谢，匆匆忙忙飞也似的回了村子，一回去，就到松树根下挖了起来，果然挖出了大把大把的金钱、银钱，以及各种各样的宝物。

就这样，长吉成了财主，被村里人尊为福德长者。

（岐阜县大野郡）

做梦小子

　　从前，还没有学校的时候，有十二个孩子在私塾学习。正月初二，师父要大家说说正月初一做的"初梦"。"我呀，做了一个这样的梦"，"我呢，做了一个那样的梦"……大家都说了，有一个孩子却说："梦是梦了，可是俺不说，无论如何都不说！""没有不说的规矩，说！""不，不管怎样都不说。""你以为那样就没办法了吗？不说，把你放到空船上漂走，还不快说！""不，不说！"大家这就把他丢进了一条四方形的船，船的四周围上了铁栏杆，这样，即使遇到急流那船也不会被冲到陆上去。人们又在船上放了铁树结的籽给他当饭吃。

　　那孩子做的梦，是将手轻轻搭在两个女子的身上过桥去。

　　说话间就到了正月十六，船漂到了鬼之岛，因为到了浅水岸边，船"空嗵"一下停住了。鬼们发现了船正要去抢，却看到那船的船头上写着："救之者，举族乃至表亲皆诛。"而船尾上又写着："救之者，举族乃至表亲皆可得福。"鬼们呀呀地叫着拽起船来，没想到，船被一拽两断，从里面出来了一个孩子，鬼们于是都来逗他玩。一个鬼说："不行，那样会被大将怪罪的！"它赶紧跑去报告了将军，将军说："很好，把他在砧板上切成下酒菜端来吧！"孩子说："请等一下！若被切成肉丁就什么也做不成了，趁着现在，俺还有话说，带俺去见大将吧！"鬼们把他带到了大将跟前。

到了大将跟前，孩子说："我们三个人曾打过赌，说好一个人去龙宫，一个人去地狱极乐世界，俺呢来这里看过宝物再回去。俺想在死前看看宝物，若看过后再死呢，到了那边的世界也好说话！"于是，鬼大将拿来了三根棒子给他看，告诉他说："这一根叫千里棒，若对它说'千里'，就能一下飞到千里之外；那一根叫活命棒，在死了的人身上一拂呢，死人就能复活；还有一根叫神耳，用这根棒能听懂鸟类说的话。""让俺用手摸一摸吧，三人见面的时候免得他们说'你拿在手上都没有看吗'？""拿一下也可以的，就是不要说话！"说时迟，那时快，孩子将那棒子一拿到手，就说："千里，千里！"转眼飞到了大阪的老家。

孩子来到大阪一户人家的门前，见那儿停着两只乌鸦，他用神耳棒贴在耳边一听，听到它们说："西边长者家的独生女就要死了，快去吧，快去吧！"孩子急急忙忙赶到西边长者家，只见有十个女子在河边淘洗葬礼用的米，孩子说："俺是占卜师，请让俺见一见死去的姑娘。"其中一个女子放下手上淘的米，把孩子带到了长者家。长者老爷大喜道："快把女儿叫他看一看！"孩子说："若是刚刚去世呢，我就看！"于是，在死了的姑娘的周围竖起屏风，用活命棒在她身上一拂，姑娘忽地一下睁开了眼。"哎呀，从来没见世上还有这样的事！"长者老爷说着，给复活了的女儿喂晚饭，马上，她就完全恢复了原先的样子。长者老爷对她说："这是你的救命恩人。"那孩子就此做了姑娘的丈夫，一家人生活得很好。

日子过得好好的，东边长者的独生女儿却也突然死掉了。"听说，西长者老爷的女婿能让死人起死回生，去请他来让女儿复活吧！"这么说着，就来请了。可是西长者说："不行！"断然拒绝了对方。因为若去他家做了这事，他家也是独生女儿，会被他家也招为女婿的。可是东长者说，他家绝没有让这孩子再做他家女婿的意思，西长者于是让女婿去了东长者家救人。于是，女婿又用活命棒救了姑娘一命，东长者家却从此不让女婿回去了。西边的长者将这事告了官，王爷调停裁定道：上十五日在东家，下十五日在西家，轮流在两家做女婿。

从此，这孩子有了两个家，每间隔十五天，就由两个女子在两家之间的桥上迎来送往，正如他初梦中梦到的那样，把手搭在了两个女人的肩上。

（鹿儿岛县萨摩郡）

一睡三年[1]睡太郎

　　从前，在一个地方有并排的两户人家，东边一家是非常有钱的大财主，西边呢，是一间很寒酸的小破房子。西边的穷家，父亲很早就死了，只有母亲和一个儿子一起生活。那儿子是个很懒的懒汉，每天什么也不做，只是吃了睡睡了吃，大家都管他叫"吃了睡"。母亲也看不下去，常常说："如果我也不好好做事，那日子不是没法过啦？"可儿子每次都说："母亲你说什么呢，俺呀，就算这么着，也自有主张！"但依然只是吃和睡。

　　很快，儿子就二十一岁了。一天，母亲到集上去卖炭，儿子请求母亲道："母亲，你去集市的话，给俺买顶乌帽子[2]，再买一套神官的衣裳来。"母亲问："买它做什么？"儿子没说真话，只是说："俺自有安排。"母亲虽然不知他买这些做什么，可是她想，"这是儿子要的，若帮他买来了，说不定因此变勤快了也未可知呢！"这就把神官衣裳和乌帽子买了回来。

　　儿子穿上神官衣裳，戴上乌帽子，又在脸上施了彩，然后悄悄潜入东边的财主家，爬到神龛上躲了起来。到了晚饭时间，财主一家人吃晚饭正吃得热闹，"嗖"的一声，一个人跳

1.这里的"三年"为虚指，意为时间长。

2.黑漆帽，成年男子的一种礼帽，平安时代不分高低贵贱日常使用。

了下来。这家人大惊，问他道："什么人？"那儿子捏着嗓子道："俺是这村里的氏神[1]，俺来做个媒，你家的姑娘和西家的儿子都到了年纪了，就让他们结成夫妇吧！若不照办，两个人都会死！"趁着众人吃惊的当儿，他急忙一脚飞跑了出去。那家人想，若真是氏神，一定会回到神社去的，于是急忙吩咐用人去送神。可那儿子早已跑进了隔壁的自己家，财主家根本也没找到他的踪影。

等到天亮，财主家立即派人去了西家，说氏神是如此这般吩咐，叫你家娶俺家姑娘的，所以呢请你家这就娶了吧！西家母亲吃惊地拒绝道："又不是傻瓜！俺这样的穷人家，哪里能娶东家的姑娘呢，没这个道理啊！"可是东家说："说是一定得娶，不娶都不行！不管你家有多穷，这就会让你家有跟俺家一样的新房子的，不用担心！"母亲说："那样的话……"推三阻四最后好不容易答应了。财主家马上找来了伐木工、木匠和泥瓦匠，帮西家重新建了房子，又举行了盛大的婚礼。后来，据说"吃了睡"儿子对母亲说了："喏，母亲！俺的主意妙不妙？"

（山梨县西八代郡）

1.氏族神，一族的祖先，或受祭祀的该族守护神。

最后的假话

很久很久以前，有一个实在少有的、满嘴假话的男子，他的名字叫"七"。因为净说假话，到了合适的年纪也没人愿意嫁给他，也因为假话说得太多，村里人都叫他"假话七"。

一天，村里的人们聚在一起商量怎么样捉弄一下假话七，可是，到底也没想出什么好主意，最后就说让他去买酒。正说着，假话七打那儿经过，他们叫住他说："且等一下，有事呢！"七觉察到了什么，说："就刚才，老爷的父亲得了重病，俺正要去请医生，回头再来啊！"说着，头也不回就走了。听说老爷的父亲得了重病，因那人群中也有老爷家的亲戚，那人马上从后面撵上七跟着一起去了，谁知，被说"得了重病"的父亲正好好地在编草席。人们又一次骂着"假话七那家伙"，却一点办法也没有。

不久，假话七也得了病，眼看就要死了。因为他假话说得太多，总给别人添麻烦，所以没有一个人来看他，更没有一个人煮粥来给他吃。七对一个最好的朋友赔礼道："俺很快就要死了，俺死以后呢，在床铺的下面，有用纸包好放着的八百两，到时候，你就用它办葬礼吧！在死之前，好想吃一碗热乎乎的米粥啊！"听了这话的朋友对谁也没有提过此事，他拼命地照料假话七，可是不到半年，假话七还是死了。

最好的朋友将七纳了棺，从头到尾收拾妥当了，他想，这回的肯定不会是假话。可是，他翻遍了床铺的稻草也不见有什么八百两，继续拼命地找啊找啊，终于找到一张小纸片，上面写着："八百两"。假话七果然将假话说满一生，说到了最后！

（青森县三户郡）

假话袋

　　有一个说假话的名人，叫"假话五郎"。有一天，王爷把假话五郎叫到跟前说："听说你很会说假话，那么，你能不能骗我一下试试看，要是假话说得好，喜欢什么我都给你！"假话五郎立即毕恭毕敬道："是！我一定按王爷您吩咐的做！可是说实话，我来的时候把假话袋忘在家里啦，就在家里小衣橱的橱顶上，无论如何，请派仆人去取一下吧！"他请求道。"好的，没问题！"王爷说着，随即派仆人去取了。家里人说："哪有那样的东西！那也是假话五郎说的假话呀！"从一开始，王爷就被骗啦。

（岩手县稗贯郡）

让屁股鸣叫的笸子

　　某地方有一个吹大牛的，因为光到处吹牛说大话，已经没有一个人愿意睬他了，他也因此穷得叮当响。牛皮佬也终于意识到这一点，他想："这可不行，俺也要设法做点什么，必须和普通人一样与人交往才好。"于是，他洗心革面，进了村里的观音堂，连着七天七夜念佛断食净心祈祷，恳求道："观音菩萨，请您让俺成为一个普通的正经人吧！"一夜，两夜，三夜，这就到了圆满完成祈愿的第七天的早上，可是并没有得到诸如"这就是个好人了"的神示，他无来由地有点生起气来。出了庙堂，刚下了堂前的坡地，就见鸟居[1]下的地上落着一把红色的小笸子。"咦，这么个东西？"他想："呀，不，不，这可有什么用呢？"一边想着，一边还是捡起来放入了怀中，然后晃晃荡荡往广阔的田野中走去了。突然，他起了内急，于是跑进路边的灌木丛，就在那儿解决了，一边想着有没有什么可以用来擦屁股，一边用手在腰里摸，摸到了刚才的小笸子，没办法，就用它来刮了屁股。才一刮，屁股冷不防发出声音来。

　　　　扑哧扑哧

　　　　扑通　嘟嘟嘟

1.神社入口处的牌坊，用以表示神域。

要响就　响吧响吧

像马医伯乐[1]家的　小伙计源治参拜的

清水观音六角堂[2]　钟啊鼓啊锣儿响

拉啊拉啊　多多拉

四泡五泡六泡

稀里哗啦　嘁里嚓啦

　　牛皮佬吃了一大惊："这可不得了，这样像猜谜似的！"他这么想着，却完全不知道该怎么办才好，只是一边发呆，一边看那篦子，只见它一面涂着朱，一面涂了黑，他想，这里面该不会有什么诀窍吧？于是，他将内侧的黑的一面朝屁股上"噌"地刮了一下，谁知，原先大声震响的声音顿时就停了。"这太有趣了！"他想。牛皮佬先生拿着那篦子，晃晃荡荡往城里走去，刚走到城外，见一匹母马正哗哗地在小便，牛皮佬试探地将那篦子往马屁股上"噌"地一刮。

　　扑哧扑哧

　　扑通　嗵嗵嗵

　　要响就　响吧响吧

　　像马医伯乐家的　小伙计源治参拜的

1.此处为马医之意。

2.指西国三十三所巡礼的第十六处清水寺；六角堂，指西国三十三所巡礼的第十八处顶法寺（通称六角堂）。

清水观音六角堂　钟啊鼓啊锣儿响

拉啊拉啊　多多拉

四泡五泡六泡

稀里哗啦　喊里嚓啦

　　马屁股顿时发出了声响，又因为是马屁股，所以声音越发地大，大得惊天动地声震四方。在小店门前坐着吃烤荞麦饼干粮的马夫惊得跳了起来，大声嚷嚷道："啊，这马中了什么邪！不得了啦，出大事了！这可非得请山伏[1]法师来不可了！"牛皮佬说："这么点儿小事，不用那么嚷嚷，俺来搞定它。"他把马牵到树荫下，用小篦子的内侧照着马屁股"噌"地刮了一圈，"哔"的一声，刚刚那样的大声顿时就停了。马夫高兴极了，他买了酒送给牛皮佬作答谢，牛皮佬想，这可得了好东西了，他高兴地回了家。

　　和牛皮佬同村的长者老爷家有个漂亮女儿，牛皮佬早迷恋上了她，可是因为没有接近的机会一直发着愁，他总想着只要有机会，想尽一切办法也要成为那姑娘的夫婿。一天晚上，牛皮佬悄悄潜入长者老爷家的茅房躲了起来，这就看到姑娘小跑着进来了，牛皮佬是事先准备好了的，他从隐蔽处"嗖"地现了身，用小篦子照着姑娘的白屁股就"噌"地刮了一下。猛地，这就传出了鸣叫声。

1.山中修行的僧侣或修验道的修行者。

280

扑哧扑哧

扑通嗵嗵嗵

要响就 响吧响吧

像马医伯乐家的 小伙计源治参拜的

清水观音六角堂 钟啊鼓啊锣儿响

拉啊拉啊 多多拉

四泡五泡六泡

稀里哗啦 喊里嚓啦

　　姑娘吓傻了，她"噢噢"哭着跑进了内室。从那以后，姑娘的屁股就昼夜不停地鸣叫，一点也没有止住的意思。姑娘又惊恐又觉得蹊跷，吓得脸色苍白，再也不出房间的门了。长者老爷家上下乱作一团，喊来了医生和法师，千方百计绞尽脑汁地给她治，可是却一点效果也没有。没办法，在长者家的门前，高高挂出了写有"治愈此家独生女怪病者，将满足其一切愿望"的告示牌。看到那牌子，"俺来！俺来！"人们争先恐后地说着，各色人等都来了，可是并没有一个人能看好姑娘的病。长者老爷一家亲朋聚在一起，面面相觑只是叹气。

　　这时候，牛皮佬来了，他说道："俺是看了门口牌子上的话才来的，姑娘的病，俺且来治治看！"因为每一个来人都是那样吹嘘自己的，所以长者老爷想："又来了！"并没有理睬他。可是门口高牌子跟前还有人，于是不管怎样，长者老爷把牛皮佬带到了内室。牛皮佬到内室一看，就让人在四周围起了金屏风，很多的大法师和医生都蜂拥来看，都是铁青的脸，每个人脸上似乎都在说：连俺们都治不了的病，你这样一个外行就能治好吗？他们一个个目不转睛地盯着他看，那样子真是奇怪得不得了。可是牛皮佬忍住了，他靠近姑娘，又让人在周围围上了更多的屏风，直到从哪边都看不见了为止，然后，他用篦子在姑娘的小屁股上"噌"地刮了一下。于是，之前那么大声的震响就像盖了盖子，啪的一声止住了。姑娘说："哎呀，俺好了！"她跳着舞从内室跑了出去。长者老爷夫妇也高兴极了，连声说道："多亏您了，多亏您了！"等在那儿的医生和法师们都丢尽了脸面，不知什么时候悄悄逃得无影无踪了。

就这样，最后，牛皮佬成了长者老爷家的女婿，狠狠地出人头地了一把。他说，这一切的一切都是托了篦子的福，于是，将那篦子当作神灵供奉，并奉它为"御篦大明神"。

（岩手县上闭伊郡）

鼻神权次

　　某地方有一个叫权次的年轻人，有一年年末出门，就要登船的时候，他对母亲说："某日某时，你把俺们家烧了吧！"母亲虽然吃了一惊，可因为儿子说无论如何也得烧，于是答应了。到了说好的那天晚上，"什么味？什么味？俺家起火了，是烟火的焦臭味！"权次说。其他人都说："那么远的事，你能知道吗？"权次不听，依然说："不管怎么说，是俺家起火啦，有烟臭味！"回家一看，家果然已被烧光了。一起去的人说："真的是权次说的那时候被烧的，太不可思议啦！"另一个男子说："哪有那样的事！怎么可能知道呢？偶然而已吧，不过，要想知道是不是真的，试他一试就好了！"说着，那人就把一块腌的干鱼子埋在了井边。正埋着呢，另一人从井边经过看到了，他问："你为什么这么做呀？"回答说："为了试试权次，所以才埋的。"看到的那人把这话告诉了权次："听说你有一个很灵的灵鼻子，大家都说要试试真假，所以在井边埋了干鱼子！"权次想："这样啊！"可他还是装着一副全然不知的模样。

　　这就有人来喊了："你能闻一闻这有什么东西吗？""那个……我哪会做那样的事情啊？"权次说。"可你都知道自己家起火！肯定行，请一定闻一闻吧！"说着，他们就带他去了井边。权次来到井边开始闻，"哂哂哂哂"，一边闻一边转圈儿，到了井沿边，更是使劲地闻，他说："也不知为什么这儿很奇怪，有干鱼子的味儿！"挖出来一看，果然是干鱼子，大家吃了一惊：权次真有一个不可思议的灵鼻子！很快，他的名气大了起来。

不久，王爷得了病，因找不到病因很是为难，他听说有个叫权次的人，这人用鼻子一闻什么都能知道，于是就让人唤他去府中。"这可不得了！"权次想，"根本搞不掂啊！"虽然自己这么说，可最终也没能拒绝，所以只好去了。"反正，这一去就小命不保啦！"他一边这么想，一边出了门，走啊走啊，走到山路上，天黑了，他停下来歇脚，又一骨碌躺下了，躺着还想呢："这可真让人为难，这一去就没命啦！"正胡思乱想着，忽然听到"啪飒啪飒"的拍翅声，有什么东西飞来了，定睛一看，是一个天狗，后面好像还跟着一个。那天狗道："把这家伙一口吃了算了！"另一个阻止道："不能吃，不能吃！这是要去王爷那儿办事的，若吃了那可不得了！""可是就算去了，他能知道吗？大厕石下面住着一只经年老蛤蟆呢，不把那个挪挪呀，病根本也好不了！"另一个道。最终，天狗飞走了没吃他。"这可听到了好事情！"权次想着，一骨碌起了身，又精神饱满地走了起来。

到了王爷府，他被引入了一个漂亮的大客厅，"王爷的病还不知道病因，你且闻一下吧！"仆人们请求道。权次去了王爷的起居室，"哂哂哂哂"地转着圈闻起来。他在那一带团团转着闻着，又走到院子的厕石处使劲闻，说："总觉得这儿有些蹊跷，这儿住着一只经年老蛤蟆，若不把它除掉，王爷的病就好不了！"家人喊来小工把那石头挪开一看，果然有一只大蛤蟆。把这蛤蟆扔了，王爷的病就真的好了。

就这样，权次得了很多钱，还得了俸禄米，普普通通的权次因此得了鼻神的名号，据说，他还成了"鼻神权次郎"武士。

（高知县长冈郡）

原来的平六

　　某地方有一个叫平六的人，这男人从来不洗自己的兜裆布，一个兜裆布用了整三年，却一次也没洗过。每逢天要下雨的时候，平六的兜裆布就会蔫嗒嗒地回潮，所以平六只要一看兜裆布就能预知天气，并且一次也没失算过。也不知什么时候，皇上听闻了此事，平六因此得了俸禄，得到了与天文博士同等的身份。平六想："俺的地位也上升了，那个旧兜裆布，没有再用它的道理啦！"他把迄今一直用的脏兜裆布藏到柜子里，换系上了新的漂亮的兜裆布。

　　话说，这就到了六月暑伏天，一天，皇上问他道："明天天气怎样啊？"平六退下来，回家打开衣柜拿出旧兜裆布一看，只见上面厚厚长了一层白霉，于是回答道："明天要下雪。"一听要下雪，皇上惊呆了："暑伏六月的难道要下雪？若不下，你的俸禄可就没有了！"平六被狠狠训斥了一番。第二天，淅淅沥沥下起了雨，平六因此被没收了俸禄，变回了原来的平六。

（岩手县江刺郡）

一天，皇上问他道："明天天
气怎样啊？"平六退下来，回
家打开衣柜拿出旧兜裆布一看，
只见上面厚厚长了一层白霉，
于是回答道："明天要下雪。"

———《原来的平六》

287

智多星

　　有一个男子夜里很晚回家，刚走到家门口，就听到有人在和媳妇说话。"好个胆大无耻的家伙！"他这么想着进了门，冷不防朝那人的后背一棍子打去，竟将那人打死了。仔细一看，却是村里的财主老爷。这男子和媳妇一时不知该怎么办，两人都担心得不得了，最后说，还是去找智多星来商量一下吧！于是，他们把智多星先生喊了来。

　　智多星说："没关系，没关系，俺来想办法！"说着，他把死了的财主老爷扛走了。他把那尸体靠立到村里年轻人聚众赌博的那家的防雨套门边，故意弄出咕咚咕咚的声响，然后逃走了。这时，听得门里有声音说："好像有人在偷看！"一个年轻人拿着棍子悄悄出来，朝站着的人的后背一棍子打了下去，"啪"的一声，人倒了。众人出来一看，是村里的财主老爷。"不得了！这下，把财主老爷给杀了！"众人说着，都担心得不得了，最后，他们也找了智多星来商量。

　　智多星说："没关系，没关系，俺来想办法！"这次，智多星扛着尸体去了财主老爷家，他在门口说："老婆，俺回来了！你能开开门吗？"老婆说："像你这样的夜游鬼，不回来倒还好些！"智多星说："那，俺去跳井死了算了！"说着，把那尸体咕咚一声扔进井里逃走了。财主老婆听到声音，她

288

想，肯定是老公投了井！"我要是开门让他进，事情就不会这样了！"她一边哭一边说。最后，她也决定找智多星来商量。

智多星说："俺来想办法，请不用担心！"他让人在锅中烧开了水，把财主老爷放进蒸笼里去蒸，然后说："老爷得了热病，大事不好了！"这就喊了医生，医生赶来一号脉，说："真可怜，脉息都已经没有了！"就这样，终于得以给财主老爷举行了葬礼。

就这样，那智多星先生得到了大家众口一词的赞美，赚了很多很多钱。

（新潟县南蒲原郡）

一语值千金

有一户人家，只夫妇二人一起生活，日子过得非常穷苦，穷得都缴不起朝廷的税金。媳妇呢，是一个难得的好女人。"俺去京都找个好老爷给他当差，也好储点钱，税不缴可不行啊，你呢，就在家里忍耐着好好做事吧！"这么着，丈夫就去了上方[1]，找到一个好老爷家做事了，说好一年的例钱是三十块。

当差一年得了三十块，丈夫告假回去了。正往家赶着，天黑下来走不了了，"这儿有没有人家呢？"刚这么想呢，就见着了一点灯火，上前一看，有一个上了年纪的老爷子独自在家里。"打扰一下！""唉！""今天晚上，能不能让俺借住一宿呢？"这么说着，老爷子就问了："你愿意听我说话吗？若不愿听，就不能留你！"两人面对面站着，老爷子又说了："听我说话价钱有点高，你能接受吗？""价钱实在太高的话可付不起呀！"男子这么一说，老爷子说了："下雨的时候勿宿岩下。嗨呀，十块！""啊，完了，好不容易才赚了三十块，出十块，只剩二十了！"男子出了十块钱。

第二天早上，男子刚动身离开老爷子家，天就刮起了风下起了雨，他前进不行，后退也不成，左右为难寸步难行，很想

1.京都及附近地区，因明治以前日本国都在京都而得名。

去岩阴下避一避风雨。可是，一转念想到了那句话："下雨的时候勿宿岩下。"刚跑开四五张席子的距离，眼见岩石就崩了下来。

再往前行，又是一个漆黑的夜晚，又看见了火光，"打扰一下！"出来了一个和前面一模一样的老爷子。老爷子说："听我的话要收费，你愿意出吗？""好吧，没办法，请您留俺住一宿！""欲速则不达，勿要急赶路。嗨呀，十块！"男子又出了十块钱。

第二天早上，男子抄近路赶去坐船摆渡，"船老大，快把俺也捎上，让俺过河去！""快上来吧！"男子又想起来了："欲速则不达，勿要急赶路。"于是，他把坐船改成了走路，正走着，刚才的船翻了个底朝天。男子开心地走啊走啊，又到了天黑的晚上，又和前面一样在老爷子家借了宿。这次老爷子说的是："性急吃大亏。嗨呀，十块！"男子一个子儿也没有了，他两手空空地回了家。

到了家门口，男子偷偷往家中一看，却见媳妇正与庙里的和尚在喝酒，"要不要进去把两人都杀了？"转念一想，又想到了老爷子的话："性急吃大亏。"于是，他退出门喊道："喂，俺回来了！""来了来了！"媳妇把和尚藏到了一个大缸里。男子进屋一看，桌上有酒菜，问道："今天家里有客吗？""昨晚，我做梦梦到你要回来，所以做了酒菜在等着！""那缸是怎么回事？""缸中是给庙里做的味噌。""那么，俺来背去吧！"男子背着那缸去了庙里。"小和尚，这缸，五百两卖给你！"男子这么说着，放下缸径自去了茅房。趁着这当儿，和尚说："小和尚，快把俺桌上的五百两拿给他！"据说，那男子就此得了五百两，从此一直与老婆和睦地生活着。

（鹿儿岛县萨摩郡）

媳妇把和尚藏到了一个大缸里。男子进屋一看，桌上有酒菜，问道："今天家里有客吗？""昨晚，我做梦梦到你要回来，所以做了酒菜在等着！""那缸是怎么回事？""缸中是给庙里做的味噌。"

——《一语值千金》

大和尚与小和尚

豆沙团的娘老子

从前，某座山中的寺庙里有一个和尚，在寺庙的不远处，住着一个可爱的女子。

有一天，和尚把鸡蛋装进多层漆食盒，编话对小和尚道："这里面装的是豆沙团子，你给拿到女子家去吧！"路上，小和尚打开食盒一看，见里面装着的是鸡蛋，知道和尚说了假话，他一边笑，一边送去了女子家。过了两三天，这次是包了十来条香鱼[1]，大和尚对小和尚说"是剃刀"，又让给女子送去。半路上小和尚想，这又是什么呢？他把纸包解开一看，是香鱼。小和尚又笑着送去给了那女子。

又过了五六天，有施主要做法事，大和尚带着小和尚赶去了。途中，路边有农户家养了很多鸡，小和尚见到那鸡说："师父，那家养了很多豆沙团的娘老子，就是前几天送到女子家去的那个，您快看呀！"大和尚脸上有些挂不住，只不作声地往前走。做完法事回程，要过河经过一座桥，两人走在桥上，只见河里有很多香鱼游来游去。小和尚又大声说："师

---

1. 香鱼，香鱼科淡水鱼。

父，您看下面的河里，有很多剃刀在游呢，和前几天送到女子家的一模一样！"大和尚想，这小子半路上又看了香鱼了，他说："看了就看了，听了就听了，闭上你的嘴跟俺后面走！"

很快，两个人爬上了山岭，一阵风吹来，把大和尚的帽子吹跑了。小和尚因为刚刚被教训"看了就看了"，所以他故意不去捡帽子，只默不作声地跟着回到了庙里。大和尚发觉没了帽子，说："帽子不会忘在施主家了吧？""师父，刚才在路上的时候，您说看了就看了，闭上嘴跟您走，所以，俺就没捡被风吹跑的帽子，闭上嘴跟您回来啦！"小和尚说。大和尚道："不管怎么的，回去把帽子给俺捡回来！"

小和尚朝刚才的来路上往回走，他往帽子里装上树叶和马粪，拿着回来了。大和尚一见那些东西，怒道："为什么装脏东西回来了？！"小和尚说："是您告诉俺的，'不管什么的去捡回来'，所以俺不管什么，只要落在路上的就都捡回来了。"大和尚又怒道："马粪什么的多脏！把那帽子，去河里洗洗冲掉它！"于是，小和尚把那帽子丢到河里冲走了。

过了三四天，大和尚又有了要事，他到处找帽子没找着。"小和尚，知道俺的帽子在哪儿吗？""师父，您吩咐把那帽子洗洗冲掉，所以，把它和马粪一起洗洗冲走了，帽子已经没有啦！"小和尚说。

（岐阜县大野郡）

295

耳朵上的被子

从前，某地方有一座穷得不成样子的穷庙，庙里只有一个大和尚与一个小和尚。大和尚小和尚睡觉都没有被子，每天晚上都睡在稻草里。大和尚说给小和尚："有客人来的时候呢，绝不能说'稻草'这样的话。"

一天早上，施主很早就来了，大和尚慌慌张张从稻草里跳出来，急急忙忙换衣裳招呼客人，又喊厨房里的小和尚："上茶来！"小和尚沏了茶端出去，猛一眼看到大和尚的脸，只见他耳朵上沾着一根稻草屑，小和尚憋不住笑了起来，脱口而出道："师父，您耳朵上沾着被子屑！"

（高知县幡多郡）

无发无神[1]

从前，有一个庙里的小和尚跟着大和尚去做法事，走到半道起了尿意，就想在路边小便，刚把衣襟一撩开，大和尚就阻

---

1. "无发无神"，日语"发"（音kami）和"神"（音kami）同音。因和尚没有头发，故此处谐为"和尚头上没有神灵"。

296

止道："喂喂，那儿有路神，不能尿！"

往前走了一小段，小和尚刚想在路侧的地里尿，"喂喂，那儿呀有作物神，不能尿！"又被说了。小和尚道："快憋不住了，俺尿到河里去！"刚这么一说，大和尚又斥道："河里有水神！"小和尚完全憋不住了，他跑到路边地藏菩萨的地方正准备尿，"有谁敢在那地方尿！"大和尚狠狠训斥道。

小和尚彻彻底底憋不住了，一泡尿照着大和尚的头上"唰唰"浇了下去。"你这是干什么！"大和尚说。"和尚的头上，无发呀，也无神！"小和尚一边说一边尿。

故事讲完啦，皆大欢喜，皆大欢喜。

（岩手县二户郡）

三个女婿

　　从前，一户人家有三个女儿，两个姐姐分别嫁给了三户町的生意人和五户町的买卖人，最小的姑娘嫁给了鸟屋部岳[1]山脚下的烧炭的。

　　小正月[2]十八那天，三个女婿一起去拜丈人丈母，丈母娘热情地对女婿们说快进来快进来，直把他们往客厅里让。三户的是大姐的夫婿；五户的是二姐的夫婿；第三个鸟屋部的，是小女儿的夫婿。因为三户和五户女婿都是生意人，所以他们既能说会道，长得又风雅标致，是丈人中意的好女婿。鸟屋部女婿长着一副红脸膛，脸上还这儿那儿地沾着炭末子，模样也呆笨，不管丈母娘他们怎么劝，他死活也不进客厅，只坐在伙房的木墩子上烧火。三户和五户的女婿看着鸟屋部女婿，这样那样地说着话来取笑他，总觉自己了不起得很。十八这一天，鸟屋部女婿直到最后也没有进客厅，一整天都待在伙房里。那天晚上，三个女婿都留下来过夜。三户和五户的女婿都让丈母娘很满意，只有鸟屋部的女婿依然呆头傻脑的。

　　第二天早上很早，丈母娘起来上茅房，冷不丁见茅房门前落着两只大雁，竟是被一支箭串连着射中的，再一看，那箭却

1.山名，位于青森县三户郡阶上町。

2.阴历元月十五至二十称小正月。

是丈人的箭，丈母娘吃惊道："是谁射了那雁呀？"女婿们你看我，我看你，都不说话，过了好一会儿，鸟屋部女婿才慢吞吞地开口了："俺呢，昨晚起来上茅房，正好看见大雁来了，于是就射啦！"说完这些，就再也没话了。

丈母娘高兴极了，觉得这女婿真是太厉害啦，这就把他看得比甜嘴滑舌的五户和三户女婿重了些，"那小哥，多吃点，多吃点！"丈母娘不停地劝酒劝菜。那一天，三个女婿都进了客厅说话，可鸟屋部女婿说的却句句都让人发笑。三户和五户的女婿那一晚也留下来过夜。第二天早上，依然是丈母娘早起去马厩喂马料，她刚往马厩走，就吓得脸色煞白飞也似的跑了回来，原来，是有一个人被箭射死在了马厩前。丈母娘问："谁干的？"可是却没有人回答，又是过了好一会儿，"昨晚哪，俺起来小便，正巧看到有人在牵马，俺喊一声'谁啊！'他也不作声，这就要把马牵走，俺于是放了一箭。就射到啦！"依然是小女婿呆傻傻地这么说。鸟屋部女婿又被大大地称赞了，又是叫吃，又是叫喝，受到了非常盛情的礼遇。三户和五户的女婿风头落了下来，就差没被赶出家门了，因为三户和五户光会卖嘴，什么也干不了。

连襟两个嘀嘀咕咕偷偷摸摸地商量着，那天晚上依然留了下来。第三天晚上，三户和五户女婿商量道："明天早上，那呆子女婿若再做了什么事，因那呆子嘴笨，俺们五户和三户的就把那功劳抢过来！"说好，两人就上床去睡了。

第二天早上，只听下女大声直叫道："太太呀，不得了啦！"又是鸟屋部女婿干了什么大事吧！丈母娘急急忙忙跑去一看，大吃一惊，惊得简直无言以对，只见擂钵里装了满满一钵屎，还在热乎乎微微冒着热气。丈母娘又惊又怒，大声道："谁呀？谁干的？！"从睡床上这就传来了响亮的回答声："五户和三户！""好啊，你们这些家伙，简直就像狗一样！我可爱的女儿岂能嫁给你们，去给我看看那是什么！"丈母娘说着，拎着五户女婿和三户女婿的耳朵让他们去看实物。女儿也被领回了娘家，与女婿解了婚约。

鸟屋部女婿佯装不知，看起来依然睡得很熟，实在是鸟屋部那家伙，因为那几天吃得太多太好，要拉的时候等不及，又在黑黑的房间里昏头昏脑不明所以，这才随手抓个擂钵拉了进去，简直是屎同味噌不辨，好坏不分！三户女婿和五户女婿呢，也代人受过丢了老婆。据说，新婚后第一次拜丈人丈母不得留宿，说的就是这个理。

（青森县三户郡）

"您说得"的头

　　某地方有一个呆傻男子，订下了亲事，这就娶媳妇了。婚礼那天，到了坐客厅的关键时候，媒人很仔细地对他说："新娘子娘家来了很多有头有脸的亲戚，今天晚上在客人面前你绝不能稀里糊涂开口说话！"他在新女婿的兜裆布上拴了一根线，告诉他道："说好了，需要开口说话的时候呢，俺就悄悄拽一下这根线，然后，你只要说一句'您说得对'就行了。一定不能发浑，不能乱说除此以外的其他话。"

　　不久，新女婿和媒人并排坐在了布置得非常正式的客厅里，只要客人过来和新女婿搭话，媒人就看准时机悄悄拽一下那根线，女婿于是按事先约好的，只说一句道："您说得对！"这就巧妙地附和了对方。大家都打心眼里服气，说："人都说呆啊傻啊，却原来是这般明白事理的好女婿！"

　　很快，酒过三巡，媒人想要去小便。他想，作暗号的线要是掉了那可不得了，于是，他就把线的一头系在了酒桌上的鱼身上，自己则起身去了茅房。这时候，也不知从哪儿来了一只猫，那猫偷了鱼拔腿就要跑，可是因为鱼身上牢牢拴着那根暗号线，线的另一头又连着女婿的兜裆布，那猫一拖鱼，线就"咕哧"被狠拉一下。女婿慌慌张张道："您说得对！"猫又拖一下鱼，线又被狠拽一下，每拽一次，女婿就用越来越大的声音说一句："您说得对！您说得对！"就这样接二连三地大声叫着。猫却依然不客气地"咕哧咕哧"使劲搔，新女婿终于受不了啦，他一边皱眉头，一边满脸不高兴地大声叫道："您说得对！您说得对！'您说得'的头要掉[1]！"

（山梨县西八代郡）

1.说"您说得对"的时候需同时颔首点头作礼，因动作过于频繁，故说"头要掉"。

呆子女婿

该这么做

有个呆子女婿被丈人家叫去参加秋收宴，吃了很多好吃的，第二天早上，又得了一串宝永通宝大钱回家去了。刚走到小路边，看见池沼中落着很多野鸭子，他思忖着抓几只，便用那钱朝野鸭砸了过去，最后，钱全扔完了，野鸭也全飞走了，呆子女婿两手空空回到了家。

一到家，母亲就问："哎呀呀，没从丈人家带点什么回来吗？""从丈人家得了一串大钱，可是山上的池沼里有很多野鸭，想着逮几只，就把钱全部砸掉啦！"呆子女婿回答道。听他这么一说，母亲很发愁，告诉他道："你怎么这么傻呢？得了那钱呀，要装进钱袋，仔细拿好了带回来！"呆子女婿说："啊，俺明白啦，有道理有道理！"

他又去了丈人家。"嘻，嘻，女婿你家没有马，给你一匹马吧！"丈人说着，给了他一匹勇猛的好马驹。呆子女婿想，哦，就是这了。他用钱袋蒙住马的头，权当把它装进了钱袋里，然后狠狠打起了马的屁股，竟把马打死了，就这样，他一边说着："啊，累坏了，累坏了！"一边回了家。母亲问：

304

"今天从丈人家带什么回来啦？"儿子答："丈人说，你家没有马，给你这个。这就给了一匹马。俺把它装进钱袋，打着打着，最后打死了，俺就把它扔在路边了！"母亲听了，愁得不得了，告诉他："怎么那么蠢呢？得了马，要在它的颈上套起缰绳，'嗨——嗨——嘚——嘚——'地吆喝着牵回来！"呆子女婿听了说："啊，明白了明白了，下次就这么办！"

他又去丈人家的时候丈人说："女婿家没有茶釜，你就把这个带回去吧！"说着，给了他一个漂亮的茶釜。呆子女婿想，就是这了。他在茶釜的耳把子上拴上绳子，"咔啦咔啦"地在冰上拖着走，把茶釜拉坏了，只剩个耳把子被"嘎啦嘎啦"拉回了家。一到家，母亲看到他那模样训斥道："那是什么呀！"呆子女婿说："你说什么，去了丈人家，丈人说，你家没有茶釜，把这茶釜给了俺，所以俺就这么牵着回来啦！"母亲听得满脸愁容，告诉他："怎么这么傻，得了那么漂亮的茶釜，要用手好好拿着，提着回来呀！"呆子女婿频频点头："有道理有道理！下次就那么办。"

下次，他又去了丈人家。"嘻嘻，女婿家没有侍女丫头子，你带一个回去吧！"这就给了一个丫头子。呆子女婿想，就是这了。他抓住丫头的裙带，用右手把她拎了起来，丫头吓傻了，"噢噢"哭着逃走了。呆子女婿又是两手空空，垂头丧气地回了家。母亲问他："哎，哎，丈人家什么也没给你吗？"呆子女婿说："什么呀，得了一个丫头子，刚抱着她腰要拎上来，她就哭起来逃走了，所以，就什么也没带回来啦！"母亲听了说："你怎么会那么傻，得了侍女丫头子，要让她站在你身后，让她安安静静跟着走，说一些'今天天气真好呀''你是个好孩子'之类的话，哄着她来！"这么一说，呆子女婿道："啊，有道理有道理，下次就这么办！"

又一次去丈人家的时候，丈人说："女婿你家没有屏风，就把这个给你吧！"又给了他一扇屏风。啊，这东西拎着可不好，他想，就是这样啦！出了丈人家的门，他把屏风竖在了路上，"快，安安静静地跟着俺走吧，今天天气真好啊，你真可爱，真可爱！"说着，自己径直回了家。母亲问他："今天丈人什么也没给你吗？""啊，今天他说，你家里没有屏风，所以给了一扇。俺让它站着，叫它安安静静地跟着俺走，跟它说今天天气真好啊，那样地哄着它来的！"听了这话，母亲忧心极了，"你怎么那么傻，那种时候呀，你应该嗨呀哼哟地把它担在肩上扛回来！"听母亲这么一说，呆子女婿道："啊，明白了。下次下次，有道理有道理！"

再下次，他又去了丈人家。"你家没有牛，给你一头，你牵回去吧！"丈人说着，给了他一头有红花斑的好牛。呆子女婿想，就是这了！他猫到牛肚子下面嗨呀哼哟地刚往上一扛，牛就"哞哞"地叫起来，用角一顶，把呆子女婿顶飞了。呆子女婿吓傻了，"噢噢"哭着回了家。这呆子女婿实在太傻了，连他母亲也惊得目瞪口呆，吩咐道："以后，再不准去丈人家了！"

（岩手县上闭伊郡）

死心眼儿

从前，某座山中有一个叫愚次的男子，他和母亲、哥哥三人一起生活，一家人全靠哥哥设机关下套捕野兽什么的来过活。

一天，哥哥吩咐愚次道："愚次，你去看看套中有没有套住点什么？"愚次答应着去了，却又很快回来了，哥哥问："有没有套住什么？"愚次答道："套住了邻居家的鸡，俺把它给放了！""放走的时候它怎么叫？""咯咯地叫着逃走了。""啊呀愚次你真笨！那个呀，叫雉鸡！"哥哥告诉他。

第二天，哥哥说："愚次，今天你再去看看那套儿，要是套住了什么呢，你就仔细看好了把它带回来！"愚次应声去了，可是他又很快回来了，说："今天呀套住了邻居家的牛犊，俺又把它给放了！""放走的时候它怎么叫？""呼哧呼哧叫。""笨蛋！真不知还有没有比你更笨的，好不容易套了个野猪！从此以后，不管套住什么都不要放，无论如何，硬拉也要把它拖回来！"哥哥教训道。

一天，愚次又去看套儿，只见去砍柴的老母亲被误卡在了套儿里，母亲看愚次来了，让他赶紧帮忙解套儿。因为之前被哥哥骂了，所以愚次说："不行！"他把母亲就那样儿地一路拖着回家去。母亲苦不堪言，求他道："愚次，不要拖了，快帮我解开来！"可是愚次说："哥哥说的，套住的东西不管什

307

么都不能放，强拉也要拖回来，不行！"这就把母亲拽到了家。不久，母亲就死了。

哥哥虽然骂了愚次，可是也没办法，因为要办葬礼，他吩咐愚次去请和尚。"和尚什么样？""穿黑衣裳合着掌拜的，就是和尚。"愚次出了门一路往前走，来到牛舍，看到牛舍里有只黑黑的，于是请求道："俺家老娘死了，请您去一下！"牛"哞"的一声叫起来。愚次到家回哥哥的话："他说不来！"[1]"和尚在哪儿？""在牛舍。""和尚是在庙里的！""庙是什么？""是很高很大的房子。"愚次于是又出了门，一路往前走，只见高树枝上停着一只黑黑的，愚次刚说："俺家老娘的葬礼……"那黑东西就"嘎"地叫一声飞走了。愚次回家和哥哥说了，因为几次三番派愚次做事都没有做成，哥哥说："你在家煮饭，我去吧！"说着，哥哥就出了门。

愚次煮饭，煮得锅中"咕哧咕哧"响，愚次想，这锅知道俺的名字[2]呢！他"哎哎"地答应了。接着，锅里面又起了"咕库嗒、咕库嗒"的声音。"俺不吃！"[3]愚次回答说。可是锅不听，一直一直这么说，愚次不由得气鼓了肚子，他把锅端出来

---

1. 牛叫声"哞"的发音类似日语もう（音：moo），有委婉拒绝之意，故傻子愚次听成了"他说不来"。
2. 因锅中煮沸声"咕哧咕哧"类似日语"愚次"发音。
3. 锅中煮饭，饭黏稠时的"咕库嗒、咕库嗒"，类似日语"ぐつった"（吃吧吃吧）发音。故愚次回答"俺不吃"。

放在石头上敲，锅"哐"[1]的一声破了。愚次说："早这么说就不把你砸破了！"哥哥回来，愚次又讨了一顿骂。

哥哥想着让和尚洗个澡，于是让愚次去烧洗澡水。"水烧热了没？"哥哥这么一问，愚次就把手伸进去试了试，一试，嗯，已经热了。愚次回答说已经烧热了。和尚一下到澡锅里，锅底的水却还是冷的。"喂，这还是冷水，进去不得，会感冒呢！不管怎么，赶紧帮忙烧热吧！"和尚说。愚次于是把和尚脱在那里的衣物，从木屐到袈裟全给烧掉了[2]。和尚洗得热乎乎的出来一看，什么穿的都没啦！

(长崎县南松浦郡)

女婿的秋收宴

有个女婿，被丈人家叫去参加秋收宴，因为酒桌上的一个腌芥菜实在太好吃，都已经睡到床上了，女婿对媳妇说："媳妇，晚饭时吃的那个腌芥菜，这会儿在哪儿呀？"媳妇正做梦呢，她说："那个啊，那个，在厨房的橱柜里。"

---

1. "哐"，类似日语"くわん"（不吃）发音。
2. 和尚说"不管怎样的，赶紧帮忙烧热"，傻子愚次理解为"不管用什么，赶紧帮忙烧热"，故把和尚衣物烧掉了。

309

女婿起了床，蹑手蹑脚走到厨房，把头伸进橱柜吃了许多的腌芥菜，却还是没吃够。为了能躺在床上也有得吃，他把腌芥菜用兜裆布包了，嗨哟一声想甩到肩上背起来，没想到，兜裆布被径直甩到了梁上，怎么拽怎么拽，想尽了办法也没能拽下来。正拽着呢，天亮了，家人全都起了床，很快到了早饭时间，可这女婿依然毫不在意，还在"嘿哟嗨哟，嗯呀嗨哟嚯"地发着大声拽兜裆布。

丈人看他这副模样，惊得目瞪口呆，说道："我的宝贝女儿哪能嫁给这样的傻女婿！"便不让女儿再去婆家了。傻女婿被解除了婚约，哭丧着脸悄悄回了家。

朋友听了事情原委，说："太可怜了，好吧，俺去给你把媳妇领回来！"朋友去了姑娘家，住了下来。晚饭的时候，那家人果然还是拿出腌芥菜来给他吃。到了半夜，朋友起床去了厨房，他将腌菜用兜裆布包了故意挂到梁上，然后，"嘿哟嗨哟，嗯呀嗨哟嚯"地发着大声一直拽到天亮。

很快，家里人全都起了床，看他那副模样说："前一天的女婿也好，这客人也好，这都是怎么回事啊？"朋友说："这是俺们村的礼仪，俺们村人出去做客若吃到好吃的，就会将它放到梁上，用这方式来表达对吃到美味的感激之情。这样一直做到天亮，其实也是桩挺不容易的活呢！"

那家人说："女婿既能秉承礼仪，就绝不会是个呆子！"于是，便拜托那人将女儿带回了夫家。

☆

也还有这样的事。

从前，有个呆子女婿被叫去了丈人家。他第一次枕枕头睡觉，因为枕头老从脑袋下跑掉，没办法，他问睡在旁边的媳妇道："媳妇，这个叫什么？老从脑袋下跑掉真让人犯难，怎么办才好呀？"媳妇说："这个叫枕头。那么，你就用兜裆布把它系在头上睡吧！"女婿于是照着媳妇说的，将那枕头用兜裆布绑在头上了。

到了第二天早上，女婿竟忘了把枕头取下来，他起了床，就径自去地炉边烤火了。丈人看到了说："啊呀，啊呀，女婿为啥要把头和枕头绑着来烤火呢？那样的蠢东西，女儿怎能嫁给他？"这么着，就要把女婿赶走，女婿没办法，只好离开了丈人家。媳妇跟着到了门外，说："那个，你回到家呢，就向隔壁的哥哥、隔壁的隔壁的哥哥去求助，让他们把枕头绑在头上，到俺家这边的林子里来抓野鸡吧！"女婿一到家，就按媳妇说的向隔壁哥哥以及隔壁的隔壁的哥哥去求助，于是他们头绑着枕头去丈人家这边的林子撵野鸡了。虽然根本连野鸡的影子也没见着，可他们依然在雪地里故意从前面林子到后面林子来来回回地撵，大声喧哗着："哎呀，野鸡跑那儿了！呀，跑这儿了！"

丈人出了廊檐往外一看，只见这些人头绑着枕头在撵野鸡，他从屋前跑到了屋后，说："哎呀，有人头上绑着枕头在撵野鸡，快出来看！"女儿来看了，说："那是隔壁的哥哥！"又出来一个，"哎呀，那是隔壁的隔壁的哥哥！"女儿说。"没什么呀，我们那儿，出来撵野鸡都要在头上绑个枕头的。"丈人听了，说："若有那样的风俗也是没办法啊！"这就让女儿带上很多年糕团子回到了女婿家。故事这就讲完啦！

（岩手县紫波郡）

三个人的癖

从前，某地方有虱子精、鼻涕佬、烂眼边三个人。

虱子精浑身上下爬满了虱子，密密麻麻排成队，他总是咔嚓咔嚓地在身上挠痒痒。

鼻涕佬的鼻子下面老拖两条青白脓鼻涕，总是哧溜哧溜地吸着发出声音来。

烂眼边呢，眼眶赤红赤红的，眼屎堆了一大坨，总用手抹啊抹地擦。

有一天，三个人来到了山里。一个说："喂喂，俺们总是拖着鼻涕、擦着眼睛、挠着痒痒，真是又寒碜又难看。从今天开始，俺们比赛吧，看谁能管住自己不做那难看的动作，看能坚持到什么时候！"其他的两个都说："好呀好呀！"

于是，他们喊着"一、二、三"开始了。可是三个人话音刚落，就都已经忍不住，迫不及待地想要擦眼睛，想要吸鼻子，想要抓身上了。"想着非做不可，却不知啥时候放弃了，人，就是这样吧！"

终于，虱子精再也忍不住了，"对面山上有个野猪在弄得咔嚓咔嚓响！"他一边说，一边动手在身上抓了起来。

烂眼边说："哎呀哎呀，在哪儿？"他一边擦眼睛，一边朝远处望。

这下，鼻涕佬也马上说了："瞄准好了用枪打！"做着开枪的样子，哧溜一下把鼻涕吸了进去。

太快了，三个人都没有坚持到一小会儿。

今天就到这儿啦！小家伙若不早睡呀，山姥婆婆要来了，说："用盐腌腌，从头上一口咬了吃！"

（熊本县鹿本郡）

于是，他们喊着"一、二、三"开始了。可是三个人话音刚落，就都已经忍不住，迫不及待地想要擦眼睛，想要吸鼻子，想要抓身上了。

——《三个人的癖》

图书在版编目（CIP）数据

日本昔话：全两册 /（日）关敬吾编著；美空译
. — 北京：北京联合出版公司，2021.3
ISBN 978-7-5596-5031-3

Ⅰ.①日… Ⅱ.①关… ②美… Ⅲ.①民间故事—作
品集—日本 Ⅳ.① I313.73

中国版本图书馆 CIP 数据核字 (2021) 第 015355 号

日本昔话（上）

[日] 关敬吾 / 编著　美空 / 译

策　　划：乐府文化
出 品 人：赵红仕
责任编辑：郭佳佳
特约编辑：王春霞
插图绘制：小　满
封面设计：崔晓晋

北京联合出版公司出版
（北京市西城区德外大街 83 号楼 9 层 100088）
北京联合天畅文化传播公司发行
北京美图印务有限公司印刷　新华书店经销
字数 210 千字　787 毫米 × 1092 毫米　1/32　印张 10.5
2021 年 3 月第 1 版　2021 年 3 月第 1 次印刷
ISBN 978-7-5596-5031-3
定价：98.00 元（全两册）

KOBUTORI JISAN, KACHIKACHIYAMA:NIHON NO MUKASHI BANASHI, 1
edited by Keigo Seki
©1956, 1990 by Takashi Seki and Mayumi Seki
Originally published in 1956 by Iwanami Shoten, Publishers, Tokyo.

MOMOTARO, SARUKANI SUZUME, HANASAKAJI:NIHON NO MUKASHI BANASHI, 2
edited by Keigo Seki
©1956, 1990 by Takashi Seki and Mayumi Seki
Originally published in 1956 by Iwanami Shoten, Publishers, Tokyo.

ISSUN BOSHI, SARUKANI GASSEN, URASHIMA TARO:NIHON NO MUKASHI BANASHI, 3
edited by Keigo Seki
©1957, 1990 by Takashi Seki and Mayumi Seki
Originally published in 1957 by Iwanami Shoten, Publishers, Tokyo.

This simpliflied Chinese edition published 2021
by Pan Press Limited, Beijing
by arrangement with Iwanami Shoten, Publishers, tokyo

LO·VE

樂府

心里满了，就从口中溢出

下

日本昔话

[日] 关敬吾 —— 编著

美空 —— 译

北京联合出版公司
Beijing United Publishing Co.,Ltd.

目　录

I

垢太郎

　　从前，某地方有一对日子过得杂乱无章的懒老爷子和懒老婆子，他们一年到头浑身污垢。夫妇俩膝下没有小孩，"反正这个年纪也生不出孩子了，就用俺们身上的泥垢搓个小人吧！"他们一搓身上，泥垢就像蘑菇那样一块一块落下来，于是，他们就用它做成了一个孩子，取名叫作垢太郎。

　　这垢太郎太能吃了，他吃一升米就长一升米的高，吃一斗米就长一斗米的力，就这样"噌噌"长大了；后来，甚至"呼呼"地一口气就能吃上三斗五升。贫穷的老爷子和老婆子被这么三斗五升三斗五升地吃，嘀咕道：再怎么也敌不过这样吃啊！垢太郎说："爷，爷，不用担心，俺这就出门去修炼技艺，给俺打一根一百贯[1]重的铁棍吧！"

　　老爷子惊讶道："打一百贯重的铁棍做什么？"

　　垢太郎说："什么，当拐杖呀！"

　　老爷子没办法，只好倾其所有，把全部的钱拿出来找铁匠给他打了一根一百贯重的大铁棍。

　　垢太郎一拿到那铁棍，就用单手将它呼呼呼呼地团团舞起来，一边舞，一边愉快地踏上了修炼的旅途。

　　走啊走啊，"叮叮咣咣"走到一个地方，就是像俺们这里

1.贯，日本旧度量衡重量单位，详见上册P126脚注。

釜石[1]街道那样的地方，这就看到对面来了一个大汉。那大汉背上背着深山大权现[2]那样的红佛堂，嘎吱嘎吱走了过来。垢太郎用铁棍头轻轻一挑，红佛堂就"砰"地掉下来摔了个稀巴烂。背佛堂的大汉见状撒泼道："呀，呀，问你可知俺是谁！天下第一的大力士，御堂太郎就是俺！"一边说着"把你那铁棍给拧了去"，一边向垢太郎迎头撞过来。垢太郎说："好对手！"他拿过铁棍呼呼舞着，将御堂太郎一下挑到了半空中，想着要掉下来了吧，要掉下来了吧，却等了半天也没见下来，没一会儿，就听到空中传来了哭喊声："救命啊，救命啊！"抬头一看，只见御堂太郎挂在了路边的松树梢上，正手脚乱舞着在扑腾。"怎么样，服输吗？"垢太郎将那松树连根拔了，把御堂太郎救了下来。御堂太郎说："俺根本打不过你，请收俺做您的侍从吧！"御堂太郎于是做了垢太郎的一个侍从。

他们又来到一个地方，就是俺们这儿仙人长根山口[3]采石场那样的地方，只见一个大汉正用手掌乒乒乓乓在碎石头。这时，一块大石头碎片往垢太郎这边直飞过来，垢太郎"呼"地朝它吹了一口气，那石块转头飞了回去，"砰"一声击中了那男子的脸。男子气得暴跳如雷："那男的，什么人，太过分

1.釜石市，位于岩手县东海岸，濒临釜石湾。

2.权现指佛或菩萨为普度众生，以神的姿态出现，或指其化身。深山大权现，即以深山为守护神的神明，位于岩手县陆前高田市广田村。

3.即仙人山口，位于岩手县东南，釜石市与远野市交界处，海拔887m，曾是难行之地，后开通隧道，交通得以改善。

了！敢用石头砸天下第一的石头太郎！"说着一脸怒气朝这边走了过来。"呀，天下第一可真是太多啦！"垢太郎嘱咐御堂太郎道："你去跟他比比看！""遵命！"话音刚落，御堂太郎与石头太郎就哼唷嗨呀打成了一片，打得难解难分不辨胜负。"既然这样，只能俺来了！御堂太郎往那边闪开！"垢太郎说着冲了上去，他轻轻揪住石头太郎的脖子"砰"地一丢，石头太郎就被丢到了采石场的碎石堆，扑哧一声埋进了碎石中，只留下一个脑袋还在外面。

就这样，垢太郎把石头太郎也收作了侍从，他带着两人走啊走啊，到了一个大泽那样的城下町[1]，可是这城下町，虽然是大白天，却不管哪家都将门户紧闭着，一个人影也不见。

他们来到看起来像是城中最大的长者家的宅门前，只见一个漂亮阿姐正一个人抽抽搭搭地在哭。"阿姐，阿姐，你哭什么？"这么一问，阿姐说："问为什么，是这样，这近处有一个可怕的妖怪，每个月阴历初一要从这城里抓一名女子去，今天轮到我了，所以在哭呢！""哦，没事的，没事的，那么，俺们三人把那妖怪降了吧！"这么说着，垢太郎就让阿姐带着进了长者家的宅院中。

他吩咐家人将阿姐藏进了高脚柜，让御堂太郎在院中，石头太郎在门口，垢太郎自己在房间的高脚柜前坐下了，专等着妖怪来现身。

"俺的新娘在哪儿？要是敢逃，俺就把你烤烤吃了去！"

1.指以城堡为中心发展起来的市镇。

妖怪大声嚷嚷着来了，那声音就像破钟一样。

　　要说妖怪的身高，是比那宅院还要高还要大。妖怪这就在院子里和御堂太郎交上了手，才刚一眨眼，御堂太郎就被对方"咕嘟"一声吞下了肚。紧接着，门口的石头太郎迎了上去，可是，他也被妖怪用两个指头捏住，"咕嘟"一声给吞了。一个侍从，两个侍从，都被吞掉了，垢太郎怒不可遏，"轰轰轰"，他将那一百贯重的铁棍团团舞着，"好！这下俺可找到对手了！"他朝妖怪走了过去。

　　妖怪和他打了一阵，却突然一把抓住铁棍从中间一拧，竟把铁棍拧弯了。垢太郎扔了铁棍，哼嗨哼嗨与妖怪厮打起来。可是，尽管那样也没能分出胜负，有时还往往是垢太郎占下风。

　　这可怎么办，垢太郎想，他看准妖怪足足有四斗樽[1]那么大的阴囊，"哐"地一脚踢了过去，果然踢中了妖怪的要害。"呼"一下，从妖怪的右鼻子喷出个御堂太郎，左鼻子喷出个石头太郎，妖怪倒下死掉了。

　　见到这情景，长者一家人纷纷出来了，"多亏了你们，阿姐得救了，俺们也得救了，该怎么谢你们才好呢！"人们合掌称谢，高兴极了。三个人没要谢礼，只是让用煮麻的五斗釜煮了满满一锅饭，呼噜呼噜吃完了。

　　"这才是没有贪念的人啊，正是没有贪念这一点最让人满意了！俺家的姑娘虽有不足之处，还是请你做俺家的女婿

1.能装四斗酒的木桶。

吧！"长者老爷说。于是，垢太郎做了他救下来的大姑娘的夫婿，两个侍从做了二姑娘、三姑娘的夫婿。

　　垢太郎回到老家，把老爷子和老婆子也接了来，从此过上了安乐的生活。故事就到这里啦，可喜可贺呀，可喜可贺！

（岩手县稗贯郡）

老鹰¹的儿

　　在骏河²的安倍郡，有一个死了丈夫的女人，她独自带着一个两岁左右的男孩过日子。那母亲每天背上背着孩子去帮人家采茶，艰难度日。

　　一天，母亲和平日一样带着孩子去采茶。她先是将孩子背在背上的，可因为妨碍做事，就把他放了下来，让他睡在地头的田埂上，自己又去采茶了。就在这当儿，一只老鹰飞来，抓起睡在那儿的孩子就飞走了。众人都说："刚有一只大鸟叼着什么飞走了！"母亲吃了一惊，等她跑过去看的时候，孩子已经不见了，无论她怎么哭怎么闹也已经无济于事。可是，母亲根本没法就这么待着，"俺可爱的孩子，有没有掉落到山里？会不会被扔下河？"她从东边地方跑到西边藩国，这里那里地到处寻找孩子的踪迹。

　　自孩子被老鹰掠走，一晃，十三年过去了。这一天，沦为乞丐的母亲来到了大和³地方，她顺路进了一家茶店，借了火吸口烟解解乏，又向店家打听道："这一带有没有什么稀罕事呢？"茶店的老婆婆说："离这儿不远的地方有一个叫东愿寺

1.此故事中为"鹰"，而多地传说中为"雕"。——编著者注
2.骏河国，日本古代令制国之一，位于静冈县东部。
3.日本古代令制国之大和国，又称和州，领域相当于现在的奈良县。

的寺庙，听说那儿的小和尚每天早上要先拜院子里的大杉树，否则就不吃早饭。"母亲问："那又为什么呢？"老婆婆对那母亲说道："那小和尚，是从杉树顶上生下来的。似乎是东愿寺的方丈，有一天不知为什么觉得院子里有小孩子的哭声，他跟大家这么一说，大家都笑，'哪会有那样的荒唐事！'可是第二天又听到了小孩的哭声，方丈这才意识到此事不同寻常。他到院子里仔细一听，声音是从杉树上传来的，于是架了梯子爬上去看，只见在杉树的里面，有一个两岁左右的男孩。寺里于是说，这孩子是从杉树上生下的，还给他做了七夜仪式[1]。从那以后，就告诉小和尚说那杉树是他的母亲，让他每天早上去参拜。"母亲想："会不会……"她问道："那小和尚如今约有几岁？又为什么会从那样的地方生下来呢？"老婆婆说："那孩子如今十四五岁吧，也不知是谁弃在树上，还是鸟掉落的，这还真说不清！"

母亲听了这话急急忙忙去了东愿寺，可是她看看自己的乞丐模样，想着不好入寺，所以，那天晚上就睡在了寺庙大堂的廊檐下。天一亮，就见一个十四五岁的小和尚来到院中，到那传说的大杉树下拜了起来，即使远远望去，也能感觉到就是自家孩子。母亲想，养得倒是很壮实，已经长这么大了啊！她高兴得完全忘了自己的模样，不顾一切跟在小和尚后面追进了寺庙，连声要见杉树上生的小和尚。刚才那小和尚出来了，母亲说："你是俺的儿，已经这么大了！你不知道俺有多么想见

1.孩子出生后第七天晚上的祝贺仪式。

你！"说着，冷不丁把那小和尚紧紧抱住了。和尚与小和尚都被这肮脏老乞婆突然的一番话说呆了，和尚问道："你说他是你的孩子，你有什么凭据吗？"母亲说："这孩子是十三年前被老鹰掠走的，那时候他穿的夹衣、内衣、系的兵儿带[1]，都是用俺自己织的同样的布料做成的，还有，在裙裤的左裤脚边，还绣了西国三十三处[2]的观音像。"和尚说："那么说一点都不错，那衣裳如今还在呢！"这就从内室取来小衣小裤给她看，母亲一眼见到，连声说没错没错。小和尚母子正式相认了，两人紧紧抱在一起，高兴极了。

和尚听说那母亲既没有丈夫，又没有了家，很是可怜她，于是让她留在庙里扫地，与小和尚一起生活了一辈子。

（山梨县西八代郡）

1.男人或小孩系用的整幅腰带。
2.日本近畿地区一带散在三十三处作为观音巡礼灵地的名刹。

蛇儿子

一个老爷子和一个老婆子，也不知什么原因没有孩子，两个人总是想：有个孩子就好了，有个孩子就好了！一天老爷子去山里砍柴的时候，老婆子在家无聊，她往怀里塞了很多破衣裳，老爷子从山上一回来她就说："老爷子你看！我的肚子这样，这样大了呢！"想以此来取悦老爷子。

可是，老婆子真的生下孩子了，那孩子不是人是蛇。老爷子和老婆子虽然很吃惊，可是却领悟到这该是有什么因缘，他们很爱护地抚养着蛇儿子。却说，那蛇儿子渐渐长大，已经大得很招眼，不能再在家中待下去了。老婆子和老爷子商量，决定把那蛇儿子带到山中扔掉。"一直以来，都静雄呀静雄呀地叫你，把你当自己的孩子一样疼爱抚养，可是，看你已经长大，已经招人眼球了，你就不能再在这家里了，所以我和老爷子带你来这山中，你绝不能因此恨我们呀！你就在这山中自己觅食,平安长大吧！"老婆子对蛇儿子说明了缘由，和老爷子一起回了家。

一晃，好几年过去了。人们传言说，常有人经过那山时被一条大蛇吞吃掉。老爷子和老婆子想：会不会是静雄呢？他们因此既为难又担心。大蛇吞人的事儿传到了王爷耳中，王爷贴出布告说，要是有谁能把那大蛇杀了取来首级，就赐给他黄金千两。

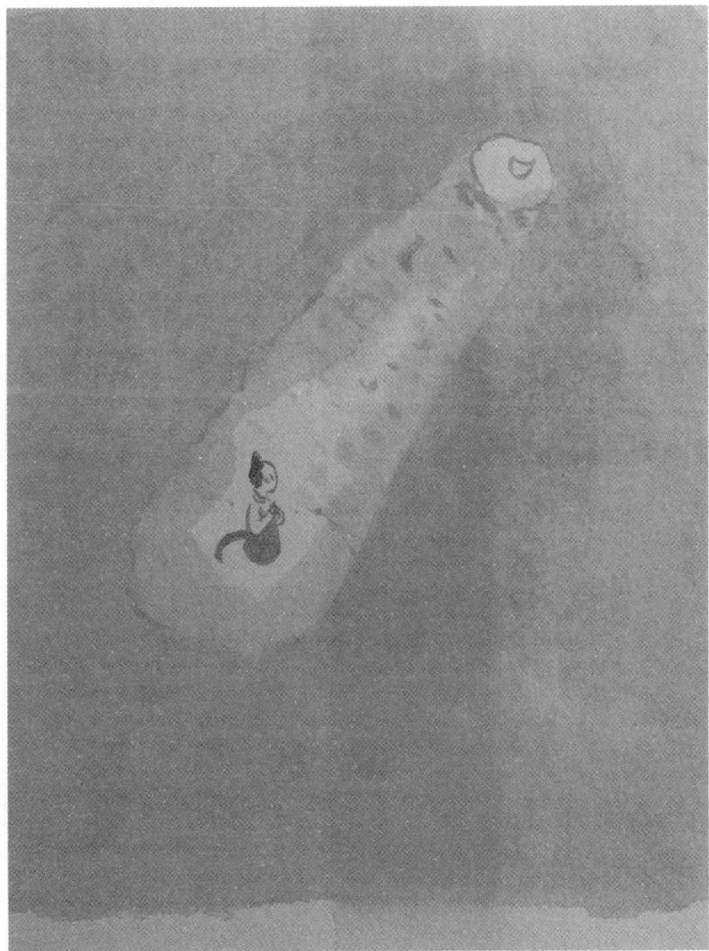

老爷子和老婆子偶然听说了布告上的话，两人商量道："若那蛇真是静雄，由我们两个去杀了它还好些；假设杀不了它反而它要杀我们，看在是自己孩子的分上，被它吃了也是没办法的事。我们这就去山中找它吧！"两人决定了，带着很多干粮去了山中，"静雄！静雄！"他们喊着，渐渐往山的深处走。眼见着一条大蛇沙沙游到了两人跟前，老婆子和老爷子问它道："王爷的布告说，谁得了你的首级，就给一个千两箱，你是把我们两个吃了呢，还是让我们把你杀了？"没想到，尽管是虫兽也听懂了人话似的，那蛇嗖的一声把头伸到了老爷子和老婆子的面前。"你是听懂了我们的话，让我们把你的头砍下吗？"两人这么问它。它点了点头。两人哭啊哭啊，把那大蛇杀了，呈给了王爷，得了褒奖的千两箱。

从前人说：勿把孩子弃于野地山中，因孩子是宝，堪比黄金千两啊！据说，此话就是从这故事来的。

（静冈县田方郡）

红皿和欠皿

从前，某地方有叫红皿和欠皿的姐妹俩，红皿是前房生的女儿，欠皿是继室的孩子。红皿是一个性格温顺诚实的姑娘，可是欠皿的母亲却一直讨厌她。

有一天，母亲让姐妹俩去捡栗子，她让红皿带的是一个没有底的袋子，给欠皿的却是个好袋子。她吩咐说："不捡满这袋子就不要回家！"

两人去了山中捡栗子，不一会儿，欠皿的袋子就装满了，所以，她在红皿之前急急地回了家。红皿是个诚实的孩子，天黑之前她一直拼命地捡啊捡，不久，山中暗下来了，"咔飒咔飒"，似乎狼要来了，红皿这才觉得筋疲力尽，两条腿机械地往前挪去。

很快，太阳落下去了，连东西南北也辨不清了。红皿伤心起来，可是，哭也没有用呀，她一边想这儿会不会有人家呢，一边继续往前走。很幸运地，这就看见前面有一点灯光，跑去一看，是一个老婆子在纺纱织布。红皿向她说明，自己是来捡栗子的，可是太晚回不去了，她请求老婆子无论如何让她借住一宿。老婆子说："我倒想让你住，可我的两个儿子都是鬼，早晚回来还不把你给吃喽，不如我来指给你回去的路吧！"说着，详细告诉了她回去的路，随后将她的袋中装满了栗子，又给她一只小箱子和一把米，告诉她道："栗子你拿回去给母亲交差，这个小箱子呢，你需要什么就唤它的名字，把这箱子敲三下，那东西自然就出来了；另外，你若在路上遇到我的鬼儿子，就把米嚼碎了涂在嘴边装死。"

红皿道了谢，沿老婆子指的路走了。突然，她听到了笛声，她把米嚼碎了涂在嘴的四周躺在路边装死。

一个红鬼和一个蓝鬼走近前来了，其中一个说道："呀，哥哥，有人味儿！"说着，挨到旁边看了一会儿，又道："没用了，哥哥，烂了呢，嘴边全生了虫。"说着，又吹起笛子走了。

天亮了，家里的继母说："那红皿该不会被狼吃了，已经死了吧！"正说着呢，红皿回来了，不但没死，还捡了满满一袋子栗子回来了，继母找不了碴责备她。

之后有一天，村里来了戏班子，继母带着欠皿看戏去了，临走前，她吩咐红皿必须在她看戏回来之前把事情全做完。红皿拼命地做着，朋友们来了，她们叫她一起去看戏，红皿拒绝，说要做母亲吩咐的事情，去不了。可是朋友们说："事情大家一起帮你做，去吧去吧！"说着，大家一起，把原先一天才能做好的事情很快拾掇好了。

朋友们都穿着好看的和服，可是红皿却一件也没有，她想，这可怎么办呢？这就想到了在山里从老婆子那儿得来的小箱子。她把小箱子拿出来，说一声想要和服，刚说完，漂亮的和服就变了出来，她穿着那衣裳去看了戏。欠皿缠着母亲要点心，红皿也马上把点心变出来给了她。这些全被也来看戏的王爷看在了眼里。

第二天，王爷的队列热热闹闹来到了村中，王爷的轿子在红皿家门前停了下来。欠皿的母亲高兴极了，她让欠皿盛装打扮了去迎接。王爷从轿中下来了，说："这家里应当有两个女儿，另一个也请出来吧！"继母本来把红皿强塞在了澡桶里，王爷这么一说，没办法，她只好把红皿带了出来。与欠皿一比，红皿的样子显得寒酸极了，可是王爷问了："这两个人，昨天谁去看戏了？"母亲回答说："是这个叫欠皿的。"王爷说："不，不是这姑娘！"可是母亲始终坚持这么说，于是，王爷决定让姐妹俩作诗。

王爷在盆上放了碟子，碟子里装了盐，盐上插了一根松针，让以此为题来作诗。欠皿大声吟咏道：

盆子上放碟子 碟子上放盐
盐上插了松 好大一根棒子啊真危险

说着，在王爷的头上砰地敲一下跑走了。接下来是红皿的吟咏：

盆子呀碟
碟子里面山覆雪
雪护着根的 松树啊

015

听到这诗，王爷将红皿盛赞了一番，马上让人将她打扮好了，让她坐上轿子去了王府。

欠皿的母亲默不作声地看着，她让欠皿坐上了一条草垫子，"哎呀欠皿，你也去王府！"说着，就拽着草垫子把她往王府拉，因为被胡拖乱拽，欠皿掉到深沟里摔死了。

（静冈县滨松市）

阿月和阿星

从前，某地方有一个继母，继女叫阿月，自己生的女儿叫阿星。继母恨大女儿阿月恨得不得了，而阿星却是个关爱姐姐、性情温柔的姑娘。

有一天，父亲有事去京都了，要很久才回来。继母觉得这是个杀阿月的好机会，她做了包子，把河边空木树的毒种子磨成粉放进了阿月的包子，却把甜包子给了阿星，她对阿星说："阿星，阿星，姐姐的是毒包子，千万不要和姐姐的换着吃！"阿星虽然很吃惊，但她装着若无其事地说："姐姐，姐姐，一起去外面玩吧！"把阿月喊出了门，"姐姐，把俺的分一半给你吃，你的是毒包子，不要吃！"她让阿月把毒包子扔到了竹林里。麻雀们呼啦啦地飞来啄那包子吃，没一会儿毒性发作，都团团舞着死去了。两人见到，吓得脸色都变了，说："呀，太可怕了！"

到了傍晚，继母正想着：阿月这时候已经中毒死在什么地方了吧！可是眼见阿月和阿星什么事也没有地回来了。这是怎么回事呢？继母怎么想也没想明白。

又一次，继母在阿月睡床上方的梁上吊了一爿石磨，想用这个来杀她，"阿星，阿星，今天晚上，磨盘会从屋子顶棚上落下来把姐姐砸死，这事儿对谁也不要说！"她事先告诉阿星道。阿星听了那话道："好的，好的，母亲，俺什么也不说。"她假装上床睡了，却悄悄把阿月叫到了角落里："姐姐，姐姐，母亲起了恶念说要杀姐姐，今晚，你就来俺床上一起睡！"她让阿月到自己床上睡了，然后，在阿月床上放了一个装有朱红颜料的葫芦，将它盖在了被子下，看起来就像阿月睡在床上一样。到了半夜，不知情的继母"扑哧"割断了从顶棚往下挂磨盘的绳子，磨盘落下来，发出"砰"的一声，砸到了下面的"阿月"，红颜料喷到了继母的脸上。"啊，这下总算扫除了障碍，真开心！"继母高兴得一塌糊涂，随后上床睡去了。

与以往不同，第二天早上，继母很早就起床做好了饭，她喊道："阿月，阿星，吃饭了！阿月，阿星，起床吃饭呀！""唉！"姐妹俩和往常一样起来了。"哎呀呀，这是怎么回事啊？"继母又惊得目瞪口呆："这么说，前面那些一般的做法根本成不了事，思来想去，不如干脆把她扔到深山去！"她这么盘算着，给了石匠很多钱，让他做一个石头的高脚柜。"阿星，阿星，阿月是一个不能留在家里的姑娘，俺想把她装进石头高脚柜扔进深山去，这事儿，父亲回来也不能说！"继母嘱咐阿星道。"知道了，知道了，母亲做的事，俺怎么能说呢！"阿星说着，装着出门玩的样子去了石匠那儿，请求石匠道："无论如何，请在装姐姐的高脚柜底板上开一个小洞。""啊，好的！"石匠说。石匠完全理解她的心情，他瞒着阿月的继母在高脚柜的底板上开了一个小小的洞。

很快，阿月就要被扔了，阿星说："姐姐，姐姐，这是油菜籽，路上，你就从这小洞一点一点往外撒菜籽，等到油菜花开的时候，俺一定会顺着那记号去救你！"她把装了菜籽的口袋、炒米和水给阿月悄悄带上了。阿月被装进了石头高脚柜，被抬着翻过山，越过谷，又翻过了一座山，走啊走啊，走到了很深的深山，人们在地上挖了一个坑，把那石头高脚柜埋了。

春天了，鸟叫起来，山野里鲜花盛开。这一天，阿星要去救阿月了。阿星说："母亲，母亲，俺去山里采鸭儿芹，你能做些饭团吗？"母亲给她做了饭团，"俺饭量很大呢！"她把要给姐姐的也带上了，又从柴屋拿了一把柴刀，就往深山出发了。刚来到山脚下，就看到阿月撒的菜籽长出的油菜已开了花，那花一直往深山开去。顺着那花路，阿星"姐姐，姐姐"地叫着，翻过了山，越过了谷，走啊走啊，走到了一个地方，那地方菜花开成了一个圈，再往前就不见了。"呀，姐姐被埋的就是这儿吧！"阿星想。她用柴刀挖土，挖着挖着，只听刀尖咔嚓一声碰到了什么，仔细一看，正是石头高脚柜。

阿星高兴极了，她喊道："姐姐，姐姐，阿星来救你了！"只听里面一个微弱的声音回答道："哦，是阿星啊！""啊呀，姐姐还活着！"阿星一边说，一边鼓足了劲儿挖，只见从高脚柜的一角露出了红腰带的布头儿，"啊，就是这！"阿星说着，用手勾住那缝隙使劲一拉，沉重的石盖啪的一声打开了。"好想你啊姐姐，你太棒了！"阿星一边说一边把姐姐从高脚柜中抱了起来。因为长年累月哭，阿月的眼睛已经哭瞎了，阿月说："啊呀呀，是阿星吗？"一边哭，一边搂住了阿星。就这样，从阿星左眼流出的泪流到了阿月的右眼，右眼流出的泪流到了阿月的左眼，不可思议地，阿月的两眼忽地一下睁开了！阿星说："啊呀呀，姐姐的眼睛睁开了！"她把带来的饭团用款冬叶子托着给姐姐吃，又汲来溪谷的水给她喝，阿月很快有了精神。

虽然恢复了体力，可是，家已经回不去了，接下来怎么办才好呢？两人都一筹莫展地哭起来。这时，王爷的队列狩猎经过此地，王爷看到姐妹俩哭泣的模样问："你们为什么哭？"于是，两人将之前的事情详细说给了他，王爷觉得她们太可怜，把两人带回了王爷府。

自那以后，日子一天一天过去了。一天，阿星和阿月正从王爷府往街上看，只见一个乞食的瞎老爷子一边敲钲一边唱：

> 天也难改 地也难变
>
> 阿月阿星呀 她们怎样了
>
> 阿月阿星要是在
>
> 凭什么俺要敲这钲
>
> 咣——咣咣

"哎呀，那不是俺们的父亲吗？模样不好认，可那声音就是父亲呀！"父女三人跑向对方，紧紧拥在了一起。这才知道父亲因为想念阿月阿星总是哭总是哭，眼睛已经失了明。当初，父亲从京都经过长长的旅途回到家中一看，阿月和阿星都不见了，两个女儿会不会还在哪儿活着呢？他于是四处奔波寻找。父女三人抱头痛哭，阿月的眼泪流进父亲的左眼，阿星的眼泪流进父亲的右眼，不可思议地，父亲的两只眼睛全睁开了！三个人开心地回了王爷府。王爷听说这事，将父女三人留在了府中，一直一直爱护着他们。故事这就讲完啦。

（岩手县稗贯郡）

折了腰的麻雀

　　从前，在一座山里住着一个仁慈的老婆子，一天，一只折了腰的麻雀在她院子前痛苦地叫着，老婆子见了觉得太可怜，就把那麻雀捉了放到笼里养起来，喂给它喜欢的饵，非常非常地疼爱它。不久，麻雀的腰伤好了，它自由自在地在笼子里飞来飞去，老婆子高兴极了，愈发疼爱它。可是有一天，麻雀飞出笼子也不知道去了哪里，从此再也没回来，老婆子担心地到处寻找它的踪迹。就在第二天，一只麻雀来到了屋檐上，它用非常好听的声音婉转啼鸣着。老婆子觉得奇怪，打开门一看，只见那麻雀正往院子里撒葫芦籽。

　　老婆子把那种子一颗不剩地捡起来撒到了屋后的地里，种子发了好看的芽，开了花，结了果，这就收了很多很多的大葫芦。老婆子高兴极了，她把那大葫芦全都挂在屋檐上的好日头下晒，足足挂了有十天。突然，一个葫芦里纷纷扬扬落下白米一样的东西来，老婆子捡起一粒尝了尝，是好白米，于是，她把所有的葫芦都拿下来看，只见每个葫芦里都满满地装着白米。老婆子高兴极了，她马上用那白米煮了饭，一吃，味道太好啦。她用多层饭盒装了那饭送给左邻右舍，谁都说好吃，每个人都开心极了。且那白米无论怎么取都一点也不见少，老婆子因此成了很大的大财主。

隔壁有一个贪心老婆子，她听说后羡慕极了。她特意出门去抓麻雀，好不容易抓到一只，把那麻雀拧折了腰关进了笼子，却什么也不给它喂。麻雀痛苦地在笼子里飞来飞去，贪心老婆子立刻就把笼门打开了，麻雀痛苦地叫着，也不知飞去了哪儿。老婆子想，明天，麻雀会带什么礼物来呢？第二天，麻雀飞来了，它在窗边叫，老婆子慌忙打开了防雨套门，因为这麻雀也带来了葫芦种子正撒着呢。贪心老婆子高兴极了，她把那种子全撒进了地里。种子发了好看的芽，开了花，结了果，长成了很多很多的大葫芦。老婆子摘了葫芦，将它们全挂到了檐头上，"快变米呀，快变米呀！"她每天看啊看啊，可是，却根本看不到要出米的迹象。贪心老婆子气极了，她把所有的葫芦全拽下来，一个一个地砸碎了。蛇呀，蜈蚣呀，蜂子呀，蜥蜴呀，乌压压从葫芦里出来了，追着她又是刺又是扎，老婆子一点办法也没有，终于发疯死掉了。

（福冈县浮羽郡）

鬼女婿

很久很久以前，某地方有个寡妇，她和三个女儿一起生活。大女儿名叫"红眼老大"，最小的女儿叫"弟真足加那"。

下小雨的一天，母亲独自去了地里，正干着活，雨下大了，路上的小河瞬间发起大水过不去了。母亲急急忙忙要回家，她走到小河边，只见河里的水一个劲儿往上涨，根本没法过去。这可怎么办呢？她正为难的时候，来了一个鬼，鬼问她道："你在那儿做什么？""发大水过不了河，正为难呢！"鬼说："没关系，俺来帮你过去吧，你不是有女儿嘛，作为交换，把你的一个女儿嫁给俺！"寡妇没办法，她回答道："哦！"这就算说好了，于是，鬼帮她过了河。帮寡妇渡到对岸后，鬼说："哪天下雨的日子俺就去迎娶，若到那时再说不嫁，你可就没命咯！"鬼扔下这话，就离开了。

寡妇被淋得像个落水老鼠，垂头丧气背着竹篓回了家。女儿们正担心呢，看到母亲平安回来都松了一口气，一个个生火啦，帮拿衣裳换啦，倒茶啦，这样那样地讨好她。可是不知为什么，她们总觉得母亲和平常不一样，她看上去很悲伤，就是坐到了饭桌上，给她拿来了饭菜也一口都不吃。长女红眼老大说这说那地安慰母亲，问她道："母亲，你到底怎么了？"于是，母亲把那天的遭遇全说给了女儿们，她先是哀求红眼老大道："事情就是这样的，真是对不住你，可是你能为母亲着想，嫁到鬼那儿去吗？"长女红眼老大一听就怒了："啊，吃屎去吧！要去你自己去！"母亲没办法，又去请求二女儿，二女儿的回答也一样。最后，她只得去问小女儿弟真足加那。小女儿和姐姐们不一样，她语气温柔地答道："哦，母亲，只要是母亲吩咐的，无论什么我都听。正是托了父母亲的福，我才得以见到这光明世界，所以，父母嘱咐的就都不能违抗。母亲若叫我嫁给鬼，那么，我就开开心心地嫁去吧！"

到了说好的日子，鬼来了。是淅淅沥沥的下雨的日子。鬼把最小的姑娘抱了起来，"加那嫁给俺了，嫁给俺了！"它得意地带着弟真足加那往前走，路上要渡过一条小河，可是那一天河又发了洪水了，鬼抱着举着弟真足加那，将她的和服带子挂在自己的角上，一边用头支撑着，一边开始渡河。就在快到达对岸的时候，鬼被急流冲得一个趔趄摔倒了，而弟真足加那却在那一刻巧妙地一跳跳上了岸。鬼被急流冲进了深渊，它一边胡乱挥舞着双手，一边悲切地吟咏道：

好个啊时辰
往好个洞里冲

鬼被冲进深渊淹死了。

弟真足加那幸免于难，正在岸上慌神的时候，王爷来了，他听说了事情的经过，对她佩服得不得了，说，那么，你就嫁给我吧！弟真足加那嫁给了王爷，由王爷带着去了王府，过上了显赫的生活。后来，她想起了母亲，想把如今过的好日子告诉母亲让母亲放心，于是，弟真足加那告假回到了故里。

回到娘家，弟真足加那把之前的事情全告诉了母亲，母亲高兴极了，可是，姐姐红眼老大一听就妒忌起来。弟真足加那回王爷府去的那天，姐姐说要送送她，两个人出了家门往王爷府走，这就到了王爷府附近，那儿有一眼泉水，姐姐突然从背后一推，把妹妹推落水中淹死了。姐姐脱了弟真足加那的衣物穿上，假装成弟真足加那回到了王爷府。

到了晚上，要睡了，红眼老大装的弟真足加那不熟悉家里的情况，"被子在哪儿呢，枕头在哪儿呢？"她假装放忘了似的自言自语道。王爷听了怒道："一直是你放的被子和枕头，难道不知道了吗？"红眼老大找到了被子和枕头，她佯装应付道："嗯！在这儿！"就这样，天亮了。

第二天早上，红眼老大去泉中汲水，不料，被推下淹死的弟真足加那已经变成了一条鳗鱼，只要红眼老大一汲水，它就在泉中胡乱地搅，把水搅浑了让她没法汲。红眼老大没办法，只好回去了。她把这事告诉了王爷，王爷出门往泉水处走去，走到泉边一看，泉水清澈明净，里面横踞着一条大鳗鱼。王爷刚想抓它，它就乖乖游到了他手中。王爷把鳗鱼带回家让妻子做菜吃。鱼上了桌，王爷正要吃，却因为煮得半生不熟而无法下口，他因此训斥了那女人。这时，碗中的鳗鱼开口说话了，仔细一看，是王爷碗中盛着的鳗鱼头，那鳗鱼头说："你都知道鱼头煮熟还是没煮熟，为什么就不知道自己的妻子被人替换了？"

王爷这才知道了事情的真相，他伤心极了。红眼老大明白了自己的阴谋有多卑鄙，她羞耻得不得了，一边说："啊，真是丑死了，把我变成个爬虫算了！"一边钻到一个倒扣在地上的空桶下，真的变成了一只泥甲。直到现在，人们还把煮得半生不熟的菜叫作"王爷菜"，据说就是因为这缘故。

（鹿儿岛县大岛郡）

三张牌

秋天了，山里的栗子熟了，村里的孩子们都去捡栗子。庙里的小和尚也想去，他请求道："师父，师父，俺也去捡栗子行吗？"和尚说："小和尚，小和尚，山里有鬼婆婆，还是不去的好。"小和尚却想去得不得了，"可是，可是俺想去呢，师父！"小和尚这么央求道。和尚对小和尚说："你那么想去的话，俺且给你三张珍贵的牌牌，要是遇上什么，就向这牌牌求助吧！"小和尚得了那牌子，想趁天黑以前多捡一些，这就往深山走去了。

小和尚拼命地捡栗子，天渐渐黑了，风轰轰地吹，鬼婆婆出来了。小和尚被鬼婆婆带到了她的家，小和尚害怕得缩成了一团，不久，又打起瞌睡睡着了。到了半夜，天下起了雨，屋里开始漏起雨来：

嘀嘀哒哒嘀嘀哒哒 哒哒哒

起来起来吧 鬼婆啊是有多冷酷

屋头上一边漏雨，一边发出了这样的声音。小和尚睁开眼一看，只见鬼婆婆张着足有一尺宽的嘴，正龇着牙在涂黑染液。小和尚想，自己会不会被这鬼婆婆吃掉呢？他带着哭腔道："婆婆，婆婆，俺要拉屎。"鬼婆婆说："就在地炉边拉吧！""和尚不能在地炉边拉屎的。""那就在那边的泥地房间拉！""和尚也不能在泥地房间拉。"小和尚说。"真麻烦！那就给你系根绳子，去茅房里拉吧！"鬼婆婆说着，就在小和尚的腰里系上了一根粗绳子。

小和尚去了茅房，他想，逃跑就趁现在啦！他把绳子从腰里解开，系在了茅房的柱子上，又拿出和尚给的牌，从中抽出一张贴了上去，对它说，请替俺给那鬼婆婆回话吧！然后，就从鬼婆婆家逃走了。鬼婆婆见小和尚好久不回来，她叫道："好了吗，小和尚？"茅房里的牌牌回答道："还没，还没！"鬼婆婆喊了好几遍，依然听到小和尚在回答："还没，还没！"总也不见回来。"这小和尚，怎么厕那么长时间！"鬼婆婆说着，将原本系在小和尚腰里的绳子一拽，茅房的柱子随即"咔嗒咔嗒"地响起来。"哎呀，小和尚逃走了！"鬼婆婆大声嚷起来，赤着脚追了出去。

小和尚在黑漆漆的山里"咚咚咚"跑着，从后面传来了喊声："小和尚你站住！"鬼婆婆追来了，眼看小和尚就要被抓住，他赶紧又拿出一张牌，朝鬼婆婆扔过去："变一座大沙山！"一眨眼，后面就出现一座沙山，鬼婆婆往上爬一步，沙山就往下塌一截。趁着这当儿，小和尚逃走了，他跑过野地，越过大山，逃啊逃啊，可是鬼婆婆又追来了。"变一条大河！"他又扔出一张牌，果然出现一条大河，鬼婆婆游一截，就被水冲下一截，游一截，就被水冲下一截，小和尚又逃走了。

好不容易跑回了寺院，小和尚大声哭着敲师父的门，求师父道："师父，师父，鬼婆婆追来了，快开门呀！"和尚正睡着，他说："瞧瞧，瞧瞧，叫你别去山里嘛！等会儿等会儿，这就系兜裆布。"一边说一边起了床。小和尚说："快呀快呀！师父要不快点，俺就被鬼婆婆吃掉啦！"和尚说："等会儿等会儿，这就穿衣裳。""等会儿等会儿，在系腰带呢。""等会儿等会儿，穿草鞋了。""等会儿等会儿，拿拐杖呢。"一切齐备，终于把门打开了！小和尚说："鬼婆婆来了，师父快救俺！"说着，一头撞了进来，和尚拿出一只大葛藤箱子让小和尚躲进去，挂在了屋子的顶棚下，然后装出一副毫不知情的模样。

就在这时，鬼婆婆一脚跳了进来，"和尚，和尚，小和尚来过吗？""没有来，没有来。""明明来了的，和尚！"鬼婆婆说着，看到了顶棚下的葛藤箱，"就在那里面，和尚！你把那个给打开！"鬼婆婆嚷道。和尚说："你要是听俺的，俺就给你看。"和尚说。"长高，长高！"鬼婆婆就渐渐变大变高了，就在她的手就要够着藤条箱的时候，"低！低！"和尚又唱道，鬼婆婆又渐渐变小了。和尚不管不顾地继续唱，鬼婆婆变得越来越小，最后变得只有豆粒大，和尚把她往地炉里烤着的年糕中一揉，"咕嘟"一口吞了。然后他把小和尚从顶棚上放下来，训诫他今后再也不能不听师父的话。这时和尚的肚子突然痛起来，他跑去上茅房，只见他的尻尻里飞出很多的苍蝇来。据说，鬼婆婆变成的苍蝇，后来飞到了整个日本。

（秋田县平鹿郡）

猫和茶釜盖

从前，在一座深山的独栋房里住着猎人和他的母亲，家里也不知从哪儿来了一只可爱的猫，母亲欢欢喜喜收留了它，很爱护地养了起来。据说，那一带有很多山猫在山中胡作非为，村里人都怕极了。猎人思忖道：既然山猫那样作恶，不如俺把它们除了去！一天，他正在地炉边准备打山猫用的子弹，家里那猫就在他身边一动不动地盯着，看上去就像一颗两颗地数着似的。猎人一边想：这只怪猫！一边不知为什么心里一动，他当着猫的面做好了十二颗子弹后，又背着它另做一颗金弹[1]带在了身上。不管什么样的猎人，关键时刻都会用到这样的金弹的。

猎人带着十二颗子弹和那颗金弹扛着枪往山林深处走去，不知不觉，天黑了，他来到平时落脚的小屋休息。到了半夜，似乎觉得有什么鬼物正往小屋这边靠近，他拿起枪从小屋悄悄往外看去，只见黑漆漆的夜里，有两只眼睛正忽亮忽灭地闪烁，也不知道究竟是什么东西正慢慢往小屋这边靠过来。"那东西太怪了"，猎人想，他飞快将子弹上了膛，"嗵"，一枪打了出去，只听当啷一声，子弹似乎落了下来；又开枪，又当

1.也叫幸运弹，猎人从捕获的猎物体内取出命中弹，再将其熔化制成的子弹，被认为会再次命中。

嘟一声落了下来；不管开几枪，全都当嘟当嘟落了下来，一颗也没有打中。猎人一边吃惊，一边把十二发子弹全打光了，只剩下了一颗金弹。没办法，最后，猎人取出藏好的金弹上了膛，"嗖——咚！"打了出去，这次没听到当嘟声，子弹确像打中了，那鬼物大吼一声往深山逃去了。等到天亮，猎人去昨晚的地方一看，只见那儿落着一个茶釜盖，这茶釜盖不知为什么看上去有些眼熟，茶釜盖旁滚落着十二颗子弹，染着一大片血迹，血迹从那儿一直往深山绵延而去。猎人沿着那血迹走，只见一只很大的山猫被击穿了身体，浑身是血地死在那儿。猎人急忙回家一看，母亲已经不知被什么东西咬死了，而架在地炉上的茶釜，茶釜盖也不知了去向。

原来，是山猫化成普通家猫来到猎人家欲杀猎人，因猎人去了山中，所以，它咬死了家中的母亲，又拿着地炉上的茶釜盖去了山中。猎人打出的十二发子弹都被它用茶釜盖挡了，最后，当猎人子弹打完它正想扑咬猎人的时候，却被最后一颗金弹打中结果了性命。

（长野县下伊那郡）

竹篦太郎

从前有一个云游和尚，一天，他在四处云游中来到了一个荒凉的山村。也不知为什么，这个村子家家户户都在捣年糕。和尚一边想是不是有什么祭祀活动，一边在村里走，发现只有一户人家没有捣年糕。这家的房子看起来很是气派，家里却冷冷清清一个人也没有。和尚觉得奇怪，他竖起耳朵仔细一听，听到了人们抽抽搭搭的哭泣声。和尚心下生疑，他进到了这户人家中，果然看到家中人全都聚在一起，正团团围住一个姑娘哭。"喂喂，你们为什么哭？"和尚问。一个家主模样的人好不容易止住哭泣道："其实，是在这七天之内，这家里必须要供奉一个活人去做祭礼。虽不知祭奉的是对面山上的什么神灵，可这里有个很老的神社，规定每年一到供奉季就要向那神灵献一个年轻姑娘；若不供奉，就会起大风暴，水田旱地全都会荒芜，因此，不管怎样都必须供。今年正好轮到我家，不得不把家里的独生女儿送去献祭，我们正因为这个在哭呢！"

和尚默不作声地听着，最后他说："世上居然还有这种事！换我去替姑娘献祭，救她一命吧！"说着，他去了那神社所在的山中。山上有一座破败的庙堂，庙堂一侧的大松树上有一个洞，和尚藏身进了洞穴。半夜，也不知从哪儿传来了吵吵嚷嚷的声音，不知什么东西正往这边走来。不一会儿，它们全都集到了庙堂前，只听一个大将语气的声音问："竹箆太郎来没来？"手下回答道："竹箆太郎今夜没有来！"接着，神社的门打开，它们络绎不绝地进去了，和尚在松树洞里听它们来回反复地唱：

> 这事那事都不要说啊
> 别让竹箆太郎知道呀
> 近江国[1]长滨[2]的
> 竹箆太郎 千万不要啊让它知
> 嘶嗵嘶嗵嘶嗵嗵

　　和尚一边听一边想：虽不知它们是什么妖怪，可它们打不过竹箆太郎呢。

　　那天晚上，和尚回到了村里的姑娘家，然后，他就往近江国的长滨出发去找竹箆太郎了。和尚到了近江国，他到处问询，一家一户地打听有没有叫竹箆太郎的这么一个人，可是不管到哪儿人们都说不认识。他沮丧地坐在路边的石头上发呆，就在这时，一只小牛那么大的斑点狗跑了过来，他想："这只狗真大，要是有这样的狗就打得过妖怪啦！"狗主人从后面追上来喊道："竹箆太郎！"和尚猛地来了精神，他向狗主人如此这般说明了缘由，请求说，因为要去救人，能否将狗借来一

1.日本古代令制国之一，位于今滋贺县，属东海道。
2.位于滋贺县东北部琵琶湖畔，为旧城下町。

用。那人爽快地借给了他。于是，和尚带着竹篦太郎，急急忙忙往之前的村子赶去了。

到了规定的七天的最后一天，却根本不见和尚回来，那家人没了办法，只好决定将姑娘献出去。他们准备了一个长方形带盖子的盛衣箱来装姑娘，又让姑娘穿好了白衣裳，接下来，众人却只是一个劲地嗯嗯哭。村里人看着，有说可怜一起哭的，也有人口出恶言道："要磨磨蹭蹭到什么时候！快把姑娘献出去，难道还想像之前那样起大风暴吗？"姑娘的父母一边说稍微再等等，一边翘首盼着和尚回来，可是左等右等依然不见和尚来。姑娘终于被装进了盛衣箱，由村里人抬着出了门。正在这时，和尚带着竹篦太郎气喘吁吁地赶来了，这就将蔫了似的姑娘从盛衣箱中扶出，将竹篦太郎装了进去，和尚也进去了，他拜托村人道："请你们将俺们代替这姑娘献给神明吧！"也有村人说："这么做神明会怪罪的！"可他们还是抬着装了和尚和竹篦太郎的盛衣箱去了山上，人们把盛衣箱往神社门前的地上一放，头也不回地逃了回去。

到了半夜，很多妖怪都聚集来了，它们绕着装了和尚的盛衣箱一圈一圈地转，一边转一边唱道：

> 这事那事都不要说啊
> 别让竹篦太郎知道呀
> 近江国长滨的
> 竹篦太郎 千万不要啊让它知

嘶嗵嘶嗵嘶嗵嗵

没一会儿，妖怪们就把手搭上盛衣箱要开盖子，竹篦太郎大叫着跳了出来，向妖怪直扑过去，和尚也跳了出来，挥剑向妖怪砍去。

第二天早上，村里人一边想：这时候，那和尚已经被神灵吃了吧！一边往山上走。只见这儿那儿到处有猴子死在地上，最大的一只长着铁丝一样毛发的狒狒，也被竹篦太郎咬断咽喉死去了。自那以后，再也没有了供奉活人的事儿，人们过上了安心的日子。故事这就讲完啦！

（宫城县桃生郡）

山童[1]和猎人

一天，村里的猎人进了山。天很冷，他烧起篝火来取暖，突然看到对面的篝火边来了一个形迹可疑的家伙。猎人想，这就是传说中的山童吧？不由得心中害怕起来。刚这么一想，那山童就开口了："你在想俺是山童，心里害怕了是不是？"猎人想起曾听人说过：山童这家伙，人心里正想什么，桩桩件件都能一目了然。他越发恐惧了，心想："快点走就好了！"刚这么一想，对面又说了："你在想，俺快点走开就好了对不对？"猎人受不了了，想逃却又没法逃，这时候，火不知不觉小了下去，柴烧完了。他下意识从旁边取了柴火在膝盖上"啪"地一折两截，木柴碎片飞了出去，直飞进山童的眼中，山童大吃一惊道："啊，好痛！人这东西，居然可以不想就做！"一边叫，一边逃走了。

（熊本县天草郡）

1.日本民间故事中住在山里、形似少年的小妖怪，常发出斧头砍木声、树叶摩擦声、石块裂开声、地面震动声等恐吓人。

塔诺邱

很久很久以前，某地方有一个叫塔诺邱的行走艺人，他把母亲独自留在家乡，自己出门赚钱去了。这天，塔诺邱接到了母亲得病的来信，他是个孝子，决定马上回家去。临近一个很大的山坡，刚到达山脚下的饮食店时天就黑了。饮食店的老婆婆制止他道："天黑了，你想过这山呀？可这山里有一条很大的大蛇，现在这时辰已经过不了啦！"塔诺邱想，话虽如此，可为了尽孝，快一点也是好的，因此并未听从劝阻，而是一路攀爬登上了山口。那儿有一座小庙，他想在那歇息一会儿，刚歇下，就来了一位满头白发的老爷子，那老爷子问："你是谁，叫什么？""我叫塔诺邱呀！"塔诺邱回答道。老爷子似乎把"塔诺邱"错听成了"塔诺其"[1]，他说："若是狸猫，变身这事儿可擅长得很呢！你且当着我的面变一回看？传言说，狸猫想变什么就能变什么呢！"又说，"我叫蟒，并非人类，我这也是变的呢。"

塔诺邱听了，害怕得简直无以复加，可是因为他正好随身带着唱戏用的假发，所以戴上女人的假发演了起来。蟒佩服极了，说道："果然比我想象的还要拿手！"也不知蟒是否因此放了心，它打开话匣子说起了各色话题，又问塔诺邱道："你

1.塔诺其（tanoki），为"狸"的日语发音。标准音tanuki，此处为方言。

最讨厌的东西是什么？""我最讨厌的东西是小判呀，你呢，你最讨厌什么？"塔诺邱也试探着问。"我呀，我最讨厌烟草油子和柿漆[1]了，只要一沾上那东西，身体就会麻痹不能动。这话可千万不要对人类说，不要说啊，幸好你是狸猫，这事儿再三拜托你一定不要说！那么今晚，我们就此别过吧！"蟒说着，转眼不见了。

　　塔诺邱松了一口气，他从山上飞奔下来，一口气跑到山脚下的时候，天也亮了，正好遇到两位去伐木的村里的老爷子，他把蟒昨夜的话告诉了他们，让他们用来治蟒。伐木老爷子大喜，这就让村里人收集烟草油子和柿漆准备治蟒。蟒知道了，寻思道：这定是狸猫干的！它想，不能再继续待在原先那山了，于是逃到了旁边的山里，可又想着非找塔诺邱寻仇不可，于是又到处寻塔诺邱的家。找到塔诺邱家一看，却见门窗紧闭无处可入，它拼命地寻找入口，见只有屋顶的烟囱敞开着，它从那儿探头进去道："你要知道，我是来报之前那仇的！"一边说，一边将很多很多的小判从烟囱掷了下去。

（高知县高冈郡）

1.从涩柿子中提取的液体，可涂在木材、麻布、纸张上用作防腐和防水。

开花老爷子

是很久很久以前的事儿啦。从前，某地方有一个老爷子和一个老婆子，老爷子去山上砍柴，老婆子去河边洗衣裳。这时，从河里漂漂荡荡漂漂荡荡漂来了一个很大的桃子，"再来一个给太郎，再来一个给次郎！"老婆子说。老婆子捡了那桃子带回家，放在了家中的石臼里。

正这么忙着，老爷子从山里回来了，问："老婆子，老婆子，有没有什么可吃的？"老婆子说："啊，刚才俺去河里洗东西，漂来了一只大桃子，就放在进门泥地房间的石臼里，你把那个吃了吧！""是吗，那可太好了，俺来把它吃了吧！"老爷子一边说一边去取桃子，才一看，就很震惊，很震惊，惊得简直一塌糊涂，"老婆子，老婆子，这个这个，你呀！这不是桃子，是小狗呀！"老爷子满脸惊讶地说。老婆子跑去一看，果然是小狗，她说："可俺刚才放进去时明明是桃子啊！""你说什么呢，就是小狗。"老爷子说。两人再看，确是一只可爱的小狗，于是，两人很爱护地把它养了起来。小狗渐渐长大了。

一天，那狗对老爷子开口说话了："老爷爷，老爷爷，请给俺备上鞍！""你那么可爱，哪能给你备鞍呢？""没关系，请您备上吧！"鞍一备好，狗又说："老爷爷，老爷爷，把那草包袋给俺驮上吧！""你那么可爱，哪能让你驮草包呢？""没关系，请把它放上吧！"狗驮上了草包袋。接下来狗又说："老爷爷，老爷爷，把锄头也扛在俺的背上吧！""你那么可爱，哪能让你扛锄头呢？""没关系，让俺扛上吧！"这下狗又说了："您请跟在俺的后面走！"老爷子跟在狗的后面一直走，走到了山里，狗说："老爷爷，来，您请挖这里！"老爷子从狗背上取下锄头和草包袋，就在那儿挖起来。这么一挖，挖出了很多很多的小判、大判和一朱金。

"请把那些装进草包袋，驮在俺的身上吧！"狗说。老爷子高兴极了，"你那么可爱，怎能让你背？还是俺来背吧。"老爷子说。可是狗说："没关系，就让俺背吧！"狗背上了草包袋，这下，狗又说了："老爷爷，老爷爷，您也骑到俺的背上吧！"老爷子说："你那么可爱，哪能骑你呢？""没关系，您请骑上吧！"老爷子骑上狗，狗背着老爷子噔噔噔下了山。

回家后，老爷子将小判大判摊在进门第一间泥地房里数起来，正在这时，隔壁老婆子来借火了，"老爷子，老爷子，你老说没钱没钱，却哪来那么多钱呀？"老爷子一五一十将事情说了，隔壁老婆子说："若是那么好的狗，也请借给俺家一天吧！""啊，那么，你把狗带去吧！"老爷子说着，把狗借给了她。狗去了隔壁家，依然说："老爷爷，老爷爷，把那草包袋给俺驮上吧！"这是贪心老爷子和贪心老婆子，他们说："就是想让你驮草包袋才把你借来的！"扛锄头的时候，老爷子骑上的时候，他们也都说，"就是为了想让你扛锄头！""就是为了要骑你！"狗驮着老爷子往山中走去，走了一会儿，狗说："请挖这儿！"老爷子用锄头一挖，吃惊得不得了不得了：很大的蛇、蛤蟆、蜈蚣……全是令人恶心生厌的东西。贪心老爷子怒道："这家伙！让挖这样的地方！"最后他把狗杀了，把它埋在那坑边上，随手插根柳枝就回家了。

家里的贪心老婆子以为老爷子马上就要带着满满一草包袋的大判小判回来了，她正等着呢，老爷子板着一张冷冰冰的脸回来了。"老爷子老爷子，你怎么了？"她问。"你说怎么啦？那臭狗，让挖让挖，却挖了个不像样的破地方！"他把当天的事一说，老婆子也吃了一大惊。

"呀，隔壁自早上把狗借去，也不知怎样了，咋不还回来呢？"好心老爷子这么想着，就去隔壁问，贪心老爷子一脸怒气地将事情说给他听了，好心老爷子说："多可爱的狗啊，你竟把它杀了？"第二天他去那插了柳枝的地方一看，小枝子已长成了大柳树。老爷子看到柳树就像看到了狗一般，将那柳树砍了，做成了一个磨。老爷子老婆子一起推磨，一推，又吃一惊：老爷子面前推出了大判，老婆子面前推出了小判。正忙呢，隔壁老婆子又来借火了，"哪儿来的那么多钱呀？""啊，就是借给你家的那只狗，插在埋它的地方的柳树长大了，用那树做了磨，一推，就推出钱来啦！""是吗？那能把你那磨借给俺家一天吗？""啊，那你拿去吧！"

隔壁的贪心老婆子和贪心老爷子把磨子借去一磨，哎呀不得了，老爷子面前出来了马粪，老婆子面前出来了牛屎。两人又是气啊气得不得了，把这磨子劈了，丢进地炉烧掉了。

因为不见隔壁把磨子还回来，好心老爷子于是跑去取，"那磨子，在俺面前出了马粪，在俺老婆子面前出了牛屎，光火得不得了，把它丢进地炉烧掉了！"贪心老爷子说。"那么新的磨呀！那么，那烧的灰还在吗？"好心老爷子问。"那灰在哪儿呀，在那地炉的哪个角落里也说不定。"贪心老爷子垮着脸道。好心老爷子带着那灰回到家爬上了树，他说："俺是日本第一的撒灰老爷子！"这时，刚好有一个威武的武士从那儿经过，他问："在那儿的是什么人？""在那儿的，是日本第一的撒灰老爷子！""那么，撒一个来看看！"老爷子把灰往外一撒，美丽的樱花呀，梅花呀，全都盛开了。武士盛赞了他一番，给了他很多很多钱。老爷子和老婆子正数钱呢，隔壁老婆子又来借火了，她问："这么多钱，从哪儿来的呀？""刚才从你家拿来的灰，俺家老爷子爬到树上将它撒了，因为武士经过看见，让撒给他看，他说花开得漂亮，所以留下了这么多的钱。"贪心老婆子又把灰借去了。

贪心老婆子让贪心老爷子爬到树上等武士，终于武士来了，"在那儿的是什么人？""日本第一的撒灰老爷子！""那么，撒一个看看！"老爷子想：就是这时候了！他把灰往外一撒，这下可好，哪有什么漂亮的花，灰飞进武士眼中，把武士惹怒啦！所以，学人样可学不得！大家都这么说。

（富山县上新川郡）

045

鲤鱼报恩

从前，某地方有一个老婆婆和一个年轻人，年轻人每天搓了绳子拿去集市卖，再用卖得的钱买米买味噌等，日子过得很贫苦。

一天，年轻人同往常一样带着绳子去街上卖，傍晚回家走到半路，遇到了一个卖鲤鱼的。卖鲤鱼的带了很多鲤鱼出来卖，这时候也已经卖得差不多了，只对着最后一条在发愁，他想，无论如何也要把这一条给卖掉。那鲤鱼是一条锦鲤，卖鲤鱼的说："便宜卖啦，买不买买不买？"有人来了，说："便宜我就买！"卖鲤鱼的说："已经便宜啦，您请买了吧！""多少钱？""哎，最后一条了，三贯，便宜卖给你！""三贯太贵了，两贯吧！""不能再便宜了，哎，不过，两贯就两贯吧！"说着，卖鲤鱼的就两贯把那锦鲤卖掉了。

这时，正好那年轻人来了，年轻人问买鱼的客人道："你买了鲤鱼做什么用呢？"客人说："俺其实并不中意锦鲤，可是因为便宜呀，打算今晚做个什么汤来吃。"年轻人看那鲤鱼还是活的，觉得很可怜，便说："你能不能把那鲤鱼卖给我？"对方问："你买它做什么？""不，什么也不做，可是，还是请你卖给我吧！""好不容易买了，不卖。"年轻人没办法，"那我另出手续费，请你一定卖给我！""出手续费的话倒是可以卖，出多少？""你多少钱买的？""两贯。""那我出三贯。""那就卖啦！"年轻人下决心买下了，他卖绳子正好得了三贯钱，就这样，身上一文钱也不剩了，但是他想：哎，也算救了鲤鱼呀！这么一想，就想开了。他将鲤鱼放到路边的池塘里，对它说："小心点儿，不要再被人逮到啦！"鲤鱼很开心地潜到水中游走了。之后，年轻人回了家。

老婆婆见天黑了小哥还没回来，担心道："怎么回事呢，平时总是天黑之前就回的。"正在这时，小哥无精打采地回来了，老婆婆问："小哥，小哥，你做什么这么晚？"于是，小哥把刚才买鲤鱼的事儿全说了，"母亲，就因为那，米也没买就回来了，今天晚上就请喝点开水忍忍吧！"他歉意道。老婆婆说："是吗，是吗，那可没办法。"于是，他们决定那天晚上不吃饭，喝点开水就睡觉。

老婆婆正烧开水，外面传来了咚咚的敲门声，老婆婆想，是谁呢？打开门一看，见一个可爱的姑娘站在门口，老婆婆问："你有什么事？"可爱的姑娘请求道："我要去外地，走到这儿天黑走不了了，今晚能不能留我借住一宿呢？"老婆婆说："啊，借住倒是可以的，但我们家太穷了，吃的用的都没有，这不，我和小哥两个今晚准备喝开水过一夜呢。如果你不介意，那就留下吧！""没关系，请留下我吧！"姑娘说。老婆婆再去问过小哥，小哥说："要是她不嫌弃没吃的，那就让她住下吧！"这就让她留了下来。

第二天早上以为姑娘要走，看样子却丝毫不见她要离开的样子。姑娘请求道："因为我无处可去，所以能不能就让我留在这儿？做个女佣什么的都没关系。"老婆婆说："什么，你说什么蠢话呢？昨夜也说了，我们家是连饭也吃不上的穷人家，你在这也只能跟着受苦，我们家只有母子二人，再多你一个呢倒也没什么，可是你那么可爱，还是去别的好地方比较好！"可是姑娘再三请求："怎样都没关系，让我待在这儿吧！""你也太随心啦，那么，吃不上饭也没关系的话，你就留下吧！"这就让她留下了。

那姑娘是个非常勤快的人，早上很早起床，晚上总是做夜工做到天黑透，村里人都说她好。过了不久，姑娘又说："能不能让俺做你家的媳妇呢？"老婆婆见姑娘实在是个好姑娘，便说："那么，请你嫁给我家小哥吧！也不知道这事儿究竟有多好，我且来问问小哥的意思。"她问小哥，小哥也同意了，两个年轻人结成了夫妇。这媳妇容貌才干都好，人又勤快，人们都称赞不已。

这事被王爷知道了。一天，庄屋老爷[1]来了，说："喂，喂，俺受王爷差遣来的，听说你们家有一位好姑娘，请去王爷府做用人！"小哥和老婆婆都吃惊不小，这可怎么办？担心要是不听王爷的，也不知会倒什么大霉。他们找来媳妇商量，媳妇说："我是不会去那样的人家里做用人的。"小哥没办法，

1.村长，日本江户时代村方三役之一。

他去王爷府回绝，王爷吩咐说："不想来这儿做女佣也行，只要把我说的东西带来了就饶你！你先带一根用灰搓的绳子来吧！"

小哥说："我每天搓绳子卖，可是灰做的绳子却从来没搓过，再说了，用灰可怎么搓绳子呢？这可怎么办？"他铁青着脸回来了，媳妇问："怎么样啊？"小哥说："说了，要是带一根用灰搓成的绳子去，就可饶你不去。可是我从来没搓过什么灰绳子，这可怎么办？想啊想啊回来了，这可怎么办？"媳妇说："那事一点也不难，你搓一根比平时稍粗一点的绳子吧，我用那绳子来做。"小哥马上搓好了绳子，媳妇将那绳子放在石头上烧了，绳子烧成了灰，她说："你把这个拿去吧！"一看，果然像用灰搓成的。小哥小心翼翼轻轻端着那灰去了王爷府。谁知接下来，小哥又铁青着脸回了家。

这次，是被要求"带一个不敲就响的太鼓来，要是不带来就不放过她"。媳妇又想了办法，第二天早上，媳妇把一个筒筛的筛网去掉了，把筒筛的两头贴上纸，边角戳了一个小洞，往里面放进了很多蜂子。一摇筒筛，里面的蜂子就发疯般地撞击纸壁发出咚咚的声响。小哥高兴极了，把这带去了王爷府。可是完了还是说不能被放过。

这回又要求在一个葫芦的里面贴上纸、涂上漆、撒上金粉拿过来。小哥又忧心忡忡地回来了。媳妇照例想了一会儿，说，有办法了。她让小哥去山上割漆，然后，她把纸和糨糊放进锅里咕嘟咕嘟煮，之后，将融化的纸浆倒进了葫芦里，纸浆把葫芦内壁沾满后，再用火烤干。这时候小哥的漆也取来了，把漆往葫芦里倒进又倒出，倒进又倒出，上好了漆，又把金粉吹进去沾到内壁上。"小哥，小哥，已经做好啦！"媳妇说着，把葫芦递给了他。

第二天一早，小哥就带着葫芦去了王爷府。王爷原以为在葫芦的里面贴纸、上漆、撒金粉这样的事根本不可能做得到，他把葫芦拿在手里看，因为完全看不到被破开的痕迹，他说，不会吧！把葫芦破开了一看，却见里面真真切切贴着纸，漆着漆，撒着金粉。王爷看得目瞪口呆，他问："哎呀哎呀，太奇怪了，这到底怎么做到的呢？"小哥老老实实说："不是我，都是我老婆做的。"王爷说："真是个聪明媳妇啊，我出再难的题她都能解，那就放过她啦！你且好好地待媳妇。这三个难题都解了，我要好好褒奖她！"王爷说着，给了小哥很多很多钱，让他带着回家了。

那以后，小哥和老婆婆与媳妇三个人过着一生安乐的生活。那媳妇就是被救的鲤鱼变的，她这是报恩呢。

（新潟县南鱼沼郡）

他将鲤鱼放到路边的池塘里，
对它说："小心点儿，不要再
被人逮到啦！"鲤鱼很开心地
潜到水中游走了。之后，年轻
人回了家。

——《鲤鱼报恩》

龙宫的猫

　　很久很久以前有一个农民，他有三个女儿。三个女儿都已经嫁了人，每年一到年底，那农民就把三个女婿喊来，二女婿和三女婿都是有钱人，他们每次都带去酒呀，成袋的炭呀什么的，丈人因此总是"喝酒！吃菜！"地招呼着，非常热情地招待他们。可是，大女婿是个很穷的人，他没法带酒和炭，总是带着一捆砍好的柴去。丈人因此老随便差使他做这做那，并不将他看得像二女婿和三女婿那样重要，从来也没听丈人对他说"你也喝一杯！"这样的话。

　　又到了年末，三个女婿又被喊去丈人家，大女婿和往常一样背着柴火出了门，"每年每年与其这样给他们用，今年，不如把这柴火奉给龙王去。"说着，他去了海边，"龙王，龙王，这年柴您请用了吧！"大女婿说。他把那柴火投进了海里，这就准备回家去。这时，从海里出来了一位年轻的美貌女子，说："谢谢你刚才的柴火，龙王要谢你，请跟我来吧！""俺可不能像你那样入海呀！""闭上眼睛，我来背你。"于是，他就由那女子背在了背上。

　　没一会儿，女子说："到了。"他睁开眼一看，只见自己坐在一个漂亮的客厅里，客厅里摆着很多很多好吃的。又是被劝吃，又是被劝喝，他美美地饱餐了一顿正要回去，龙王问他

052

有没有什么东西想要带回去，他想起刚才那女子教他道："问你要什么，你就说'什么也不要，只请给我一只猫'。"大女婿按女子所教的说了，龙王道："只是这猫不能给人啊，不过若是你想要，那就给你吧！这只猫，你每天喂它吃一盒红豆，它就会拉一升的一分银¹，请好好待它吧！"说着，就把猫给了他。大女婿高兴地抱了猫，又由刚才的女子背着送回了来时的沙滩。

他回了家，按龙王说的那样做了，很快就成了有钱人。丈人丈母听说这事很快跑了来，这女婿怎么就成为有钱人了呢？他们来刨根问底地打听。听说了事情的经过，丈母很想要这只宝贝猫，她说："把那猫借我用几天！"又把大女婿训斥了一番，抱起猫就走了。"那么，请一定每天给它吃一盒红豆啊！"大女婿拜托道。丈母把猫带回了家，她想，一下子给它吃五盒，它就会拉五升，于是就让猫吃了整整五盒红豆。没想到，猫拉了很多屎死掉了。丈母跑到大女婿家大声抱怨道："这猫！给它吃了五盒红豆，居然扣在粪桶下死掉了！"

大女婿想，这真是作孽啊，他伤心地把猫尸埋在了院子的一角。过了两三天，那里生出了一株南天竹，因为实在太想念，他一边叫着猫的名字一边伸手摇那树，谁知，从树上啪啦啪啦落下很多黄金来。于是，大女婿成了更加有钱的财主。

（熊本县天草郡）

1.日本幕府末期的银币。

出盐的石磨

　　某地方有兄弟二人，哥哥有点蠢，弟弟却是个聪明人。哥哥老想，要快点设法把弟弟给人家做上门女婿才好，也好让自己安心。弟弟却想靠自己谋生，不愿去做什么上门女婿。不久，弟弟在附近娶了媳妇，在别人家近旁借住了下来，可是自入冬，活计变得意想不到的少，夫妇两人过得很是困窘。年三十晚上，弟弟去哥哥家想借一升米。"怎么回事，一年中最丰盛的年三十，却连吃的米都没有！亏你还养着老婆，这事儿你倒去别处说说看！""给不了！"哥哥拒绝他道。弟弟一言不发地出了哥哥家的门。

　　翻过一座山往前行，遇到了一个长着长长白胡子的老翁在拾柴火，老翁问："你去哪儿呀？""今天是大年三十，可俺却连供奉岁神[1]的米都没有，所以也不知要往哪里去，只是这么走着。"弟弟回答道。"那可真是为难，这样吧，这个给你，你且拿去吧！"老翁说着，给了他一个小小的麦包子，又指教他道："你拿着这包子到那边森林神的佛堂后面去，那儿有一个洞穴，里面住着小矮人，他们会问你要包子，钱币呀，东西呀，你都不要，但他们若用一个石磨来换的话就可以，小人们

1.指新年迎祭的神，同门松一起迎到家里，并设神龛，供奉圆年糕和蜡烛。

非常非常想要包子呢。"

　　弟弟道谢作别了老翁，按老翁说的往森林中的佛堂后面走去了，到了那儿一看，果然有一个洞穴，他进了洞穴继续走，只见很多小矮人吵吵嚷嚷地喧闹着。他想，他们在做什么呢？留神一看，原来，他们正抱着一根芒草想搬动它，却一会儿这个滚落，一会儿那个倒下地怎么搬也搬不走。弟弟觉得好笑，他说："请让俺来帮你们挪过去吧！"说着，立即将那芒草捏起来放到了目的地，小人们开心得不得了，抬头看着他说："你个子多高呀，你力气真大呀！"这时，他们发现了弟弟手中拿着的包子，"咦，你带着好东西，带着稀罕东西呢！你一定得把那东西给俺们，给俺们！"小人们说着，拿出黄金摆到了弟弟跟前。

　　因为老翁曾经告诉过弟弟，所以弟弟说："不行不行，金子什么的俺不换！石磨的话倒是可以。""好吧，那就换了吧！"他们把小石磨给了弟弟，弟弟把麦包子给了小人们，然后，他就带着小石磨又从洞穴出来了。刚走到洞穴出口处，就听到蚊子哼哼似的叫喊声："杀人了，杀人了！"仔细一看，原来是一个小人卡在了弟弟的木屐齿中间，弟弟小心地将他取出来放回了洞穴。之后，他又来到了先前的岭上，老翁还在那儿呢。"喂喂，石磨带来了吗？"老翁告诉他道，"将那石磨往右转动，想要的东西就会源源不断地出来，往左转呢，就会停止。"

　　弟弟兴高采烈地往家去，一进家门，媳妇因为等得太久心生厌烦，她怨道："大年三十的，你倒是去哪儿了？从哥哥家得了什么回来了？"弟弟说："别说了，快在那儿铺个什么吧，草席也行。"这就让媳妇铺了一张草席，把石磨放在了上面，"米出来！米出来！"一边这么说，一边转动石磨，米哗啦哗啦出来了，出了一斗，又出了两斗，然后他又说："鱼出来！鱼出来！"这就哧溜哧溜出来了两条三条咸鲑鱼。接下来，需要的东西全都变了出来，真真过了一个喜庆的年三十。天一亮，就是新年的早上了，"俺就这么成了年轻的长者，再像这样住在人家屋檐下也不像话，那就建一个新家吧！"弟弟说。他转动石磨，出来了一间气派的房间、三五个土仓，随后又变出了一个大杂院和一个马厩，出来了七匹马。他又说："年糕出来！酒出来！"哗哗转动磨盘，这就变出了年糕和酒，他们将附近一带的亲朋好友全都请来庆祝。村里人惊讶极了，纷纷来吃酒，哥哥也很吃惊，总觉得这事奇怪得不得了："咦，这到底是怎么回事呢？"他寻思着，这里那里地到处看。弟弟思忖着给村里人送些点心，正往隔壁屋子走去，只见他一边说"点心出来！点心出来！"一边转起了磨子。而这些全被哥哥从门缝里看见了，"哈，终于知道了，是那石磨捣的鬼！"哥哥一下子悟过来。

庆祝活动结束了，村里人都回了家，弟弟夫妇也呼呼睡着了。哥哥悄悄潜入隔壁房间偷走了石磨，还顺手偷出很多年糕点心带上了。他跑啊跑啊，跑到了海边，凑巧那儿停着一艘船，他乘上那船向大洋出发了，想带着这石磨去一个什么地方，在那儿成为一个有钱的长者。哥哥使劲划着船往大洋进发，肚子饿了就吃甜年糕和点心，可是因为净吃甜东西的缘故，他特别想吃点儿咸的，可船上却没有盐。他想，正好趁此机会试试石磨，于是说道："快快，快出盐！"一边说一边转动磨盘。呀，盐出来了，出来了！盐开始源源不断地往外淌，他想，够啦够啦，可是却不知道怎么让它停下来。哥哥为难极了，石磨却骨碌骨碌不停地转着往外涌盐，船上已经装得满满的了，却还在涌，最后，船沉了，哥哥也随船一起沉入了大海。

因为没人能把那石磨向左转动使它停下来，所以一直到现在，它还在海底骨碌骨碌地转着出盐，据说正因为如此，海水才那么咸。

（岩手县上闭伊郡）

一眼千两

　　从前，纪州[1]有一个叫吉五郎的男子。一天，村里的年轻人聚在一起说："不去三都看看，都枉称男子汉！"吉五郎问："三都是哪儿？""三都呀，是江户、京都和大阪，俺还没有去过三都，京都和大阪都近，要去呢，还是去江户吧！"那人说。吉五郎说："俺也想去江户，可是没钱呀！""没钱的话，要俺教教你吗？""嗯！""你带上狗到山里去，高声喊：'俺要挖金子！俺要挖金子！'狗就会告诉你说：'在这儿挖，在这儿挖！'然后你就在那儿挖，想挖多少有多少！"吉五郎是个有点呆傻的人，他真听信了那话，这就跑回家急急忙忙带上狗去了山里，"俺要挖金子，俺要挖金子！"他一边喊一边走。狗果然叫了："挖这儿，挖这儿！"吉五郎高兴极了，他在那儿一挖，果然挖出了很多很多钱。

　　吉五郎拿着那钱去了江户，可是钱实在太多，多得用也没处用，恰好听说吉原[2]有一个叫"一眼千两"的娱乐节目，"好吧好吧，看看这个就回去"，他这么想着，去了吉原一家叫"佳味屋"的妓院。吉五郎说："能不能让俺看看'一眼千两'呢？""看'一眼千两'要一千两金子，你有

1.日本古代令制国之纪伊国，位于今和歌山县和三重县南部。

2.日本江户时代的官准妓馆区。

吗？""啊，钱在这儿呢。"他说着，拿出一千两码成了一溜。"那么，这就在你面前经过啦，你可要仔细看哦！"吉五郎睁大眼睛看着，只见一个女子在眼前忽闪忽闪，哧溜一下过去了。"刚才没看清，能让俺再看一遍吗？""再看一遍的话，再付一千两！""啊，这是一千两，拿去吧！"这次，那女子换了衣裳，又是忽闪忽闪地哧溜过去了。"还是没看清，再来一遍吧！""你有那么多钱吗？""还有一千两。"于是女子又换了衣裳，忽闪忽闪过去了。"虽然还想再看一遍，可是没钱了，回去啦！"吉五郎说着起身就走。两个男人追上来说："等等，花魁要见你，你且来一下！""就是去，俺也没钱啦！""不，不要钱，你请来一下！"两个人这么说着，强行把他拉去了。

上了二楼，让吉五郎在铺了三层织锦缎的被子上坐下来，花魁说："来买我的人呢也有很多，这些人却净会说大话和下流话，像你这样的诚实人我还是第一次见到。我也是女人，终究也是要嫁人的，没有比你这样的诚实人更适合做丈夫了，恳请答应与我做夫妇吧！"花魁这样请求道。吉五郎拒绝说："俺是纪州来的，家里还有亲人，这事若不与家人商量，不好贸然结亲呢！""那么，你就回一趟纪州，等得到家人许可后我们再结成夫妇吧，现在，只请你口头约定婚事。"花魁说。吉五郎于是口头与她约定了婚事，花魁拿出三千两金子说："这个还给你。"吉五郎却回答她道："那是俺特意带到江户来的，这么重的东西就不再带回去了，放这儿吧！"他说。路费倒是要的，于是他取了十两道："过五十天俺再来。"这就回去了。

　　回到老家，家人和亲戚们都阻止他再回江户去，说："你被骗啦！""就算那样，俺说过五十天再去的，所以还是得去一趟解除约定。"吉五郎说。虽然大家都反对，却也拗不过他，吉五郎还是去了。他到了江户，又去了吉原的"佳味屋"，一个男子出来对他道："你都两个月没来了，花魁已经死啦，今天正好是头七。""那可真是作了孽！"吉五郎说。他打听了墓地所在给她去上坟。一脚刚到，坟墓裂开，花魁的幽灵出来了，花魁的幽灵说："因为你老也不来，我非常非常地想你，最后想死了。为让你今后过上无忧的生活，我且给你一些蜜橘种子，你把它播下去，就会长出无核蜜橘来的，日后你就靠它生活吧！因为没有种子，其他人就不能模仿，你呢，可以用嫁接的方法繁殖！"说着，给了他七粒蜜橘种子。吉五郎把那蜜橘种子带回去一种，果然长出了无核蜜橘。据说纪州的蜜橘没有核儿，就是从这儿来的。

（福井县坂井郡）

"……这些人却净会说大话和下流话，像你这样的诚实人我还是第一次见到。我也是女人，终究也是要嫁人的，没有比你这样的诚实人更适合做丈夫了，恳请答应与我做夫妇吧！"

——《一眼千两》

让鼻子长长的线卷

　　有一对夫妇是相当有钱的长者，他们有一个儿子，儿子还没娶媳妇呢，他们却死了。那儿子好赌博，今天赌，明天赌，最后家里输得精光什么也不剩了。"不托钵讨饭就啥也吃不上了。"那儿子这么说着去各处游荡。一天，他刚走到一座庙里，天黑了，"神灵，神灵，今晚就赐我在这住一宿吧！"说着，他住了下来。可是这时，他看到神像前放着一小堆钱，"神灵，神灵，我们俩赌一把吧，你先借我一块钱！"这就开始赌了起来。"你看，我赢啦！""这次又赢了两块！""你全输给我啦，把借你的还上。""又赢啦！"

　　那儿子这么说着正要往庙堂外走去，从后面传来了"喂，喂！"的喊叫声。"唉，您有什么事？""俺也喜欢赌，好不容易赢来的钱不能被你就这样拿去了，所以，这线卷给你，你把那钱还给俺。""这东西怎么用？""不管是男是女，你对着有钱人说'鼻子长，鼻子长！'，然后将藏在怀里的线放出来，放十庹[1]，对方的鼻子就长十庹，放二十庹呢，鼻子就长二十庹，又如果说'鼻子缩，鼻子缩！'，一边说一边哗地把线绕起来，鼻子就会回复到原来的样子。""啊，是吗？"儿

1.一种约略计算长度的单位。一庹为成人两臂左右平伸时双手指尖间的长度。

子把钱还给了那人，"这可得到了好东西。"他说。他见前面不远处有一座非常气派的长者人家，东西方向都建有粮仓，一个漂亮姑娘正从那人家的三楼窗户往外看风景。"鼻子长，鼻子长！"那儿子说着，把藏在怀中的线卷放了出来，眼见着姑娘的鼻子就长得四间五间房那么长了。哎呀不得了！姑娘大吃一惊，倒在了房间里。

那天晚上，那儿子去了长者家附近一个老爷子和老婆子的家，"不好意思，请留我住一晚吧！""啊，一晚两晚都没关系，您请住下吧！"那儿子住了下来，吃完晚饭，他和老爷子老婆子正闲聊，这就听到从长者老爷家门前传来了吵闹声。"老婆婆，这附近好像是有钱人家吧？平时总这么吵吗？""不，以前安静得都不知有人还是没有人，今天早上，他家独生女儿的鼻子突然长得有四间五间房那么长，不管医生还是占卜的，都没人能治得了，所以才这么吵闹的。""长鼻子呢，我以前倒也缩过的，哎呀，四五间房那么长的也不知怎么样？"

听他这么一说，老婆子飞跑去了长者老爷家，长者老爷说："快把他带来！"那儿子去了长者老爷家，去的时候姑娘正好睡着了，他摸了摸那鼻子，然后让人用六扇屏风把她围了起来，口中"南无、南无、南无"喃喃着假装祈祷，一边说："鼻子缩，鼻子缩！"一边把线卷绕了起来。只见姑娘的鼻子慢慢缩下来，最终恢复了原先的模样，长者老爷高兴极了。"小心这病可能还会再发，我呢，这就回去了。"那儿子思忖着要设法成为那家的女婿，所以故意这么说着假装要回去。"不，请你留下来，一定在这做家产的继承人。"长者老爷说。于是，那儿子留下来做了长者老爷家的女婿。

不过后来，那男人却自大起来，他说自己想让鼻子长多长就能长多长。大家让他做一次看看，于是，他就把自己的鼻子长长了给人看，长啊长啊，一直长到了天竺国[1]，谁知那天天竺国恰好起了火灾，最后缩回来一看，那男人的鼻子已经没有了。

（鹿儿岛县萨摩郡）

1.对古印度的称谓。

宝葫芦

　　某地有一个老爷子，因为很多年没碰到过好运气，于是他去稗贯郡的太郎村参拜清水观音，一连七天七夜断食净心洁身念佛，很快到了结愿的日子，却并没看到有什么神示。

　　老爷子觉得很无趣，他晃晃荡荡从佛堂前的坡道往下走，这时，一个葫芦跟在老爷子后面滚了过来。老爷子想，这可真是个奇怪的葫芦，从哪儿滚来的呢？他站定了略带疑惑地查看，那葫芦也随即停止了滚动。他想："这真是个奇怪的葫芦，那么，俺也再走走看。"一边想，一边又迈出了脚步，那葫芦又跟在老爷子后面滚了过来。"这葫芦太奇怪了，嘿，那么，俺来抱抱看！"老爷子说着一把抱起了葫芦，突然，从葫芦里跳出两个童子来。老爷子惊呆了，两童子见状一边笑一边说："老爷子，俺们是观音菩萨吩咐来这儿的，一个叫金七，一个叫孙七，今后，老爷子您想让俺们做什么就尽管吩咐。现在，老爷子您想要什么请说吧！"老爷子终于明白过来，他说："来一点点俺喜欢的酒，然后要团子，糯米团子！"两童子从他们自己变身出来的葫芦里取出老爷子要的好吃的，老爷子高兴极了，吃啊，喝啊，肚子都吃撑了，心里美美的。

　　老爷子牵着金七和孙七的手，肩上挑着宝葫芦，沿着大路晃晃荡荡兴高采烈地走，每到一个地方，就从葫芦里拿出各种

各样好吃的请沿途的人们吃。很快，老爷子得到了人们的称赞，城里和各个村子，这儿那儿的庆祝活动和法事都请他去备餐，就这样，在很短的时间内老爷子就积下了很多钱。

一天，和平时一样，老爷子照例在大路上占了场子请人吃饭，一个马贩子路过，马贩子牵着七匹马，他吃了老爷子的饭菜，觉得这葫芦实在太奇特了，这就起了想要的心。他缠着不情不愿的老爷子喋喋不休地说道："用现金三百两，再加七匹马换你的葫芦怎么样？"金七和孙七对老爷子说："换吧！"老爷子没办法，只好答应了。马贩子留下钱和马，像小偷一样拿了葫芦，要逃到哪里躲起来似的一溜烟跑走了。马贩子想，要是把这葫芦献给国王，说不定国王会赏他一个村子呢。于是他去了国王的城堡，让官员通报说要献世上少有的宝葫芦。国王早就听说人们对宝葫芦赞不绝口，他想，若有了这宝葫芦，我就可以变出足够的军粮，拿在手上又轻便，真是太有用啦！这么一想，国王高兴极了，马上召那人前来。马贩子来到国王跟前，他决定先变一桌酒菜，可不知怎么了，不要说从葫芦里往外变酒菜了，就连一滴水都没变出来。国王火冒三丈，让家臣把马贩子一把拎出了城堡。马贩子被打得半死，好容易才捡了一条命回到家。

却说，老爷子托了那葫芦的福成了非常有钱的长者，和金七、孙七两个童子一起，每天过着快乐的生活。

（岩手县江刺郡）

067

宝木屐

从前，某地方有一个孝顺儿子，他有一个叫"权造"的贪心伯父。一天，因母亲生病无论如何需要用钱，所以他开口去伯父家借了钱；等钱用完，又不得不用钱的时候，他只好又去伯父家请求借点钱，伯父拒绝道："像你这样只借不还的，再不借了！"儿子为难极了，可是一点办法也没有。回家路上，他在路边睡着了，梦见来了一个老人，老人给了他一双只有一个齿的木屐，告诉他道：穿上那木屐就会跌跤，每跌一下，就会跌出一些小判来；不过，要是骨碌骨碌跌得太多的话，个子就会变矮的。

儿子从梦中醒来，高兴得马上就去跌一跤试试看，果然如老人所说的那样跌出了小判。

伯父听说此事马上来了那儿子家，他说道，之前借给你的那些钱也就算了，把那双一个齿的木屐拿来吧！儿子拒绝了，说别的都可以，只是这木屐不能给，可伯父仍然强行拿走了那木屐。

伯父一回到家就把大门紧紧关起来，他在院子的地上铺上大包袱布，在那上面穿上木屐骨碌骨碌跌起来，眼见着小判像山一样冒了出来，可是，伯父的身体却越变越小，最后变得就像一个虫子那么大。

儿子想，伯父在做什么呢？打开门一看，只见小判堆得山那么高，却看不见伯父的人影，仔细一找，见院子角落里有一个小小的人在动，那就是伯父。于是，儿子把那小判和木屐都拿回了家。

直到现在还有"臭象"[1]这种虫子呢，据说，就是那贪心的伯父变的。

（冈山市）

1.臭象（日语发音gozoo，音同"权造"），即蝽象，昆虫纲，有翅亚纲，半翅目蝽科动物的总称。

宝物精

　　很久很久以前，有一个武士出门去修炼技艺。走啊，走啊，天黑了，有没有什么地方能借住一宿呢？他一找，找到一间空房子，"这空房子能住吗？"他问附近的人。"那可不是什么好地方，那儿有妖怪，去别处吧，不要住那儿！""那倒没关系。"武士说着住了下来。

　　到了晚上，从地板下出来了一个穿黄衣裳的人，他面朝院子接连三声道："好运气！好运气！好运气！""唉！"一声应答过后，出来一个人。两人嘀嘀咕咕说了些什么，不一会儿，两人又都回去了。又过了一会儿，一个穿白衣裳的人出来了，面朝院子连说三声："好运气！好运气！好运气！"又是"唉！"一声应答，那人又出来了，两个人嘀嘀咕咕说了些什么，然后又都回去了。之后，又有一个穿红衣裳的人出来说："好运气！好运气！好运气！"又是"唉"一声，那人再次出来，两个人又嘀嘀咕咕说了些什么又回去了。

　　武士想："这回俺来！"他面朝院子，"好运气！好运气！好运气！"连说三声。"唉！"那人出来了。武士一把抓住他的衣领道："俺方才就看着呢，出来了穿黄衣裳的、白衣裳的、红衣裳的都和你说话，他们到底是什么人？""很久很久以前，这家是相当有钱的富人家，这地板下埋着罐子，罐子里装着很多大判小判和黄金。最先出来的穿黄衣裳的是金子精，穿白衣裳的是银子精，红衣裳的是铜精。""您是什么？""我是罐子精。""是吗！那就没事了，回去吧！"武士说着，又去睡了。

第二天早上，附近的人都以为武士被妖怪吃掉了，跑去一看，却还在睡着呢。武士起了床，众人问他："昨晚没见妖怪出来吗？""哦，出来了，出来了。"武士说。他一五一十把事情都说了，"这地板下好像埋着很多钱呢，大家一起来挖怎么样？"大家一挖，挖出来一个很大的罐子，里面满满装着金币、银币、铜币和很多很多的宝物。

（大分县北海部郡）

返老还童水

从前，某地方有一个老爷子和一个老婆子，一天，老爷子去山里烧炭，因为天气炎热，老爷子嗓子干得不得了。他想，这一带有没有泉水呢？这么想着一找，很快就发现岩阴下正涌着一股清澈的泉水。老爷子用手掬了一捧，那水发出阵阵好闻的味道，让人浑身舒畅。老爷子喝了那水不知不觉变年轻了，弯了的腰也噌地一下挺直了，成了一个帅气的年轻人。老爷子高兴极了，他背着炭回家，刚到家门口就喊开了："老婆子，俺回来了！"老婆子说："今天倒挺早！"一边说，一边迎出门来，她一眼见着老爷子，吓了一大跳，"哎呀，俺家老爷子怎么突然变得这么年轻？"老婆子问。老爷子说："你说怎么了？俺在山上喝了泉水，就变这么年轻啦！"把事情的经过说给老婆子听了。

老婆子羡慕极了，说："老爷子，这是多好的事啊，可是光你一个人年轻可不行，俺也想变年轻，俺也想去喝那水！"于是，她仔仔细细向老爷子打听了山里的情形，问清了出水的所在。第二天，老爷子在家看门，老婆子则出门去了山里。可是直到晚上，怎么等怎么等也不见老婆子回家来。老爷子担心极了："那老婆子，哎，她可磨磨蹭蹭些什么呢，会不会在山里走错路了呢？"说着，就央村里的人一起去山里找。这就到

了泉水涌出的地方，听见了一阵一阵的婴儿哭声，大家吃了一惊，循着那哭声一看：这是怎么回事？老婆子竟然变成了婴儿在哭呢。

因为老婆子太贪心，她总认为还不够年轻还不够年轻，水越喝越多，终于年轻过头变成了婴儿。老爷子没办法，只好把那婴儿抱回家养去了。

（山梨县西八代郡）

冒失鬼

从前，仙北町有个冒失鬼，一天，他想去志和参拜稻荷神[1]，"老婆，老婆，明早俺要去拜稻荷神，今晚帮俺准备好饭团子！"吩咐完老婆，他就去睡觉了。

第二天早上天还黑着呢，他起了床，问还睡着的老婆道："饭团子放哪儿了？"老婆说："放在橱柜角落里。"他把"橱柜角落"听成了"炉灶角落"，到炉灶角落一找，摸到一个染黑齿用的牙液壶，他拿了那壶又问道："包袱布放在哪儿？""客厅角落里。"他又把"客厅角落"听成了"床边角落"，跑到睡床边，摸出老婆的内裙包在了牙液壶的外面。接下来他又问："俺的短刀在哪儿？"老婆回答说："柜子抽屉里。"他把"柜子抽屉"又听成了"厨房抽屉"，到厨房一顿乱转，找到个擂杵别在了腰上，正要问草帽在哪儿，走到泥地房间看到个稻草锅垫，就把它戴上了头。然后，他在自己的一条腿上打了绑腿，另一只却不知怎的给梯子打上了，忙活完了，急急忙忙穿上草鞋出门了。

天已经大亮，走到升形那地方的时候有村人说："哎呀看

1.掌管食物、保佑农业生产、工商业繁荣的神明，《古事记》亦作"宇迦之御魂神"。志和稻荷神社，位于岩手县紫波郡升泽部落的西部山麓、泷名川左岸。

啊，有人头上戴着个稻草锅垫！"走过去之后，冒失鬼把草帽摘了下来，一看果然是锅垫。太可气了！他一把把锅垫扔进了田里。很快，又到了永井，又被人笑话道："哎呀看啊，有个人只打了一只绑腿！"他想，难道还有一只没打吗？低头一看，可不是只打了一只！走过那儿后，他把那只绑腿脱下来扔进了庄稼地。继续走，走过了一半路，有人说："哎呀看啊，有人腰里插着根擂杵！"冒失鬼一看自己腰里，果然把擂杵当短刀插着呢，自己都觉得可笑极了，走过那地方，他又把擂杵取下扔进了旷野中。

　　终于到了稻荷神社，他来到殿上合掌叩拜："祈愿从今往后，家中平安，五谷丰登！"拜完了，他从带来的百文钱缗上取下三文准备丢进去，没想到，却把九十七文扔进了香资箱。虽然一丢下去就回过神来了，却也已经无计可施。因为三文钱连喝的都买不到，他只好爬到后面山上没人的地方，将背来的包袱解开了，原以为带来的是饭团，一看，却是染牙用的牙液壶，"哎呀，真是的！"他一把抓起那壶使劲往山中一扔，随手卷起了包袱布，谁知，却从手上垂下一根带子来，仔细一看，这不是包袱布，是老婆的内裙。他把内裙胡乱团成一团往山里丢去。下了山，气鼓鼓地回了稻荷神社。岩崎百货店店家从岩崎川捡了白石子，用那石子做成年糕招牌放在店门口招徕顾客。冒失鬼饿了，他问道："这年糕怎么卖？"店家说："一个三文钱。"他放下三文钱，拿起招牌急急忙忙就往外走，百货店的人追出来说："那是招牌，年糕从这儿拿！"

可是冒失鬼以为店家说他没付钱："三文钱已经放那儿啦！"一边说，一边撒腿跑起来，跑出很远才扭过头，一看，店家没有再追了，他想，就在这儿把年糕吃了吧！张嘴一咬，"咔嚓"，牙磕了，"啊？"再一看，才知道不是年糕是石头。他把石头往路边松树下一掷，这就回了城。冒失鬼思忖道：回家可要好好教训教训老婆！他冷不防一脚踏进了家门，怒声道："你个臭东西，今天让俺出尽了丑！"隔壁人家的老婆道："俺一个邻居，做什么让你出了丑？"冒失鬼留神一看，才发觉那是隔壁人家的老婆。"这下完了！"他飞跑出门，从附近店里赊了一袋茶叶去向隔壁人家的老婆道歉："不好意思，刚才太冒失了！"说着，双手递上了茶叶袋。老婆说："今天倒是挺早呢，你这是干什么？"仔细一看，原来是到了自己家，他说："这是给你的，稻荷神的礼物！"故事这就讲完啦。

（岩手县紫波郡）

如果捡到钱

有两个穷人借了钱还不上，一天晚上，他们悄悄连夜外逃了。逃得足够远的时候，天也亮了，两个人终于松了一口气，安下心来，开始一边闲聊一边走。

其中一个男人说："要是这么走着走着，俺突然捡到一大笔钱，那该怎么办？"另一个说："捡那么多钱当然要分一半给俺啦，那不是肯定的吗？"前面那男的说："你说什么蠢话！俺捡的当然就归俺，哪有分给你的道理！"这一个生了气："两个人一起出的门，哪有一个人得好处却不分给同伴的理？您那么贪心，简直同猫狗一样！"这人口出恶言道。那一个气鼓了肚子："什么狗啊猫啊的！你敢再说一遍！"两个人你一言我一语地大声吵起来，你揪我我抓你地扭作了一团。

这时，从那边来了一个过路人，"喂喂，你们俩为了什么那样闹？安静点儿吧！"那人一边说，一边将两人从中阻开了，问道："到底怎么回事呀？"两人依然怒气冲冲，其中一人道："两个人一起出门来的，可那男人捡了钱却不分给俺！"另一个说："俺捡到了就是俺的，哪有分给别人的理？"前面那男的又说了："所以俺说，您就是个人情世故全不懂的！一起出门在外，好事就只自己一个人占？哪有这样的理！"一边说，一边又要来抓。过路的男子说："好啦，好啦！"好不容易将他拉住了，说："得，不管怎样，必须要把这事儿好好了结掉。话说，到底捡了多少钱？在哪儿呢？拿出来看看吧！"那两个人齐声说："没，还没捡到。"过路男子笑道："什么！还没捡到？你们俩这是有多浑蛋！"两人这才不好意思起来，各自调整了心情，于是，三个人一起友好地踏上了旅程。

（山梨县西八代郡）

三个小贩

一天，一个卖茶叶的出了门，他背着新茶一路叫卖道："新茶啊，新茶啊！"那卖茶叶的身后不远处，一个卖筛子的挑着一担筛子跟了上来："旧的，旧的！"一路喊着一路走。街上的人都想：这到底是新茶呢，还是陈茶呢？因此谁也不去买那茶。

卖茶叶的终于发了怒，他一把抓住卖筛子的道："你这家伙是孬子吗！人家好不容易走街串户卖点新茶，您却喊什么旧的旧的！这不，茶一点也没卖出去！"卖筛子的也不示弱，反唇相讥道："说什么蠢话呢？俺也是做买卖的，没办法！俺才不是说您的茶旧的旧的，俺只是喊着卖筛子[1]而已！这又碍您什么事了？您的茶卖得掉还是卖不掉，那可是您自己的事！"两个人谁也说服不了谁，最后，"搞什么，搞什么！"地变成了真正的吵架。

这时，一个收废铁的用扁担挑着箩筐走了过来，看到两人吵架说："喂喂！这倒是为了什么这么吵？"一边说，一边将两人从中分开了，他听了事情的原委道："根本没必要为这么点事儿吵呀，俺倒有个好主意，接下来，俺们三个一起走吧！"就这样，三个人结成伴走着做起了买卖。

---

1. "筛子"和"旧的"日语发音相同（音：furui）。

卖茶的喊："新茶啊，新茶啊！"卖筛子的大声叫："筛子（旧的），筛子（旧的）！"收废铁的紧紧跟在后面说："废铁[1]（不旧），废铁（不旧）！"这下，茶叶、筛子、废铁都有了生意啦，从那以后，三个人关系融洽地一直结伴做着买卖。

（山梨县西八代郡）

1."废铁"和"不旧"日语发音相同（音：furugane）。

两个懒汉

从前，某地方有一个很懒的男人，他让老婆做了饭团，又让给他挂在了颈子上，然后，他就两手揣在怀里出门上街办事去了。到了中午时分，肚子饿了，可是因为懒，不愿意自己把饭团从颈子上取下来，所以他想，如果有人来，就让他帮忙取一下吧！他就这么的照直往前走着，终于看见一个男人大张着嘴走了过来。见那人那么张着嘴，他想，这人肯定肚子很饿了，那就请他把饭团取下来吧！"喂喂，我颈子上绑着一个饭团，可是懒得出手解，你要是能帮我取下来呢，就分一半给你吃。"他请求道。张着嘴的男人道："刚才，我斗笠的带子松了，正为这事犯难呢，可是懒得系，想谁来帮忙系一下，所以这么张着嘴以防斗笠掉下来。"

（长野县下伊那郡）

糊涂老爷子

老婆变鼻屎

从前有一个懒男人，也不知让老婆操了多少心，却还是成天东游西荡地到处溜达不做事。到了伊野大黑天神[1]的祭礼日，那男人什么也没跟家里说，突然出门就不见了，老婆等了又等，急得心神不定焦躁不安。

那老公去参拜了大黑天神，他说："请赐福给我吧！"一边说，一边拼命地行礼叩拜。大黑天神现身道："给你这把小槌，你想要什么就用它敲一敲，想什么都能变！"说着，就把小槌给了他。

那男人得了小槌高高兴兴往家去，走到半路草鞋带子断了，正犯难呢，突然想起了小槌，他想，正好可以试试槌子，于是他说："草鞋，草鞋！"边说边用小槌敲打桥栏杆。很快，一个卖草鞋的挑着好几双草鞋来了。他说："不用那么多的。"说着，从中取了一双穿上回去了。

1.福德神，日本民间七福神之一。姿态为右手持小槌，左肩背大袋，站立于装米的草包袋上。伊野，高知县吾川郡伊野町，此处的椙本神社供奉大黑天神。

刚一进家门，"哎呀，家里真的连买米钱也没有啦，你却不知跑哪儿去了！天黑也不回来，这是怎么回事啊？"老婆说着，生气得不得了。

老公说："哎，别说啦，俺寻思着向大黑天神求福，所以去参拜了，然后，从大黑天神那得了一把小槌，这小槌可什么都能敲出来，你就别生气啦！"

可老婆却怎么也不听，她说："你说什么呢，哪儿会有那样的荒唐事！"不管老公怎么说，老婆还是唠唠叨叨说个不停。

老公气鼓了肚子道："烦死了！你这个臭鼻屎！"一边说，一边随手敲了一下槌，没想到，老婆随即变成了一块很大的大鼻屎。

（高知县长冈郡）

媳妇从哪儿出门

有一个男人，觉得邻居家的媳妇比自家媳妇好看，所以和那女人来往了。家里的媳妇只做事做得好，却完全不化妆。一天，那男人对媳妇说："你长得也太丑了，给我滚吧！"媳妇想，这事可不比别的事，既然被这么说那也没办法，所以答应了。接着，她就开始准备包袱皮打包裹，又梳了头化了妆，老公一看，发现她居然比邻居家的媳妇要漂亮得多，突然舍不得撵她了。

很快，媳妇打点好了行囊，她上前拉住老公的手向他作礼道："那么，你可要好好保重身体，我在这儿也得了很多关照，给你添麻烦了，谢谢！"说完，下了泥地房间的台阶就要出门去。

老公站在门口堵住门说："这是俺的家，不能从这走，你从别处出去吧！"于是，媳妇就从起居室的侧面出门去，老公又急忙堵过去说："这也是俺的地方，不能走！"媳妇没办法，又想从客厅那边出门去，老公又快跑过去说："这也是俺的地方，不能走！"

"那我就没地方可出去了。"媳妇说。"嗯，不要走！"老公说。媳妇脱下行装道："那我就只能不走了。"

据说从那以后，老公就与邻居家媳妇断了来往。

（岩手县紫波郡）

胸口煮红豆

有一个男人，每天晚上去别的女人家，直到天亮才回家。

老婆每天每天气得胸口像有火在烧，可是因为丈夫非常喜欢吃煮红豆，于是，老婆小心地用碗装上红豆放在自己的胸口上，每次丈夫一到家，那红豆就煮得刚刚好。老婆想：丈夫这就要饿着肚子回来了吧？所以总是丈夫一到家就叫他吃红豆。这样持续了好多天，丈夫疑惑起来，一天晚上丈夫问："为什么总在俺回家的时候，这红豆就煮得刚刚好呢？"老婆一边哭一边说了原委，丈夫听了，终于改变了心意，从此疼爱起老婆来。

（岩手县紫波郡）

雪老婆

从前有一个单身男人，一个冬天的早上，他看着从屋檐上挂下来的冰凌想：若有这般苗条漂亮的女子嫁给俺该多好啊！不知不觉脱口而出道："总要想办法娶个媳妇呀！"

到了晚上，听到有人咚咚地敲门，他问："谁呀？""是我，我是白天的冰凌儿。"那人回答道。男人打开门："哎呀哎呀，快进来！请问你来有事吗？"冰凌说："你说想要一个媳妇我才来的，怎么，不中意吗？""不，不，中意的！请进来吧！"说着，他将冰凌让进了家，两人结成夫妇生活在了一起。

冰凌媳妇特别讨厌洗澡，很多天过去了也不洗，男人拜托隔壁家的主妇道："你带俺家媳妇去洗澡吧！"

隔壁家的女人把很不情愿的媳妇带进了澡堂子，谁知，这一去后就再也听不到一点响动了，隔壁女人觉得奇怪，打开门一看，里面一个人也没有，只洗澡桶里漂着冰凌媳妇头上插的梳子和一支木簪。

☆

也有这样的事。

从前有一个单身男人，一年冬天，雪下得很大的晚上，不

知怎的他觉得外面似乎有人，打开门一看，见一个素不相识的陌生女子倒在雪地上。"喂喂，你怎么了？"男人把那女子救进了家，因为是个漂亮女子，所以娶她做了媳妇。那女子也是个通晓事理的人，两人和睦地生活着。可是到了春天天气一转暖，那女子就渐渐消瘦憔悴了。

一天，男人的朋友们来玩，媳妇拿出酒招待他们，过了一会儿，丈夫喊媳妇，怎么叫都没有人应答，他想，这是怎么了？跑去厨房一看，媳妇不见了，只有炉灶前完整留着媳妇湿漉漉的衣物。

（青森县南津轻郡）

尼姑的裁断（松山镜[1]）

某地方有一个孝顺儿子，已经娶了媳妇，可是父亲却死了，他伤心得不得了。一天，儿子有事去江户，进了一家卖镜子的店，他觉得稀奇往镜子里一看，镜子里映出的自己与死去的老爷子一模一样，儿子吃了一惊说："我家老爷子原来竟在这里啊？"他买了一面镜子回了家，回到家，他就把镜子供到了佛坛上，每天都去叩拜。

一天，老婆想："我家孩子他爹在做什么呢？每天光往佛坛里看。"这么想着，她自己也往里面看了一眼，只见镜子里映着一个女人的脸，老婆腾地一下恼了，对老公说："他爹，你说哪有像你这样的人！纳了小妾藏到金框子里了！""你说什么呢，那不是死去的老爷子吗？"老公说。两个人一个这么说，一个那么说，你一言我一语闹得不可开交。

正巧这时来了一个尼姑，她听说了事情原委道："那么，俺来看一下吧！"她往镜中一看，只见里面映着一个尼姑，她说："你们啊，那女人已经洗心革面做了尼姑了，就请原谅她吧！"至此，真是皆大欢喜呀皆大欢喜。

（新潟县南蒲原郡）

1.该故事也是日本古典落语演目之一，因落语故事中的发生地为越后的松山村，故名。

傻瓜村的人们

拿葱来

松本城[1]的王爷去村里，从山上往下看鱼群的动向。到了晚上住下来，村里人奉上了当地最有名的荞麦面，可是却没有药味[2]。王爷说："拿药味来！"因为村里人不知道他说的"药味"是什么，大家于是商量了一下向上请示，随行官员说："就是葱呀！"村里人以为王爷想让神官[3]来作陪，于是就去把神官喊了来。村人禀报道："神官来了！"上面说："荞麦面都已经吃完了，葱就放那儿吧！"神官就在那等啊等啊，过了很长很长时间也不见上面说什么，所以村人又向上请示，上面吩咐说："那就放在厨房角落吧！"

那之后，因为没有奉上热水，王爷说："手水[4]为什么没拿来？"随行官员又指示让送手水，村里人因为不知道所说的

1.别名深志城、乌城，位于长野县松本市，建于安土桃山时代末期到江户时代初期，为江户时代信浓国松本藩的藩厅。

2.即辛香佐料。

3."神官"与"葱"发音相同。

4.即洗脸洗手水。

"手水"是什么，所以跑去请教了和尚。和尚说："'手'是指'长的'[1]，'水'呢就是'头'[2]，他说的，是让送'长头'来。"人们急忙找来村里头最长的男人，把他送了去。王爷见此大吃了一惊。

第二天早上，神官因为一直一动不动地坐在厨房，身体已经极度虚弱了，村里人又请示道："神官怎么办？""葱蔫了的话，就把它埋到有好日头的地角去，只露三寸见方的头就好！"村人于是照着所说把神官埋到了地里，到了傍晚，神官白眼直翻眼看要死了，村里人说："不得了，神官要死了！"随从官员说："浇一泡新鲜尿就好啦！"新鲜尿液一浇上去，神官就痛苦地死掉了。村里人说："您请去看看吧！"官员跑去一看，才知道埋的不是葱而是神官。王爷又是大吃了一惊。

王爷要回去了，他叫上庄屋老爷一起去山里转转，"山里的树长得真好呀！"王爷夸奖了一番，又吩咐剥一些柏树桂皮带回去做礼物，庄屋老爷以为王爷吩咐要出一出柏木店掌柜阿胜的丑。[3]他想，那是王爷觉得阿胜不苟言笑的脸很好玩吧！他于是急急忙忙去柏木店出了阿胜公的丑。王爷愈发吃惊，匆匆忙忙回去了。

（长野县上伊那郡）

1."手"和"长"日语发音相同。

2."水"和"头"日语发音相同。

3."剥柏树桂皮"与"剥柏木店阿胜的面皮"发音相同。后者意为："出阿胜的丑"。

"作"鲷鱼

这是很久很久以前的事了。

一个村子里有一个老爷子和一个老婆子。有一天，他们的儿子去集市上买鱼，见店家摆了一条很大的鲷鱼在卖，"这鱼怎么吃呢？怎么做最好吃？"他问道。"说起生鱼片呀，'作'一下再吃味道最好。"卖鱼的教他道。"那就来一条。"儿子说着，买了一条回去了。"爹，我买了好吃的鱼回来了，我去'作'一下搞给你们吃。"儿子说着，拎着鱼扛着锄头到山里种去了。[1]

第二天早上，他去种鱼的地方看了看，鱼还没有坏，他回来了。又过了一天再去一看，还是什么变化也没有。第四天又去看，鲷鱼已经烂得只剩下两个眼珠了。"哦哦，眼睛出来了，发芽了！"[2]儿子说着，高兴极了。老爷子见了说："人都说我们是傻子，'作'了吃的意思，是说把鱼骨鱼皮去掉，只留鱼肉吃的意思啊。"就这样，他们被人笑话了。

（鸟取县八头郡）

---

1. "种"和"作"在日语里为同一词。
2. "眼睛"和"芽"发音相同。

滚芋头

村里人被请去寺庙吃饭，可是没有一个人懂庙里的礼仪，于是大家去找庄屋老爷商量。"不管怎样，总之，大家跟着我做就好了。"庄屋老爷说。

到了那一天，大家都盯着庄屋老爷的一举一动看，他吃，他们也吃，他喝他们也喝。没一会儿，庄屋老爷的筷子就出了毛病了，一块芋头滚到了碗外面，大家想，那也是礼仪吧？于是一个一个都把芋头滚一块到碗外面。庄屋老爷慌忙想要捡起芋头，却怎么捡也捡不起来，芋头接二连三滚得到处都是，大家以为那还是庙里的礼仪，所以都故意把芋头滚下去，又用筷子拨得团团转。

庄屋老爷诧异得不行，他站起来就往门外跑去了，大家以为那也是礼仪，都跟着往外奔了出去。庄屋老爷笑得肚子直颤，兜裆布也笑松了，哧地直往下掉。大家以为那还是礼仪，都急急忙忙解开兜裆布好让它掉下来。其中一个年轻男子急得大叫："我没穿兜裆布！"

（兵库县饰磨郡）

鼹鼠嫁女

鼹鼠有一个非常可爱的女儿，"这女儿，一定得嫁给日本第一的大将军不可！"很多鼹鼠一起商量道。

"日本第一的大将军是太阳！""那就嫁给太阳吧？""可是，太阳没有天空高，天空才是第一大的大将军！""那就嫁给天空吗？""天空总是被云遮住，云才是第一大的大将军！""那么嫁给云？""不，不管多厚的云，被风一吹就散了，风才是最大的大将军！""那么嫁给风吧！""不，不，不管风怎么吹雨怎么下，土坝都纹丝不动，土坝才是日本第一的大将军！""这么说，那就嫁给土坝吧！""土坝再坚固鼹鼠都能打洞，全日本第一的大将军，怎么说也是鼹鼠啊。""这么说，那就嫁给鼹鼠吧！"

就这么的，鼹鼠的女儿，到底还是决定让它嫁给鼹鼠啦。

（新潟县南蒲原郡）

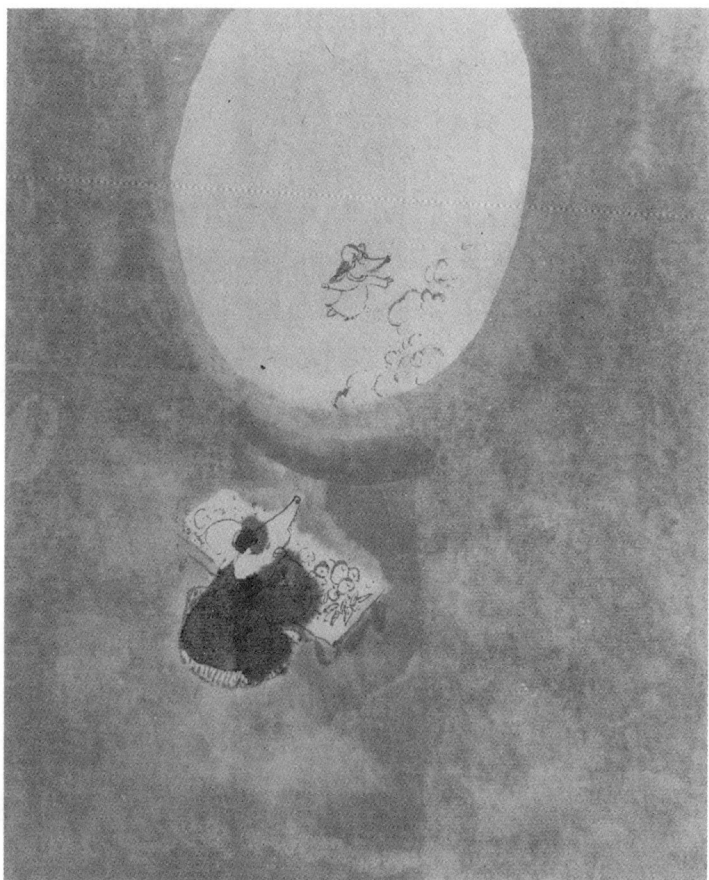

奇问妙答

某村有一个庙，那庙里的和尚收到一个行脚僧的来信说要来与他行问答[1]，可是，那庙里的和尚虽然听说过问答是怎么回事，却从来没有实际经历过。听人说好像很难解，和尚因此犯了难，行脚僧来了可怎么办呢？思来想去，担心得连饭也吃不下。

这时候，庙前卖豆腐的来了，卖豆腐的和往常一样往和尚待的客厅走去，见和尚一副愁眉苦脸的样子，他问道："师父，师父，怎么了？你脸色很不好，也没精神，你是不是肚子痛？"和尚说："卖豆腐的，我肚子倒是不痛，可我实在遇到了一件为难事，今天，一个行脚僧说要来行问答，那问答我可从来也没有做过呀，这可怎么办？正为这事担心呢。""原来如此，可是呢师父，问答这种事儿，不管什么地方的和尚都要做的吧！一点儿不费事。如果需要的话，要不要我来替你做一次？"卖豆腐的说。和尚说："卖豆腐的，你能帮我做？那可太好了，那么拜托啦！"于是，庙门前卖豆腐的就从和尚那儿接下了问答的事。

到了那一天，卖豆腐的披上了和尚的金线织锦缎袈裟，戴上头巾，坐在椅子上等着啦，看上去完全是一个和尚。而这

1.佛教语，在禅宗中指修行者提问，师父回答，是门徒教育的重要手段。

边，行脚僧一边想着今天非要让这庙里的和尚认输，一边上门来了，一看，和尚正端端正正靠坐在圆背交椅上等着呢。行脚僧来到和尚跟前开始了哑语问答。行脚僧先在和尚面前，用两手的手指比画了一个大圆圈；卖豆腐的和尚也同样不作声地往前伸出两手，把两只手的手心合在一起给他看。接下来，行脚僧向他伸出了两只手的十根手指；卖豆腐的则向他伸出一只手五根手指头。行脚僧又出了三根手指，卖豆腐的就用食指扒下眼皮朝他扮了一个大鬼脸。行脚僧一看这样子，心想："这和尚太厉害了，像我这样的绝对不可能赢他。"这么想着逃走了。

和尚透过隔扇上的小洞拼命往这边看，看到卖豆腐的行问答，佩服极了。这时，卖豆腐的撩着袈裟下摆走了进来，"师父，师父，问答这玩意儿好没意思！"和尚问卖豆腐的道："那比画的到底什么意思呀？"卖豆腐的说："行脚僧那家伙说，'你家的豆腐是不是圆的？'所以呢他用手指做成个圆圈给我看；'不，俺家的豆腐是方的。'我用两手这么上下并拢了告诉他。然后他又说，'一块豆腐卖十文吗？'所以他出了十根手指头；'不，是五文！'我出了五根手指头。后来，他又出三根手指，问我能不能三文钱便宜卖给他；我对他做了个大鬼脸，那家伙就落荒逃走了！所以呢，问答这玩意儿太简单啦！"

话说行脚僧输了问答，又去了邻村的寺庙，他心悦诚服地对那儿的和尚说："那边的和尚真是个了不起的和尚呀！迄今，我都没见到过这么厉害的。今天我去和他行了问答，我先用手指比了个圆问他'地球'，他用两手上下合起来答我'在天地间'；我又出十根手指问他'十方[1]'，他则出五根手指答曰'持五戒[2]'；没办法，我再出三根手指问他'三千世界'，这次，他用手指扒大了眼睛给我看，告诉我'在眼中'。多么了不起的和尚啊，真是头一次见！"

（长野县下伊那郡）

1.东西南北四方，东北、东南、西北、西南四隅以及上下共十个方位。
2.佛教语，在家信徒必须遵守的五条戒律：不杀生，不偷盗，不邪淫，不妄语，不饮酒。

到了那一天，卖豆腐的披上了
和尚的金线织锦缎袈裟，戴上
头巾，坐在椅子上等着啦，看
上去完全是一个和尚。而这边，
行脚僧一边想着今天非要让这
庙里的和尚认输，一边上门来
了，一看，和尚正端端正正靠
坐在圆背交椅上等着呢。

——《奇问妙答》

两匹白布

是很久很久以前的事啦。老爷子上山去砍柴，老婆子下河去洗衣，老爷子正伐树呢，见一只漂亮的小鸟绕着一棵树团团转，他把小鸟捉回了家。"老婆子，俺今天抓了一只这样的小鸟回来了，因为它总绕着树团团转，所以，它是不是就叫'转树鸟'呢？"老婆子说："不，这鸟的样子看上去挺像一只乌龟，它的名字应该是'转龟鸟'。"老爷子说："不，就叫转树鸟。"老婆子说："转龟鸟。"两个人说来说去，谁也说服不了谁。

老爷子带上一匹白棉布，到隔壁的庙里问和尚："和尚师父，俺从山里抓来了一只小鸟，这鸟总是绕着树转圈圈，所以俺说它的名字叫'转树鸟'，老婆子呢说叫'转龟鸟'，你说，实在它叫什么名？"和尚说："那鸟啊，实在就叫'转树鸟'吧！"老爷子高兴地回去了，跟老婆子这么一说，老婆子又带了一匹白棉布去了和尚那儿，和尚说："那鸟差不多叫'转龟鸟'，老爷子那是骗你呢。"老婆子高兴地回去了，说："老爷子，俺说的才是对的！"两人又开始争起来。接下来，两个人一起出门去和尚那儿问，和尚说："那鸟既不叫'转树鸟'，也不叫'转龟鸟'，实在是叫'白得两匹白布鸟'！"

（新潟县北鱼沼郡）

仁王与杜阔伊

从前，日本有一个叫仁王的人，其人力大无比，堪称日本第一。仁王说："听说，在中国的边远地方有一个叫杜阔伊的大力士，我想去跟他比试比试。" 于是，他乘船出发了。好不容易找到杜阔伊的家，杜阔伊却不在，只一个老婆子独自在家。

"我是日本的仁王，杜阔伊在吗？我来，是想跟他比试力气的。"仁王这么一说，那老婆子道："他这时候应该在回啦，请等等吧！"

过了一会儿，老婆子开始准备午饭，仁王不作声地看着：老婆子究竟往锅里倒了几袋米呢？只见她把一个很大的锅架在一个很大的灶台上，点燃了好几百把柴火，柴熊熊地烧着，就像失了大火一样。仁王看得目瞪口呆，问："老婆婆，老婆婆，你烧那么多的饭给多少人吃啊？""这个啊，这是俺、俺家小子，还有老爷子，三个人吃的。"

一听这么说，仁王吓了一大跳，他想，这可不行，还是赶快逃了好。正这么想着呢，就听到了很大的嘎吱嘎吱的声音。"那是什么声？""什么？那个呀，是俺家的杜阔伊，他人在一里外，声音就来啦！"仁王想，这杜阔伊肯定是个大家伙。"我去下茅房就来。"他说。到了茅房，他就从茅房窗户逃了出去，坐上船，吆喝着划起桨走了。

没一会儿，杜阔伊回来了，他刚到家门口就看到一个很大的草鞋脚印，"娘，娘，有谁来过吗？""怎么啦？""这儿应该没有穿这么大草鞋的人，是日本的仁王吗？""是啊，是啊，他刚才去茅房了。"

因为迟迟不见仁王出来，去茅房一看，仁王已经不见了。"他逃走啦，娘，把挂在那儿的锚递给我！"杜阔伊说着，拿起锚就追了出去。锚上挂着一把锁，那锁非常非常大，杜阔伊赶到海边，见日本仁王的船已经划出了洋面三里外。

"喂，仁王！你到了这儿，也不和我比试比试就回去吗？"仁王却愈发加速往前划，于是杜阔伊"砰"的一声把锚往船上扔了过去，那锚"哧咔"一下扎中了船尾，尽管如此，船却依然噜噜地往前突飞猛进。

仁王想，就是这时候了！他拿出自老家出发时从八幡神[1]那儿得来的连精钢也锉得动的锉刀，"咕哧咕哧"锉起了锁链，一、二、三，刚数到第八下，锁链就"啪哧"断了。杜阔伊拉得太用力，链子一断，他嗵的一声摔倒了，就像发生了大地震，波涛如同海啸一般席卷而来，连着七天八天都是滔天巨浪。仁王想，总算幸运逃走了！杜阔伊也对仁王佩服之至，"没有比仁王更厉害的了！要不是他走，俺可就输了，还是不比试的好！"

仁王回到日本就去参拜了八幡神，他说："作为答谢，我

1.日本人信奉的武神，亦称"誉田别命"。

该如何为您效劳才好呢？"八幡神说："这儿还没有比你更厉害的，我想收你做家臣，你去做个看门的吧！"于是，仁王就和老婆一起站在大门左右两侧做了守门的。

自那以后，在中国拿重物或背起重物的时候，就都要喊一声"嗨哟！"（仁王）[1]，在日本则要喊一声"杜阔伊！"[2]而打磨锯子齿呢，从那以后也被称作了"锉"。

（青森县三户郡）

1.同"仁王"日语发音。
2.どっこい的音读，用力时的吆喝声，类似"哎哟嗨"。

狸猫的窝

东村最有智慧的农民叫权作，西村最有智慧的叫喜助，两个人在路上偶遇了。"你好呀！""嗨，你好，天气可真好！话说权作，我家田里，乌鸦在狸猫头上做了一个窝，不知你有没有看到？""喜助，我再怎么蠢，也不能相信真有那样的事情啊！""那要是真的怎么办？""我给你小马八匹。"

这么说着，喜助把权作带到了自家的田里，只见田里有一棵树，树顶上乌鸦做了一个窝，"不就是乌鸦在树顶上做了个窝而已吗？让开，狸猫在哪儿呢？""你这样子可不像你权作啦，乌鸦在田里的树上做窝，可不就是在狸猫头上做窝吗？"[1]喂，八匹小马快拿来！""这里没有，请去我家，我给你！"

两个人往权作家走去，权作牵来一匹瘦马道："看，小马八匹！""这不是只有一匹吗？""你看它的尾巴，尾巴上拖着瓦钵，那就是小马八匹啦，快请牵走吧！"[2]喜助勉勉强强、很不情愿地牵起了马。

（佐贺县佐贺郡）

---

1. "田里的树"与"狸猫"日语发音相同（音：tanoki）。
2. "拖着瓦钵"与"八匹"日语发音相同（音：hatihiki）。

　　"你好呀！""嗨，你好，天气可真好！话说权作，我家田里，乌鸦在狸猫头上做了一个窝，不知你有没有看到？"

　　　　　　　——《狸猫的窝》

稻草礼物

　　有一个非常非常节约的男人，不管什么时候做什么事，都口头禅一样地说："要节约呀，要节约呀！"比如放一个屁，他也不会白白放掉的，他会说："这是肥气，不能浪费了。"这就将屁放进纸袋里拿到田里去埋掉。

　　他也不停地向朋友宣传节约，所以有一天晚上某个朋友想，倒要看看他到底怎么节约的，于是去了那男人的住所。他家也不点灯，漆黑一片，朋友想，果然怕费灯呢。进到他家一看，也不知怎么回事，见那男人脱得光光的一动不动坐在房间里。那朋友见此吃了一惊，问他道："你脱得光光的到底在做什么？"那男人回答说："这也是一种节约呀，这样就不需要衣服了。"朋友说："不穿衣服也不要紧，可是像今天这样的晚秋天气，得了感冒又怎么办？""不会感冒的，俺还汗水直淌呢！"那男人说。"那又是怎么回事？"这么一问，那男人叫朋友抬头往上看，朋友仰头一看，只见头顶上方用一根细绳悬着一块大石头，那男人说："'这石头要掉下来了吗？这石头要掉下来了吗？'这么一想，自然就会出汗了。"

　　朋友想，原来如此。他在那石头下待着害怕极了，听那男人说了一会儿节约就想快回去，可是因为太黑找不到鞋子，他说："在哪儿借个火来吧，鞋子都看不见呢！"那男人从厨房门口摸来一根柴棒，照着在泥地房里找鞋的朋友的头上，冷不防啪的一声，狠狠打了下去。朋友不由得跳了起来，叫道："啊，痛！眼里金星乱冒！"那男人说："就用你那火星找鞋吧！"

朋友吃了大亏回去了。那一年也将过去，新年要来了。朋友想，不管怎样，要抢在那节约男人前面先动手。元旦一到，新年伊始，他就拿着一根稻草当作新年礼物出了门，"恭贺新年！今年往后，俺也要向你学习，努力节约，这是带给你的新年礼物，你可以拿它掏掏烟管里的烟油子什么的！"朋友说着递上了那根稻草，他想，这可做得够绝啦！一边就回了家。可是第二天，节约男人的回礼就来了，朋友想，他倒是带什么新年礼物来了呢？一看，原来，节约男人把昨天他带去的那根稻草一寸一寸切断了，那男人从怀中掏出一段说："小小礼物不成敬意，请拿去做治疗麻痹的药吧！"说着，将那一截稻草直戳了过来。朋友惊得张口结舌，半天都说不出话。

（山梨县西八代郡）

109

无尽头故事[1]

　　从前，长崎的老鼠因为在长崎已经没有东西可吃了，它们商量道：是不是一起渡海到萨摩岛去呢？这就坐上船出发了。走到半路，偶然遇到萨摩的老鼠正坐着船往长崎来，一搭话，原来萨摩也没有东西可吃了，所以它们正往长崎赶呢。那么说，特意去萨摩根本没有一点意义呀，干脆跳海死了算啦，说着，一只老鼠啾啾地哭着，扑通一声跳进了海。又一只老鼠啾啾地哭着，扑通一声跳进了海。又一只老鼠又啾啾地哭着，扑通一声跳进了海……

（熊本县上益城郡）

1.笑话的一种，没有特别的故事情节，只重复单调的词句，讲给无休止要求听故事的孩子听，使其厌倦入睡。

致读者（三）

与之前两卷方针一致，此卷收录了以《一寸法师》《猴蟹大战》《浦岛太郎》等故事为中心的日本昔话。

一、此《日本昔话》全三卷中收录的故事皆为自古流传的口承故事，可分为动物谭、笑话、狭义的昔话三大类型。

其中动物谭与笑话的故事结构极其简单，一般用一个或两个主题元素讲述一个中心思想，而昔话则由多个主题依据三段式原理构建而成，偶尔会让人产生"到底要讲什么？"的疑惑，也常常会出现令人无法解释的困惑。若基于这点划分，则可将动物谭或笑话定义为"简单型故事"，将昔话定义为"复合型故事"。

主题元素与完整故事之间的关系，可类比为马赛克五彩石与成品马赛克纹样间的关系，且一个主题元素也并非为某特定故事所固有，正如您已留意到的那样，有时，同一个主题会被同一个讲述人引用进其他昔话，从而创造出一个具有不同思想的昔话来。一个主题元素不光会被放入昔话，也会被放入笑话、动物谭或传说和神话中去。

二、从故事形式看，它们很多都以"很久很久以前"开篇，以"不用说，就是那样啊"来结尾，只要是昔话，它就完全遵循这种开头和结尾，而其他种类的故事则不尽然，或者原本就无此形式，这是从内容看就能感知的。

"曾经有过那样的事""是那样呀"，以老爷子的口吻："就是那样儿的！"凡此种种会话形式是昔话常用的，这种讲述法更容易被朴素的听众接受和理解，好处显而易见。

三、自昔话被交到孩子们手中的那一天起，其讲述时间大致就被定在了劳动的余暇和节日的夜晚，地点则是夏日的凉台与冬日的暖炉边。特别是火，火这东西具有凝聚众人的不可思议的力量，众孩童置身在这样的环境中，他们团团围住一位讲述者，一同缔造出一个虚幻的世界来。随着故事进展，讲述者、听众、故事的主人公，不管这主人公是人还是动物，是天狗还是山姥，三者渐成一体，构成一个可称之为"昔话集团"的精神群体。于孩子们而言，这样的讲述氛围与故事内容将同时成为他们一生铭刻于心的难忘记忆。

四、可能您也注意到了，收集在此的故事都极其短小，而这正是日本昔话的现状。收集时只要遇到长的，我们便会对它投以警惕之眼，是怀着对"讲述者是否有意延长"的戒心的警惕。

为使故事有趣，讲述者往往会在听来的故事中加入自己的创意，这也是人之常情吧；而笔录时，记录者也会情不自禁地进行润色加工，但这做法却绝对违背了编者的初衷。据说，格林兄弟在昔话的采集记录方式上也曾发生过争论和分歧，童话集最后由弟弟威廉执笔写就，如今我们看到的《格林童话》

中，就有类似《青蛙王子》这样改写了四次的故事，也有将从不同地方收集来的短故事拼接成一个的故事。

而这部《日本昔话》则杜绝了自行创意，为使故事更有趣，润色加工这样的事似乎也是做得的，可既然被称作"日本昔话"，那么，则有必要先将它们在被润色加工之前的模样原原本本变成铅字，这才是更为重要的。杜绝加入创意正是基于此种考虑。

加工润色必须建立在充分理解领会故事意味与性质的基础之上，讲述者中多有想创作的人，收集者也有不自觉要润色的毛病，若想动摇传承，机会实在是太多了。编者的方针是努力避免这些，尊重直接讲述者之口，彻底拒绝直接讲述者之外任何人的润色加工。

五、最后，还想再说一句关于编辑的话。我们的编辑方针是：先由编者选出典型的日本昔话，交由文库编辑部的山鹿太郎以读者身份进行无差别阅读，再结合考虑文学形式与采集地分布情况，最后，以全三卷的形式网罗了日本昔话中最具代表性的近二百四十篇。而经由我和山鹿二人商讨的篇目数量却多达此数目的两倍，也可以说，此集子是山鹿和我共同编就的。

此外，这本《日本昔话》亦是散布各地的热心同道者们长期努力的结果，其中有几位现已故去，在此一并向他们致以谢意。

关敬吾

烧炭长者

有一个东长者和一个西长者，两人是钓友，每天晚上都结伴去海边。不久，恰巧两人的妻子都怀了孕。一天晚上，两人同平时一样结伴去了海边，因为海潮还未退，就说一边等潮落一边休息一会儿吧。两个人于是枕着漂木睡了。东长者很快睡着了，可是西长者却睡不着，他见龙宫的神仙来了，对两人头枕着的漂木道："漂木，漂木，东长者和西长者都生了孩子了，你去给他们定个身份等级吧！"漂木回答道："我被人枕着去不了，劳驾你代我去一趟给他们定个身家吧！"过了一会儿，龙宫的神仙定好身家回来了，他对漂木说："我定好了回来啦，东长者家的是女孩，给了那孩子一升盐的身家，西长者家的孩子是男孩，给他定了一根竹子的身家。"漂木说："一升盐可有点多呢。""不，那女孩的身家值那么多。"龙宫的神仙这么说着回去了。

西长者听着神仙们的话想：自己的孩子只被定了一根竹子的身家，无论如何，一定得想个什么办法才好呀。他叫醒东长者说："东家掌柜的，东家掌柜的，我刚才做了一个梦，梦到你家和我家都生了孩子了，我们赶紧回家看看去吧！"两人收了渔具往家赶，路上，西长者找东长者商量道："东家掌柜的，我们商量一下吧，如果我家的孩子是女孩，你家的孩子是男孩，那就让你儿子做我家的女婿；要是你家的是女孩我家的是男孩，那么，我就把我儿子给你家做女婿，就这么说定吧？"东长者也说好，两人就此约定了。回到家一看，果然东长者家生了女孩，西长者家生了一个男孩。

两个孩子都被悉心养大了，转眼十八年过去，东长者对西长者说："孩子们出生那天晚上就说好了的，请把你儿子给我家做女婿吧！"这就招西长者的儿子做了女婿。

两个年轻人结成夫妇生活在了一起，到了五月大麦收获祭的日子，妻子煮了麦饭供神供祖先，又把麦饭端给了丈夫，说道："这是将一袋麦子捣成一斗，一斗麦子捣成一升做的饭，今天是大麦收获祭的庆祝日，所以无论如何请你吃了吧！"丈夫大怒道："若是精米我倒可以吃，却也从没吃过生捣的，又怎么可能吃这种新麦饭！"说着，连食案带饭一脚踢翻在地上。妻子见状道："我在这儿已经没法过了，这些财产呢都是父亲给你的，你爱怎么用就怎么用，我只带走你刚才踢了的食案和碗，随便去个什么地方吧！"说着，她拿了食案和碗，又将撒落的麦饭一颗不剩捡起来带出了家门。

刚一出门，天就下起了阵雨，二柱粮仓的仓神在雨中说："连作物中地位最高的麦子也被踢了，我们留在这家里，肯定也会被那一根竹子身家的踢飞呀，大北塔原那地方的烧炭五郎，是个心地好相貌也好的勤劳人，我们都上那儿去吧！"妻子听到神的话，暗自道："这可是听到了好话呢，仓神这话也是对我说的，所以无论如何要找到烧炭五郎的家。"她走

115

啊走啊，一直走到第二天的晚上，只见远远的对面一盏灯火时隐时现，她往灯火方向走去，这就到了烧炭五郎的小屋前。女人喊："有人吗，有人吗？"五郎"哦"一声开了门。"无论如何，今晚请让我借住一宿吧！"女人恳求道。"我这屋子小得头进去腿进不去，腿进去头要冒出来，你这样标致的人哪里住得呢？你往前面去，那里有大户人家，还是请去那边借宿吧！"五郎拒绝道。"天这么黑，女人家走路不方便，就是屋檐下也好，还请借我一住吧！"女人再次请求道。"那就请进吧！"五郎说着，将她让进了家门。

一进门，五郎就拿出炒米茶来招待她，女人接过炒米茶，又拿出自己带来的麦饭分给五郎吃。女人说："不管怎样，请你娶我做妻吧！"五郎吃了一惊道："我这样的人，娶你那样标致的人是要受惩罚的！""不，绝不会有那样的事，这是我自己的意愿，请一定让我嫁你吧！"五郎答应了，他说："既然这么说，那就做我的妻子吧！"

第二天早上，妻子对五郎说："从你最早烧炭的炉灶到今天烧的炉灶，一个不漏地挨个儿看一遍吧！"两人把炉灶轮番看了，只见每个灶里都埋着黄金，他们将黄金一一取出，又让木匠做了一口箱子专门来放。两人转眼间成了长者。

一根竹子身家的男人渐渐变得穷苦，最后，他成了一个走村串户卖竹器的。一天，他卖东西卖到了烧炭长者家，五郎的妻子一见那男人就认出了，因此，原本值一升价的东西她用两升价买了，值两升价的东西她给了四升的钱。一根竹子身家的男人想：居然还有这种蠢女人，下次我得做一个大篮子来卖。他果真做了一个大篮子去了，女人拿出与那男人分开时带出的碗让他看，男人见了，羞愧万分，就在高脚粮仓下咬舌自尽了。妻子在粮仓下挖坑将他埋了，说："我没什么东西供你，只在五月大麦收获祭那天给你供一碗麦饭，往后，你再说要吃什么都不行。就这样吧，你就守着粮仓别让动物爬上去。"

据说从那以后，高脚粮仓的落成仪式就有了一个习俗：在仪式开始的时候，由女子拿着小稻草袋爬粮仓。

（鹿儿岛县大岛郡）

蜻蜓长者

从前，听说田山那地方有一个非常有钱的大财主，人称蜻蜓长者。那长者年轻时是个十分正直的农民，成为长者后因没有长者的书面凭证，他向衙门奏请道："请发我一个长者的凭证吧！"衙门问他道："你家有祖上传下来的宝物吗？最宝贵的当然是孩子，你有孩子吗？"回答说："孩子倒是有，是大日如来[1]赐的孩子。"衙门于是给了他一张墨印的长者凭证，随后，长者家喊出自家姑娘，由衙门的人带走了。那姑娘非常漂亮，她被王爷看中娶走了。

来说说那长者年轻时的事吧！那长者年轻时非常勤劳能干，一天，夫妇俩去山中的旱地做事，到了中午，两人在田间小憩，妻子醒来一睁眼，只见呼呼睡着的丈夫脸上，一只蜻蜓正在他嘴边和鼻子边绕来绕去地飞。丈夫睁眼道："俺刚才做了个奇怪的梦，那边，旱地对面的山阴下有非常好喝的酒，俺刚才就在梦里喝来着，哎呀，真是太好喝了！"妻子说："啊，刚才有一只蜻蜓在你脸上绕了好几圈，真奇怪！"因为妻子这么说，两个人于是跑到山阴下去看，但闻阵阵酒香扑鼻，两人往香味来的方向走，只见那儿有水在流。那水散出的香味实在好，两人掬起一捧喝了，才知道原来是酒。夫妇俩高

1.大日如来（佛），真言密教教主，为理智的洁身佛尊奉的主要对象。

兴地汲了那水去卖，卖完了又去汲，汲了又去卖。

　　就这样，他们成了有钱人，不仅如此，那水里又出了黄金，夫妇俩雇了很多人去挖，很快就成了长者。都说这人是得了蜻蜓指引才成的长者，因此人们称他"蜻蜓长者"。

　　　　　　　　　　　　　　　　（岩手县二户郡）

新生儿的命运

从前有一个男人，因为老婆怀孕了，去丹波的山上拜安产地藏。男人正在地藏堂通宵祈愿，这时来了一个别处的地藏对安产地藏说："另有一处生孩子的，你快去吧！"安产地藏拒绝道："我有客去不了，还是你去吧！"天亮时分，那别处的地藏回来了，"您辛苦了！"安产地藏说。别处的地藏道："定下来十八岁的寿命，到那时，他会被京城桂川河的河神吃了的。""您辛苦了！"安产地藏道。男人想：这说的该不会是我家吧？他一路担心着回了家，到家一看老婆果然已经分娩，顿时明白今天早上地藏说的一定就是自家了。男人很担忧，却并没有告诉妻子，并且从那以后他们也没有再生孩子。

那男人做了察看京城桂川河水情的事务官员。孩子非常孝顺懂事，父亲知道孩子只有十八岁的寿命，所以不顾自己吃苦受累，格外疼爱他。到了第十八年，桂川河发起了大水，孩子对父亲说："我替你去看水！"父亲知道这天就是孩子的大限之日，因此坚决不让他去。尽管如此，孩子依然瞒着父母，早饭也不吃就悄悄出了门。父亲想，只要一出门，不管怎样都逃不脱河神之手了，就对老婆说："让亲戚们都来，给孩子举行葬礼吧！"老婆道："说什么疯话！"两个人吵了起来。可是不管怎么样父亲都听不进劝，于是就在家中办起了葬礼。

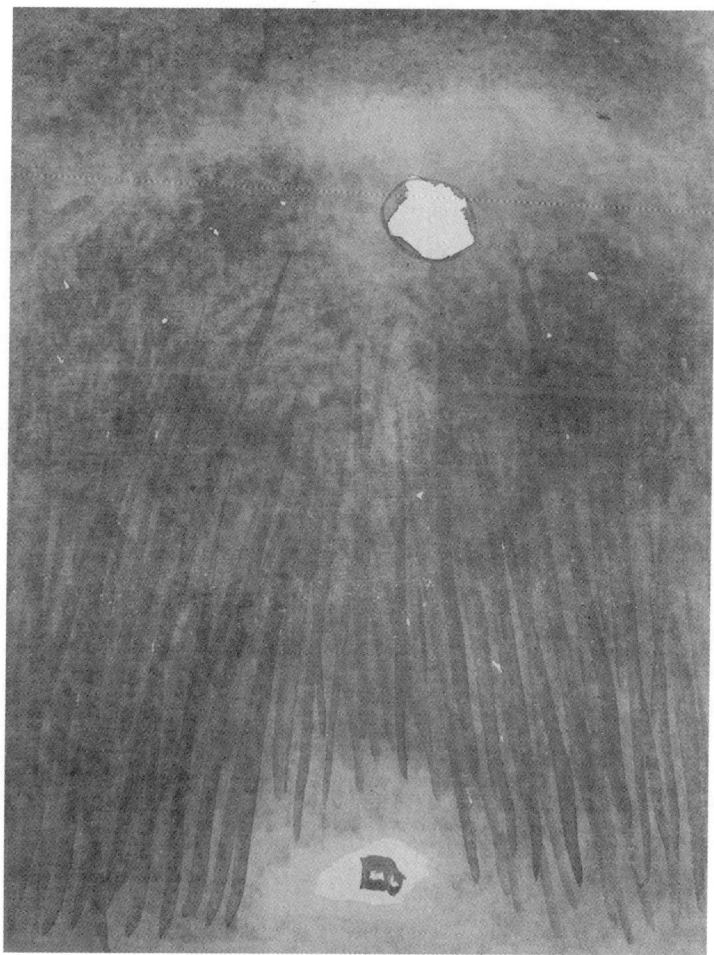

十八岁的少年没吃早饭出了家门，因为肚子饿，他进一家年糕店吃起了年糕。旁边凳子上坐着一位标致的姑娘，"阿姐，你吃年糕吗？"少年说。"那我也吃一点吧！"她说。吃啊吃啊，她一口气吃了很多很多。这时，天放晴了，"我还要去察看水情，掌柜的，多少钱？""一共吃了一百贯钱的年糕。""我一文钱也没带"，"不过，我马上还会回来的，能否就把这斗笠押在这儿，要是我死了，就用这斗笠充那一百贯吧！"少年说着，出门看水去了。他带着姑娘往桂川河堤坝上走，那姑娘道："我就是这儿的河神，虽然你是我的前世之身，却招待我吃了很多年糕；并且你父亲也早知道了前身之事，所以，我将你十八岁的寿命延到六十一岁吧！"少年心中暗喜："嘿！嘿！这可太好啦！"回程他又顺路去了茶店，把这事说与了掌柜听："如此这般，因为孝顺父母寿命被延到了六十一岁，在原本随手能取我性命的时候，请她吃了年糕得了救。"茶店掌柜的说："真是太好了！年糕钱就不用给了，你说过用斗笠充一百贯的，那么我就当你死了，且把这斗笠留下吧！"掌柜说着，免了那孩子的年糕钱。

少年到家的时候，家里正在举办他的葬礼，他如此这般将事情原委说给父母听了，父亲母亲都高兴极了。

（兵库县美方郡）

一寸法师

从前，某地方住着一对恩爱夫妇，因为没有孩子，两人想要孩子想得不得了，觉得只要有孩子，哪怕指头那么大的也是好的。一天，他们去拜住吉神[1]，一心一意地拜求道："住吉神，就算指头那么大的孩子也行，无论如何请赐给一个吧！"到了第十个月，妻子果然生下了一个可爱的男孩，那孩子却小得只有手指头那么大，尽管如此，夫妇俩还是给他取名"一寸法师"，疼爱地养育着。可是养啊养啊，那孩子却总也长不大，有一天，他们给了一寸法师一根缝衣针当刀，把他从家中赶了出去。

一寸法师没办法，他问母亲要了一只碗和一双筷子，用碗作舟筷子作桨，划了好多好多天，去了日本的大都市，来到了天子居住的京城。一寸法师这儿那儿地四下走，到了一个很气派的人家门前，他走到那家的玄关处大声叫道："拜托啦！拜托啦！"那家人听到这奇怪的声音问："谁呀？"跑到玄关外一看，只见木屐下站着一个小人。"小家伙，刚才喊拜托的是你吗？""是啊，我叫一寸法师，被爷娘赶出了家门，无论如何请收留我吧！"一寸法师恳求道。那家人觉得一寸法

1.住吉神社所奉神明，日本神话的三神（表筒男命、中筒男命、底筒男命）。

123

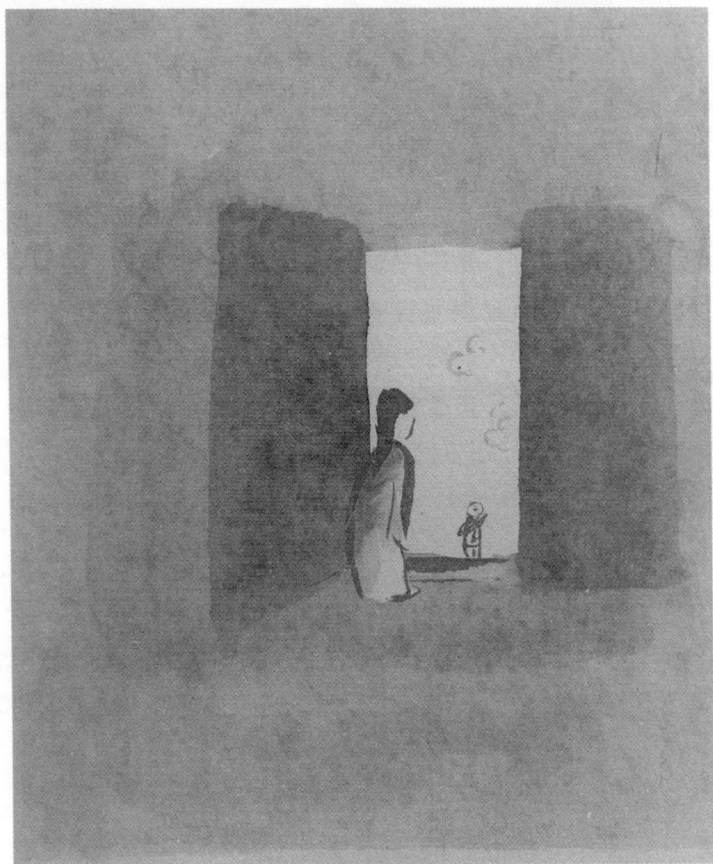

师很好玩，就让他留了下来。一寸法师虽然身材矮小，可是智慧超群，不管让他做什么都一点就通，聪明得不得了，大家都"一寸法师，一寸法师"地叫着疼爱他。小姐也喜欢上了一寸法师。

一天，小姐带着一寸法师去参拜观音菩萨，回去的路上他们遇到了两个鬼。鬼正要抓小姐，一寸法师取出腰里别着的针团团舞起来，大声怒喝道："知道俺是谁吗！是陪小姐来拜观音菩萨的一寸法师！"鬼一口就把一寸法师吞进了肚子，因为一寸法师的身形小，所以即使进了鬼肚子依然运动自如，他在鬼肚子里挥着刀，又是戳，又是捅，鬼吃了一惊，只好把一寸法师吐了出来。另一个鬼又抓住一寸法师想把他捏死，一寸法师瞄准时机，一跳跳进了鬼的眼睛里，鬼被撞得难受异常，最后仓皇逃走了。

一寸法师找到在角落里瑟瑟发抖的小姐，刚想带她回去，一个小槌落了下来。小姐捡起了小槌，一寸法师问那是什么，小姐告诉他说："这叫'打出小槌'，不管想要什么东西，只要挥一下小槌就都能变出来。"一寸法师请求道："小姐，这么说，请挥一下小槌让我的个子长高吧！"小姐说："长高，长高！"边说边挥起了小槌。一寸法师的身体不可思议地很快一点一点长高了，变成了一个与常人一般高矮的英俊武士。

（埼玉县入间郡）

125

五分[1]次郎

从前，某地方有一个老爷子和一个老婆子，日子过得和和美美并没有什么不如意，可是，两个人却没有孩子。有一天老婆子对老爷子说："要是有个孩子，我们该有多幸福啊！""我也这么想，要不，我们去向观音菩萨许愿求一个吧！"老爷子说。于是，两人去向观音菩萨许愿祈祷，每天每天都去参拜。满七天的时候，老婆子的左手大拇指鼓了起来。接下来的七天他们还是每天去参拜，到了最后第七天，从老婆子手指上生下了一个小小的男孩。因为男孩个子只有半寸高，两人给他取名"五分次郎"，很疼爱地养了起来。日子一天天过去，五分次郎却一点也不见长大，永远都只有半寸高，可他却是个有勇气的、意志坚强的孩子。

五分次郎喜欢水，他乘上竹叶船，用牙签当竹篙撑着四处兜风。一天，他同平时一样下了河，可是河里的水太浅，他被浅而湍急的流水冲进了海里。五分次郎正用牙签撑着竹叶船，一条大鲷鱼来了，把他连竹叶船一起一口吞进了肚子。五分次郎被吞进了鲷鱼肚子，他想，这下麻烦啦！幸运的是，这条鲷鱼被渔民的网网住，五分次郎得救了。

渔民把鲷鱼卖给鱼贩子，鱼贩子又将它卖去了某户人家，

1.即半寸，约1.5cm。

这家人想用这鱼来做菜，把它放在了案板上。五分次郎在鲷鱼肚子里把一切看得清清楚楚，他想吓唬吓唬这家人，让人吃一惊。

嘶嗵嘶嗵嗵　跳啊滚啊滚

嘶嗵嘶嗵嗵　跳啊滚啊滚

他在鱼肚子里跳起舞来，那鲷鱼也像突然活了似的跳了起来。那家人吃惊极了，都围过来看，只见死去的鲷鱼正在蹦跳。五分次郎想：就是这时候了！他在鱼肚子里大声叫道："五分次郎在此，快把鱼肚剖开吧！"那家人想，奇怪的事情也是有的吧，可是却不能把他杀死了。他们小心地剖开鱼肚，这就见一个拇指头大小的孩子跳了出来，问清了原委，他们又把五分次郎送回了家。

渐渐地，五分次郎的力气大了起来。一天，他对老爷子和老婆子说要去讨伐鬼之岛。虽然很久很久以前桃太郎曾带着狗、猴子和雉鸡讨伐过鬼之岛，可这次却只有五分次郎一个人。他爬到鬼之岛的岩石屋顶上一看，只见鬼们分成红白两个方阵正在练习打仗。五分次郎在岩石屋顶上自言自语道："红的胜，白的输！"一会儿又道："这回呀，白的胜，红的输！"鬼们都搞不清声音是从哪儿来的，五分次郎却还在继续叫："红的胜！"过了一会儿又叫："白的胜！"这下，他终于被鬼的头目发现了："哦，这儿有这么一个小家伙！"它说着，用两个指头把五分次郎一挟，咕咚一声吞进了肚子。

五分次郎带着针做的剑呢，他在鬼肚子里这儿那儿地闷头乱刺，鬼被扎得受不了，痛啊痛啊地哀声直叫唤。五分次郎在鬼肚子里说："把宝物交出来，若投降呢我就饶了你！"鬼哀求道："无论如何，请饶了我吧！"五分次郎饶了它，他往鬼头的方向跑，跑到鬼的鼻子里挠痒痒，"阿嚏！"鬼打了个喷嚏，五分次郎从鬼的鼻孔跳了出来。

五分次郎驮着鬼的宝物打马回了家乡，从那以后，老爷子和老婆子也过上了安乐的生活。

（鸟取县）

捕雁老爷子

是很久很久以前的事啦。这地方有一条俺们家门前那样的河，上田老爷子在河的上游架了一张鱼梁[1]，下田老爷子在河的下游架了一张鱼梁。上田老爷子的鱼梁上净网住些随水冲下的树根，可下田老爷子这边却网住了很多很多小杂鱼。上田老爷子妒忌极了，他把树根"空嗵"一下往下田老爷子那边扔了过去。下田老爷子想，就是树根，捞起来晒干劈成柴也很好啊，于是，他把那树根带回了家。

一天，下田老爷子正用大斧头劈那树根劈得来劲，突然从树根里生出了一只小白狗。"老婆子，老婆子，生了一只小白狗，这可怎么办？"下田老爷子与老婆子商量道。"老爷子，老爷子，这小狗太可爱了，就把它养下吧！"老婆子说。那小狗，喂它吃一碗长大一截，喂它吃两碗长大两截，很快就长成了大狗。

有一天，狗说："老爷爷，老爷爷，我们去捕鹿吧！""那我们去吧，喂喂，老婆子，老婆子，我们去捕鹿，你给准备一下吧！"老爷子说。老婆子捏了饭团，包好了咸菜，老爷子穿上了草鞋，又把大斧头呀槌子呀装进登山袋背在了身上，就这么往山里走去了。狗说："老爷爷，老爷

1.为捕鱼而在被堵截的河流处设的帘架。

爷，老爷爷你背得太辛苦了，这些工具我来背吧！""不，不，这不算什么。""老爷爷你不用客气，让我来背吧！"狗说着把工具全背在了身上，就这样继续往前走。老爷子渐渐累得跟不上狗的脚步了，狗说："老爷爷，老爷爷，我来背你吧！""不，不，不用的。""没关系，请一定坐上吧！""会让你受苦呢！""一点儿也不苦。"狗说着，背上了老爷子继续往山里走。

到了山里放下工具，吃好了午饭，狗叫道："那边的鹿这边的鹿都来吧！"刚这么一喊，那边山中的鹿呼啦呼啦呼啦地来了，这边山中的鹿也呼啦呼啦呼啦地来了，鹿密密麻麻全聚拢来。老爷子和狗各自背着满肩的鹿回了家。"老婆子，老婆子，俺和狗抓了很多鹿回来了，你去做鹿肉汤吧！"老爷子说。这就煮了鹿肉汤吃了。

正在这时，"劳驾借个火！"隔壁的臭德行老婆子来了。"火借给你，也请进来喝口鹿肉汤吧！"这么一说，臭德行老婆子说："好啊好啊，不好意思那我就吃啦！这家的老爷子你是怎么捕到鹿的呀？""是俺和狗一起捕的。"老爷子说着，又把事情经过说给她听。臭德行老婆子吃了很多鹿肉汤，快吃好的时候她在碗底留了一点点肉，用筷子戳着道："我把这些带回家，也给我家老爷子尝尝去。""若要带回家，另外再给你好了，这个你都吃了吧！"说着，这家又用稻草包了很多肉让她带回去。臭德行老婆子走到马厩后面解开稻草包，把好肉全都吃了，只把不太好的带回去给她家老爷子。尽管那样，隔壁老爷子还是吃得津津有味，连声说："鹿肉汤太好吃了，真是太好吃了！"老婆子板着脸道："我家的老爷子什么也不会，每天蹲在炉火旁吃汤，汤汁溅了擦，擦了又溅！""那你去隔壁把狗借来，俺明天也到山中去捕鹿。"臭德行老婆子又来了："我家老爷子说也想去山中捕鹿，请把狗借我一用吧！""啊，那你把狗带去吧！"这就把狗借给了她。

隔壁老爷子和老婆子将饭团呀，咸菜呀，登山袋呀，大斧头呀，槌子呀，全架在了狗背上，没等狗说"你也骑上吧"，老爷子就自己骑到了狗背上，打骂着狗说："快走！快走！"催促狗往山里走去了。吃饭的时候，他根本也没让狗好好吃东西，光顾自己吃了。狗生气地大叫道："那边的蜂子这边的蜂子都来，来蜇老爷子的阴囊！"那边的蜂子这边的蜂子全飞来了，嗡嗡直往老爷子的裤裆蜇，隔壁老爷子气急败坏地用槌子打狗，狗被打死了。老爷子在米树下的泥地上挖了个坑把狗埋了，又在上面插了一根米树枝当标记。

借出去的狗迟迟不见还回来，邻居家觉得奇怪，说："请把狗还回来吧！""托那狗的福，俺家老爷子被蜂子蜇了阴囊倒了大霉。那狗一点儿也不讨人喜欢，已经被打死埋在了米树下，你还要的话，就去那插了米树枝的地方找，一看就知道！"臭德行老婆子说。事已至此，说什么也没用了，可是这事做得也太狠毒了，下田老爷子出门进了山，往那埋狗的地方走去。到了那儿一看，插上的米树正开着美丽的花，他把树砍下带回家，准备放在客厅做摆设，刚一放下，就见钱啊，金子啊，米啊，哗啦哗啦纷纷落了一地。

夫妇俩高兴极了，他们煮了饭添了菜正吃呢，"劳驾借个火！"隔壁的臭德行老婆子又来了。"火借给你，先进来吃点米饭吧！"刚这么一说，臭德行老婆子就道："好啊好啊，不好意思那我就吃啦！你家又是怎么煮的米饭呢？"她问。"今天呀，我家老爷子去山里砍了米树，摇一摇呢金子哗啦哗啦落，摇一摇呢白米哗啦哗啦落，就这么的，钱呀米呀都落了下来，这就做了好吃的。"这家的老婆子回答道。臭德行老婆子一回到家就说："隔壁家有米饭吃，又有很多钱，我家的老爷子呢什么也不会！""那么，你去把那米树借来吧！"她家老爷子说。臭德行老婆子又来了："无论如何，请把那米树借我家一用吧！"这就把米树借给了她。"想让树掉钱的时候，你们是怎么说的？"臭德行老婆子问。回答道："随便什么时候，只要一边念想要的东西的名字一边摇米树，东西就会掉下来啦！"

隔壁把米树借回了家，他们贪心地打算一次性要很多东西，"要的东西都落下来，噼里啪啦！要的东西都落下来，噼里啪啦！"两个人乱摇着米树喊。牛屎呀，马粪呀，狗屎什么的，噼里啪啦直往下落，真臭啊，真臭啊，脏得简直没法待，什么都沾臭了弄脏了令人作呕。臭德行老爷子和臭德行老婆子气鼓了肚子，用劈柴刀把米树剁碎丢到火里烧掉了。邻居家借去的树怎么还不见还回来？下田老爷子跑去一催，对方说："还什么还，我家的草荐子米袋子都不知扔了几个了！家里被弄得脏透了，一气之下，把它剁了烧了！""那么，就算只剩下灰，也请把灰还给我。"下田老爷子说着，拿了灰回去了。

一天，下田老爷子随便这么一看，看见大雁正往这边飞，他把从隔壁拿回来的灰放进竹篓，背着竹篓爬到了最高的屋顶上，一边撒灰一边说："飞到大雁的眼睛里，噗噗！飞到大雁的眼睛里，噗噗！"灰迷了正排成人字形飞着的大雁的眼睛，大雁啪嗒啪嗒一只接一只地落了下来。老爷子老婆子高兴极了，煮了雁肉汤正吃呢，"劳驾借个火！"隔壁的臭德行老婆子又来了。"火借给你，先进来喝一碗雁肉汤吧！"这么一说，"好啊好啊，不好意思那我就吃啦！"臭德行老婆子说着，端起碗大口大口吃起来。"这家老爷子是怎么抓到大雁的？"她问道。于是又告诉她道："把从你家拿回来的灰往大雁的眼睛里撒，只要一边撒一边说'噗噗'，灰就会迷住大雁的眼，它们就会落下来，就能煮雁肉汤吃啦！"

臭德行老婆子又在碗底留了一点点肉，用筷子戳着道："这个我带回家给老爷子吃。""若要带回家，另外用草袋装了给你，这个你都吃了吧！"下田老爷子让她把肉全吃了，又把给隔壁老爷子的一份用稻草包好让她带回去。那臭德行老婆子又跑到马厩后面，把好肉从袋里抽出来吃掉了。她从马厩弄了一些马粪添进去，带回家给了老爷子。"刚才，我在隔壁家被招待吃雁肉汤了，想着留一点回来给老爷子你尝尝，请吃吧！""怎么有马粪臭，不过还是很好吃，很好吃！"老爷子一边说一边吃。"隔壁老爷子呢捕了大雁给人吃，我家的老爷子呢什么也不会。"臭德行老婆子这么一说，老爷子道："那么，你去隔壁把剩下的灰要来，我也抓大雁给你吃！""我这就去。"臭德行老婆子又来了，"如果捕雁剩下的灰还有，请都给我吧！""啊，有的有的，你请拿去用吧！"这就把灰拿出来给她了。"怎样才能把灰撒到大雁眼睛里呢？"臭德行老婆子问。隔壁家告诉她道："天晴的时候带着灰爬上屋顶，一边说'飞进大雁的眼睛！'一边往外撒灰就行啦。"

等到一个晴朗的好天，隔壁老爷子爬上了屋顶，臭德行老婆子则端着一口锅站在屋檐前面等。这时，大雁排成人字形渐渐往屋顶上空飞来了，老爷子拿着灰，本该说"快迷住大雁的眼"的，他却说："快迷住老爷子的眼噗噗！快迷住老爷子的眼噗噗！"灰瞬间迷住了老爷子自己的眼，他啪嗒一声摔倒，从屋檐上滚了下来。下面的臭德行老婆子还以为掉下的是一只很大的大雁。"是俺！是俺！"不管老爷子怎么说，老婆子也不听，"什么俺不俺的！"老婆子说着，抡起槌子剪子又捶又戳，把老爷子打死了！

所以呀，不要学人样，也勿太贪心。故事就到这里啦。

（岩手县岩手郡）

134

戴斗笠的地藏

　　从前有一对穷夫妻，虽然已是大年三十，却没办法准备年夜饭。妻子与丈夫商量道："要不，把之前精心绩好的麻线绞拿去卖了买米吧！"男人拿着麻线去了集市，"麻线绞呀，麻线绞呀，有谁要麻线！"他一边喊，一边上城下城来来回回地走，可是，这年货市场上却没有一个人要什么麻线，连看都没人看一眼。尽管如此，男人还是在城里边走边喊："麻线绞呀，麻线绞呀，要不要麻线！"一直走到傍晚时分，还是没有一个人来买。没办法，他只好晃晃荡荡又回到了正街上。这时，从对面来了一个卖斗笠的老爷子，"斗笠呀，斗笠呀，要不要斗笠！"他一边喊，一边往这边走过来。

　　"麻线绞呀，麻线绞呀！""斗笠呀，斗笠呀！"两个人这么叫着，互相打了个照面擦肩过去了。卖斗笠老爷子站住了脚搭话道："怎么样，年轻人！东西很不好卖吧？""实在不似想象的那样。"男人说着笑了起来。"确实呀，年三十的集市上，斗笠、麻线绞这样不合时宜的东西哪会有人要啊？俺也是从早上开始就这样喊着叫卖，嗓子都喊哑了，却一顶也卖不出去。"老爷子的表情苦涩起来。男人说："鱼呀米呀，人们倒是都想要呢！"他一边说，一边欢喜地看着两边小店里飞快卖出的各色商品大声笑起来。卖斗笠的老爷子说："有什么可

135

笑的，年轻人！俺虽然不知道你是哪里人，可俺知道这卖不掉的麻线绞，你今晚就是带回家也没什么用，怎么样，跟不跟俺的斗笠换一下玩呢？说实话，今晚俺也不想把这卖不掉的斗笠带回家。"

"真的呢，说的也是。"男人这么想着，就用麻线绞换了老爷子的斗笠，然后，他拿着那斗笠，拖着脚步往家走去了。回家路上他要经过一片很大的野地，天下起了雪，狂风又同暴雪一起来了，男人步履艰难地一步一步往前挪，来到了旷野中的一座光身地藏菩萨处，"天这么冷还在雪中裸身站着，想必，地藏菩萨也一定很冷吧！"男人自言自语道。他把用麻线绞换来的斗笠戴在了地藏菩萨的头上，然后又拖着脚步，两手空空往家走去了。

妻子在家想：丈夫买了米就要回来了吧？她一边这么想着，一边等着准备做年夜饭。天黑下来了，丈夫也空着两手回来了，他说："麻线绞到底也没有卖掉，用它换了卖斗笠老爷子的一个斗笠，可是那斗笠，我给野地里的石头地藏戴上了。"丈夫把事情一五一十详详细细说给妻子听，妻子不作声地听着，过了好一会儿，她安慰丈夫道："就算把斗笠带回来，今天晚上也没米下锅，所以，你把它给地藏菩萨是对的。"话虽这么说，可是就这么待着也无趣，两人于是早早地睡了。

夫妇俩在睡梦中忽然醒了，只听外面狂风吹着暴雪，在那大风雪声的间隙里，还夹杂着哼唷嗨呀扛东西的号子声。都这

个时候了，会是什么呢？两人一边躺着说话一边听。那声音渐渐近了，却像是往自家方向来的样子，"咦，真奇怪啊！"夫妇俩这么想着一抬头，"白天的事儿真不好意思！"一个很大的声音道，接着"嗵"的一声，不知谁在大门口放下了一个什么重东西。

夫妇俩起床一看，只见大门口放着一个很大的袋子，而大风雪中，体型巨大的地藏菩萨正若无其事地往远处走去。两人打开那袋子一看，里面满满装的全是大判和小判。

（岩手县江刺郡）

年三十的客人

　　某地方有一户穷人家，有一年的除夕夜，也不知从哪儿来了一个座头和尚[1]，请求在家里借住一宿。主人很为难，借口道："我家这么穷你也知道的，你还是去隔壁长者老爷家借宿吧！"可是座头和尚说："俺在穷人家就行了。"最后，他还是进了家门。

　　第二天早上，新春伊始，座头和尚想着讨好主人，天一亮就起了床，说去汲若水[2]，往井边走去了，却因为脚下冰滑掉进了井里。家里人吃了一大惊："那样做简直是六指头帮忙真让人为难啊，不管怎样，快点把他拉起来吧！"众人说着，往井中放下了一根粗绳子，座头和尚抓住那绳子道："喂喂！家人们，请大家一起，一边大声喊'上来！上来！'一边往上拽绳子吧！"于是这一家媳妇公婆全部出动，大家齐声喊着："上来！上来！"边喊边往上拽绳子，座头和尚终于爬上了井架横梁，他一边从井里冒出头来一边大声喊："上来了！上来了！"

　　从那以后，这个家就渐渐变得富有，成了长者之家。

1.日本室町时代初期，盲人琵琶说唱僧中身份最低者。

2.新年第一天汲取的水，也指从方位吉利的井和泉汲取的水，传说此水可驱除一年的邪气，还可用于煮年糕、泡吉利茶、供奉年神等。

这户穷人家很快变富并且好运频来，隔壁的长者老爷为此暗暗吃惊，他觉得奇怪，私下里偷偷一打听，原来是托了某年除夕夜留宿座头和尚的福，他想："要是那样的话，我家也找一个瞎子让他借宿，也让他掉到井里，这样财产就会越来越多啦！"

这么想着，那一年的除夕也到了，也是碰巧，这时候，只见长者家的大门前走过来一个衣衫褴褛的盲人，长者老爷急忙让一个男仆迎了上去，男仆一把抓住那人说："路过这里的座头师父，我主人有事要和您商量，来，今晚您请住在这里吧！"可是座头和尚摇头拒绝道："不了，不了，多谢啦，今天是大年三十，后面我还急着要赶路，无论如何要回家与妻儿一起过个好年呢！""不，不，就算那样，今晚也一定在这住一宿！""不，不，您的好意领了，只是今晚绝对不行！"两个人一个拉扯，一个摇头，最后，男仆抓住座头和尚把他强行拉进了家。"这都叫什么事！捉弄瞎子也该有个分寸不是！"座头和尚气得噗噗直喘，肚子都气鼓了。

第二天早上就是喜气洋洋的新春日，长者老爷早早起了床，他叫醒还睡着的座头和尚道："和尚，和尚，今天是春朝，你快起来吧！这是我家的规矩，按规矩，到我家来的客人都要给家里人汲若水的，不好意思，你这就去井台帮忙打水吧！""知道了，知道了，今天早上特别冷，不想起床呀！"座头和尚怎么也不愿起来。可是长者老爷把他强行摇起来，推到井台上去了。长者老爷叫道："喂，和尚你快点儿汲若水吧！""知道了，知道了。"座头和尚一边答应着，一边冷得瑟瑟发抖，他还在磨磨蹭蹭呢，长者老爷受不了了，吩咐男仆从后面猛一下把他推落到了井中。座头和尚冷不防被这么一推落入井水，不由哇哇哭了起来。长者老爷往井中投进一条粗绳子，说："和尚，和尚，你那么哭真叫人为难！现在我放绳子下去了，你请拉住吧！"绳子一头拉着座头和尚，另一头，全家老小连同男仆女佣全体出动，大家一齐喊："上来，上来！"边喊边往上拽。座头和尚被拽上来，嘴里还在不住地臭骂，他用颤抖的声音说道："真冷啊，真冷啊，下降，下降！"一边说，一边爬上了井台。

从那以后，眼见着那长者老爷家道中落了。

（岩手县江刺郡）

141

会说话的龟

从前，有一个很穷的寡老婆子，她有两个儿子。哥哥已经分家另住发了大财，但他却是一个既贪心又不知体恤他人的人，对母亲完全不管不问；相反，弟弟却体贴着母亲，是个大孝子。

有一年的年末，母子二人因为实在太穷，都快过年了却还什么都吃不上。弟弟想着好歹要做个年夜饭，他想，就算钓一条鱼给母亲也是好的，于是，就在太阳落山的时候出门钓鱼去了。可是怎么等怎么等，也不见一条鱼上钩，沮丧中他正要收回钓竿，只见洋面上露出了一个小小的海龟的头，若隐若现，却径直往这边飞快地游过来。弟弟想，就这，也把它捉了今晚做个菜吧！他手持长矛就要向龟刺去，忽听近处有人说话的声音道："大年夜没东西吃，饿呀，饿呀！"原来，是这小龟在说话。弟弟想，稀奇的事情也是有的吧，他再次挥矛要刺，那龟又道："别刺！不要杀我，先把我带到你的船上去吧！"

弟弟想："龟还会说话啊，居然有这样的事，真是太奇怪了！"他把龟捞上船带回了家。一到家，他马上去了哥哥那儿，哥哥以为弟弟那家伙是来讨要过年钱的，因此嫌恶得不得了。"哥哥，哥哥，今晚我去钓鱼，逮到了一只奇怪的小龟，会说话，你要看看吗？"弟弟喊哥哥道。"说什么蠢话，怎么可能有那样的事！""是真的，请你一定去看看吧！"弟弟说。哥哥以为这是弟弟在捉弄他，不由得怒火中烧。"你若觉得我在骗你，那我们赌一下，如果小龟开口说话呢，哥哥的财产统统归我；若那小龟不说话，我的命就交给哥哥。"哥哥道："话既然说到这样，那么就赌吧，走，看看去！"两个人往弟弟家走去。

弟弟把龟带到哥哥面前："喂，现在，小龟你说话吧！"话音未落，龟就开口了："没有年夜饭的除夕夜，吃不上东西，饿啊，饿啊！"一边说，一边在屋里一圈一圈来回跳。

哥哥赌输了，财产一件不剩全归了弟弟，转眼就成了一个一无所有的穷光蛋。他的房子也给了弟弟，只好住进了弟弟寒酸的破房子，可是，精明的哥哥用了不到一年时间，就又积攒了不少财产。

弟弟住进哥哥气派的家，把龟精心地养了起来。一天，哥哥想着用弟弟的龟来赚一笔钱，他从弟弟家借了龟，带去邻村的一个财主家，和那财主打赌让龟说话，可是那龟就是闭着嘴一言不发。最后，哥哥输了，把命输给了财主。总算那财主饶了他一命，哥哥好不容易回到家，气得一棍子把龟打死扔在了院子里。弟弟想，哥哥这是把龟怎么了，跑去一看，见龟被打死了，他小心翼翼把那死了的小龟带回家，埋在了家里的庭院前。谁知，那儿长出了一株很大的竹子，大得两三个人都扛不动，惹得村里人都来看稀奇。一天，弟弟想把那竹子伐了拿去卖，竹子伐倒了，刚锯下第一节，就见有金子落了出来；锯下

143

第二节，则出来了白米；锯下第三、第四节的时候，更出来了各种各样的奇珍异宝。弟弟很快成了大财主。

贪心的哥哥听说了这事，也来讨了一些龟的碎片埋在了院子前，同样也在那里长出了一株大竹子。哥哥把那竹子伐倒了，可是锯下第一节的时候喷出了尿；第二节一锯下，则出来了粪便；锯下第三、第四节的时候，更出来了泥水和各种各样的脏东西。听说这事的弟弟去了哥哥家，他说："哎，哥哥呀，孝敬长辈这事，怎么做也不过分啊！现在，我可以用竹子中得到的宝物奉养母亲了，这就把之前打赌得来的财产全都还给你。"

（鹿儿岛县大岛郡）

忽听近处有人说话的声音道："大年夜没东西吃，饿呀，饿呀！"原来，是这小龟在说话。弟弟想，稀奇的事情也是有的吧，他再次挥矛要刺，那龟又道："别刺！不要杀我……"

——《会说话的龟》

宝手巾

　　从前，有个衣衫褴褛的乞食和尚来到一个武士人家，站在大门口不住地乞讨。女佣见他可怜，又因恰逢新年剩了很多年糕，就拿了七块，用纸包好送给了他。乞食和尚谢过女佣离开了。太太看见了说："你说他是什么弘法大师¹，可是来讨东西的和尚才不像那副打扮，我刚才在路上也遇到那乞食和尚的，你把刚才给他的那些年糕去给我要回来！"她吩咐道。女佣没办法，只好垂头丧气地跑去追那个叫弘法大师的乞食和尚，她一边觉得于心不忍，一边说了刚才的事，并请求和尚把年糕还给她。乞食和尚笑道："是吗，你的心地很好，太太虽然是主人，却很过分。真是抱歉呀！"说着，把年糕还给了她，又给了她一条手巾，"用这手巾擦脸，脸会慢慢变漂亮的。"乞食和尚这么说着走了。

　　女佣长得并不漂亮，可她每天都用乞食和尚给的手巾擦脸，每擦一次就变漂亮一点。太太觉得很不可思议，偷偷往女佣房里看去，只见女佣正拼命用手巾擦着脸。一天，女佣出门去了，太太拿起那手巾往脸上一擦，她的脸立即变成了马脸，太太生了气，哼哧哼哧使劲擦起来，这下可好，她像马一样"咴咴"地叫了起来。

（青森县三户郡）

---

1. 日本平安时代高僧、真言宗创始人空海（774—835）谥号。

买“年货市场”

与七家的与作是个有点傻气的年轻人。往年的大年三十都是父亲与七去年货市场买年货，今年父亲年纪大了，又因为下大雪，所以与七决定让与作去。

"与作，你也长大了，你去城里办年货吧，早去早回，去晚就来不及吃年夜饭啦。好嘛，你看这是二百文钱，可别弄丢了！"父亲说着，将一挂天保钱[1]装入一个大条纹钱袋递给了他。与作漫不经心"嗯"了一声出了门，到街上一看，年三十的集市真是热闹啊。他一边在人堆里挤来挤去，一边到处找"年货市场"这东西，可是找来找去也没找到。"咦，到底哪个是'年货市场'呢？"他一边想一边走，留意看各种商品，可是并没有一个人吆喝说："买一个'年货市场'吧！"

与作背着个空草包袋走啊走啊，不知不觉过了正午，市场上的人渐渐稀少了，与作再也忍不住了，他在大街上边走边高声喊叫道："'年货市场'哪里有卖的？'年货市场'哪里有卖的？""喂喂，这位小哥，'年货市场'我家有。"有人打断他道。"你有'年货市场'呀？太好了！真真哪里都没的卖呢！""喏，这就是'年货市场'。"店家说着，拿出一个可

1.天保通宝，天保六年（1835）以后江户幕府铸造的椭圆形铜钱，一枚面值一百文。

怕的般若[1]面具来。"原来是这样,这'年货市场'真不错,多少钱?""七十五文。"店家道。与作从钱袋中拿出天保钱串整个儿递了过去。他将般若面具放入草包袋,急急忙忙回家了。

天黑了,到了吃年夜饭的时候了,却还不见与作回来,老爷子老婆子正担心呢,没一会儿,就见与作气喘吁吁地来了。"你干什么去了,才回来?别人过完年都睡啦!"父亲骂道。与作说:"可是,可是所有的地方都说'没有年货市场卖,没有年货市场卖',这不,好不容易买到一个好的回来啦!"老爷子老婆子觉得蹊跷,说:"喂,你买什么回来了?"与作从草包袋里取出般若面具给他们看,老爷子老婆子都"啊"地吓了一大跳,老爷子大怒道:"你个混账东西,买这个!"老婆子说:"与作,与作,你说,哪有去年货市场买个鬼面具回来的?""再蠢也没见过这么蠢的,唉,这是有多浑蛋!话说买年货你怎么不买鱼呢?你呀,给你一个面具,拿着给我滚吧!"老爷子气得把与作赶出了家门。

没办法,与作拿着个般若面具出了家门,一直一直往前走,看见了一间空房子,因为天太冷,就进了房子,戴着般若面具躲到干稻草堆里睡着了。没一会儿,他被一阵闹嚷嚷的人声吵醒了,爬起来一看,只见不知什么时候这屋里来了十二三个男人,他们在屋里生了火,这会儿正围着熊熊火堆边烤火边赌钱。与作太冷了,所以也想着去烤火,于是,他连面具也没

1.能乐脸谱之一,表现女性妒忌面相的恐怖女鬼。

摘下就起身往火边走了过去。大家正赌钱赌得忘乎所以，无意中一扭头看到与作，都失声叫了起来："鬼啊，妖怪啊！"边叫边争先恐后逃了出去。与作也不知他们到底怎么回事，他来到火边一看，只见地上胡乱散着很多钱，与作烤火一直烤到了天亮，却也没见一个人回来取。他想："那些人到底怎么回事呢？不管怎么说，得把这钱交给庄屋老爷去。"他把散落的钱用两手拢起来，装进草包袋带回了家。

家里人正担心，一见与作回来，老爷子老婆子都高高兴兴地让他进了门。"你昨晚去哪儿了？"老婆子问道。与作把昨晚的事一五一十说了出来，他说："怎么等怎么等，也不见赌博佬们回来，寻思着把那钱送到庄屋老爷那儿去，所以装到草包袋里带回来了。"老爷子老婆子都说："不管怎么讲这钱也不是我们自己的，必须得交给庄屋老爷去。"很快，他们就把钱送到了庄屋老爷家。庄屋老爷钦佩与作一家的正直，说："都不知那些赌博佬是从哪儿来的下人，这些钱都给你们得啦！"说着，把钱原封不动给了与作一家。于是，与作家又一次去了集市，买了正月的用品，过了一个愉快的新年。

说故事的补白道：所以人呢，只要正直，最后总会遇上好事的。

（青森县东津轻郡）

穷神

某地方住着一对年轻夫妇，那媳妇是个懒婆娘，她把喝剩下的茶渣、吃剩下的残羹之类都随手倒在灶前，结果，穷神乘机进了家，家里就这样慢慢变穷了，最后变得这也买不起那也做不成，新年临近都没有米捣年糕。"哎，日子怎么会过成这样呢？"两人这么想着，就到了除夕这天了。

因为没有柴烧，丈夫想，就把椅子面烧了吧，他把椅子面拆下来丢进灶里烧着了，这时，从后面传来窸窸窣窣的响动，他正想是什么，却见出来了一个穿着肮脏破烂的老头儿，丈夫抄起烧着了的椅子面就要打。"也让俺烤烤火吧！"那老头儿说着，来到火边烤起火来。到底怎么回事呢，丈夫暗自寻思。老头儿说："俺来这家里已经八年，可现在这儿什么都没有了。你老婆把茶渣剩饭倒在灶前，我很喜欢，所以才来的你家。你想成为有钱人吗？那就把老婆休了吧！"于是，那男人生了休妻的心，很快把她休掉了。

那破烂老头儿就是穷神。穷神说："你去街上买一升酒来。"男人回答说没有酒壶，穷神道："先去陶瓷店买吧！"男人依言去陶瓷店买了酒壶，又去酒店灌了一升酒，买这些的钱都是那穷神给的。两人喝了买回来的酒，老头儿道："今晚是除夕夜，会有一个王爷鸣着锣，吆喝着'跪下跪下'，从这儿经过，王爷坐着轿子从那边过来的时候呀，你就看准了轿子往里面狠狠打。"男人说："这事儿太可怕了，我干不了！"穷神说："除此之外再没别的办法让你家发财了，不管怎么样，还是干吧！"男人想，穷神说的话可不好违抗，于是，他手持扁担等在了路上。没一会儿，果然如穷神说的那样，很多很多灯笼护着一顶轿子往这边过来了。那男人想好了要往轿子里面打的，谁知一扁担误打到了开道的，那开道的"啪嗒"一声倒地死了，而轿子却停也没停地径直过去了。再看那死了的开道的，却是一枚铜钱。男人正惊得目瞪口呆，穷神来了，问他道："你为什么不打王爷？"他又告诉男人说："过了年，轿子还会再来的，到时候你再打吧！"年一过，到了元旦的晚上，男人又出了门去路边等，只见灯笼火把通明，王爷的队伍又来了，男人抡起扁担照准王爷的轿子狠狠打了下去，只听乒乒乓乓一通乱响，像有什么东西散了似的，定睛一看，只见一分银呀，小判呀，正稀里哗啦从轿子里面直往外滚。男人把那一分银和小判拾拢来，又同往日一样成了有钱人。

（香川县仲多度郡）

☆

还有这样的事。

某地方有一对穷夫妇，因为除夕那天没钱买米做年夜饭，妻子让丈夫拿上平时绩好的麻丝团去城里卖，可是直到傍晚也

没卖出一个。男人灰了心，他出了城，在暮色里晃晃荡荡往家走。这时，从对面来了一个卖炭老爷子，这老爷子也是为了晚上的年夜饭来卖炭，可是也卖不掉，也一样灰心丧气正往家走。两人站住了一搭话，说："那这样吧，要不，我们把各自的东西互换一下吧？"说着，两人就把炭和麻丝团互换了。

男人背着从老爷子那儿换来的炭，在天擦黑的时候摇摇晃晃走进了家门。他"嗵"地一下将炭袋卸在了泥地房间的泥地上，媳妇还以为丈夫买了米呀鱼呀回来了，这就准备着手做年夜饭，一看丈夫背回来的却是些毫无用处的炭，她开始嘟嘟哝哝抱怨起来，最后说狠话道："一年里最要紧的除夕夜，却连吃的米都没有，这个年我不过了！"媳妇说着，衣服也不脱，上床就睡了。丈夫也生了气，"难不成什么都是我的错？"他把那些炭全都倒进了炉子，炉子里炭堆得小山一样高，他点着了炭开始烤背，火越烧越旺，把炉子沿儿都烧焦了。这家里从来没有过这样的事，家里从内到外很快暖和起来，连门和墙都热得出了汗。

不知道是客厅角落还是什么地方传出一个声音道："啊，热，真热，俺们出了这么多的汗！"不知什么地方又有一个声音道："真是的！这是怎么回事啊？这家里哪里哪里都热，俺们都待不下去了！"这下，到处都发出同样的声音来："真的呢，照这样下去，这家里根本没法待啦，喂，俺们走吧？""嗯，走！也没别的办法了！""哦，真是呢！""那么，大家都离开这儿吧！""不过，我们在这儿这么长时

154

间，得了人家的照顾，也得留个什么礼物再走吧，给什么好呢？""没错，没错！""今天恰是大年三十，那么，留一袋米和鱼吧！""这主意好！"这边说话声刚落，那边就似乎有四五个人往泥地房里放下了什么。接着又有声音说："啊真热，真热！受不了，受不了啦，没办法，大家一起走吧！"这么说着，好像有什么往门外走去了。

那男人一边烤背一边把这些全听了去，他想："大概奇怪的事情也是有的吧！"一边想一边站起来从小窗往外看，只见四五个很丑的小人正从家里往外走。另有一个老人正从外面进屋来，他们在门口遇上了，老人一见那些小人就火冒三丈，狠狠骂道："你们还在这家里待着呢？！还不快给我滚远点！"小人们倒身伏地拜道："知道了，知道了，再说这家里热得也没法待了，我们也正要走！"一边说一边挨个儿从老人胯下钻过去，也不知去了哪里。就这么一进一出，老人进了家门。

看到这儿，男人急忙喊醒了媳妇，媳妇说："什么事儿啊？都这时候了。"她勉勉强强很不情愿地起了床，丈夫把刚才看到的说给她听了，"这真是件怪事儿。"两人一边说着，一边走到泥地房间去看，见地上果然堆着一大包的米和鱼。虽然已经错过了时点，夫妇俩还是急忙动手做了年夜饭，高高兴兴过了一个喜庆年。从那以后，那户人家渐渐成了多福长者。

据说正因为这样，过年的时候才要把火烧得旺旺的。

（岩手县江刺郡）

155

粘住粘住

从前，某地方有一个老爷子和一个老婆子，老爷子去很远的地里做事了，随后，老婆子去给老爷子送午饭，她爬到半山腰，只听得有个声音在叫："粘住啊，粘住啊！"老婆子害怕极了，不由跑了起来，一口气跑到老爷子那儿："刚才来的路上，经过森林的时候，有一个声音叫：'粘住啊！粘住啊！'我怕极了，所以跑着来了。"老婆子告诉老爷子。老爷子说："等会儿你回去的时候，就回答它说：'粘吧，粘吧！'"回程，老婆子走到半路，正从山前经过，又听到了那叫声："粘住啊！粘住啊！"老婆子开口道："粘吧，粘吧！"刚说完就有很多金子粘到了身上，重得叫人路都走不动了。不久，老爷子也返家了，他从山前经过，见老婆子正浑身粘满金子动弹不得，于是高高兴兴把老婆子带回了家。从那以后，他们成了非常有钱的富翁。

隔壁老婆子来了，说："你家总说穷啊穷啊的，没想到却这么奢侈，这到底怎么回事呀？"老爷子如此这般把事情原委说给隔壁老婆子听了。隔壁老婆子回到家，又把这事说给了自家老爷子，隔壁老爷子说："俺们也去试试看！"第二天天一亮，隔壁老爷子就出门向山对面的旱地出发了，老婆子带着午饭也去了。翻山的时候，一样听到有声音说："粘住啊！粘住啊！"虽然心中乐开了花，可她故意装着非常害怕的样子走过去，把午饭送给了老爷子。吃过午饭，她急急忙忙往回赶，翻山时耳边又传来了声音："粘住啊，粘住啊！"她急忙回答道："粘吧！粘吧！"这次，老婆子被粘了满满一身的松脂，正动弹不得呢，老爷子急慌慌从后面赶来了，远远看见老婆子一动也动不了。他飞快跑上来一看，见老婆子身上粘满的原来不是金子是松脂，不由得大吃一惊。

　　所以呀，贪心的事儿还是不要做。噢噢噢……

（大分县速见郡）

吹笛女婿

是很久很久以前的事儿了。某地方有一个日子过得还不错的男人，那男人没有孩子。"咱没孩子，去清水寺求求观音菩萨，说不定会赐给我们吧？"他对媳妇说。男人和媳妇决定去拜观音，庄园主说："那么你们就去吧！"他煮了糍粑，又让他们带着米骑上马去了。

夫妇俩在观音菩萨前祈祷了三七二十一天，男人做了一个梦，梦里说："到第二十一天的早上会有人来接你们，今晚呢，就在梦里赐一个孩子给你。"他把这梦说给媳妇听，媳妇说："这么说我也想起来了，我也做了个同样的梦。"第二十一天早上，果然有人来接他们了，于是他们回了家。这样过了三四天，媳妇觉着身体有了一些不舒服，满九个月，她生了一个男孩。男人去了庄园主那儿，"生了个男孩，取个什么名字好呢？"他问道。"比玉还要好，比星星还稀罕，这么难得的孩子，就取名叫玉太郎吧！"庄园主说。于是孩子就叫了玉太郎。

玉太郎七八岁时去跟师父习艺，因为他是神赐的孩子，所以聪明得不得了，不管学什么都一点就通，一学就会。到了十二三岁，他的学识看上去就已经胜过了师父。因为学得好，朋友们都嫉恨他，他们动不动把他推倒，动不动把他吊到屋子的顶棚上。玉太郎于是辍了学。玉太郎擅长吹笛，他让父母帮自己买了两三支笛，每天吹笛度日。笛声美妙得连鸟都要停下来听，玉太郎成了名人。师父到玉太郎家来了，说："如果你想更出名，那就再跟我学习吧！"玉太郎跟着师父学习，成了更加有名的名人。

玉太郎十五岁的时候父亲死了，他想念父亲，去岳山上采来了七种草供在佛前，母亲也在一旁念经。玉太郎十七岁那一年母亲也死了，他又爬上岳山采来七种草供在了佛前。父母死后，玉太郎整天整天在家吹笛，吹厌了就看书，看看书又吹笛；饭呢，就去庄园主家吃。

一天晚上，天竺国的月神骑着马四处转悠转到了这儿，"笛子好，音色也好，真是举世无双啊！"月神一边说，一边驻足听了很久。月神回到月宫，述说自己遇到了好的吹笛手，月神有一个独生女，姑娘说："父亲，父亲，我们呀，因为地位太高所以哪儿也去不了，我也想骑马去听玉太郎吹笛呢。"姑娘决定去凡界，她来到了玉太郎家的上空。姑娘说："我还从来没听到过这么好听的笛声，我想去玉太郎那儿。"月神说："你去吧！我们这些地位高的人待的地方，是没有人会来的。下凡去吧，要是找不到地方住，你就拿着这个回来！"说着，他给了姑娘一把扇子，又往她的行李中装了很多衣物。

姑娘独自去了玉太郎的家，请求道："请让我借住一宿吧！""不管你从哪儿来，我是个单身男人不方便借宿，你还是去庄园主家住吧！"姑娘去庄园主家住下了，"你从哪儿来？""啊，我从盛冈那边来，与其回家，我想，不如有好人家就嫁了呢！""是吗！"庄园主把那阿姐带到了玉太郎跟前，"玉太郎呀，这阿姐来我家借宿，我觉得给你做媳妇很般配，你就娶了她吧！钱啊东西什么的我都会给你备好的！"两个年轻人结成了夫妇，亲朋好友都来了，热热闹闹喝了喜酒。两个年轻人另立门户组成了小家庭。

到了第三年的新年，玉太郎说："阿姐呀，这下，新女婿非拜见丈人不可啦！"阿姐说："哎呀，我还没说呢，我是天竺国月神的女儿。""这么说你是神的女儿，那么拜不了丈人了？""不，不，不碍事，你好好打扮了去就行。""那我去庄园主家借衣裳。"玉太郎说着，借来武士礼服穿上了，又穿了麻里的草鞋。"这扇子是我从月宫来时带来的，只要拿着它，什么时候都能升到天上去。""就算到了天上，你不告诉我怎么走，还是去不了丈人那儿呢！""径直往上走，你会看到一个云缝，那儿有一扇门，进门往左是一间很大的马厩，马厩里有青骢、鹿毛和栗毛三匹马，笼头缰绳都在，马鞍也好好地在那儿，你随便骑上一匹，马自己就会沿着天路一直跑。"阿姐说着抢起扇子一扇，玉太郎就"噌噌"地升上了天，像飞鸟一样飞进云缝不见了。

走进门，果然见到一间马厩，玉太郎勉强拉住鹿毛马要给它套笼头，马却张嘴就要咬；想给青骢马套笼头，青骢马也张嘴就咬。玉太郎好不容易把笼头给栗毛马套上了，随即，他翻身上马向月神的月宫飞奔而去了。月神是神仙，他早知道玉太

160

郎会来，"都来听一听举世无双的玉太郎的笛声吧！"他请了很多亲朋好友来参加筵席，筵席摆了两三天，玉太郎吹笛也吹了两三天。

月神对玉太郎说："啊，这几天过得开心吧，你这就回下界去吧！我也没什么特别的礼物给你，这米是个宝物，给你吧！"说着，月神把米给了玉太郎。那米是神米，只要吃一粒就会生出一千人那么大的力气。玉太郎高高兴兴地道了别，出门的时候，他见有几个鬼被金锁链锁在门背后，一个鬼说："把你拿着的那米给我一粒！"玉太郎"嗯"地应了一声，给了它一粒。那鬼吃了米马上有了很多力气，"噗"地挣断锁链逃走了。它逃到下界，又是兴风又是作浪，大风把房屋全都吹倒了，阿姐也不知被它掳到了哪儿。

玉太郎飞落到人间，见家中房屋财产全被破坏殆尽。庄园主告诉他说："玉太郎啊，玉太郎啊，你不在的时候起了大风，阿姐被掠走啦！"玉太郎说："我要把她抢回来，你帮我准备三百两银子吧！"玉太郎带着三百两银子去各地寻访，他吹笛借宿，漫无目的地四处走动。这一天，他走到了一个地方，这儿有一条河，河那边是鬼之岛，河这边是人住的岛。他来到一个有专人看守的渡口，骗守渡人说："给你钱花，给你酒喝，务必让我过去吧！"他渡过了河，见有一间独栋房，家里有一个六十岁模样的老爷子和一个老婆子。

"请让我借住一晚吧！"话音刚落，"不行不行，让你借宿也可以，可是你在这儿一住下，晚上就会被鬼抓去的，还是快回家吧！"老爷子老婆子说。尽管这样，玉太郎也不听，他在这儿住了下来，又吹起了笛。鬼真的来了。玉太郎拿出随身带着的一升酒给鬼喝。喝啊喝啊，却怎么喝也不见酒少下去，鬼们都醉了，这个露了角，那个现了獠牙。鬼的大将也来了，它对手下说："俺今天要去前山商议事情，要是有什么事儿，就同平日那样击鼓报信吧！"说着出门去了。阿姐听到笛声也来了。早上，大家都睡了，玉太郎拿了点心骗小鬼吃，小鬼拉来百里车说："呀，现在你们俩可以乘上这车渡河去！"玉太郎和阿姐乘上了车，车在水面上噗噗驶着过了大河。两人正整理弄乱的衣裳，"嗵嗵嗵嗵"，太鼓敲响了，鬼大将从山上直扑了下来，大声叫道："逃走啦！逃走啦！"并找到一辆百里车追了过来，噗噗噗噗的辗水声响成了一片。就在这千钧一发的时候，玉太郎的阿姐祈愿道："月神，请您来助我！"天上飞下来一只鹤，"嗵"的一声，撞碎在了鬼的车子上，鬼车咔嚓一下裂成了两爿，鬼大将也死了。

玉太郎和阿姐终于回了家，他们在家宴请宾客，连着请了四五天。他们的日子渐渐好起来了，子子孙孙繁荣昌盛。真是可喜可贺，可喜可贺。

（青森县八户地方）

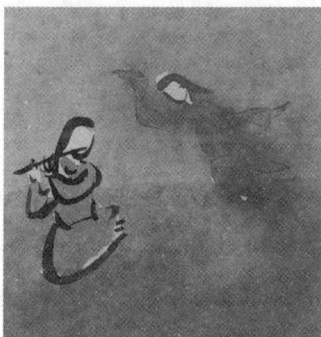

到了第三年的新年，玉太郎说：
"阿姐呀，这下，新女婿非拜
见丈人不可啦！"阿姐说："哎
呀，我还没说呢，我是天竺国
月神的女儿。"

——《吹笛女婿》

浦岛太郎

从前，在北前的大浦地方有一个叫浦岛太郎的人，他和年近八十的老母亲相依为命。浦岛是个渔民，尚未成婚。有一天母亲说："浦岛啊，浦岛啊，趁我还健朗，你赶紧娶个媳妇吧！"浦岛说："我还没有积蓄，娶了也养不起，有母亲在，我就每天去打鱼，日子就这样过吧！"

日子一天天过去，转眼母亲八十了，浦岛也到了四十岁的年纪。暮秋时节每天刮北风，根本无法出海，打不着鱼就换不来钱，这样，就连母亲也快养不活了。"明天天晴就好了。"浦岛这么想着，一骨碌躺下睡了。不知什么时候天空现了晴，浦岛从床上一跃而起，撑上竹筏出门去钓鱼。"要是到东边露白也钓不上一条鱼，那就不好办了。"他想。就在太阳升起的时候，似乎有大鱼在咬钩了，他慌忙提起钓竿一看，只见钓上来的是一只龟。龟伸着两鳍，鳍都搭在了竹筏边，可它却没有想逃走的意思。"还以为是鲷鱼，却是你海龟，就因为你来了其他鱼才不咬钩。我放了你，快去别处吧！"浦岛说着，把龟扔进海里了。

浦岛用烟袋抽了一锅烟继续钓，却怎么也不见鱼咬钩。又是一筹莫展的时候，突觉手中有了动静，似乎有一条比早上更大的鱼来咬钩了，他提竿一看，又钓上来了一只龟，"咦，跟你说去别处去别处，钓不到鱼，光钓到龟，真是倒霉透了！"
他这么想着，又把龟放走了。钓不到鱼就不能回家，所以他耐
着性子又钓了两个时辰，这时，又有什么来咬钩了，这回总该
是鱼了吧？钓起一看，却依然还是龟，只好又把它放了。这
么反反复复放了钓钓了放，不知不觉太阳西斜了，浦岛却依
然一条鱼也没钓着。太阳完全落下了，回家该怎么跟母亲交代
呢？浦岛一边想一边撑竹筏。突然，从对面来了一艘航海船，
像有什么事似的，那船直直往浦岛这边驶过来，浦岛的竹筏往
右划，对面的船也往右，竹筏往左划，航海船也往左驶，就这
样，最后那船并上了浦岛的竹筏。航海船的船老大说："浦
岛，请到这边船上来，龙宫的龙女请你去！""俺要是去了龙
宫，家里就只剩老母亲一人了，那可不行啊！""别担心，你
母亲我们会让她过得称心如意的，你还是上这边船来吧！"船
老大这么一说，浦岛就没再多想，坐上了航海船。航海船载着
浦岛，很快潜入海中去了龙宫。

　　浦岛到了龙宫，见龙宫果然御殿雄伟。龙女说，你饿了
吧？这就摆出了筵席招待浦岛，并说："玩上两三天再回
吧！"浦岛见龙宫里漂亮姑娘成群，她们又帮他换上了新衣
裳，就这样，浦岛待在龙宫，不知不觉三年过去了。浦岛想，
非回去不可了。他去跟龙女道别，龙女给了他一个三层的玉
匣子，告诉他道："一旦无计可施的时候，就可以打开这匣
子。"随后，龙女又派航海船把浦岛送到了我们这儿"山鼻
子"那样的地方。

浦岛回到村里一看，山的模样变了，山上的树也没了，也有一些树是枯了。"只出去了三年，为什么就这样了呢？"他一边想一边往家走，见一间草屋顶的人家有一个老人正做稻草活，他走进那家打了招呼，又问道："你认识一个叫浦岛太郎的人吗？"老爷子说："听说我爷爷那辈有一个叫浦岛的人去了龙宫，可是怎么等也没回来。"浦岛又问："那人的母亲怎样啦？"回答说早死了。

　　浦岛找到了自家的遗址，只有洗手钵的石头和院子的踏脚石还在，其他的已经全没了。浦岛不知怎么办才好，他打开了玉匣子的盖儿，见匣子第一层装着鹤的羽毛；打开第二层，从里面冒出了一股白烟，那白烟把浦岛变成了一个老头儿；打开第三层，里面装着一面镜子。浦岛用那镜子一照，见自己已经成了一个老头儿，正纳闷呢，第一层中的鹤羽粘上了他的背，浦岛飞了起来，在母亲的墓地上空盘旋着。这时，龙女也变成海龟爬上海滩来见浦岛了。

　　据说，跳鹤龟舞的伊势舞歌，就是从那以后出现的。

（香川县仲多度郡）

浦岛

据说，人的性命和身家都是龙宫的龙王赐给的。

从前有一对兄弟，弟弟是狩猎高手，哥哥是捕鱼能人。弟弟只要一出门打猎，带回来的猎物就多得拿也拿不下；而哥哥只要一出海，回来的时候，捕获的鱼也总是想拿多少就有多少。

一天，两人商量道："怎么样，我俩打个赌，我们把工具换换，再看谁带回来的猎物多？"于是，哥哥拿上弟弟的猎枪去了山中，弟弟则拿起哥哥的钓竿去了海边。哥哥在山里开了枪，可子弹没打中鸽子却打在了树上；弟弟呢，虽然钓上了一条叫"红颜色的鲹"的大鱼，可是用手去摘的时候它却挣断了钓线，就这样吞着钩子逃走了。

哥哥说："我虽然打不着鸟，可是我把子弹捡回来了，而你却被鱼吞去了鱼钩，该你输！"说着，就要让弟弟给很多钱。弟弟没那么多钱，他想无论如何要把那钓钩找回来，于是，他连着三天三夜都去海边来回转悠。第三天时，他遇到了一位白发老爷爷，老爷爷问他道："孩子，孩子，你好像来海边找东西找了三天三夜了，是怎么回事啊？"弟弟把事情原委一一说给老爷爷听了，请求道："无论如何请帮帮我吧！"老人说："那你趴到我的背上来吧！"弟弟刚一趴上老人的背，一眨眼，不知什么时候两人已经到了龙宫了。

在龙宫，弟弟被带着这里那里一处一处地游玩，还吃了很多好吃的，很快，三天过去了。龙宫三天就是人间三百年，弟弟想家了，说想回去，老爷爷说："既然这样……"一边说，一边拿出一个装了长生不老气的小盒子，道："这小盒子绝对不要打开，要是打开你就会遭难的。"说着，将那小盒子递给了他。弟弟拿着小盒子，又由老爷爷背着回到了家乡。

弟弟回到家乡一看，眼前的景物已经完全变了样：自己家里住的全都是些不认识的陌生人，院子里的树也已成了参天大树。村子外水田里有一个七十多岁的老人在除草，向他一打听，倒是说，听说过五代前有一个人去了海边之后下落不明。弟弟有点不知所措，他一边吸烟，一边用烟袋锅子将那个被告知不能打开的小盒子轻轻拨开了，只见里面"咝咝"地冒出烟来，弟弟坐着那烟雾升上了天。

（鹿儿岛县大岛郡）

黄金斧

从前，善老爷子夫妇和恶老爷子夫妇比邻而居，两家都从山中伐木做木器卖。善老爷子家穷极了，而恶老爷子家存了点儿小钱，所以恶老爷子总愚弄嘲笑善老爷子。正直的善老爷子却一点也不把此事放在心上，"人只要努力劳作，好运总会到来的。"他抱着这样的想法一个劲儿地拼命做工。

善老爷子感冒了，歇息了两三天没做工。感冒好了，他像往日一样扛着斧头爬到山上去砍树。老爷子伐木的地方在河边的山崖上，崖下就是万丈深渊。老爷子去了伐木地，爬到树上挥斧砍起来，因为感冒休息的那几天没用斧子，斧柄干燥收缩松了卯，眼见着斧头从柄上嗖地脱出，往下面的深渊飞落下去了。

深渊太深，凭一己之力根本没法将那斧头捞起来，老爷子犯了难，他想，除了向水神讨要，别无他法了。"求求您，请把俺的斧子找出来吧！"老爷子一边说，一边向水神殷殷叩拜。这时，渊中升起了蒙蒙的雾气，蒙蒙雾气中，水神用一个原木托盘托着一柄金斧子出来了。"如你所愿，我带来了斧子。"水神一边说，一边把斧子递给老爷子。老爷子说："啊，真是太感谢了！"他伸手接过，可是怎么回事啊，那斧子灿灿发着金光，把人的眼睛都闪花了，是一把金斧子！老爷子吃了一惊："这不是俺的斧子，还给您，请您一定把俺的斧子找来吧！"说着，他把那斧子还给了水神。水神再次回到水中，又用托盘托着一把斧子出来了："这把是你的吗？"他说着，又把那把斧子递给了老爷子，老爷子拿在手中一看，是铁制的自家的斧子。他高兴极了，不住地作礼道："这下，这下从明天开始又可以做事了，真是太感谢啦！"水神说："你是个诚实的人，就把它作为对你的褒奖吧！"说着，把先前的金斧子顺手给了老爷子。

老爷子高兴地带着金斧子回了家，他把金斧子拿给老婆子看了，又把这事告诉了组头[1]，组头也来家里看，说："这可值五百两到一千两呢！""从没遇到过这么可喜可贺的事，快快设宴祭拜水神吧！"组头大声召集村里人。村人们集齐了费用，又买酒菜又捣年糕，举行了盛大的酒宴，办了一次热闹的水神祭。后来，那黄金斧子一直放在老爷子家，成了老爷子家的传家宝。

恶老爷子羡慕得不得了，"隔壁老爷子那蠢货，给他遇到了这么好的好事情，俺也想去要一把金斧子来。"他这么想着，出门上了山。恶老爷子来到河边悬崖上善老爷子的伐木场，也爬上树砍了起来，可是怎么砍斧头也没从斧柄上脱下来。他烧了一堆火，把斧头放在火上烤，等斧柄烤干了再猛地一挥，斧头终于从斧柄上脱下，落进了下面的深渊中。恶老爷子向水神叩拜道："水神，请一定把俺的斧子找来吧！"话音

1.江户时代村政府的三官员之一，名主的助手。

170

刚落，渊中与先前一样升起了水雾，雾气中，水神用原木托盘托着黄金斧现身出来了。"喏，斧子送来了。"水神的话还没说完，恶老爷子已经高兴得心花怒放了："真是太感谢了！"他一边说，一边急忙取过了金斧子。水神大怒道："你个不诚实的！这斧子我不会给你，你回去吧！"说着，急忙从恶老爷子手中取回黄金斧潜入了水中。

恶老爷子空着手垂头丧气往家走去，老婆子在家说："今天，俺家老爷子肯定会带着黄金斧子回来的！"她又是买酒菜又是捣年糕，做好了一切准备等着，没想到，老爷子空着手回来了。这下，店里赊的酒菜钱也还不上了，做事用的工具——自家的铁斧头也没了，从第二天起，山上伐木的活计也做不成了。据说，善老爷子家从此慢慢变得兴旺，而恶老爷子家却因此一蹶不振，变得一贫如洗了。

（山梨县西八代郡）

老鼠极乐世界

很久很久以前，有一个老爷子和一个老婆子。一天，老爷子对老婆子说："我要去山中砍柴，你给做点荞麦年糕吧！"老婆子做好荞麦年糕让老爷子带上，老爷子用绳子把年糕穿了，骑上牛唱着歌去了山中。

砍了一会儿柴，到了休息时间，老爷子坐在柴堆上吃起了年糕。这时，也不知从哪儿来了一只小老鼠，哧溜哧溜窜着往老爷子身边靠。老爷子对老鼠说："喂，你也想吃呀？喂，你也想吃呀？"一边说，一边急忙掰了年糕扔给它，因为年糕不多，老爷子没有再多吃，他把年糕都给了老鼠。就这样，老爷子回了家，把这事说给老婆子听。

正说着呢，先前那只小老鼠来了，说："老爷爷你在呀？先前得了你的款待，这回呢轮到我请你了，请跟我来吧！"老爷子问："你家在哪儿呀？""前面前面，请跟我走！"老鼠说。老爷子和老鼠一起往前走，老爷子问："老鼠呀，我们去哪儿？""就那儿！"老鼠回答道。老爷子一看，那儿有一个小小的老鼠洞。

老爷子说："这么小的洞我怎么进得去？"老鼠说："你请闭上眼，然后抓住我的尾巴就行啦！"老爷子依言做了，果然进洞到了老鼠的家，睁眼一看，只见家里有很多老鼠，它们都在做家务。

> 就算活到一百岁，
> 就算活到两百岁，
> 也不想听啊，
> 听到喵喵叫，
> 咚锵咚咚锵！

　　老鼠们一边这么唱着，一边捣年糕，它们又是做红小豆年糕，又是炒麦粉。老鼠对老爷子说："你可不要说'喵喵'啊，不要说'喵喵'，因为我们害怕呀！""嗯！怎么可能说！"老爷子回答道。于是老鼠们盛情款待了老爷子，给了他很多钱，又把他送回了家。

　　过了两三天，老爷子把这事告诉了邻居老爷子。邻居老爷子是个贪心人，他对自家老婆子道："老婆子，老婆子，俺们邻居老爷子给老鼠吃了年糕得了很多钱，俺也想去山上，你给做荞麦年糕吧！"老婆子于是做好了年糕，也用绳穿了，她让老爷子骑上了牛，说："那你快去快回吧！"

　　老爷子去山里砍了柴，到了休息时间，也坐在柴火堆上吃荞麦年糕，这时，果然来了一只老鼠，老爷子学着听说的那样道："喂，你也来吃吧，喂喂！"一边说，一边呼呼地撒年糕，他把年糕全喂了老鼠。老鼠说："请跟我来吧，我请客！"老爷子跟着老鼠径直往山里走，他问老鼠道："你家在哪儿呢？""哎哎，你请跟我走！"两个一边说一边走，说话间，就到了一个小洞前，老鼠说："这是我的家！"老爷子说："这么小的洞我怎么进？"老鼠说："闭上眼睛就行啦！"老爷子闭上眼睛一走，果然到了老鼠家，那家里净是些家鼠。

就算活到一百岁，

就算活到两百岁，

也不想听啊，

听到喵喵叫，

咚锵咚咚锵！

众鼠一边这么唱着一边捣年糕，捣年糕炒麦粉忙得不亦乐乎。老鼠道："你不要说'喵喵'哦，老爷爷！"老爷子说："要是请我吃饭呢，我就不说'喵'！"话音刚落，老鼠们全都逃得无影无踪了，老爷子在那洞里出不来，死在里面啦。

所以呢，不可以像这老爷子学人样。故事这就讲完啦。

（青森县八户地方）

黄莺的家

　　从前，在某山的山脚下住着一个年轻的樵夫，一天，他到山里去，见野地的森林中有一座以前从未见过的气派的独栋公馆。樵夫曾为了生计来这边伐过树，却不知道有这样的人家，也从来没听人说起过。他疑惑着慢慢走近了去看，只见这房子的构造宏伟，内部却是全新的，里面一个人影也没有。这屋子的后方有一个很大的庭院，院中薄雾迷蒙，各种各样的鲜花开得正艳，各种各样的鸟儿正啼鸣婉转。樵夫走到了这家的玄关处，从屋里出来了一位美丽的女子，女子问他道："你来这儿做什么？""因为今天天气太好，不知不觉就走到这儿了。"樵夫道。女子再三往樵夫脸上看，似乎觉得他是个诚实人，她说："你来得正好，我正有事想拜托。""你要拜托什么事呢？"女子说："也没什么，今天天气好，我也想着去城里走一趟，你能帮我看会儿家吗？""这容易。"樵夫点头道。"那么，我不在的时候，那边的偏房你千万不要看。"女子说。樵夫答应了，女子于是放心地出了门。

　　剩樵夫自己了，他突然非常想看看女子说的"坚决不能看"的偏房。最终他违背自己的承诺，拉开偏房的拉门往里看去。只见那房里有三个漂亮姑娘正在打扫，被樵夫这么一偷窥，三人像小鸟一样仓皇飞起，不知往哪里藏了起来。樵夫

觉得蹊跷，又打开第二个房间，青铜火钵上坐着的茶釜中茶水正噗噗沸腾，四下围着带中国画的金屏风，里面却没有一个人。樵夫打开了第三个房间，只见里面满满装饰着弓箭和铠甲。第四间是马厩，有一匹健硕的青骢马，马佩着镶了金边的鞍，络着缎子做的辔头。像群山上成排的杉树林被暴风突然刮过似的，马抖动鬃毛，雄赳赳原地踏着碎步。樵夫进了第五个房间，见一个白金的桶上立着一柄黄金的勺，酒正滴滴答答从金桶中往下滴，下面七个酒壶都已接得满满当当。樵夫闻着酒香，实在忍不住了，用黄金勺舀了满满一勺喝了下去，很快心情舒畅地醉了。第七间是一个蓝色的大房间，满室弥漫着花香，里面还有一个小鸟的巢，巢中有三枚小小的鸟蛋。樵夫漫不经心地取了一枚鸟蛋来看，却一不小心掉下摔破了，随即从那鸟蛋中孵出一只小鸟，"嚯嚯嚯嘎"地叫着飞走了。第二枚、第三枚鸟蛋也被他掉落在地上，那蛋中也孵出小鸟"嚯嚯嚯嘎"地叫着飞走了。樵夫目瞪口呆，傻傻地站在那儿不知所措。

这时，先前的女子回来了，她一见樵夫又气又恨，同时潸然落下泪来，道："没有比人这东西更不值得托付的了，你违背了对我的承诺，杀了我的三个女儿！女儿啊……嚯嚯嚯嘎！"边说边叫起来，变成一只黄莺飞走了。樵夫看着小鸟飞去，伸了个懒腰顺手去取放在一旁的斧子，定睛一看，哪有什么气派的公馆，野地里芒草耸立，只自己在那儿呆呆站着。

（岩手县上闭伊郡）

只这屋子的后方有一个很大的
庭院，院中薄雾迷蒙，各种各
样的鲜花开得正艳，各种各样
的鸟儿正啼鸣婉转。

　　　　　　——《黄莺的家》

弃老山

从前，有"六十弃山谷"的说法。意思是人一到六十岁，年纪大了什么事也做不了了，便要将他推下山谷去。

某村有一个农民，他父亲六十岁了，于是不得不遵照王爷的命令将父亲丢到山里去。儿子背着父亲慢慢往深山走去，却见背上的父亲一路折树枝做标记。

"父亲，父亲，你这么做，难道还想着要回家吗？"儿子问。

"不，我是怕你不记得回家的路，才事先做好标记呀！"父亲说。

儿子听了这话，知道了什么叫父母心，于是，他背着父亲径直回了家。为了不让王爷发现，他把父亲藏在了家中的廊檐下。

王爷是个蛮横不讲理的人，有一天，他把村里的百姓召集起来命令道："给我搓一条灰做的绳子来！"灰做的绳子可怎么搓呀？百姓们全都犯了难。

刚才那农民回到家中，问廊檐下的父亲道："今天王爷命令用灰搓绳子，这可怎么办才好呢？"

父亲说："你搓一条稍微硬一点的绳子，再小心地烧成灰送去就好啦！"

儿子高兴地马上依言做了，这就做好了一条灰绳子送去给王爷。因为其他人没有一个做成的，只这农民一人做成了，于是，王爷给了他很多的嘉奖。

王爷又命令道："这回，用线从海螺壳里面穿了来给我！"那农民回到家中，又去问父亲。

父亲告诉他："你把海螺壳前端对着亮处放好，再在线头上粘一颗饭粒儿，让蚂蚁衔着那米饭粒儿钻进去把线往螺壳口引，这样就能穿过啦！"

农民照父亲说的，用线穿了螺壳送去给王爷。王爷再次钦佩得不得了，问："这么难的事，你怎么做到的？"农民诚实地回答："说实话，我觉得把父亲推下山谷太可怜，所以把他带回家藏在了廊檐下。王爷您吩咐的事儿太难，所以我去问父亲，父亲如此这般地教我，我只是依言做好送来罢了。"

听闻此言王爷心中更是敬佩，他明白了：年长者经验丰富，要悉心爱护他们才对。据说从那以后，"六十弃山谷"的陋习就被废止了。

（长野县下伊那郡）

☆

从前有个时代，人上了年纪什么事也做不了的时候，就会被装进网篮丢到山里去。

说的就是那时候的事。某地方有一个老婆子，儿子和孙子一起用网篮装着老婆子往山里走，一路上，老婆子都从网篮里伸出手来，摘了路边的草揉成团往路上扔。儿子问："娘，娘，你做什么呀？"老婆子回答道："这个啊，是为了让你们回去的时候不迷路做的路标。"话这么说着，他们还是径直到山里把老婆子丢弃了。孙子说："父亲，父亲，那网篮我们还是带回去吧！""奇怪的话少说，网篮不要啦！"孙子道："哪里奇怪嘛，等你年纪大了，不是还可以用它来装你？"父亲一下醒悟过来："啊，这就是我的不对了！老人年纪大了我把她丢了，以后自己老了也会被丢啊！"于是，他们又把那老婆子带回家悉心照顾起来。

（大分县直入郡）

鬼与三个孩子

有一户穷人家，父亲老早就死了，母亲一个人拉扯着十一岁、九岁和七岁的三个男孩，日子过得很艰难。

母亲思忖道："再怎么着也只是一个女人家，养活自己都勉强，无论如何，这三个孩子是养活不了了，早晚也得看着他们死，不如干脆把他们扔到深山去，被野兽吃了反倒让人安心些。"终于，她生了心要将他们丢弃掉。

一天，母亲带着三个孩子去了深山，她骗他们说："你们在这等一会儿，我去买些点心来。"这么说着，就把孩子们扔下了。孩子们信以为真，一直在那等，可是四下渐渐暗了下来，母亲为什么还不回来呢？终于忍不住了，两个大孩子抽抽搭搭哭了起来。七岁的最小的弟弟说："哥哥们，光哭可没用，我们找找看，看这附近有没有能借宿的人家。嘿，俺到树上看看去！"说着，他爬上了附近的一棵树，远远看见对面有一点灯火，"咦，那边有灯火，喂，我们快走吧！"弟弟从树上下来，鼓励两个哥哥朝那灯火慢慢摸索着走去了。山中有一间单门独户的破房子，家里面，一个老婆子正靠在熊熊炉火边烤火。

孩子们进了家，请求道："我们迷了路，不知怎么办才好，今晚请允许我们借住一宿吧！""俺倒是很想留你们，可俺这是鬼的家，鬼马上就要回来了，根本不能留你们！走这条路呢，会和鬼遇上的，往那条路走就碰不到，喂，你们还是快走吧！"老婆子说着，连路都给指好了。可兄弟们还是不愿走，继续请求道："话虽这么说，天这么黑我们也回不去，请务必让我们借住一宿吧！"老婆子说："鬼一来，会把你们全都抓了吃掉的，这也可以吗？"正说着呢，屋后传来了"吭哧吭哧"的脚步声，鬼回来了。老婆子慌忙道："看吧，就因为你们磨磨蹭蹭，喏，鬼来啦！怎么办怎么办，喂，快到这里面去！"老婆子一边说，一边让三个孩子进了地窖，她在地窖口牢牢盖上了盖子，又在上面铺了草席。

真真只差了一步，鬼这就从后门进来了，它"咝啦咝啦"地吸着鼻子说："老婆子，怎么好像有人味儿啊？一定有什么人在这儿！"一边说，一边在家里四下找了起来。老婆子为难地说："刚才大门口来了三个孩子，说今夜想在这儿借住一宿，因你突然从后门回来，孩子们慌忙逃走啦！你说的人味儿，一定是他们留下的。"鬼说："是吗！你说有三个孩子，这儿可没见，这时候逃不是太蠢吗！俺只消一步就把他们抓住啦！咳咳。"一边说，一边穿上千里靴，子弹出膛般往大门外飞了出去。可是，鬼跑了很多路也没见着孩子模样的人，"咦，这是怎么回事，俺是不是跑过头了呢？他们早晚肯定要从这条路过来的，俺就稍微休息一下吧！"鬼在路边坐下来一歇息，倦意上来，不知不觉呼呼睡着了。

老婆子见鬼出了门，马上从草席下喊出了三个孩子：

"喂，鬼现在穿着千里靴出去了，肯定跑得很远，你们赶紧从这条路逃走吧！"说着，她让孩子们从后门出去了。孩子们走啊走啊，忽然听到一阵雷鸣般的隆隆声，这是什么声音？三个孩子边想边走，猛然见到前面路上一个体型巨大的鬼正躺着打鼾。孩子们害怕极了，两个哥哥又抽抽搭搭地哭起来。最小的弟弟说："哥哥们，光哭可没用，鬼正睡得熟，我们趁这时候过去吧！"他一边说，一边蹑手蹑脚走上前偷偷看鬼的模样。

鬼高声打着鼾睡得正香，弟弟忽地盯紧了鬼的脚，"这双，一定是人家说的千里靴了，得想办法把它弄过来！"弟弟这么想着，为了不惊动鬼，他很轻很快，"嗖"地一下把那靴子脱了下来。鬼的脚哆嗦了一下，在睡梦中翻了一个身，弟弟屏住呼吸吓得大气也不敢出。鬼说梦话道："嗯嗯，老鼠浑蛋们做夜工去了。"等鬼睡得没了动静，弟弟又把另一只靴子脱了下来，鬼的那只脚又哆嗦了一下，又翻了一个身，弟弟又屏住呼吸，只听鬼又说梦话道："嗯嗯，老鼠浑蛋们啊回来了。"说着，又呼呼睡了过去。这时，弟弟拿着鬼的两只靴子赶忙回来了，说："哥哥，快穿上这个！"他让最大的哥哥穿上靴子，又用绳子把自己和小哥哥与大哥哥绑在了一起，说一声："跑吧！"一眨眼，只听耳边嗖嗖嗖，三人像子弹一样飞了出去。

鬼很快醒了，"糟了，让那小东西们逃走了！"它恨得咬牙切齿抬脚就追，可是，因为千里靴被偷，怎么也追不上了，孩子们转眼到了有人烟的地方。鬼没办法，垂头丧气地回了山

中。鬼回到山中家里时，老婆子正为孩子们担心呢，她装着若无其事的样子问鬼有没有抓到孩子，鬼回答说："俺追过了头，休息的时候靴子又被偷了，这样不行啊！"这么一说，老婆子也终于安下了心。

三个孩子平安回到了家中，从那以后，他们都勤快地帮助母亲干活，一家得以生活下去。

（山梨县西八代郡）

米芽粟芽

从前，有叫米芽和粟芽的两姐妹，米芽是前房生的，粟芽是继室的孩子。

一天，母亲让她们俩去捡栗子，她给了米芽一个破袋子，给粟芽的却是个好袋子。她吩咐两人道："拾满一袋再回来！"姐妹俩去了山中，没一会儿，粟芽的袋子就满了，可是米芽的袋子根本存不住东西。粟芽说："姐姐，姐姐，你的袋子有洞呢，山上的庙里有一个剥树皮的老爷子，你去请他补补吧！"米芽去庙里请剥树皮的老爷子补了袋子，袋子补好了，很快米芽也捡了满满一袋栗子。可是这时候，天渐渐黑了下来。

两人在山里迷了路，只见前面有一点灯火闪闪发着亮，走上前去一看，是一户单门独院的独栋房，里面有一个老婆子。两人请求道："请让我们借住一宿吧！"老婆子拒绝说："让你们借宿也可以，可俺家既没有地方睡，也没有被子盖。"尽管如此，两人仍苦苦哀求着不走，老婆子说："那就让你们住下吧，可是马上太郎和次郎回来会把你们吃了的，你们睡到我的身边吧！"姐妹俩已累得筋疲力尽，很快傍在老婆子的腰间睡熟了。没一会儿，太郎和次郎回来了，道："婆婆，怎么有人味儿？""刚才呀，从村里飞来了一只鸟，俺抓了吃掉了，是那味儿吧！"老婆子回答说。太郎和次郎也没太在意，他们请求老婆子道："炒点豆子来吃吧！"老婆子说："俺腰疼呢，炒不了豆子，什么也炒不了！"这么一说，那两个就自己炒豆子吃去了。

不久，天亮了，太郎和次郎出了门。老婆子对米芽和粟芽说："帮我抓抓头上的虱子吧！"说着，递上了一双火筷子。老婆子头上密密麻麻爬满了蜥蜴那么大的大虱子，粟芽吓得没敢抓，米芽把那火筷子在火上烤了，挟住虱子一个一个往火里丢。老婆子"啊、嗯"地哼着，看起来受用极了。她说："让你受累了！"说话间，给了米芽一个小小的宝匣子，也给了粟芽一把炒豆子。"你们快回去吧，别被太郎和次郎看见抓去了！"老婆子说着，让她们出了门。

两人一路小心地走，却还是被太郎和次郎发现了，他们追了上来。眼见差一点儿就要被抓住，粟芽取出刚才老婆子给的炒豆掷了过去，边扔边说道："后面变出一座大山来！"话音刚落，后面变出了一座树木葱茏的山。姐妹俩跑啊跑啊，太郎和次郎追啊追啊，眼看差一点儿又要被抓了，粟芽又抓出炒豆变出一条大河，姐妹俩又趁机逃走了。就这样，她们终于回到了家。"母亲，母亲，我们回来了！"两人说着，递上了捡来的栗子。"哎呀，两个人都捡了满满一袋回来啦？那就煮了吃吧！"母亲道。她煮好了栗子给姐妹俩，可是，给粟芽的是好栗子，给米芽的却尽是有虫眼的。粟芽佯说道："母亲，母亲，有老鼠！"趁母亲向指的那边看去时，粟芽把好栗子骨碌骨碌碌滚给了米芽。

不久，城里举行祭典大会，后妈吩咐米芽说："俺和粟芽去看祭典，你在家看家，然后呢，用这大眼儿竹篮汲水装满洗澡桶，另外再春十石粟。"说着，就带上粟芽出门看祭典去了。米芽按吩咐用大眼儿竹篮汲水，可是只要往上一提，篮子里的水就漏完了。正犯难呢，来了一个行脚和尚，和尚说："你那样是根本汲不上水来的。"说着，他撕了一条衣服袖子帮米芽把篮子包住，竹篮不漏水了，洗澡桶很快汲满了水。接下来，米芽又犯了难："那么多的粟，怎样才能在看家期间春好呢？"正发愁的时候，来了很多麻雀，它们很快帮她春好了粟。邻家的姑娘也来了，喊她说："米芽，米芽，一起去看祭典吧！"米芽拒绝道："母亲叫我看家，我去不了啊！""管她呢，我们去吧！"邻家姑娘又劝道，米芽于是动了心。因为没有出门穿的衣裳，她想起了老婆子给的宝匣子，打开一看，只见里面装着漂亮的和服和短布袜。她穿上衣裳和布袜，又让邻家姑娘帮梳了发髻，两人这就出了门。

米芽刚一登上祭典看台，就被粟芽发现了，她告诉母亲道："母亲，母亲，姐姐来了，在那儿！"母亲不睬她："给米芽留了很多事做的，她不可能来！"米芽"呼"地一下，把装满了包子的袋子扔给了台下的粟芽，粟芽又说："还给了包子呢，是姐姐！"可是母亲不听："哎呀，米芽哪有那么漂亮的和服，你认错人啦！"

米芽提前回了家，她换回了平日穿的破衣裳，又同平时一样满身粉糠地做起事情来。粟芽和母亲回来了，两个人说笑着祭典上的事。粟芽说："祭典上来了一个和姐姐一模一样的人，还扔了一袋包子给我呢，姐姐也去就好了！"

正说呢，有人来家里提亲要娶米芽，后妈说："米芽的头发又臭又长，和服什么的给她穿都白瞎了，你还是娶粟芽吧！"可是那人不听，说无论如何也要娶米芽。

米芽很快要出嫁了，她拿出老婆子给的宝匣子，见里面的嫁衣叠得整整齐齐。米芽穿上了新嫁衣，坐着轿子出嫁了。粟芽见了，羡慕得不得了，她说："俺也想坐着轿子出嫁啊！"可是没有人愿娶她。母亲也羡慕得不得了，她让粟芽坐在石臼里，她拖着那石臼在田埂上走，石臼骨碌骨碌滚翻了，两个人都掉进了水田。

　　因为羡慕呀
　　变成了钉螺

她们一边唱一边一粒接一粒地沉下了水。

（秋田县鹿角郡）

白鸟姐姐

佐州国有个佐州王爷，他有一个女孩和一个男孩，男孩刚出生不久他们的母亲就去世了。女孩子的名字叫玉珠，男孩子的名字叫蟹春。

虽然自己照顾两个孩子很辛苦，可是十年过去，王爷也没有再娶。一天，王爷和两个孩子商量道："玉珠呀，蟹春啊，我想给你们找个母亲，没有母亲，别的王爷来时没面子！""您请再婚吧！"孩子们这么说。父亲道："那么你们在家好好的，三天之内，我去给你们找个母亲来！"父亲说着出了门。

三天之内佐州王爷走遍了各地，见了很多女子，可是没有一个是他想娶的。这天，他到了一个叫作山田鞭野的地方，见一个美丽的女子在织布。王爷说："不好意思打扰了！"女子说："您从哪儿来？您请抽烟吧！""我是佐州国的王爷，妻子去世了想续弦，你愿意嫁给我吗？""请您娶我吧，我的丈夫是这儿山田鞭野的王爷，女儿刚出生不久他就死去了，家产也转给了别人，所以我才这样地织布度日，你若能把我们母女带走，我就没有任何憾事了！"这事很快定下来，三人一起回了家。

父亲说："玉珠，我带回了新母亲，你快出来行礼吧！"

192

玉珠听到父亲的声音出来一看："看头发，像我亲生母亲的头发，看衣裳，也像我亲生母亲的衣裳，您就做我们的母亲吧！"玉珠对新母亲道。新母亲也很疼爱孩子们。

不久，玉珠和佐贺的王爷订了婚。很快到了婚礼的前一天，母亲吩咐玉珠说："玉珠，今天你到杉山上去砍麻，我要用它做蒸屉帘子蒸麦曲。"玉珠砍来了麻，母亲随即用大锅烧了一锅开水，又把麻编的蒸屉帘子递给玉珠道："来，玉珠，你去那上面洗澡吧！""不要啊，母亲！要是落进开水会被烫死的！""了不起的王爷的新娘，难道还不能去上面洗澡？"后妈一边说，一边抓住玉珠将她推进了开水锅。

玉珠就这样被烫死了，弟弟蟹春看到了，哭得上气不接下气。新母亲对丈夫说："只因你有个坏老婆，所以你看那人的女儿！我正要蒸麦曲做大酱，她却非要在煮沸的水里洗澡，这不，掉下去烫死了！"父亲听说此事道："这可不得了！这孩子是许了人的，明天可怎么向佐贺国的王爷交代呀！""不用担心，不是还有加奈吗？把加奈打扮成玉珠嫁去吧！"父亲心里难受，独自一人去睡了。

第二天，佐贺的王爷来娶亲了，父亲因病没能出行，只母亲、加奈和蟹春三人去了。对方举行了盛大的宴会。临回家的时候母亲对佐贺王爷说："蟹春是玉珠雇来的，请你多加训斥，让他每天白天砍柴，夜里给你和玉珠揉腿捶背吧！"回了家，她又对父亲说："加奈已经改名叫了玉珠，嫁给佐贺王爷了。""蟹春呢？"父亲问。母亲说："我想，蟹春没了姐姐会寂寞的，所以让他在那边先待上七天。"

　　从第二天开始，加奈假冒的玉珠就让蟹春去砍柴，她说："蟹春快吃饭，吃好了就去砍柴！"蟹春根本不知道山在哪儿，柴又怎么砍，没办法，他只好去了埋着姐姐的杉山，他开口道："杉山的亡灵，杉山的亡灵！"从埋姐姐尸身的地方飞出了一只白鸟，白鸟用嘴折了杉树的枯枝叶，团成团扔给了蟹春。白鸟说："我就是你的姐姐啊，你怎么会在这儿？""……因为如此这般的缘故，我被打发到这儿来砍柴，他们还从烧火到给他们洗脚地为难我……""是吗？真可怜，你怎么只穿这点儿衣裳？""只有这一件。"白鸟说："你回家后，就到织布间去，织布间防雨套门边应该散着很多线头和布头，你把它们捡了带到这儿来，姐姐帮你做衣裳。"

　　和白鸟道别后，蟹春回了家。第二天，他早早起床去了织布间，往防雨套门那儿一看，果然有很多布头和线头，他把那些捡起来又去了杉山。他喊："杉山的亡灵！"白鸟飞来了，问他："找到线头和布头吗？""找来了！""今天你砍柴回去后，就说头痛要睡觉，晚饭也不要吃，等明天早上起来你就多多地吃粥，如果中饭还是粥，你就再多多地吃，若是干饭呢你就吃半饱。你在床上睡三天，等到第四天早上，你就说病好了，然后吃得饱饱地上山来。"白鸟姐姐这么说着，又折了杉树叶子团成团扔给他。

　　蟹春头顶着柴火回了家，他照白鸟姐姐教的那样说着头痛睡下了。到了第四天早上，他说："病已经好多了，今天我到山上砍柴去。"到了杉山，他喊一声："杉山的亡灵！"白鸟姐姐衔着包了新衣裳的包袱飞来了，"给你新衣裳，回家后，你绝不能把它放在好地方，你把它藏到灶前最脏的榻榻米地板下，要是晚上睡一觉醒来觉得冷，你就取出来穿上，天亮之前可要再脱了藏回原处呀！嘿，我再来给你捡柴吧！"白鸟姐姐说着，把柴火集拢起来给弟弟拿上了。"我在这儿的日子只有今天一天了，明天是头七，必须要去管投胎的阎王那儿。此后，你就不要再喊了！"姐弟俩这么说着，就此别过了。

弟弟一路哭着回了家，他把新衣裳藏在了灶前最脏的榻榻米地板下，晚上一觉醒来觉得冷，就把衣裳取出来穿上了。那天晚上，恰好佐贺王爷睡不着，他想喊家丁取火点烟，可是谁也不起来，喊妻子，妻子也不起，没办法，只好自己起身往灶前走。刚一到灶前，就见一闪一闪有什么在发光，他以为是火，用火筷子往上一挟，却挟起了一件什么大东西，仔细一看，是一件漂亮的衣裳。王爷问："怎么回事儿，孩子，你哪儿来的这么一件漂亮衣裳？"孩子一听哭起来，直哭得上气不接下气。"不是要骂你，也不是要打你，实话实说吧！"王爷道。孩子从怀中取出姐姐绣花筐里的东西，放在王爷的左手上，说："请去外面说吧！"出了门站在路上，弟弟把之前的事儿全说了。"你为什么不早说！明天早上你早点做早饭，我俩见你姐姐去！""姐姐死后，明天是头七，她说要去阎王那儿，不会再来了。""不管怎样，不去见一面我心中亏欠啊，喂，你快做早饭，吃得多多的，再带上两个人的饭团！"就这样，天亮前两人出发了。

他们来到了杉山，王爷说："看我在，你姐姐可能会不出来，我到树根那儿躲着，你帮我盖上树枝吧！"弟弟照办了。蟹春喊："杉山的亡灵！"白鸟姐姐飞来了："怎么回事儿？跟你说不能再叫了，我去见阎王，走到半路又被你喊了回来！"这时，佐贺王爷出来了，他说："你还能回复原来的模样吗？""昨天之前还可以，今天是第七天，阎王那儿已经来了交接文书，已经没有办法啦。不过，我还是和阎王商量一下吧！不管怎样，你回去后务必在两根门柱上各设一个擂钵，擂钵里放上水，等白鸟飞来在那水中洗浴时，你就去庭院的假山下找，我就在那儿。如果门柱上不放擂钵，我就回复不了原来的模样。"王爷一边听，一边欲伸手捉那白鸟，"别碰我！""不碰一下，你让我的日子怎么过？"王爷说着伸手一抓，只见手中抓住的只是三个苍蝇。

王爷回到家，他请求道："父亲、母亲，之前的欢喜全是空欢喜，我有个请求，请你们在门柱上放上擂钵吧！""这家里的财产都是你的，你想怎样，随心去做就好了！"王爷在门柱上放了两个擂钵，两个都漂亮极了。很快，白鸟飞来了，它在擂钵水中浸一下身子飞出，又浸一下身子飞出来。王爷到假山那儿一看，只见洗脸池后面站着一个美丽的女子，她好看得令太阳都黯淡，水灵得使人想一伸手取过来吞下去。王爷让女子坐上轿子，带她上了二楼。

加奈冒充的坏妻子被佐贺王爷杀掉了，她母亲对此毫不知情，上门来做客的时候，王爷把她女儿的人头包起来当作土产让她带回去。走到半路母亲头痛，路也走不了了，打开包裹一看，见到了里面的人头，当场惊得气绝身亡了。

佐贺王爷重新和玉珠举行了婚礼，他们带着蟹春，三个人去佐州国看望佐州王爷，王爷看到大家平平安安，心中愉快，病也好了。不久，蟹春也娶了个好妻子，从此长辈安心，姐弟互助，据说，那家人直到现在还过着好日子。

（鹿儿岛县大岛郡）

骸骨的歌

从前，有一个叫上七兵卫的人和一个叫下七兵卫的人是好朋友，两人商量着到了外地做工。下七兵卫是个勤快人，他存了不少钱，可上七兵卫却入了地痞无赖的一伙，尽做坏事儿。就这样，三年过去了，下七兵卫决定回家去，他问上七兵卫回不回家，上七兵卫说："虽然想回家想得不得了，可连像样的衣裳也没一件。"下七兵卫想：从村里出来的时候是两个人一起的，现在，若把这男人一个人丢在外面，凭他自己根本回不去。于是，他又给衣裳又出路费，让上七兵卫和他一起回家去。两个人结伴往家走，到了两地交界的一个山岭上，上七兵卫把下七兵卫杀了，他拿了下七兵卫的钱，若无其事地回了村。一回到村里，上七兵卫就编瞎话骗村里人说："下七兵卫与在村里时完全变了样，一到外面他就尽干坏事儿，现在他连回家的路费都没有，所以没回来。"

不久，上七兵卫又去赌钱，他把从下七兵卫那儿抢来的钱又都输光了，在村里待不下去，只好又出了门。走啊走啊，走到了之前杀死下七兵卫的山岭上，忽听有声音叫他道："七兵卫！七兵卫！"是谁呢？上七兵卫这么想着回头去看，却并没有见着什么人，以为是幻听继续走，刚迈开脚步，又传来了那喊叫声："七兵卫！七兵卫！"

上七兵卫觉得奇怪，他朝灌木丛下一看，只见一具骸骨正一开一合着白牙齿大笑不止。七兵卫吃惊地看着它，骸骨说："朋友，好久不见啊，你已经把我忘了吗？我是三年前在这儿被你杀了、抢了钱财的下七兵卫呀！我想总有一天会再遇到你的，所以每天都在这儿等，今天愿望终于实现，终于见到你了，没有比这更开心的事儿啦！"上七兵卫吓得不轻，他想从那儿逃走，可是骸骨用它只剩下了骨头的手紧紧抓住上七兵卫的衣摆不松开。

骸骨问："你这是要去哪儿呀？"上七兵卫没办法，答道："俺先前在村里来着，可是没钱了，准备再出门做工去。好不容易出了门，想着哪怕早一步也是好的，你就放开我吧！""是吗？你可是一点儿没变，还是让人操心的老样子！这么的，你看怎样？我替你跳舞，你带我一起走吧！只消把我装进箱子带着就行了，我又不需要吃，也不要穿，除此之外，哪里去找这么好的无本生意！你可能要疑心我说的跳舞到底是怎样的，那么，我这就跳一个给你看，你可仔细看好啦！"说着，骸骨把肢节咔啦咔啦地拼拢了，它一会儿挥手，一会儿提足，做出各种各样的舞蹈动作来，"喏，七兵卫，大概呢就是这样的，你唱歌，打拍子，我踩着拍子跳，不管什么舞都能跳啊！怎么样，这岂不是很赚钱？"原来如此，确实是个赚钱的好办法！上七兵卫想。于是他照着骸骨说的，带上骸骨出发了。

从城里到乡下，上七兵卫的骸骨舞处处大受欢迎，王爷也听说了此事，他把上七兵卫叫进了御殿，让他在王爷府宽敞的集会大厅表演骸骨舞。可是，也不知道怎么回事，骸骨在王爷面前愣是一支舞也不跳。上七兵卫的脸白一阵红一阵，他又唱各色歌谣又打拍子，还对骸骨连嘲笑带讽刺，可骸骨就是一支也不跳。上七兵卫越发怒了，抡起鞭子就朝骸骨抽去，骸骨起身往王爷面前一坐说："王爷，就是为了能见到您我才跳舞的！因为我在两地边界的山岭上，被这男人杀了劫了财！"骸骨把之前的事尽数说了出来，王爷吃惊道："世上竟还有这样的离奇事！快把这男人绑了送审！"上七兵卫受了审讯，他坦白了全部罪行，被绑在柱子上用矛钉死了。

（岩手县上闭伊郡）

雉鸡若不叫

是很久以前的事儿啦。某地方的河堤也不知重修了多少遍，可是只要一发大水就总是被冲毁。

村里人聚到一起商量对策，其中一个人说："要是祭一个活人不知怎么样？"众人问："那么，谁当祭品呢？"那人说："穿竖条纹衣裳，衣裳上打了横条纹补丁的人，让他去就好。"

大家去找那样打扮的人，仔细一看，说"祭活人"和"竖条纹衣裳上打横条纹补丁"的人，可不正是他自己穿着那样的衣裳！那人就此被祭了河。据说从那以后，河堤再也没被冲毁过。

话说，那人有一个女儿已出嫁，不管人家跟她说什么她都回答"好的好的"，除此之外再不多讲一句话。女婿生了气："这样的女人，简直跟哑巴没两样！"

村里人也说："把她休了吧！"他于是下狠心要把媳妇还回娘家去。两人走过一大片野地，只听雉鸡"咯咯嘎嘎"地叫，紧接着，猎人"嗵"地一枪把它打死了。

媳妇见这情景吟咏道：

世上闲话是说呢 还是不说好

雉鸡若不叫 也不会被打到

　　女婿说："啊，我知道了！就因为你父亲说了不该说的话被祭了河，你才想着不轻易开口，只应答而不说多余的话，对不对？太佩服你了！"说着，他把媳妇又带回了家。

　　乱说话是不行的，这就是教训。今天就到这里啦。

（熊本县山鹿市）

蚕的起源

从前，某地方有一个老爷子和一个老婆子，他们有一个漂亮女儿。他家的马厩养着一匹菊花青[1]。那女儿到了情窦初开的年纪，却每天每天靠着马厩的木门不停地和马说话，结果，她竟和马做了夫妇。

父亲又惊又怒，一天，他把那马牵到山上的旱地边，把它挂到一棵大桑树的树枝上吊死了，随后剥起了马皮。这时，女儿来了，见此情景痛哭起来。那马皮刚一剥下，就去了一旁看着的姑娘身边，它团团裹住姑娘的身体，绕着卷着带她飞上了天。

老爷子和老婆子担心着女儿，没日没夜地不停哭。一天晚上，姑娘在他们的梦里现了身，她说："爹，娘，你们都不要再哭了，俺生性不好，所以才会做出那样的事，请你们断念忘了俺！来年春天的三月十六日早上，破晓时分，请你们往家中泥地房间的石臼里看，里面会生出很多长着奇怪的马头形状的虫子，你们就从吊死菊花青的桑树上采桑叶来喂它们，它们会吐出绢丝，你们就卖了那丝度日吧！那虫子叫作'蚕'，是世上少有的稀罕物。"听女儿这么一说，双亲从梦里醒了过来。

老爷子和老婆子想：奇怪的梦，说有也是有的吧！到了三

1.马毛色的一种，白毛中夹杂黑色和茶色毛。

月十六日的早上，他们早早起床往泥地房间的石臼里一看，果然同梦中说的一样，里面生出了许许多多马头形状的虫子。他们去山上旱田采来了桑叶喂它们，那些虫子吃了很快结了茧。据说，这就是现在的蚕的起源。

从那以后，马和姑娘就成了咱们现在供奉的蚕神，正因为这样，蚕神才有马头和美女头两尊。

（岩手县上闭伊郡）

蛇女婿

从前，某地一家有个宝贝独生女儿。一个相貌出众的年轻人每晚都来这宝贝女儿处玩耍，不管这夜是下雨还是刮风，从没有一天耽误过。姑娘的母亲见青年长得英俊，刚开始时还十分高兴，可是某个雷声大作的夜晚那青年也毫不惧怕地来了，她觉得有些蹊跷，问他住址姓名，那青年却一星半点也不告诉她。

母亲渐渐生疑，一天晚上，她让姑娘把线板上的线穿上针放在了睡觉的枕头边。果然，针往青年的发中刺去了，原以为只是刺进了头发，可是那年轻人却"好痛！好痛！"地连声叫着一路飞奔跑了出去，只见线板咯噔咯噔翻转着，线板上的线被越拉越少。第二天早上，母亲持着线板沿被拖去的线一路走，不料，却被带着来到了一个很大的深潭边。那潭中正传来说话声。

母亲竖起耳朵一听，只听得说："你被铁针刺了头，已经活不了啦，真可怜！可是这也没办法。你有没有什么话要留下呢？"蛇的母亲正在问儿子。"就算我死了，那姑娘也已经怀上我的孩子了，让孩子给我报仇吧！"蛇儿子说。"一般来说，那姑娘是不会知道三月节[1]的桃花酒、五月节[2]的菖蒲酒、九月节[3]的菊花酒的，要是喝了那些个，肚里的孩子可就保不住啦。"蛇的母亲道。

听到这话，姑娘的母亲急急忙忙回了家，她让姑娘喝了三月节的桃花酒、五月节的菖蒲酒、九月节的菊花酒打掉了肚子里的蛇胎。据说正因为这样，三月节、五月节和九月节，女人才非喝酒不可。

（高知县土佐郡）

1.三月三日女儿节，也称桃花节，日本五节之一。

2.即端午节。

3.即重阳节。

鲤女

夏天了，有一条像我们这儿刘谷田川[1]那样的河，河里的水浅了，两三个男人下网抓到了一条很大的黑鲤鱼。那鱼被一个老爷买了下来，"哎呀，哎呀，你是条黑鲤呢，老话说黑鲤一上三尺就吃不得了，你若还有劲儿，就别在这样的河里待了，求求老天下雨，快点儿逃到别处去才好！"老爷说着，把黑鲤放回了河中。

到了那个月的月中，老爷家的女佣突然因故回了老家，一时诸多不便，老爷为此犯了难，想着不拘怎样总得再请一个青壮年女子来不可，可是这时还不到年底[2]，根本也找不着好女佣。这一天，村里入口处的茶店来了一个挎着包袱的年轻女子，"俺呀，既没有双亲也没有姊妹兄弟，请问这儿有没有地方要雇人？"她向掌柜的打听道。茶店的老婆子赶紧去老爷家告诉了，老爷大喜，说："务必快把那女子带来吧！"老婆子这就把女子带去了老爷家。

女子长得十分漂亮，且不管吩咐什么都麻溜儿地一气做好，老爷很开心，说："请一定在我家长久做下去！"什么和服啦，

1.新潟县信浓川水系的支流。

2.帮佣的一般惯例，是每年的十二月二十五日到期，二十七八日为新的契约起始日。——编著者注

内衣啦，木屐啦，经常给她送些各色小礼物。可是，给她的东西却被她尽数放在衣橱顶上，从来也没见她用过。这女子最擅长的是做菜，做汤也好，煮菜也好，味道都好得不得了。

如此这般，两年过去了。老爷渐渐觉得这女子有些奇怪，他想："自那女子来后，我家的厨房就彻底变了样，不管让她做什么菜全都做得像给夫君吃的那样好，今天我倒要看看她到底怎么做菜的。"这天，老爷从纸拉门的破洞往厨房偷偷看去，只见那女子用擂钵捣好味噌，又将味噌入了锅，紧接着，她将和服下摆一掀，露出屁股，伸出一根不知是鲫鱼尾巴还是鲤鱼尾巴那样的东西，啪啪晃着在锅中翻炒起来。"哎呀，真脏！这定是妖怪无疑了，得把她赶走才好！"老爷很快把女佣喊了出来，说："我家情况有变，不能再留你了，你我缘分到此为止吧！"这就将她解雇了。

女子没办法，她换上来时的衣裳出了家门。"她这是去哪儿呢？"这么想着，老爷悄悄跟在了她的身后。那女子沿着河堤旁的小路一直走，走到河流拐弯的深水边，突然变成一条很大的黑鲤，"扑通"一声跳下了河。老爷大吃了一惊，他回到家，把这事说与众人听了，又去女子的卧室看，只见两年来给她的工钱、木屐、夹袄、汗衫，各色东西全都原封不动地留着在那儿。

老爷这才知道是鲤鱼报恩来了，他很伤心。

（新潟南蒲原郡）

"她这是去哪儿呢？"这么想着，老爷悄悄跟在了她的身后。那女子沿着河堤旁的小路一直走，走到河流拐弯的深水边，突然变成一条很大的黑鲤，"扑通"一声跳下了河。

——《鲤女》

猫的歌

从前，某地方有一个老爷子和一个老婆子，他们养了一只猫。那猫是三花猫[1]，是一只有二十五岁年纪的老猫。

一天晚上，老爷子有事出去了，老婆子一个人煨着暖炉，这时，猫来了。

老婆子正困得不行，猫说："俺啊，俺唱歌跳舞给你看要不要？"

老婆子说："猫还会唱歌呀？"

猫一边唱，一边轻轻抬起前脚跳起了舞。猫说："婆婆，俺唱歌也好，跳舞也好，这事儿跟谁也不能说，要是说出去的话俺就把你咬死！"

说完，它又接着跳，还把放在那儿的一条手巾戴在头上跳。

正跳着呢，老爷子回来了，猫马上停住跳舞，跃到了暖炉上。老婆子也不作声，并没有说猫的事。

老爷子老婆子上床睡觉了，渐渐地，到了夜半时分，猫也不知去了哪儿。老婆子对一旁的老爷子说："那个啊，今天晚上，三花猫唱歌跳舞了，真是奇怪啊！"就这样，老婆子把猫的事儿全说了出来。

1.毛色白黑茶三色混杂的猫。

这时，从屋子顶棚的横梁上传来了"喵"的一声，三花猫瞪着发光的眼睛炯炯往下看来。"太可怕了！"老婆子说着，躲在被窝里缩成了一团。

猫"砰"地跳下来，咬住老婆子的喉咙把她咬死了。老爷子怕得瑟瑟发抖，猫却不知又去了哪儿。

上了年纪的三花猫非常可怕，据说，三花猫只要一跳舞就会成妖怪。人们不让三花猫跳舞就是因为这。故事就到这儿啦。

（岩手县二户郡）

狼报恩

从前，某地有一个男子，一天夜里他有急事要去山岭对面的村子。那是一个漆黑的夜晚，必经的那岭上树木蓊郁，就是白天也常让人胆战。

他一个人刚刚爬上山岭，就听对面传来了奇怪的声音，他想：这大概又是狸猫在作怪吧！这么一边想着，一边继续走。可是，听起来那声音却又与平日的狸猫声不同，是类似打鼾的嘶吼声。

到底是什么呢？男人提着灯笼往声音的来处照去，只见一头狼正大张着嘴，脖子时伸时缩着，并不像要往这边扑来的样子。

男人觉得奇怪，朝狼走近去，狼曲起之前站立着的前脚似乎是在行礼，看上去，它像有什么不舒服要向他求助似的。细看才明白，狼的喉咙被什么卡住了。男人说："这就帮你取。"他伸手往狼的嘴中探，取出卡住喉咙的东西一看，原来是一根粗骨头。男人道："一根这么粗的骨头，往后可要小心咯！"狼一边愉快地呜呜叫，一边沙沙往山中走去了。

过了几天，附近有人家庆祝，那男人被喊去喝喜酒。只听大门外有狼高声嗥叫，众人全吓得脸色煞白浑身发抖，那男人道："俺去瞧瞧！"出门一看，正是那晚在岭上救过的狼。狼一见男子马上变得猫一样温顺，直往他脚边蹭过来。男人摸它的头，它就开心地舔他的手。"上次的事有那么开心吗？"男人的话音刚落，"扑通"一声，狼将旁边一个黑东西丢到了大门口，然后咔嚓咔嚓朝山中走去了。仔细一看，丢下的是一只很大的雉鸡。

这雉鸡，是狼报答前事的谢礼。

（长野县下伊那郡）

天神的金索链

很久很久以前有一家五口。孩子还小的时候，父亲死了，头七忌日那天母亲去上坟，留下三个孩子在家看家。出门前母亲说："这山里有一种叫'山姥'的可怕的怪物，我不在家的时候，不管谁来都不要开门。"

没一会儿，山姥就来了。山姥说："妈妈回来啦！"孩子们说："伸出你的手看看！"山姥一伸手，手上长满了毛。"不对不对，妈妈的手光滑滑细润润。你是山姥！"山姥不知去哪里借了剃刀，把手上乱七八糟的毛剃掉，涂上荞麦粉又来了。"妈妈回来啦！"山姥道。"伸出你的手看看！"孩子们说。山姥伸出手给孩子们一摸，手可真光滑，可是她的呼吸声太粗啦，声音大得就像山谷里滚着一个药罐子。兄弟们说："妈妈的声音比这好！"这下，山姥又去喝了一点红小豆的淘豆水，咚咚咚，又来敲门了："回来迟了，妈妈我回来啦！"兄弟们听那声音像得很，以为这下真是母亲回来了，他们开开门，让山姥假妈妈进了家。

和平时一样，两个大孩子睡隔壁，才出生不久的小小孩睡在母亲的身旁。到了半夜，两个大孩子正睡得香，忽听隔壁房间传来"咔吧咔吧"的声音。"妈妈你在吃什么？"兄弟俩问。山姥假妈妈回答道："妈妈在吃咸萝卜。""也给我们一

216

根吧！"山姥拿起放在一边的手，扯下一根指头丢了过去，孩子们捡起一看，是婴儿的手，两人这才醒悟过来："原来是山姥！"兄弟二人悄悄提上油壶，出了门，爬上门口的大树，又在树干上涂了油。

山姥发现兄弟俩逃走了，追上去一看，门前池塘里清清楚楚映着两人的身影。她找来一张渔网想把两人捞起来，可是捞来捞去捞不起，无意中一抬头，才发现兄弟俩在树上。山姥也想爬上去，可是树干滑溜溜的怎么也爬不上去，她恶声恶气地大声叫唤道："怎样才能爬上去啊？！"弟弟太害怕了，他脱口而出道："凿上坎子就可以。"山姥去杂物间拿了镰刀，在树上凿坎子爬了上来。兄弟俩走投无路一点办法也没了，他们祈求道："天神，天神，铁丝也好索链也好，请垂一根下来吧！"话音刚落，天上哧溜哧溜垂下来一根金索链，两兄弟抓住索链爬上了天。山姥也说："天神，天神，铁丝也好绳子也好，请垂一根下来吧！"一根烂草绳垂了下来，山姥抓住草绳正要往天上爬，绳子断了，山姥从空中掉了下去。

山姥的血沾上了一旁的荞麦根，所以直到现在，荞麦根也还是红色的。兄弟两人升上了天，哥哥变成月亮，弟弟变成了星。

（德岛县美马郡）

水蜘蛛

　　有个钓山女鱼[1]的人，在芦川地方一个叫"岩桶"的深潭边钓山女鱼。这时，一只水蜘蛛从潭中出来了，它爬到那个钓山女鱼的人穿着的草屐上，在大脚趾的细绳带上拉了一根丝。眼见它潜入了水中，却马上又出来拉了一根丝，就这样，出来牵一根丝，出来牵一根丝，如此来回往复地拉了十几次，最后，那丝成了一股很粗的绳索。

　　一开始，那个钓山女鱼的还半开玩笑似的看着好玩，渐渐觉得哪里不对劲，开始毛骨悚然，害怕起来。他趁蜘蛛牵着丝钻入水中的工夫，飞快将草屐带上的蛛丝扯开，猛一下挂在了旁边的树根上。没一会儿，只听水中传出"咕哧咕哧"的拽绳声，他刚在心里"哎呀"一声，就见那树根猛地摇晃起来，蛛丝的绳索越拉越紧，最后竟把那大树的树根扯下一大块拖入水中去了。钓山女鱼的见这情景吓得脸色煞白，匆匆逃回了家。

（山梨县西八代郡）

1.马苏大马哈鱼（河川型）。体长约30cm，栖于溪流，可食用，味美。

木匠与鬼六

　　某地方有一条水流很急的河，河上架了好几次桥都被冲毁了。村里人一筹莫展，大家这样那样地商量后，决定请木匠来造桥。木匠虽然爽快地应承了此事，可却总觉得有些担心，他来到河边，看水在河中深潭边撞击奔流，忽地水中鼓起一朵大水花，出来了一个很大的鬼。

　　鬼问道："木匠，你想什么呢？"木匠说："非造一座桥不可呀！"

　　一听这话，鬼说："把你的眼珠给俺，俺来帮你造。"木匠道："俺怎么着都成。"

　　那一天，两人就此别过了。

　　第二天，木匠去河边一看，桥已造好一半，再过一天去看，桥已完全造好了。鬼出来了，说："眼珠拿来吧！"木匠吃了一惊道："等等！"一边说一边拔腿就跑，一直逃到山中不见了踪影。木匠在山里晃晃荡荡地走，忽听远处传来细声细气的摇篮曲：

　　　　鬼六啊早点儿

　　　　得到眼珠

　　　　就好啦

木匠听着那歌，渐渐平复了心情，回到了家。

第二天，他又与鬼碰了面，鬼说："快把眼珠拿来吧！不过，你要是说对俺名字，不要眼珠也可以！"木匠说：太好了！一边说一边猜道："你叫'那个谁'。"鬼拼命摇头道："不是不是！""你叫'那个啥'。""不对不对！"最后木匠大声道："鬼六！"话音刚落，鬼突然消失不见了。

（岩手县胆泽郡）

鬼笑话

从前，某地方有个小和尚，有一天他去山中捡栗子，走啊走啊，走进了深山，迎面来了一个体型巨大的山男[1]。小和尚吃了一惊，山男说："俺知道一个好地方，那地方有很多很多栗子，你跟俺走吧！"小和尚跟在山男身后走，愈走愈深，到了一个地方，果然有很多栗子，小和尚开心地捡起来。捡啊捡啊，不知不觉天黑了，小和尚担心得不知怎么办才好。山男说："今晚去俺那儿住，俺请你吃很多好吃的！"小和尚于是高高兴兴住下了。到了半夜，山男变成了光头大妖怪，张口要吃小和尚。

小和尚吓一跳逃了出来，山男也跟在后面拼命追。小和尚漫无目的地跑啊跑，看见对面山上有一座庙，他跑进了寺庙，说："和尚师父快救我，山男在后面追来了！"和尚让小和尚进了屋，把他藏进了壁橱。山男气喘吁吁地追来了，它问和尚道："和尚，和尚，刚刚有没有一个小和尚来过？"和尚说："你若变成个跳蚤给我看，我就告诉你！"山男说："这个简单！"话音刚落，它就变成了跳蚤。和尚抓住跳蚤，用指甲尖掐死了。据说从那以后，就再也没人见过山男这东西。

（枥木县芳贺郡）

1.山中男妖。

随顿和尚

从前，某山中寺庙里有一个叫随顿的和尚，一只狸猫每天晚上都来骚扰他，总是一到晚上和尚要睡觉的时候，那狸猫就在防雨套门外大声叫："随顿在吗？"弄得随顿和尚又气又恨，却也没办法。他想，总得想个办法治治它不可。一天，他准备了芋头啊萝卜啊很多很多好吃的，还买来了酒。万事俱备，只等晚上，一定要狠狠给那狸猫点颜色看看。老时间一到，防雨套门外照例传来了喊叫声："随顿在吗？"和尚在屋子里，用不输狸猫的语调高声回答道："嗯，在呢！"狸猫又叫："随顿在吗？""嗯，在呢！""随顿在吗？""嗯，在呢！"就这么的，两个一问一答，声音一个盖过一个。和尚又吃好吃的又喝酒，浑身是劲儿地回答："嗯，在呢！"狸猫听到，又用更大的声音再叫道："随顿在吗？"可是这一声后狸猫很快没了劲，它的声音越来越小，最后只听见："随顿在吗？"一声游丝般的声音后，就什么也听不到了。狸猫再没有出声，和尚也睡去了。第二天早上开门一看，只见一只狸猫破着肚皮死在那儿。

（长野县上伊那郡）

马屁股的偷窥洞

一个冬天的晚上，岩津地方一个叫与三公的年轻男子去五明乡下赌博，也不知为什么，那天晚上他的运气很坏，带去的钱全输了个精光。他垂头丧气地往回走，快走到五迁地方的时候，大概是凌晨三点半光景吧，他不经意地往前一看，见一个用紫色绉纱头巾包头、只露出两只眼睛的漂亮女子正一个人穿行而过。这样的深更半夜，又是这样的荒凉地方，一个女人独自走夜路，这事儿简直让人无法想象。他想："这一定是人家说的狸猫精，不妨抓住了教训教训她！"这男人本来就是个力大自负的，又因为赌输了钱正惬着无名火，他从后面追上去，一把抓住衣领将她拽倒在了地上。"你做什么啊？""什么做什么不做什么的！你个臭狸猫！""抱歉，抱歉，我确实是狸猫没错儿，可是今天晚上，我出来并不是要惑你。""当真？那你出来准备骗谁去？""那边多七家的小媳妇，想去戏弄她一下，让他们夫妻吵架。吵架一定很有趣，你也去看看吗？"与三公也曾听人说过，说多七夫妇因吃醋猜忌吵起架来很好玩，于是生了去看的心，他松手放了狸猫女子，紧跟在她身后一路行去了。

没一会儿，就到了多七家门前，狸猫女子对与三公说："你朝那边绕过去，从窗子的隔扇往里看，若隔扇纸上没有洞，你就用手指沾上唾沫开个洞。我呢这就去门口。"与三公走到横头的窗子边一看，不巧，隔扇纸糊得好好的根本没有洞。于是他照狸猫说的那样，用手指沾上口水，在隔扇纸上捣了个小洞往里看去，只见微暗的灯笼光下，夫妇俩枕头并枕头睡得正香。这时，从外面传来了轻轻的敲门声："多七，多七，那个啊，我有话跟你说，你请出来一下吧！"那声音听上去有说不出的娇媚。多七总算醒来了，他睁开眼正要往门口走，媳妇也睁开了眼，一把将他拉住了。而门口呢，女人温柔的声音却还在继续。果不出所料，夫妻吵架开始了，两人越吵越凶，最后揪啊扭啊打成了一团。

场面越来越精彩，与三公想着要把隔扇纸上的洞再弄大一些，他舔一下手指往洞里剜一下，舔一下手指往洞里剜一下，正抠着呢，忽觉胸口像被一根粗圆木猛击了一下，"扑通"仰面倒下了。揉眼起来一看，发现眼前挡着一个很大的马屁股，那儿也不是多七的家，而是一个什么农人家的马厩屋檐下。之前被当作隔扇纸上的小洞不断用指头戳着往里看的，却是那马的屁眼儿；而以为挨的粗木头的打呢，其实，是挨了马的一蹄子。

（德岛县阿波郡）

224

两尊观音

听说，安长这地方的深山里有山姥，山姥总学婴儿哭，如果有人信以为真地去看看，山姥就会把这人给吃了。大家因此害怕极了，没有一个人敢往安长去。

有一个叫卯平太的人，是个大力士，这天，山姥照例学小婴儿的声音哭着，卯平太往那儿一去，哭声停了，出来了一个老婆子。"老婆婆，你怎么会在这种地方？""俺迷了路，正不知怎么办才好。""老婆婆这么大年纪了，不如俺来背你，把你带回村里去！""那俺说要下来的时候，你就要让俺下来。""想下来呢，什么时候说都成！"老婆子高兴地趴在了卯平太背上，卯平太用腰带牢牢将她与自己绑在一起，又将她两只手抓牢了，这就下山往村里走去。

到了安长的山口处，老婆子说："卯平太，你就在这儿把俺放下吧！"她想，只要一落地，就把卯平太给吃了。卯平太明白山姥的心思，他说："离村子还远着呢！""那你把俺的手放开，痛死啦！""哦，一直忍着哪？一会儿就放开。""快放开，痛啊！""马上马上。"说话间，卯平太就背着山姥跨进了家门。

一进屋子，卯平太立即把四下的门窗牢牢关死了，他在泥地房里生起大火，把山姥往熊熊大火中扔了进去。一落入火中，山姥全身就被烧着了，她"啊啊"地叫着跳起来要逃。"你这家伙是吃了很多人的山姥！看你还往哪儿逃！"卯平太一边说，一边在屋子里团团追着山姥跑，一眨眼，也不知是化作气散了还是飘走了，总之，山姥不见了。"咦，山姥哪去了？"卯平太一边纳闷，一边满屋子找，却见原先坐着一尊观音菩萨的佛坛上，这下坐着两尊了。"奇怪，本只有一尊观音却有了两尊，可是，哪一尊才是真的呢？"他让家人们也都出来看，可是两尊观音的胖瘦、脸型、姿态全没有丝毫的不同，这可把人难住了，大家都说："肯定有一尊是山姥变的……"可是却都没有办法辨别。卯平太盯着两尊观音看了半晌，突然一拍手道："想起来了！原来的那尊观音，只要俺一供上红豆饭，她就会笑眯眯地用右手来取。快煮红豆饭供上吧！"说话间，红豆饭煮好供了上来。

热气腾腾的红豆饭一上供桌，果不出所料，其中一尊观音就笑眯眯地举起了手，那手刚一举起，卯平太就大喝一声道："这个是山姥！"他一把抓住那手，将它从佛坛上拽了下来，刚刚还是美丽的观音菩萨，转眼就成了"痛啊痛啊"直叫唤的山姥。"你这山姥，吃了很多人的坏东西！报仇的时候到了！"卯平太说着，对着山姥一阵拳打脚踢，把山姥打死了。据说从那以后，就再也没闹过山姥祸害人的事。

（岛根县周吉郡）

草包货袋上的狐狸

从前有个叫长右卫门的男子，一天，他同往常一样用马拉着炭和柴去村里卖，回去的时候，他买了一箱油豆腐，他把油豆腐同其他货物一起驮在马上拉着往回走。刚到大久保一带，天就暗了下来，很早以前长右卫门就常常听人说，说要是带着油豆腐从这岭上过呀，在沓拔[1]往上的地方，一定会有狐狸精出来惑人，被它吃掉油豆腐。所以，这天晚上他丝毫不敢大意，一边留神着注意看，一边登上了沓拔岭。长右卫门在那儿的路边草地上坐下来，歇了一歇，又挽起缰绳走了起来。

才往上爬了约莫五间[2]远，一晃，只见离长右卫门仅一间远的前方现出一个小和尚，那小和尚既非从岭上下来的，也不是从岭下上来赶到长右卫门前面的，就这么忽地一下冒出来，着实让长右卫门吃了一惊。那小和尚说："俺要去莺宿的长德寺，可是走得实在累了，能否搭乘一下你的马，只坐到岭上也行。"长右卫门拒绝道："捎上你倒也没什么，只是今天的货物实在有些多，不行呢！"小和尚说："什么啊，货物再多俺也不嫌的，请一定捎上俺，俺会多给钱！"长右卫门没办法，"那就让你坐上吧，可是因为还有货物，你可要小心了，不然

1.地名。

2.日本旧长度单位，一间等于六尺，约1.82m。

会很危险。"一边说，一边把小和尚抱上马坐好，长右卫门又吃了一惊，因为他瞥见小和尚的脚上生满了毛，简直就同狗脚一样，并且小和尚的身子与人比起来实在要轻很多。

长右卫门明白了，他想："这么看，果然俺也被狐狸盯上啦！早晚让你见识一下，好好给你点颜色看看！"心里这么想，却依然若无其事地赶着马。这时，马慢慢开始爬坡了，长右卫门说："这马下坡时会任性地一气儿跑，实在太危险，你是贵客可不敢让你掉下来，所以，把你的一只脚绑在马上吧！"一边说，一边不顾小和尚挣扎，把他的一只脚牢牢绑在了马鞍上。

过了一会儿，马开始下坡了，"怎么看怎么危险！把那只脚也绑上吧！"长右卫门说着，又把小和尚的另一只脚也牢牢绑在了马鞍上。"嘿，这下好了！"长右卫门说着，挽起缰绳继续下坡去。

到了一个叫小仓的地方，这时，也不知是不是马背上的小和尚开始担心了，他说："可以了，就在这儿让俺下来吧！"长右卫门说："哎呀，好不容易到了这儿，干脆再坐一会儿，顺着这条路就到村里啦！"一边说，一边紧拍马屁股催它快跑。马背上的小和尚再也忍不住了，"好啦，可以了！快让俺下来！"边说边不停地闹腾。事情既已至此，马上的小和尚说什么长右卫门也权当是耳边风，只是加快脚步往岭下赶去。小和尚越发急起来，最后再也忍不住了，在马上又是嚷嚷又是乱扑腾，可是因为两只脚被牢牢绑在了马鞍上，所以不管怎么挣也没能挣脱掉。

与此同时，长右卫门不断地快马加鞭，他们很快下了山进了村子，到了长右卫门家门前。长右卫门打开泥地房间的门快快策马进去，又砰的一声将门带上，在里面落了锁。他吩咐媳妇道："媳妇，我带客人回来了，你快生火！"媳妇想，这是怎么回事啊？可是因为丈夫这么说了，她慌忙在炉子里又点炭又烧柴地侍弄起来，没一会儿，炉火就烧红了。长右卫门一把按住仍在马背上扑腾乱动的小和尚，解开绑脚的绳子把他拖到了火炉边，媳妇抓牢小和尚的两只脚，长右卫门则一边小心着不被小和尚咬到，一边抓牢了他的两只手，夫妇二人合力把小和尚抬起来，就这样四仰八叉地往蹿起的火上送，辣辣地熏起小和尚的屁股来。

小和尚被熏得难受，他一边"烫啊烫啊"地不停叫，一边在火上啪嗒啪嗒乱扑腾，可是没多久，就现了原形突然变安静了。它向长右卫门赔罪道："其实，俺就是常出来害人的那岭上的狐狸，俺之前做尽了坏事，很不好。可是从今往后再也不敢了，您就饶了俺吧！"长右卫门说："说得再好听也不上你的当！今天晚上俺就要了你的命！"一边说，一边再次狠狠烤起狐狸的屁股来，"吱哩吱哩"，狐狸屁股上的毛全烧焦了，它终于哭出了声，恳求道："俺再也不骗人了，俺换地儿去，从今往后再也不来这岭上了！今天您就饶了俺，放过俺吧！"长右卫门觉得它可怜，道："话既说到这份上，俺且放了你，只是从今往后绝不可再做坏事了！"说着，打开门放走了狐狸。可是后来他清点马背上的货物，发现那箱油豆腐还是不翼而飞了。

那以后过了六天，六天后，每天晚上长右卫门家后面的山中就频频传来不知什么东西的大喊大叫声，声音大得整个村的人都听得到：

长右卫门烤屁股
长右卫门烤屁股

长右卫门干的这事儿得到了全村人的赞许，他甚至得了个"烤屁股"的诨号。

（山梨县西八代郡）

八反袋[1]狐狸

是很久很久以前的事儿啦。片田村的墓地里，有一只狐狸每天晚上出来迷惑过路人。

一户叫新左卫门的人家呢，有三个年轻兄弟。大哥说："这么的，这么的，俺们三个去把那妖怪捉了吧！"夜里，这三个年轻人出门去了墓地，正坐那儿等着呢，就听"咔啦咔啦"，一阵女人木屐的走动声由远而近地来了。"呀，妖怪果然出来了！"等那声音近了一看，是一个头戴手巾的女子，女子肩上驮着一个大包袱。她来到三人身边，开口道："你们也走累了？""你是哪儿的人？""俺是高山村弥左卫门家的阿姐。""天这么黑了，你怎么在这儿？""什么啊，俺这是去城里才回来，在织机房耽误了些时候，又背着这么重的织机，好不容易才到这儿。女人家的一个人走夜路正怕回不去，能否烦请送送我？""是吗？那就送送你！"大哥说着跟去了。

刚走近高山村，忽听到哇哇的有小孩哭，弥左卫门家的老婆子背着孩子迎来了："大哥，大哥，谢谢你送她回来，哎呀，饭菜都是现成的，你快请吃吧！水也烧好了，一会儿吃完

1.反，日本布匹计量单位，详见上册P029脚注。八反袋，意为用八套和服料子那么多的布料做成的大袋子。

饭你去泡个热水澡吧！"就这样，大哥吃了素面和牡丹饼[1]，又进了澡桶去泡热水澡。

天亮的时候，村里的年轻人去野外做事，见一个什么人露着个脑袋泡在河水里，"咦，那男人做什么呢？"大家疑惑着上前去看，"你是哪儿的人，在做什么呢？""俺是新左卫门家的老大，送弥左卫门家的阿姐到这儿，现正泡澡呢！""笨蛋，这是河里啊，还不快上来！"大伙硬把他拽上了岸。只见那儿还留着昨夜的饭菜，仔细一看，昨夜吃的素面原来是蚯蚓，牡丹饼呢却是牛屎团。大哥在河里泡的时间太长落下了病根，最终因病情加重死掉了。

大弟弟老二去给哥哥报仇，也是半夜去了墓地，又听到咔啦咔啦的木屐响，同大哥一样，他也被变成弥左卫门家阿姐的狐狸骗得团团转，送她到家的时候，一样有背着孩子的老婆子又迎出来，一样吃了蚯蚓素面和马粪牡丹饼，到河里泡热水澡招致风邪死掉了。

轮到小弟弟老三了，他咬牙切齿地说："臭狐狸，这次啊这次，俺去找你报仇！"他说："母亲，母亲，这回，俺去把那狐狸收拾了！你帮俺买八反棉布和一套稻荷神[2]的白衣来！""别做傻事儿啦，两个人都被狐狸害死了，你若再死了那可不得了，别傻啦！"老三不听，道："不要紧，我自有主意。"母亲把老三要的东西买来了，又帮他用八反棉布做了一

1.将蒸熟的糯米和粳米轻捣成圆形，撒上豆馅和黄豆粉等制成的年糕团。
2.象征水稻的谷物和农业的神。

个巨大的布袋子。

一天晚上，老三穿着稻荷神的白衣裳。带上八反袋，去了墓地。等啊等啊，"咔啦咔啦"的木屐声又来了，还是弥左卫门家的阿姐。

老三说："这个狐狸，你且听好了！我是稻荷大明神。你又骗人又杀人的，瞧你那什么滥化术！"弥左卫门家的阿姐吓了一大跳，马上变成一只瘦狐狸扑通一声跪倒在白衣装扮的老三面前赔礼道："用了那样的化术，实在是抱歉，恳请您务必饶了我！""不，原谅你倒是没问题，没办法，你也已经道了歉，那就原谅啦！多半因为这一带的狐狸修行不够，没身家没品位，所以才用的这化术。我来给你定个身家，你看怎么样？""好的！请您务必要帮我！""要定身家，得进到这个八反袋里去，你把这一带的狐狸一只不少全叫来吧！而且为定身家，每只狐狸都要衔一枚小判来才好，另外，还要一把大榔头，你也一起带来吧！"就这样，这一带的狐狸全高兴地赶来了，狐头攒聚了乌压压的一片。每只狐狸都衔来一枚小判丢下，再依次钻入八反袋里优雅地排好了。"那么，这儿的狐狸是不是都来齐了？""还有一只没有来。""那是怎么回事儿？""是岩野的狐狸，身体不舒服正卧床。""那也得把它背来才好啊！"

就这样，这一带所有的狐狸都来了，一只不少全钻进了八反袋，连袋子的边边角角都挤得满满的。老三把袋口紧紧扎好了，抡起狐狸带来的大榔头道："好嘛，我这就给你们定身

233

家！"哐！哐！哐！大榔头痛击而下，狐狸全死了。

弟弟老三得了很多小判又消灭了狐狸，一高兴，他打开了袋口往里看，岂料，八反袋最下面的两个角上还各有一只狐狸没被榔头打到，这时嗖一下从袋口逃了出来。

按理说，那时完全能把这地方的狐狸打绝种的，可是因为逃出了两只，所以至今也还有狐狸。真是可喜可贺啊，可喜可贺。

（新潟县长冈市外）

他说："母亲，母亲，这回，俺去把那狐狸收拾了！你帮俺买八反棉布和一套稻荷神的白衣来！""别做傻事儿啦，两个人都被狐狸害死了，你若再死了那可不得了，别傻啦！"老三不听，道："不要紧，我自有主意。"

——《八反袋狐狸》

旧屋漏

从前，一座山中住着老爷子和老婆子，老爷子老婆子爱马，他们养了一匹上好的马。贼打上了马的主意，一天，贼悄悄溜进了家门，他摸到马厩爬到马厩的梁上躲着等，可是怎么等也不见马回来，不知不觉在梁上睡着了。

山里的一只虎狼兽[1]也来了，它想把老爷子老婆子给吃了。老爷子正和老婆子说话呢，老爷子问老婆子："老婆子，老婆子，你说这世上什么最可怕？"老婆子对老爷子说了："俺觉得呀，这世上最可怕的是虎狼兽！"虎狼兽一听得意起来，想着今晚就把这两人都吃了。接下来，老婆子问老爷子了："你呢，你觉得这世上什么最可怕？"老爷子道："俺觉得呀，这世上最可怕的是旧屋漏！"

虎狼兽听闻此言吓了一大跳："还以为俺是这世上最厉害的，谁知，还有一个叫'旧屋漏'的比俺更厉害！"虎狼兽怕得瑟瑟发抖。这时，盗马贼醒了，他从梁上往下一看，见下面依稀站着一个马样的动物，盗马贼想，那就是这家的马了！他径直一跳落在了兽背上。虎狼兽大惊："啊呀，这一定是刚才听说的'旧屋漏'！"它拔腿往外逃，拼命地跑啊跑啊，跑到有许多同伴的老窝，一头进了洞。贼想，可不能让这马白白跑

1.传说中杜撰的虎和狼的杂交野兽，兼具虎的凶猛和狼的狡诈。

236

掉了，得仔细抓住它，他在洞前停下脚步，只等着它再出来。

虎狼兽进了洞，把"旧屋漏"的事儿报告给了野兽王，兽王说："谁去抓那个'旧屋漏'？"大伙儿怕得要命，都说："俺不去！""俺也不去！"猴子是个伶俐的，所以决定让猴子去。猴子试探着把尾巴伸出了洞，洞外的贼见从洞里伸出一根尾巴来，还以为是马尾巴，他一把抓住尾巴拼命拽起来。猴子则以为抓住自己的是"旧屋漏"，便也在里面拼命地拉，贼往外，猴子往里，拉过来拽过去、拉过来拽过去，噗的一声，猴子尾巴拉断了。就因为这，从前浑身是毛、长尾巴的猴子，如今，不仅脸上被岩石蹭掉了毛变得红红的，尾巴也变得又短又秃啦。故事讲完了。

（熊本县球磨郡）

烟草的起源

　　从前，有母女二人相依为命。后来，独生女儿死了，母亲伤心得不得了，她每天都到墓地去，日子一天天过去，母亲就一天天以泪洗面。有一天，女儿墓上长出了一株从没见过的草，眼见着它噌噌地长，生出了很多大叶子。母亲被那草摄去了心魄，觉得它就像女儿一样，所以从那以后，她每天都要去看那棵草解闷。

　　一天，母亲偶然把草带回家煮着尝了尝，可是味道苦涩根本没法吃；又焯水吃吃看，同样也是没法吃。这么着，那草叶子渐渐地枯了。也不知怎么想的，母亲又把它塞进竹筒，用火点着吸了一口，啊，真是无法言说的好滋味，好得不管怎样的悲伤都能抚慰。

　　从那以后，抽烟就渐渐流行开，到了不管谁都要抽一口的地步了。说起来烟草这东西，原本，它只是独生女儿为安抚母亲而生的。

（鹿儿岛县大岛郡）

右眼瞎

山里有一间独栋房，住着老爷子和老婆子，老爷子是左眼瞎。一天，老爷子去城里了，只老婆子一个人在家。没一会儿，老爷子回来了，"老婆子，老婆子，俺回来了！""咦，怎么这么快？"老婆子觉得奇怪，仔细一看：今天这老爷子不是左眼瞎，是右眼瞎。老婆子想："哈哈，山里的坏狐狸变成老爷子来了，这家伙可真不像话！"

"老爷子，今天怎么啦，咋不说'把俺装进草包袋，把俺装进草包袋'啦？"这一说，假老爷子道："嗯，是啊，是啊，把进草包袋这事儿给忘啦！你快把俺装进去！"老婆子说声好，就把老爷子装进了草包袋，又用粗绳子一圈一圈飞快地扎紧袋口。老婆子又说："老爷子，老爷子，进草包袋这事儿是忘了说，咋今天'上火棚，上火棚'这话也不说啦？"

狐狸想可不能在这露馅，它说："啊，是呢，老婆子，老婆子，把俺弄上火棚吧！"老婆子把装狐狸的草包袋放上火棚，在下面用小火浓烟扑哧扑哧熏起来，边熏边道："狐狸尾巴露出来！狐狸尾巴露出来！"狐狸被熏得实在受不了现了原形，"哎咳哎咳"哭起来。真老爷子回来一把将狐狸活捉了。

（岩手县岩手郡）

活猴肝

从前，龙王的独生女儿病了，他请了一个法师来卜卦，法师卜卦一看道："这病啊，看样子，不取活猴肝来吃治不好。"于是，龙王派狗去遥远的地方找猴肝。

狗来到很远地方的一个小岛上，好不容易找到了猴子。"猴子，猴子，你想不想去一个叫龙宫的地方玩？""啊，真想去看看！""那俺带你去吧，你只要抱住俺的腰，去龙宫还不是一眨眼的事儿吗？"

猴子高兴地抱住了狗的腰，它们来到海边，狗伸脚往水边一块平坦的大石头上一踩，不知不觉间，两人就到了龙宫了。

在龙宫，龙王让猴子先玩了一阵儿。一天，章鱼和刺鲀[1]告诉猴子道："这事儿不得了，其实呢，是要挖你的肝给龙王的独生女儿吃了治病，你的命不长啦！"猴子担心极了，可是它想，总得想办法逃走才好。它说："坏了坏了，俺把肝忘在岛上了！"

这话传到了龙王耳朵里，龙王说："要是真忘带了也没办法，还不快回去取！"说着，又让狗陪猴子一起回去取。一回到岛上，猴子就拼命逃走了，这下再也没能抓到它。

1.六斑刺鲀，刺鲀科海水鱼，近似河豚，全身有长刺，身长约40cm，受惊时腹鼓起刺直立。分布于世界各暖海域，可食用。

后来，章鱼和刺鲀多嘴告密的事儿被龙王知道了，章鱼被罚抽掉了全身的骨头，刺鲀呢则被暴打了一顿，直打得骨头根根外露，成了现在这般浑身是刺的模样儿。

（鹿儿岛县大岛郡）

龙王派狗去遥远的地方找猴肝，狗来到很远地方的一个小岛上，好不容易找到了猴子。"猴子，猴子，你想不想去一个叫龙宫的地方玩？"

——《活猴肝》

鼹鼠与蛤蟆

很久很久以前，鼹鼠那家伙是在地上走的，它们商量道："太阳一出来，眼睛就花了，眼睛一花，就不能随便到处走了。因为不把太阳干掉就不能自由地到处走，所以，无论如何得想办法干掉它！"现如今长得最高的是松树和杉树，可那时候，是黑檀树最高，鼹鼠们商量道："要是爬到黑檀树上用弓箭射太阳，太阳就会被射死吧！"

蛤蟆说："要是没了太阳，天太冷我们就没法活了，得赶紧把这事告诉太阳去。"蛤蟆写信告诉太阳："因为如此这般……所以请小心！""你告诉我这事太好了，从今往后，就让鼹鼠永不得见天日，黑檀呢，就让它长，长不高了就枯死。蛤蟆你想要什么？"太阳问。"什么也不要，可是我们最不好受的事，是天还很冷的时候在水中产卵。"从那以后，每在天还很冷的时候，太阳就让南风在某一天吹来了，那一天被称作"蛤蟆下河"，天暖和得都让人浑身发软。这可是很久很久以前的老古话啦。

（鹿儿岛县萨摩郡）

豆子、稻草和炭

　　某地方有一个老婆子，一天，她准备做菜，将蚕豆用水泡上了。过了一时去看看，蚕豆已经泡软了，她把豆子往锅中一倒正要煮，一颗蚕豆跳起来，往院子的一角骨碌骨碌滚去了。

　　老婆子想，也就一颗豆子，算了吧！便去取木柴和稻草，风一吹，一根稻草从老婆子手中刮走，也往豆子滚去的那边飞走了，老婆子想，哎，也就一根稻草，算了吧！

　　老婆子就用取来的稻草点火开始做事儿，做着做着，老婆子自己也没觉察到，不知什么时候一块烧得通红的炭骨碌骨碌滚出来，也滚到了刚才豆子滚去的院子角落里。

　　炭、稻草、蚕豆三个商量道："我们去参拜伊势神宫吧！"走啊走啊，前面出现了一条小河，三个犯了难，稻草想出了一个好主意，它说："呀，我是一根长长的，我来给你们做桥吧！你们过桥后，再两个一起把我拽过去。"

　　大家都说好，这就让稻草做了桥。炭和蚕豆你不让我我不让你，都争着抢着要先过，两个打了一大架，蚕豆输了，只好让炭先过去。可是炭在桥上走到一半，因为害怕怎么也不敢再走了，稻草被烫着了，一个劲儿地催它："快走，快走啊！"可是越催炭越不敢走，很快，稻草就被烧断了，"嗤"地一下，稻草和炭落下了水。在一旁看着的蚕豆哈哈大笑，说：

"这就是刚才的报应啊！"谁知"啪唧"一声，蚕豆的肚子笑破了。

蚕豆不知所措地哭了起来。来了一个做针线活的裁缝，裁缝问："你哭什么呀？"蚕豆把之前的事儿都说了，裁缝可怜它："手头正好没绿线，就用黑线帮你缝了吧！"说着，他用黑线帮蚕豆把肚子缝上了。所以直到现在，蚕豆的身上还有一条黑道道。

（静冈县浜名郡）

猴蟹大战

猴与蟹

某地方有一只猴子和一只蟹，两个去田里捡稻穗，捡了很多很多的稻穗，回来做了年糕。

尽管是两个一起做的，年糕还是全被猴子给偷走了，一块也没给螃蟹留。猴子爬到了柿树的树梢上，只顾自个儿吃独食。

螃蟹说："给我一块吧，就一块！"可猴子一块也不给。于是螃蟹说了："猴子，猴子，你拿的那竹篓，你把它挂到柿子树最高的树梢上，那样呀，年糕的味道会好得不得了！"猴子这就去把竹篓往柿树顶的枯枝上挂，刚一挂，啪的一声，树枝断了，年糕撒了一地。

趁猴子还没来得及下树，螃蟹迅速用大钳子夹住年糕拖进了洞。猴子气得不得了，在螃蟹洞旁叫道："年糕拿出来，不拿出来，就往你洞里噼里啪啦地拉屎！"一边说，一边把屁股凑了上去。螃蟹立马伸出钳子狠狠夹住了猴屁股，猴子吃了一惊，跳起来就往山中逃去了。

所以直到现在，猴子的屁股还是那样红。故事这就讲完啦，喏——喂呀喂呀，糯米团子，不快吃啊就凉啦！[1]

（熊本县阿苏郡）

☆

也还有这样的故事。

很久很久以前，有一只猴子和一只蟹，猴子捡到了一颗柿子核，螃蟹呢，正拿着一个饭团子。猴子说："螃蟹，用俺的柿核儿换你的饭团干不干？"两人这就互换了。

螃蟹把柿核儿带回家种在了门前的田里，柿树一天天长大，结出了漂亮的柿子。于是，螃蟹去猴子家请猴子来帮忙采柿子。猴子立马答应了，它爬上了树，把熟柿子留给自己吃，只把青柿子扔给螃蟹。螃蟹生了气，一边跑一边朝猴子破口大骂起来，这下，猴子也火了，它把螃蟹一直追进了洞，又想从上面往螃蟹洞里拉屎。螃蟹伸出大钳子，对准猴子屁股就是一顿猛夹，猴子痛得嗷嗷直叫唤："螃蟹，螃蟹，你快快松开，松开就送你三根屁股毛！"所以从那以后，螃蟹的大螯上就长了毛。

（长崎县北高来郡）

1.为日本奥丰后地区民间故事结尾惯用语,语意不详,单纯为故事完结之意。

猴子与蛤蟆

　　三贯野山中的猴子和蛤蟆碰了面，这天，因为山下村子里有人家添了长孙办喜酒，从这家传出了"咚咚、咚咚咚"的捣年糕的诱人声音。听到这声音，猴子说："蛤蟆，蛤蟆，不管怎样，得想个办法把那年糕偷来，咱俩一起吃怎么样？"蛤蟆说："俺太胖了，动作慢，做不了那事呢！"猴子道："不，你只要跳到井里学婴儿哭就好，剩下的事儿俺来办！"蛤蟆同意了。

　　两个很快下山去了办喜事的那人家，按事先说好的那样，蛤蟆先一步跳进井里学起了婴儿哭。有人说："不得了，婴儿掉到井里了！"那户人家顿时闹哄哄地乱起来。

　　趁着这当儿，猴子扛起春年糕的石臼急急忙忙往三贯野山中逃去了，蛤蟆也从井里起来，慢吞吞地朝着山上往回爬。猴子说："蛤蟆，蛤蟆，一切顺利，年糕偷来了！可是怎样呢，这么些年糕，若自己吃倒是可以吃个痛快啊，要么这样吧，我们把石臼从山上滚下去，谁先撵上谁全吃！"蛤蟆没办法，只好答应了。

　　猴子把石臼扛到了山顶上，噌一下，它把石臼推下了山，又动作敏捷地紧跟着石臼一溜烟儿往下跑。蛤蟆也在后面，慢吞吞地往下爬。幸运的是，石臼滚到半山腰，里面的年糕飞出来挂到了树枝上，蛤蟆高兴地取了年糕狼吞虎咽吃起来。这时，跑得汗水淋漓的猴子又爬了回来："呀，蛤蟆，蛤蟆，年糕最后还是被你吃了啊？虽说好像有点废话，可俺还是觉得，你应该往上顺着吃比较好。"蛤蟆说："往上顺着吃也好，往下倒着吃也罢，蛤蟆俺爱怎么吃，就怎么吃！"

（新潟县南蒲原郡）

猴子与雉鸡

猴子与雉鸡合伙种田。要做田埂[1]了，雉鸡对猴子说："猴子，猴子，别人都在做田埂了，俺们也该去做啦！""哎呀呀，雉鸡啊，俺腿疼得不得了，看来俺是做不了田埂啦！""啊，没关系没关系，你好好养着，俺来做。"雉鸡自己做好了田埂。

日子一天天过去，水田要翻耕播种了，雉鸡喊猴子："猴子，猴子，别人都开始犁田了，俺们也去吧！""今天头疼啊，疼得什么事儿都拎不清！""啊？"雉鸡只好独自去把水田犁好了。又过了一段时间，"猴子，猴子，别人家都在插秧了，俺们也该插田啦！""这个，真为难啊，两三天前俺开始

---

1. 锄去旧田埂上的草，制作和加固新田埂，以防灌溉水的渗漏。一般在春耕插秧前进行。

咳嗽，咳得那叫厉害，脑子都咳得不灵清！""嘿！"雉鸡没办法，这回还是自己去插了秧。

引水灌田，除草，一样一样都做了，过了暑伏，到了秋天了，稻穗齐刷刷沉甸甸地垂着，收割时节临近了。"猴子，猴子，别人家开始割稻了，俺们也该开割啦！""俺浑身上下疼，手也疼，脚也疼，头也疼得不理事！""嘿，没事儿，没事儿。"雉鸡一句怨言也没有，自己麻利儿地割了稻子，脱了粒，好不容易碾成了米。这回，猴子来到了雉鸡家："呀，雉鸡，雉鸡，之前让你受累了！今天俺们就做年糕吃！""好啊好啊。"两个说好了，雉鸡和猴子这就开始动手做年糕，先用蒸笼蒸饭，又找木桶装出来，接着，黏糊糊黏糊糊地舂起来。

年糕舂好了，猴子说："雉鸡，雉鸡，你去拿个桶来装年糕！""啊，好的好的！"趁雉鸡去洗手槽那边取木桶，猴子将石臼里的年糕用捣杆头一挑，哼嗨哼嗨就往山中逃去了。"呀，这猴子太过分！"雉鸡吃惊地追了出去，可猴子早不知跑去了哪儿，连个影子都没找着。猴子道："这时候，雉鸡那家伙该难受得在哭吧！"说话间，它已经到了山上，把捣杆从肩上卸下一看，年糕不见了。"年糕哪儿去了？"它吃了一惊，东张西望地一路找着下山来。只见雉鸡把那落到草丛、沾满尘土的年糕细细吹去了灰，正安安静静地在吃着。"呀，雉鸡你在这儿啊？草丛里的年糕味道怎么样？""哦，是猴子呀？草丛里的年糕只要吹去灰，味道还是很好啊！""哎呀，那也给俺一点吧！""猴子你就吃捣杆上的年糕吧，草丛里的

年糕呢，俺吹吹灰尘吃就好！""别挖苦人了，快给俺一点吧！""一点也不给！""好啊，你可记好了，今天晚上，俺会找你去算账！"这么说着，猴子气得噗噗地往山里走去了。

雉鸡见把猴子惹毛了，心里开始怕起来，它回到家正噢噢哭呢，一个蛋骨碌骨碌滚来了，蛋问道："雉鸡你哭什么呀？"雉鸡回答说："猴子说晚上要来收拾俺，因为害怕在哭呢！""什么？那样的事儿用不着哭，俺会帮你的！"蛋说。可雉鸡还是噢噢哭不停，这时，门闩扑通扑通地走来了，它问道："雉鸡，雉鸡，你哭什么？""也没什么，猴子说晚上要来报复俺，所以在哭呢！"门闩说："俺会帮你的，你别哭。"可是尽管如此，雉鸡还是噢噢哭不停。这时，剪刀虫[1]来了，苦虫[2]来了，缝褟褟米的大针来了，马耕种用的石轱辘来了，稀屎也来了，大家都说："雉鸡，雉鸡，你别哭，俺们都会帮你的。"雉鸡终于安下心来不哭了。

天快黑了，门闩站在大门口，蛋躲在地炉边，缝褟褟米的大针竖在炉沿上，剪刀虫爬在水缸里，苦虫藏在酱桶中，稀屎待在院子下坡台阶的正下方，石轱辘架在屋子顶棚后面的椽子上，各就各位，一心等着猴子来。晚上了，猴子从老远处就大喊大叫着来了："雉鸡，雉鸡，俺来找你算账了！雉鸡，雉鸡，在不在？"走近前来一看，雉鸡家鸦雀无声，"雉鸡，雉

1.学名蟑螂，昆虫纲革翅目的杂食性昆虫，常生活在树皮缝隙、腐木中或落叶堆下。

2.想象中的一种越嚼越苦的虫。

鸡，快开门！猴子大爷找你算账啦！"猴子竭尽全力地大叫大嚷道。可雉鸡家中还是一点声息也没有。猴子道："叫你开门你不开，再不开，俺就破门啦！"话音刚落，哗啦一声，猴子把门开开了。"砰！"门闩打在了猴子的额头上。"谁啊！是谁打了俺额头？啊，冷，真冷！"猴子说着，径直来到了火炉边，噘起嘴巴噗噗去吹火。"啪"的一声，蛋跳起来击中了它。"哎哟，烫！烫！"猴子一边叫一边捂住前身，不料却又摔了个屁股墩，缝榻榻米的大针顺势扑哧一声扎中了猴子的屁股眼。"烫啊，痛！对了，黄酱可是治烫伤的妙药。"猴子说着，拔腿就往酱桶那边奔，本想往烫伤的地方涂黄酱，谁知一不小心错送到了嘴里，一口把苦虫嚼碎了，"啊呀，苦啊，苦！"猴子叫着，急急忙忙把头插进水缸去喝水，咔嚓，剪刀虫把猴子仅有的一条舌头剪掉了。

"这哪是俺收拾雉鸡，明明是俺被收拾啦！"猴子吃了一惊，哎哟哎哟叫着往外逃，说时迟，那时快，稀屎让它一脚踩滑摔了个仰八叉。"贪心的猴子，现在不惩治它更待何时！"屋子顶棚后面的轱辘猛地落下砸在了猴子的身上。就这样大伙帮鸡报了仇。故事讲完啦。

（岩手县稗贯郡）

255

南岛的猴和蟹

有一只叫河滩马亚的螃蟹，一天，它正在河边洗澡，见从上游漂来了一颗桃核儿，它把那桃核儿捡了起来。

今天种下
明天发芽吧
后天开出花
哎呀　大后天你就结果子
第五天桃子熟
第六天啊把你摘

马亚一边这么说，一边把核儿种下了。果然如它所说，桃核儿第二天发芽，第三天开花，第四天结出了果，第五天果子熟了。到了第六天，马亚去摘桃了，可是低枝上的桃子它能采得到，高枝上的却够不着，急得正噢噢哭呢，从那边的树丛来了一只瞎眼秃猴子。

"怎么了？马亚，马亚，你哭什么？"猴子问。"低树枝上的能摘到，高枝上的采不着，为了这个在哭呢。"马亚道。"嘿，俺来帮你摘，回头俺俩平分吧！""那么就这样！"马亚对瞎眼秃猴说。可是，猴子在马亚篮子的下层全装上了青桃子，只在最上面放了几个熟桃子，而它自己的篮子呢，下面全放的熟的，只在最上面搁了几个青桃子。猴子对马亚说："给你的全是熟透的，俺拿的是青的。"一边说，一边让马亚看。马亚高兴极了，可是等它回家把桃子从篮里拿出来一看，熟桃子却只有面上的两三个。马亚气鼓了肚子："你个瞎秃子，看你往哪儿跑！被俺追上非杀了你！"一边说，一边往外追了出去。

信鸽正在路边唱歌呢，马亚问："信鸽，信鸽，去不去鬼之岛比力气？""早饭虽然吃过了，可是没有中饭吃，饿得直打摆子[1]去不了。"马亚道："瞧瞧俺这儿，长年糕、鱼、饭，全都带上啦！""那样的话可以去。"

马亚带着信鸽往前走，这时，蜈蚣从路边爬来了。马亚问："蜈蚣，蜈蚣，去不去鬼之岛比力气？""我也是早饭吃过了没有中饭吃，饿得直打摆子去不了。""瞧俺这儿，长年糕、鱼和饭，全都带着呢！""那样的话可以去。"

三个结伴往前走，鳗鱼在河滩边的家中弄得扑通扑通响，马亚问："鳗鱼，鳗鱼，去不去鬼之岛比力气？""早饭吃过了没有中饭吃，饿得直打摆子去不了。""瞧这儿，长年糕呀鱼呀饭呀，俺全带着呢！""那样的话可以去。"

四个结伴往前走，木槌正在水田边做田埂，"木槌，木槌，去不去鬼之岛比力气？"马亚问。"早饭吃过了没有中饭吃，饿得直打摆子去不了。""瞧，长年糕、鱼、饭，俺全带着呢！""那样的话可以去。"

1.痢疾的俗称，这里指像得了痢疾一样全身无力。

五个结伴往前走，见公牛正"哞哞"吹着螺号从对面走过来，"公牛，公牛，去不去鬼之岛比力气？"马亚问。"早饭吃过了没有中饭吃，饿得直打摆子去不了。""俺这儿，长年糕呀鱼呀饭呀全都有！""那样的话可以去。"

　　六个结伴到了瞎眼秃猴家。马亚让公牛站在大门外，信鸽坐在锅灶前，蜈蚣爬上水瓢柄，鳗鱼趴上檐溜儿石，木槌插在了门口的横梁上，它自己，则从壁龛前的上座爬进了客厅，一边把烟具盘[1]弄得嘎啦嘎啦响，一边道："瞎眼秃猴，瞎眼秃猴，快帮俺点烟来！"秃猴刚要去灶前取火，信鸽啪嗒啪嗒扇起翅膀，把猴子迷了一眼灰。猴子慌忙抓起水瓢想舀水洗眼睛，蜈蚣咬了它的手。猴子急忙往客厅逃，鳗鱼又让它脚下一滑摔了个大跟头。这时，木槌从上面直落下来打断了猴子的脊梁骨。猴子慌慌张张起来要往门外逃，公牛用角一顶，一下把猴子挑死了。呀，嘿！

（鹿儿岛县大岛郡）

1.吸烟丝用，放置火柴、烟灰碟、烟袋等工具的盘子。

兔子、狸猫、猴子和水獭

　　从前，某地方有一个叫卖盐长兵卫的人，一天，他买了盐、豆子、水车和灯芯草席子，因为走得太累，所以在回程路上停下来休息。这时，兔子、狸猫、猴子和水獭结伴儿来了。兔子说："要是我拖着一条腿假装瘸子往那边跑，长兵卫一定会追上来的，到那时，你们仨就拿了他的背篓赶紧跑。"兔子瘸着一条腿跑来了，不出所料，长兵卫果然扛着扁担追了上去。趁这工夫，那三个把竹篓一拖跑走了。最后，兔子也逃脱了。长兵卫回到原地一看竹篓不见了，只好气哼哼地扛着扁担走了。四个聚在一起开始分竹篓里的东西。

　　兔子说："水獭，你喜欢到河里抓螃蟹吃，所以呢你拿盐，撒上盐才叫一个好吃呢！"说着，把盐给了水獭。"猴子你在岩石上睡觉，若铺上席子再睡，该有多舒畅！"这么说着，它把席子给了猴子。"狸猫你在洞里睡，把这个放在门口让它一圈一圈转，你呢，就在里面一边看着一边睡，哎呀，想想都好玩！"兔子说着，又把水车给了狸猫。"我呢，我就拿剩下的这点豆子吧！"兔子拿了豆子，大家各自散去了。

　　水獭想，得赶紧抓好吃的螃蟹去。它扛着盐下了河，谁知，盐一遇到水全化了。狸猫一整夜都盯着水车看，可是，水车一圈也没有转一转。水獭和狸猫气鼓鼓地去了猴子那儿，只见猴子正摔折了腰，原来，它把席子铺在岩石上睡觉，从上面滑了下来。

三个气鼓鼓地赶到兔子那儿，兔子正在吃豆子。兔子吃一颗豆子就把豆子皮贴在肚脐上，吃一颗豆子，就把豆皮贴在肚脐上，它对那三个道："你们也正生气吧？我呢，也因为吃这豆子，肚脐里冒出了这样的东西，哎呀痛啊，痛得实在受不了哇！"大家说："原来彼此彼此啊！"

猴子屁股红彤彤光秃秃地发亮，据说，就是那时被摔的。

（高知县吾川郡）

兔子与乌龟

跳蚤与虱子[1]

从前，跳蚤与虱子遇上了，它们决定赛跑，起点是新开垦的田地边，终点是山王权现庙。

跳蚤轻轻地跳着跑得飞快，可是虱子呢，扭扭捏捏，爬得慢得要死。跳蚤想，这不是赢定了嘛，于是在半路上顺便进茶店睡了个午觉。就因为这，它输给了虱子。

山王权现神说："不管怎么说，虱子这家伙太不简单了！"说着，用手中的毛笔往它身上点了一下。

直到现在，虱子还是黑色的。

（长崎县壹岐郡）

1."跳蚤和虱子"的故事和"龟兔赛跑"的故事情节类似，跳蚤和虱子的角色换成兔子和乌龟，就是龟兔赛跑的故事，所以这个"跳蚤和虱子"的故事被收录在"兔子和乌龟"的标题下。

输给乌龟的兔子

赛跑输给乌龟后，兔子回了家。兔村的兔子们都说："像你那样的，不能再待村里了，你快滚出去！"这么说着，将它撵出了村。

可是这时，山里的狼大王派使者来村里了："快献三只小兔来！"兔村一下子兔心惶惶，乱了起来。

"不管俺家的孩子还是别家的孩子，都那么可爱，怎么可能献出去？"兔民们说着，每天七嘴八舌地商量对策。

赛跑输了的兔子听说了此事，它想：好运来了！它若无其事地回到村子，说："俺虽然被开除出了兔村，但如果俺献上小兔并把这事处理好，那么，还能让俺回村吗？"

"此话当真？你若真那样做了，我们就让你回来。"兔子们道。

输给乌龟的兔子高高兴兴去见狼大王："狼大王，狼大王，俺是来献三只小兔的！可是，您的脸看上去太可怕了，谁都不敢来，所以呢，可能会让您有些为难，不过还是想请您脸朝那边在岩石上坐一会儿，俺这就去把它们给带来！"

狼大王说："这容易！"说着，立马脸朝外在崖石边坐下了。

兔子想：是时候了！它用尽全力朝狼大王背上猛一把推了过去，堂堂狼大王被推得一个跟头翻出去，径直落到了谷底。

成功了!

　　兔子得意地回到村里,把这事告诉了大家。就这样,输给乌龟的兔子没献出三只小兔也回到了兔村的伙伴中。

(长崎县壹岐郡)

鹬鸟、虾和鲸

很久很久以前，有一只很大的鹬，那鸟想：这世上再没有比俺更大的大佬啦！它在海面上翩翩地飞，飞啊，飞啊，翅膀飞累了，它想：有没有什么地方能停下歇歇呢？四下一找，只见从海里忽地竖起一根杆子来，它觉得这很好，于是轻快地收住翅膀停在上面休息了。"这，停在那儿的，是哪儿来的家伙？"一个声音道。"说什么呢？俺是世上第一大佬，俺是鹬。""你说什么！俺是虾，你这不正停在俺的胡须上呢吗？所以，'世上最大'又是咋回事儿啊？"鹬鸟没办法，只好又翩翩地飞了回去。

这下，轮到那虾骄傲起来了，它说："俺才是这世上第一大的大佬！"一边说，一边轻轻地跳着走，走啊，走啊，脚走累了，它想，有没有什么地方可以歇歇呢？四下一找，见到一个很大的洞，它觉得很好，钻了进去。"这，在那儿的，是哪儿来的家伙？"一个声音道。"说什么呢？俺是世上第一大的大佬，俺是虾。""你说什么！俺是鲸，你不正在俺的鼻孔里呢吗？阿——阿嚏！"鲸打了个喷嚏，"砰"的一下，虾被冲了出来，扑哧撞到了岩石上。

虾的腰就是那时撞弯的。

（大分县北海部郡）

贪心的角鹰[1]

一天，鸟里面体型最大、被尊为鸟王的鸟被卡在了树杈间，怎么挣怎么扑腾也出不来。来了很多很多鸟，它们不断抓住大鸟的羽毛想把它往外拉，所以大鸟最后被扯光了满身羽毛，变得通红通红溜光溜光的了。

这时，来了一只叫川熊[2]的鸟说："那样可不行！"它让鸟们分别站在左右树杈上，因为鸟的重量，树杈被压弯折断了，大鸟终于脱了身。接着，它又让众鸟从自己身上各拔一根羽毛给大鸟粘上了。

鸟王九死一生捡回了一条命，决定开宴庆祝一番。川熊鸟说，我去弄个大菜来！一边说，一边朝山中飞去了。刚好从对面来了一头野猪，川熊鸟立马飞进那野猪的耳朵，在里面拼命地折腾，野猪被折腾得很痛苦，最后死掉了。众鸟正欢聚一堂呢，川熊鸟带着野猪回来了，这让它倍儿有面子，骄傲极了。

角鹰见了说："得，俺也抓两头野猪来让你们瞧！"说着，它也去了山中。这回，正巧有两头野猪并排着从对面跑来

1.鹰科大型鸟，翼长约50cm，捕食野兔、雷鸟、山雀等，栖于亚高山带森林，分布于日本各地。

2.传说中秋田县熊物川流域出现的妖怪，最早的记述可见于《月乃出羽路》。

了，角鹰说："来得好，这就两头一起抓！"说着，伸出左右两只大爪，往两头野猪背上同时抓了上去。野猪大吃一惊，猛跳起来朝不同方向狂奔而去。只抓一头倒也没什么，可是因为抓了两头，角鹰的脚也折了，爪子也被拔脱了。

据说，"贪心的角鹰爪被拔"这句谚语，就是从这故事来的。

（岩手县上闭伊郡）

蜈蚣请医生

很久很久以前，虫子们聚在一起玩得正开心，一条虫子突然说："肚子疼，肚子疼！"一边说，一边嗯嗯啊啊地哭了起来。虫子们先是大吃一惊，接着就乱成了一锅粥。那虫子看起来非常痛苦，于是，虫子们决定去喊医生。可是让你去呢，还是让他去？大家左商量右商量怎么也定不下来。一条上了年纪的虫子说："蜈蚣有很多脚，它应该跑得快。"大家一致同意了，当即就让蜈蚣去请医生。

其他的虫子都去照看病虫子，大家鼓励它："振作，振作一点儿！"可是，等了好久也不见医生来，继续等啊等啊，医生还不来，有两三条虫子急了，跑到门口一看，只见蜈蚣正汗流浃背地在拼命脱草鞋，虫子们问它："医生怎么还没来？"蜈蚣说："俺穿鞋还没穿完呢，医生怎么会来？"虫子们吃惊地仔细一看，原来，蜈蚣不是脱鞋而是在穿鞋，这才明白过来：以为蜈蚣脚多跑得快，这根本是个大错误。

（宫城县本吉郡）

螺蛳与野老芋

从前，螺蛳和野老芋是邻居，一天，野老芋对螺蛳唱道：

> 螺蛳螺蛳疙疙瘩瘩
> 死水河的垃圾 顶头上
> 屁股歪歪
> 滑稽啊惹人笑

螺蛳回它道：

> 野老芋
> 说话太不讲理
> 把你身上毛
> 统统拔了去

野老芋听到这歌心里怕起来，就像我们现在看到的这样——它悄悄钻进泥土中躲了起来。

（岩手县上闭伊郡）

☆

也还有这样的事。

一天，是个大晴天，乌鸦站在树上往四下看，"有没有什么可吃的呢？"只见田埂边有一个田螺正在晒太阳，它想，这可发现了好东西，于是轻轻飞下，往那边走了过去。善于说恭维话的田螺开口了：

啊 乌鸦先生

多么标致体面的神灵

细看您腿脚

像穿着藏蓝的细筒裤

又看您的身

似穿着黑礼服

再看您的头

仿佛戴着 缎做的头巾

嘎嘎的叫声啊

有如 迦陵频伽鸟的鸣唱

乌鸦开心极了，于是又飞回了树上。一见这情景，田螺这下敞开嗓门大叫起来：

细看您腿脚

像后山烧炭老头儿的火筷子

嘎嘎的叫声啊

有如 巫婆用糙绳子拖着破药罐儿

在大崎的河滩走

乌鸦懊恼极了，见田螺这么肆意地捉弄它，它也叫道：

小偷儿田螺

浑蛋田螺

我的脖颈

若有鹭鸶的那么长

决不让你 还躲在田埂下

（新潟县南蒲原郡）

蛙与蟹

青蛙和螃蟹在路上玩，这时，从对面来了一匹马，螃蟹说："哎呀，对面来了一匹马，快躲到岩石缝里去！"青蛙说："俺没事，俺一蹦就能蹦出三间[1]远！"螃蟹刚一进岩石缝，马就飞奔到了跟前，一脚踩上了发呆的蛙。螃蟹说："哎呀，说了会踩到！眼珠都踩凸了！"青蛙说："才不是。你看，俺这不瞪着它呢嘛！"

（高知县香美郡）

1.日本旧长度单位，详见本书P227脚注。

歪打正着

从前有个卖砂锅的，一天，他一只砂锅也没有卖出去，疲惫地走在回家路上。经过一个小山坡时，见那坡地的平坦处躺着一个武士，他战战兢兢从那武士身边过去了。又往坡下走了一半路，也不知道为什么他总觉得有些蹊跷，就又回到武士的身边看。武士和之前一样一动也不动，卖砂锅的想，这人不会死了吧？他举起手杖，狠狠地朝那武士头上哐地一敲，然后一溜烟往坡下逃去了。逃到半路回头一看，并不见有人追过来，他又折回原地，把手伸进了武士的怀里，怀里是冷的，没错，武士确是死掉了。他在那武士的怀里搜，搜到一个放擦纸、药品等物的小夹子，里面还有很多钱。卖砂锅的把那夹子塞进自己怀里，又一溜烟往坡下逃去了。逃到半路再一回头，还是没见一个人，他再一想，索性又一次回了原地，他脱了武士身上的和服短褂和裙裤，拿了武士的大刀和小剑，这一次，他拔腿飞奔下了山。

到家已经很晚了，"从明天起，俺不卖砂锅了，到城里去就是个现成的武士嘛！"卖砂锅的说着睡下了。第二天早上，天一亮他就起了床，穿上武士的衣裳，佩了武士的刀往城里走去。到了城里一看，街上立着一块大牌子，上面写着老大的字。卖砂锅的从早到晚一直站在那儿看，可是他不识字，因此什么也没看懂。这时，走来一位老人问他道："你从早上开始，一直都在那儿看啥呢？""那上面的第一个字俺不认识，所以正在想。"卖砂锅的说。老人告诉他："这立牌上写着'城里的一个财主家每天晚上闹妖怪，谁若能把那妖怪治了，就招谁做独生女儿的上门婿'。"

卖砂锅的去了财主家，他说："我是浪迹全日本游学练武的武士，看到那牌子就来了。"那户人家盛情款待了他，并请他当天晚上住在二楼。卖砂锅的躺在床上往四下看，只见门楣上挂着长矛、长刀、弓箭、霰弹枪等各式兵器。因为尽是些见也没见过的，所以他先把霰弹枪取了下来，正捣鼓来捣鼓去地摆弄，冷不防"嘭"的一声走了火。卖砂锅的吓了一大跳："这下糟了！"这时，家里的掌柜飞奔上楼来了："真是太感谢了！刚才，那妖怪刚从抽屉出来，就被您一枪打中了！"

卖砂锅的成了财主家的上门女婿。所谓好事传千里，"财主家来了了不起的武士"，这事传得四邻八乡众人皆知。不久，就有村民从很远的地方赶来了，说有妖怪最近来村里糟蹋庄稼，恳请他去帮忙除妖。卖砂锅的武士想："这也太可怕了！"可是又没办法，只好应承了下来。财主女儿不喜欢这卖砂锅的，她想：干脆让你一去不回吧。她悄悄在给他准备的饭团里下了毒。于是，卖砂锅武士毫不知情地带着饭团出门去了。

妖怪出没的，是村子外一个灌木丛生的荒凉地，村里人在那儿搭了个临时窝棚，他们把卖砂锅武士一个人留在了那儿，"这事儿拜托您了！"众人说着，趁天没黑全撤了回去。只剩

273

卖砂锅武士自己了，天很快黑了，他开始怕起来。半夜了，"咕咻！"从对面传来了一阵很大的声响，一股腥风吹来，两个令人毛骨悚然的发光物并排着往这边移过来。卖砂锅的再也待不住了，他不由自主跑出窝棚爬上了屋旁的一棵柿子树，并用兜裆布把自己牢牢绑在了树上，可身体还是止不住地抖。这时，妖怪已经到树下了，卖砂锅的仔细一看，才知道来的是一条很大的大蛇，那发光的正是它的眼珠子。蛇仰头张着大口，眼看就要飞起一口将他吞掉。卖砂锅的念道："南无阿弥陀佛，南无阿弥陀佛！"一边说，一边不停地抖，因为抖得太厉害，怀里的饭团子滚出来，"啪"的一声，刚好落进了向上大张着的蛇嘴里。才一会儿，蛇就没了动静。

天亮了一看，蛇死了。卖砂锅的战战兢兢从树上下来，往蛇的两只眼中各扎了一支箭，然后就回窝棚睡去了。不久，村里人来了，他们见武士正好心情地在窝棚小屋里睡着呢，"怎么样？"众人问。卖砂锅的道："昨晚，也不知道沙沙地来了个什么东西，俺往外扔了一两支箭，听得好像没了声息，所以又睡了。喏，你们去那边看看吧！"村里人跑去一看，只见柿子树下倒着一条很大的大蛇，它的两只眼睛都中了箭。大家称赞道："果然了不起，太厉害了！"

名声传到了王爷的耳中，王爷说："若果真那么厉害，不如招他来做家臣吧！"这就派了五六个家臣，备上好马到卖砂锅的家里去接他。卖砂锅的想："这可怎么办？"可是也没办法，所以只好跟着去了。陪同的武士们全都骑着马，因为卖砂锅的还从没骑过马，所以只得落在队伍的最后面。走到一条大河的渡口，陪同的武士们呼啦啦一下全都涉水过去了，只他一个怎么也过不了，才走到大河的正中间，啪一声，他从马上摔了下来。就在掉下的一瞬间，卖砂锅的抓住了一条大鲤鱼。武士们大吃一惊，折回来问他道："你有没有受伤呀？""没，什么伤也没有，今天第一次见王爷，总不能啥礼物也不带呀！刚才见这里的鲤鱼还行，就想抓它起来看看。"众武士佩服极了，都说他了不起。

却说，这就到了王爷府，王爷吩咐卖砂锅的和武艺精湛的家臣们现场比剑术，卖砂锅的愈发为难了："这可怎么办？"可是没办法，只得让其他武士们先动手，"啊，剑术这东西原来是这样的！"他一边想着，一边在旁边看。终于轮到卖砂锅的了，他心里想着按其他武士的动作那样做，可等做出来却全不是那么回事儿，很快，他就被对手乒乒乓乓乱打上了。"饶了俺吧！救救俺！"卖砂锅的一边喊，一边往四下逃窜。忽地睁眼一看，原来全是梦，因为懒觉睡得太久，老婆孩子正围着他往他头上乱打呢。

（兵库县赤穗郡）

登上天的儿子

　　某地有一个年轻男子，每天无所事事只是偷懒，终于被断绝了父子关系赶出了门。没办法，他想，要么去哪里给人当个帮工吧！正这么边想边走着，只见一户人家的篱笆里，很多人正哼唷嗨呀地在拔牛蒡。他请求道："请雇我为您效劳吧！"这家马上收留了他。

　　一天，他同平时一样拔牛蒡，拔呀拔呀，有一根大牛蒡却怎么拔也拔不出。他用尽了吃奶劲儿"嗯"地一拽，砰一声，牛蒡出来了，就着那势头一弹，他被弹飞到了大阪的箍桶街。他去了一家箍桶店请求道："恳请雇我为您效劳吧！"这家答应了。于是，他每天就在那店里镶桶箍。

　　这天，他和平时一样正"嗵嗵"地在给一个很大的桶紧桶箍，不知怎的桶箍一弹，砰地一下炸开了，转眼把他弹飞到了京都的制伞街。他进了一家伞作坊请求道："恳请让我留这儿为您效劳吧！"这家也很快收留了他，他每天的活儿，就是把刚做好的伞撑开放到太阳底下晒。一天，他正要将一把大油纸伞收拢来，突然来了一股旋风，把他和伞一起吹上了天，他紧紧抓着伞柄，伞越飞越高，一直飞上了天庭。

　　咦，对面有灯火，他高兴地过去一看，见是一间独栋房，里面有一个女人在纺线，他请求道："请收留我为您效劳吧！"

女人吓了一跳，说："这是雷神的家，雷神现在不在，等他回来了你问他！"过了一会儿，响起了轰隆轰隆的声音，雷神回来了。雷神媳妇如此这般说了原委，雷神收留了他，说道："那么，你就每天跟我后面帮着做降雨的活儿吧！"从此，每天只要雷神一出动，年轻人就端上装满了水的罐子跟在后面，边走，边将罐子里的水用手掬着啪啪地往外洒。只要一洒水，下界就会说："哎呀，下雨了！"眼见着这儿那儿吵吵闹闹地乱起来，真是太有趣了！有一天他一高兴，一不留神就在云上踩滑了，"哎呀完了！"刚在心里叫一声，嗵地一下，他就落进海里了。

他去了龙宫，请求道："恳请收留我，让我在这效劳吧！""正为缺一个扫院子的在发愁，那就让你留下吧！不过，有一件事儿得提前告诉你，你到了院子里呀，会看到从上面垂下来很多好吃的，你可千万不要吃。"男子进了院子，果然见上方垂下来很多好吃的，一根一根在嘴边直晃荡。一开始他还能忍住，可是肚子越来越饿，终于忍不住吃了一口。哧溜哧溜，他被麻利地拉了上去，"哎呀完了！"刚在心里叫一声，他就被钓上了一条船。船上有很多渔民，"钓到人鱼了！"渔民们喧哗起来。这男子道："等等，请让我来效劳！"于是，他把从拔牛蒡到在龙宫扫院子的事儿全说了，渔民们佩服极了，很快把他送回了家。那以后，他变得听父母话，也认真做事了。这可是很久很久以前的老古话啦。

（冈山县后月郡）

277

比不说话

从前，某地方有一个老爷子和一个老婆子，他们从邻居家得了七块年糕。老爷子吃一块，老婆子也吃一块，老爷子吃两块，老婆子也吃两块，这样各自吃完了三块。老爷子还想吃，可是一看，只剩一块了。老爷子说："咱俩比赛不说话，谁赢，就给谁吃。"老婆子同意了，两个人于是闭了嘴。过了一会儿，老爷子觉得无聊钻进了被窝，老婆子也钻进了被窝。

这时，贼进了家门了，因为老爷子老婆子都不作声，贼偷好东西打好包裹正准备开溜，突然一眼瞥见了那块年糕，他拿起年糕就往嘴边送去，老婆子想：糟了，年糕被拿了！"喂！"老婆子冷不防叫了出来，那声音太大，吓得贼扔下包袱就跑了。因为老婆子出了声，老爷子赢了，就这样，他有滋有味地吃掉了年糕。

（和歌山县那贺郡）

吹牛比赛

肥后国[1]、萨摩国[2]和美浓国[3]的王爷一起参拜伊势神宫，在伊势的客栈，这三人为了争谁坐上座而互不相让。有人提议道："今天呢实在是定不下座次，不如来比赛说大话，哪个胜出，就让哪个坐上座。""这个好，赞成！"可是又说了："那么你先来！""你先来！"光这么说，却没有一个愿意先出头。三个人想，这样下去可不行，他们喊来了客栈的侍女。"唉！"侍女进来了。"这样的，我们三人要比赛吹牛说大话，可是没人愿意先说，那么你来做个一二三的签儿吧！"

侍女退出房间，用纸搓成纸捻儿，做了三个签送来了，"喂，客人们，签儿做好了，你们请抽吧！"三个人又是"你先来！""你先来！"地说着，却是谁也不动手。终于，肥后国的王爷说："那我先抽吧！"他"嗨哟"叫着抽了一签一看，是三号。随后，萨摩国的王爷也抽了，抽到了一号签。"嘿，美浓国王爷，不抽也知道你是二号签！"

"喂，萨摩王爷抽了一号签，你就快说吧！"肥后王爷说。萨摩王爷道："萨摩国没什么大不了的东西，只有一

1.日本古代令制国之一，位于今熊本县。

2.日本古代令制国之一，位于今鹿儿岛县西部和甑岛列岛。

3.日本古代令制国之一，位于今岐阜县中南部。

棵大楠树，树上有个洞，洞呢，有一百张榻榻米席子那么大。""了不起！"另两人赞叹道。轮到美浓王爷了："美浓国呢，也没什么大不了的东西，只有一头很大的牛。""那牛有多大？"另两人问。"嗯，那牛呀，从美浓国，就能把近江琵琶湖的水一口喝干！""那可厉害！"另两人吃惊道。肥后王爷歪着头琢磨："这两人都吹得那么大，我倒是说点什么才能取胜呢？"那两个人都"喂喂"地催他，肥后王爷说："肥后国呢，啥了不起的东西也没有，只有两棵连理长的杉树。""那连理杉有多大？"两人问。"那连理杉怎样呢，两三年内，它就长得刺破了云头。""那……那连理杉为啥长那么高？"另两人问他。肥后王爷说："那连理杉呀，要做那用萨摩国楠木做鼓身、美浓国牛皮蒙鼓面的太鼓的鼓槌。"肥后王爷胜了，他坐到了上座的第一把交椅，直到现在他的地位还比萨摩王爷和美浓王爷的高。

（熊本县天草郡）

☆

也还有这样的事。

有个老爷子特别擅吹牛，邻村呢，也有一个特能吹牛的。一天，邻村那人来找老爷子，老爷子没在，只孩子一人在家。"有人吗？""唉！""你老爹哪儿去了？""俺爹呀，因为须弥山¹要倒，他拿了线香撑去了。""这牛皮吹的！"那人一边想一边又问："那你母亲哪儿去啦？""说是后面的海边来了鲸，她拿着滤大酱的细眼笊篱捞去了。""这哪里搞得过他！"那人一边想一边又问："我从青濑往这边扔了个大石臼，你有没有见着呀？""啊，刚才见着了，这不正挂在蜘蛛网上嘛。"那人闻听此言，赶紧逃走了。

老爷子回来了，说："今天有谁来过吗？"孩子道："邻村吹牛的来了，俺如此这般一说，他就逃走了。"老爷子一听生了气："没规矩，太不像话了！"他把孩子装进草包袋，要把他扔到海里去。走到半路上的一个熟人家，老爷子放下草包袋，歇下来抽了一袋烟。这时，有人在草包袋上踩了一脚，"谁踩俺？"孩子在草包袋里问。"你在草包袋里做什么？""俺在草包袋里治眼睛。""进草包袋还能治眼睛？""啊，可以呀！""那也让俺进去吧！"那人是个卖青花鱼的，他的眼睛不太好。孩子把卖青花鱼的装进草包袋，又收了他的青花鱼谢礼，说道："你就在草包袋里好好待着，别说话！"说完逃走了。晚上，孩子把身上弄得湿漉漉地回了家："父亲，父亲，你也太不精明了！你若把俺再扔远一点，俺就能抓到更多的青花鱼！"说着，他把青花鱼拿给老爷子看了，老爷子说："这回，你就把俺扔去吧！"

（鹿儿岛县萨摩郡）

1.古印度佛教的宇宙观谓耸立于世界中心的高山，日月均在其中旋转。

老鼠经

从前，某地乡下有一个老爷子和一个老婆子，某天，老爷子突然意外死掉了，老婆子伤心地成天去拜佛。

家里来了个和尚，他说："因为迷了路，请让俺在此借住一宿吧！"老婆子很高兴，她想让那和尚帮着念经，于是将他请到上座，备了上好的饭菜招待他。饭后，老婆子拜托他道："请您帮着念经吧！"谁知那和尚是个徒有其名的和尚，根本不知道什么经，他往佛前一坐，想：这可怎么念呀？正为难呢，一只老鼠不知从什么地方钻了出来，和尚立马开口道："唵……哧溜哧溜您来啦……"这下，只见那老鼠两眼盯着一个洞看着，和尚又道："唵……哧溜哧溜您盯着洞呢哪……"这时，老鼠突然吱吱吱吱叫了起来，和尚又念道："唵……哧溜哧溜您老低声说啥啊……"没一会儿，传来一阵窸窸窣窣的声音，老鼠跑走了，和尚又用经文的节拍和调调唱道："唵……哧溜哧溜您走啦……"毫不知情的老婆子听着，觉得这太难得了，心里感激得不得了，于是，又非常周到仔细地招待了和尚并把他送走了。

一天晚上，一个盗贼进了老婆子的家，老婆子正像往常那样在念呢："唵……哧溜哧溜您来啦……"那贼吃了一惊，悄悄从小洞往里看去，这就听到老婆子继续念："唵……哧溜哧溜您盯着洞呢哪……"贼越发惊得目瞪口呆，不由得小声嘀咕道："竟然连俺从洞里偷看都知道！"这下，老婆子又说了："唵……哧溜哧溜您老低声说啥啊……"贼更是惊得不知怎么办才好，他想，这样的人家要是往里进，俺的小命危险啦！这就拔腿准备溜。老婆子又说了："唵……哧溜哧溜您走啦……"贼慌张得一塌糊涂，急急忙忙逃走了。

（熊本县天草郡）

三尺长的草鞋

　　从前，山茶村有一户姓长吉的人家，家里有一个孤老婆子和一个叫阿拂的女儿，呀，那阿姐长得可真好看，是村里最俊的女子。可那姑娘却极度贪睡，从没见她什么时候睁开过眼。老婆子想给独生女儿招个上门女婿，因为长得漂亮，所以很快招到了。可是，那阿姐整天只是睡啊睡啊实在不像话，弄得上门女婿一见她就讨厌，很快，他从那家离开了。尽管陆续又招了几个女婿，可却都因为姑娘嗜睡，没有一个待得长久，全都离开了。

　　老婆子对姑娘说："就因为你贪睡，女婿都走了，这下又得再招。你也洗心革面改改吧！"姑娘也说："不成人就会被指不孝，所以这回，俺一定下决心振作起来，如有合适的人也请帮俺留意吧！"老婆子这就去拜托亲戚朋友："她自己也这么说了，那么还请你们费心呀！"很快，又有女婿上门了。姑娘好，女婿也高兴。一晚过去，两晚过去，姑娘却又开始一睡不起不像样了。那小哥问老婆子道："夜工做什么？""那你就织一双草鞋吧！"老婆子回答说。老婆子不愿女婿看到女儿在睡觉，"阿拂啊，今天呢，你说哪里有什么好玩的来着？哎，今天啊，神社前演了能剧呢！"见女儿眼睛将睁未睁，老婆子这么编着话跟她聊起来。可女儿不听，呼啊呼啊地睡着，

285

根本就没听。

　　老婆子一边说话一边绩麻线，因为老看老看女儿的脸，所以连火星飞进了麻桶也不知道，还在一个劲儿边说话边看女儿的脸。那小哥也真有他的，他想："没想到，那姑娘竟那么爱睡觉！那样下去会怎样呢？会怎样呢？"他边织草鞋，边盯着姑娘的脸看不停。而这边，老婆子的麻桶烧起来了，一大桶麻线就这样烧没了；小哥呢，两眼光盯着姑娘看，心里还不停地在感叹：哦，还在睡着哪，啊，还在睡着哪！不知不觉，他忘了给草鞋上后跟，织了一双很长很长的草鞋。

　　老婆子对女儿道："你这到底想要怎样啊！麻桶的麻线烧没了，小哥也织了没后跟的草鞋，几天的夜工都白费了！光靠一把梭子劳作，真是越做越穷啊，哎呀不行，干脆早点上床睡觉吧，睡觉睡觉！"这么说着，三个人都睡啦。

（新潟县佐渡郡）

寿限无[1]

　　某地方一户人家有一个独生女，名字叫作"好"，可是很快夭亡了。父母伤心欲绝，找算命的卜了一卦，算命的说，是因为名字太短才短命夭折的。

　　不久，那家又生了个儿子，父母想，这回可要把名字取得长长的让他长寿，于是，他们又找算命的卜了一卦，算命的立马给孩子取了个名字，叫作"滴滴答答 绵绵不绝 满满当当 入道平坦 上上下下 啊钻营堪比鼹鼠 茶碗又茶勺 勺子木柄儿阿助"，说这名字是能让他长命百岁的好名字。

　　父母亲高兴极了，把儿子当掌上明珠一样地养。孩子七八岁的时候，有一天同附近的孩子一起去河里游水被溺了，其他孩子吓坏了，立马跑到那家报信："滴滴答答 绵绵不绝 满满当当 入道平坦 上上下下 啊钻营堪比鼹鼠 茶碗又茶勺 勺子木柄儿阿助，他掉到河里背过气去了，快来啊！"

　　父母大吃一惊，赶忙跑去一看，儿子似乎还没气绝，于是大声地喊他道："滴滴答答 绵绵不绝 满满当当入道平坦 上上下下 啊钻营堪比鼹鼠 茶碗又茶勺 勺子木柄儿阿助！滴滴答答 绵绵不绝……勺子木柄儿阿助！"

1.意为"寿命无穷尽，万寿无疆"。亦有同名日本落语代表剧目，用于练嘴说绕口令的滑稽戏。

可是因为名字太长，最终没等喊声传到孩子耳中孩子就死了。

"所以，为人父母者都应该知道，长名字并不能使人长命，短名字呢，也并非就让人短命。"讲故事的如是说。

（福冈县企救郡）

嗨哟

傻女婿去了媳妇的娘家，被招待吃了团子，因为太好吃了，他想回家后也要做来吃，于是问道："这东西叫什么？"人家告诉他道："这个叫团子。"为了不忘记，回家路上，他一路"团子团子、团子团子"地念着走。遇到了一道沟，傻女婿"嗨哟"一声跳了过去，谁知这一跳把"团子"跳忘了，接下来，他"嗨哟，嗨哟"地一路念着回到了家。"媳妇，我今天被招待吃了'嗨哟'，真好吃啊，你也做吧！"媳妇说："我可不知那是啥！"傻女婿说："在你家吃到的，你怎么可能不知道？"两个人吵起来，最后竟然打上了，傻女婿把媳妇的头打出了一个老大的包，媳妇说："哎呀，打出了团子这么大的一个包！"傻女婿道："团子，就是那个团子啊！"

☆

也还有这样的事。

女婿去了媳妇的娘家，娘家这就动手做牡丹饼来招待他，家里的孩子也伸手要，大人一边骂一边道："这可是妖怪呢，是妖怪！"这么的让孩子缩了手。没一会儿，牡丹饼出锅了，端到了女婿的跟前，可是这女婿因为之前听到了"妖怪、妖怪"的话，所以他害怕得愣是没敢伸手接。

女婿要回去了，丈母娘说："那么，把这当礼物给你带回去吧！"她将牡丹饼装入多层食盒，又用包袱皮给他包好了。女婿要了一根竹竿，竹竿头上挑着包袱回去了。走到快看得见家的地方了，可是那里有一处的路很坏，女婿一跃跳了过去，随着这一跃，牡丹饼噼噼啪啪滑出来，直朝他头上打上去。"呀，这妖怪畜生要吃俺！"女婿说着，一把将那装牡丹饼的多层食盒扔了出去，又是用竹竿砰砰地打，又是上前用脚踩，随后，他马不停蹄地逃回了家，喊道："媳妇，媳妇，俺去你娘家，知道都给俺带了些什么呀！带了妖怪！走到那儿就出来咬俺的头，被俺用棍子打了！"

媳妇想，这到底怎么回事啊？跑去一看，只见装着牡丹饼的多层食盒被踩烂在那儿了。媳妇将它捡回了家："哪有什么妖怪，这不是牡丹饼嘛！""可是，做的时候小孩子一伸手，就对他说'是妖怪，是妖怪'呢！""不管怎么说都是牡丹饼！"媳妇说着，让他把牡丹饼吃了下去。

（千叶县印旛郡）

媳妇想，这到底怎么回事啊？
跑去一看，只见装着牡丹饼的
多层食盒被踩烂在那儿了。媳
妇将它捡回了家："哪有什么
妖怪，这不是牡丹饼嘛！"

——《嗨哟》

脓包疮

　　有个酒鬼，喝多了酒想喝水，刚好看到孑孓翻滚的一坛污水，因为渴得实在受不了，他咕咚咕咚把脏水喝掉了。没一会儿，肚子里就开始蠢蠢地动起来，这可怎么办？他为难地坐下来休息，来了一个人教他道："那么的，你吞一条金鱼下去就好啦！"他于是吞下了一条金鱼。因为金鱼在肚子里来来回回地追孑孓，所以弄得他很难受。这时，又来了一个人道："那么的，你吞一只鸟下去就好啦！"他于是吞下了一只鸟。鸟在酒鬼肚子里把金鱼和孑孓都吃了，可是它在里面扇翅膀，这又让酒鬼犯了难，听说这事，又一个男子道："说起逮鸟呀，俺隔壁的老爷子最拿手！"于是，酒鬼就又把隔壁的老爷子一口吞了下去。捕鸟老爷子和平时一样，戴着斗笠拿着粘鸟竿到肚子里去抓鸟，可是回的时候，他把斗笠忘在里面了。就因为这，酒鬼的身上长出了脓包疮[1]。

（长野县小县郡）

---

1. "疮"和"斗笠"的日语发音相同（音kasa）。

变成鹰

有个叫与八的卖鱼人，正走着卖鱼，一只老鹰突然冲下来，叼起一条鲣鱼飞上了天。与八见了想：要是自己也能变成老鹰在高天上飞那该多有趣！一天，他去五台山拜文殊菩萨，在菩萨跟前他出声地祈祷道："恳请让俺变成老鹰吧！"佛堂后面正有四五个从村里来的年轻人，他们一声不吭躲在那儿听到了这话，其中一人道："好的与八！你的愿望被应允了，回去的时候，你就快爬到这山最高的树上去看看吧！"

与八以为愿望实现了，他高兴得不得了，想马上就去试一试。于是，他立马就去爬五台山最高的一棵松树，可是爬到树顶往下一看，却害怕得根本不敢跳。正在这时，刚才那几个年轻人往树下走来了，他们一眼看到了松树上的与八，异口同声道："咦，那儿有只大老鹰！"

与八听到这话安下心来，他张开双臂仰脸朝天空飞了出去。却见他的身体很快倒过来，头朝下一个倒栽葱落到地上失去了知觉。几个年轻人吓坏了，又是喷水，又是摩搓，好不容易把与八弄醒了。

与八回过神来朝四下张望了一番，看到了身边围着的几个年轻人，他说："这些年轻人，可千万不要碰俺啊，不然，会把羽毛弄断的！"

（高知县高知市）

293

狂歌[1]故事

自己拿

　　村里有个庄稼人，因为到了秋天没多少农活可干，所以想着去江户打点零工。他独自出了门，走啊走啊，一天，他遇到一个打猎的，"你要去哪里？""俺要去江户。""那么，请带俺一起吧！"这么说着，两人结成了伴。第二天，两人又遇到了一个赌博佬，赌博佬问道："你们去哪里？"两人回答说："去江户。""那么，请把俺也带上吧！"赌博佬这么一请求，三个人于是结成了伴，继续往江户走去了。

　　一天，因为一路没话沉闷无趣，赌博佬说："俺们来作诗吧，让输的人替大家拿雨具，这岂不很好玩？"打猎的说："这个主意好！"赌博佬先说道：

　　　　秋已暮　张张纸牌是宇都之宫
　　　　美人的深情啊永不忘

　　接下来打猎的道：

1.日本以滑稽、谐谑为宗旨的短歌，取材、构思、用语均不受限制。

秋已暮 声声雁鸣是宇都之宫
美人的深情啊永不忘

赌博佬和打猎的一边使眼色，一边道："呀，呀，种田的，这下该你了！"之前一直不作声听着的庄稼人说："那么，俺也作一首吧！"他随即吟道：

秋已暮 门前的早稻田是宇都之宫
蓑衣雨具啊皆是自己拿

所以最后，各人的雨具还是由各人自己拿着了。

（新潟县南蒲原郡）

门前的松树

傻儿子娶了长者老爷家的女儿做新娘，过了些日子，夫妇两人去回门，可是因为没东西可带，所以就把仅有的一点荞麦粉拿出来做成荞麦年糕，装到草包袋里背着出了门。媳妇嫌恶道："那么的……带那种东西去真是讨厌啊！"傻女婿没办

法，束手无策地问道："这东西又拿它怎么办呢？""那种东西，随你往哪里砰地一扔拉倒！"媳妇道。可是，女婿是个苦出身，觉得好不容易做的东西，要是扔了岂不太可惜。于是，他把那荞麦年糕藏在了路边，又在旁边拉了一泡屎做记号。

那天晚上，女婿在丈人家吃了很多好吃的，第二天早上起来一看，外面正悠悠地下着雪，他脱口吟咏道：

　　下雪了呀 一泡屎的记号若找不到
　　俺的荞麦年糕啊 会怎样

丈人听到了问女婿你刚才说什么，新媳妇说他是这么说的：

　　下雪了呀 门前的松树若找不到
　　俺的故乡 又在何处啊

丈人钦佩地说："人都说俺家的女婿有点傻，却原来吟得这么好的诗！"

（岩手县上闭伊郡）

没鼻子的歌

有个穷人家娶了个新媳妇，揭开新娘婚礼上遮面的丝绵帽子一看，只见新娘是个又秃又没有鼻子的，新郎头疼起来，他当即吟咏道：

吉野山[1]的樱花再好看 若没了花[2]啊
还有什么看头

说完又吟了一首：

宇治山的神社再好看 若没了神灵[3]啊
能算什么好

新娘子听着哭了起来，媒人见了跟着吟咏道：

细看这夫妇 俩都是穷模样
穷得啊都没有 擦鼻子的纸[4]

1.位于日本奈良县中部、吉野町以南，海拔455m，为赏樱花胜地。
2.日语"花"与"鼻子"的发音相同，音hana。
3.日语"神"与"头发"的发音相同，音kami。
4.日语"纸"和"头发"发音相同，音kami。

"万事都是缘分啊！"媒人说。这事儿就这么平息了。

（岩手县和贺郡）

方丈的夜游

是很久很久以前的事儿啦。一座庙里有一个小和尚和一个方丈，早先方丈是不可以娶媳妇[1]的，因此，他在村里找了个相好的。因为方丈每天晚上都去了相好的那儿，所以小和尚一个人睡觉睡得冷冰冰的。某天晚上又被冻醒后，小和尚拿出砚台写了个字条，字条上写着"一二三四五六七八九十"。他把那字条放在方丈枕头边，然后佯装不知地睡去了。

半夜，方丈回到庙里上床一看，只见枕头边的灯下有一字条儿，方丈问："今天晚上有谁来过吗？""没，谁也没来过。""这儿写着'一二三四五六七八九十'，是不是你写的？""不，俺可写不来。""那还不是有人来过了？"方丈责怪道。"可是，都写了些什么呢？""喏，这儿，写着'一二三四五六七八九十'，一定是有人到这儿来写的，俺也看不懂这是说的啥，你那么聪明，你一定知道吧？"方丈给小

1.日本僧人最早亦不能娶妻，12世纪出现净土真宗后，净土真宗的僧侣始允许娶妻，明治维新后，僧人结婚在日本各宗派中开始流行。

和尚下了个套。被这么一夸，小和尚不禁脱口而出道："一个人知道，两个人知道，三个人就是众，众口乱说，一点办法也没有，生闷气，生闷气也没用，被当铺八兵卫家的女儿迷了心窍，难道不辛苦呀？这方丈就是个浑蛋！"[1]"就是俺写的，俺自己写的自己解！"方丈被小和尚这么骂了。故事讲完啦。

（岛根县隐岐岛）

不能的歌

从前某地方有弟兄三个，一天，他们从邻居家得了几块年糕，母亲想把这年糕给三兄弟分了吃，可又觉得把年糕切开[2]太可惜，有心给一人一块吧，块数又不够。于是她让大家作诗，说好年糕给作诗作得最好的那个吃。

大儿子道：

1.此句为文中"一二三四五六七八九十"的内容解析，原文词句中暗含"一二三四五六七八九十"的发音。（原文：ひとりに知れ、ふたりに知れりゃ、さんざんいう。しれちゃしかたがない、業をわかす。ごうをわかせばろくじゃない。質屋の八兵衛さんの娘にほれくさり、苦労すんない。この住持のばかたれ。）
2.日语"切"，有切开、砍断、丢弃等意，文中三个儿子所吟第二句原文字面均相同。

十五晚上的月亮啊 挡住它的松枝

是砍[1]呢 还是不砍

老二吟咏道：

砚台上多余的 珊瑚枝做的笔杆啊

是丢[2]呢 还是不丢

最小的儿子吟咏道：

贪心要拿走整块年糕的娘老子啊 她的脑袋

是砍呢 还是不砍

母亲听到这个想，前面两人的松树和珊瑚，想砍就能砍，想丢也能丢，可小儿子说的母亲的脑袋，那可万万砍不得啊，因此，她把小儿子那个判了最好，把年糕全都给了他。

（高知县安芸郡）

1.日语"切"，有切开、砍断、丢弃等意，文中三个儿子所吟第二句原文字面均相同。

2.同上。

放屁守仓人

　　从前，有一个叫弥太郎的好心肠老爷子，这老爷子会放好玩的屁，所以他很有名。因为他放屁的声音听起来很像在说"是谁"，所以不熟悉的人听到了还都以为是说自己。正因为这样，一些人认为老爷子放屁很好玩，可也有一些人觉得很讨厌。

　　一天，那地方的长者老爷听说了，叫老爷子到他家去。老爷子还以为什么事呢，刚一到，长者老爷就说："老爷子，老爷子，你能不能来俺家看米仓？报酬呢，你说多少就多少。"老爷子高兴极了，于是从那天晚上起，他就在长者老爷家做起了米仓的守仓人，每天晚上睡在仓库门口一个两张榻榻米大小的房间里。

　　一天晚上，贼来了。这贼匆匆忙忙刚在粮仓里躲好，冷不防就听暗处传来了吼叫声："是谁？是谁？"盗贼吓得一溜烟逃走了。第二天，贼又来了，却依然被那"是谁"的声音吓得逃了回去。之后一天的晚上，再之后一天的晚上，贼连着七天进了米仓，可每次都被问是谁？是谁？结果什么也没偷成。

　　到了第八天的晚上，贼想："以前还从没碰到过这种事，那声音听起来却怎么都不像寻常声，真奇怪啊！"他匆匆忙忙在米仓里躲好了一看，这才发现，原来那声音是守仓老爷子的放屁声，不由自言自语道："哦，原来之前都是被这老爷子的屁声吓回去了啊？这下来得好，今晚上非报仇不可！"贼跑去黄瓜地里，摘来一根黄瓜杵进了老爷子的屁股眼，这样一来，果然听不到"是谁"的声音了，贼放心大胆地往草包袋里装了很多米背在了身上。可是到了临回去的时候，贼心里一慌张，一不留神脚在黄瓜藤上绊了一下，只听"噌"的一声，黄瓜被拔了出来。这下可好，之前积聚的屁愈发惊天动地、接连不断地崩出来："是谁！是谁！"这样惊天动地、接连不断地崩了出来，本来熟睡着的老爷子也被惊醒了，发出了真正的大叫声："是谁！"盗贼吓得一屁股瘫坐在了地上，被一把抓住了。

（岩手县胆泽郡）

　　到了第八天的晚上，贼想："以
前还从没碰到过这种事，那声音
听起来却怎么都不像寻常声，真
奇怪啊！"他匆匆忙忙在米仓里
躲好了一看，这才发现，原来那
声音是守仓老爷子的放屁声……

　　　　　　　——《放屁守仓人》

放屁媳妇

　　某地方有一个爱放屁的姑娘。姑娘到了年纪要出嫁了，为了不让众人知道她这爱放屁的毛病，临出门前，父母对她仔细叮嘱了一番，姑娘也把父母说的"出嫁后，一定要小心留神不放屁"这话牢牢记住了，所以在婚礼现场上她忍得很好，可是渐渐地，她忍不住了，脸也慢慢憋青了。

　　婆婆见新娘的样子有点怪，她说："媳妇，媳妇，你现在的脸色不太好，是不是哪里不舒服？若真是哪里不舒服，就快让医生瞧瞧去！"新娘一个劲儿说："没有，俺没有哪里不舒服！""话虽这么说，可你的脸色很不好，真的没有哪里不舒服？"婆婆再三再四地问。新娘再也瞒不住了，她说："那俺就说啦，其实，是俺憋着屁呢！"大家都笑了，"怎么搞的！真是那样的话，还是赶紧放了的好！""若是普通的屁，俺就不用这么苦苦憋着啦，要说俺的屁那可厉害，所以才会这样憋得脸发青。""不管怎么说，这也不是憋的事，还是赶紧放了吧！"新媳妇说："那么俺就失礼了！公公，你请去泥地房间里抱住石臼，婆婆你也去火炉边靠好！"

　　公公放下手中正编着的草鞋，下到泥地房里搂住了石臼，婆婆也停住正做着的炊事靠到了火炉边。这边，新媳妇撩起和服下摆，砰的一声炸了出来。眨眼间，公公被冲上马厩横梁撞坏了腰，婆婆也被弹出去，连着穿透两块门板，噗的一声卡在了里面。儿子新郎官看到了说："不管怎样，看这样子不能留你在这儿啦，把你带来的东西收收，俺这就送你走，你把行李带好了！"说着，带上媳妇就出门往娘家送去。

翻过长根山口，又继续往前走，见山脚下的树林里有一棵大梨树，有三个卖丝绵的从那儿路过，三人正掷着石子儿木片什么的想打树上的梨子，可是却一个也打不着。新媳妇见了说："这些人怎么这么不中用，要是俺，一个屁就打下了！"三个行脚商气坏了，说："这女人小瞧人！"新媳妇说："你们要是叫俺打呢，俺这就放屁打给你们看，可你们给俺什么？"三人道："行！你若用屁打下梨子来，俺们这些卖的，三匹马，还有马驮的东西都给你！"新媳妇大喜："那么的……"一边就撩起了和服的下摆，只见梨树哗啦一下就被齐根打断倒了下来。就这样她得到了先前允诺的三匹马和三驮货物。

新郎见了，突然觉得把媳妇送回娘家太可惜了，于是又带着她回了家。之后就在家中尽头的地方做了一个"屁屋"，时不时让媳妇进去放屁，这样就不至于影响到街坊四邻了。

从此，就有了我们现在的"部屋"[1]，据说娶了新媳妇，第一件事儿就是让她进那屋里去。

（岩手县上闭伊郡）

1.即房间，音同"屁屋"（heya）。

愚蠢的人

枕头

　　傻女婿受邀去丈人家并住了下来，在这儿，他第一次用上了枕头这玩意儿，不知为什么，他总觉得脑袋不得劲，翻来覆去怎么也睡不着。于是，他问睡在一边的媳妇道："哎，哎，这叫什么来着？"媳妇迷迷糊糊还以为问她叫什么名字，她说："阿驹啊！"

　　早上起来，大伙儿一起围着桌子吃早饭，傻女婿说："呀，呀，昨天晚上俺一夜都没合眼，老想着要把阿驹搞一下搞一下，可是，才摁住就跑了，才摁住就跑了，勉强把它抵到墙边，这才算完事！"

　　他说的那个，是枕头[1]。

（岩手县上闭伊郡）

1.此处所说为箱形木制枕头，是在木制台形底座上放一填装荞麦皮后两头扎起的枕头，在其上垫纸，用线结住后使用。

烧得好

从前，某地方有一个老婆子，在一个大晴天拿了一只很大的瓦罐去河边清洗。因为那老婆子是蹲着洗的，所以一不留神把下面要紧部位露了出来。[1]

这时，村里的一个年轻人从旁边走过，见老婆子并不晓得自己走了光，他想，这样被人看到多不好，于是就想着要告诉她，可是，这事儿又不能明明白白地说，因此他提醒道："婆婆，出来了！"老婆子回答道："啊，日头出来了，天真好！"见老婆子还是没察觉，年轻人又道："好大呢！"老婆子以为他说的是瓦罐，回答道："没有比这更大的啦！"年轻人又道："还很黑！"老婆子道："烧得好嘛！"年轻人只好目瞪口呆地走了。

（新潟县南鱼沼郡）

1.江户时代的女性内衣为系在腰间长度及膝的四方棉布，名为"汤文字"，以及长度及脚背、具装饰性的衬裙，名为"蹴出"。而农村妇女则完全不穿内衣内裤。

黄莺过山谷

一个行脚商人要出门一段时间去外地做生意，他想，自己不在家的时候，可不能让媳妇与野男人勾搭上了。于是出门前一天的晚上，他郑重其事告诉媳妇道："这么的，媳妇啊，俺不在家的时候，可千万不能让别的男人接近你。为了以防万一，就在你这儿做个记号吧！"说着，他就在媳妇那地方的右侧写了一个"莺"字。之后，丈夫就出门做生意去了。

那男人在各处转悠着做了一段时间的买卖，不久，回家来了，可是之前明明白白写在媳妇那地方右侧的"莺"字，现在一看却跑到左侧了。丈夫气得要命，大骂道："你是傻子啊！那么仔细地叮嘱你，却还是让野男人进了门，没错，肯定是这样！今晚上就把你这浑蛋撵出门去！"

媳妇跑到媒人家去哭诉，请求道："无论如何，请您一定帮忙斡旋！"媒人安慰她说："没事儿，没事儿。"一边说，一边去了那男人家。媒人说："刚才，事情的前前后后俺也都听说了，听说，是黄莺从右边跑到左边来了。黄莺飞来飞去那不是很正常吗？老话里面，不是也有'黄莺过山谷[1]'这么一说吗？"丈夫没办法只好闭了嘴。这样，这事儿就算过去了。

（山梨县西八代郡）

1.日语成语，意为黄莺在枝头飞蹦歌声不断。

彦市/吉四六¹的故事

此故事广泛流传于多地，主人公名字在大分、福冈地方为"吉五""吉四六""吉右卫门"；熊本、岛根地方为"彦市""彦七"；高知地方则为"半七""万六""是市"等。

报火警

一天晚上，吉四六所在的村子失火了。吉四六换了一件衣裳，洗了一把脸，这才慢悠悠地往庄屋老爷家走去报信，他用软塌塌的声音叫道："庄屋老爷，失火了，庄屋老爷，失火了。"因为声音太小，庄屋老爷半天也没被喊醒来。过了一会儿，庄屋老爷的老婆猛一下睁开了眼，因为听到门口好像有什么嘟嘟哝哝的声音，她起床一看，只见吉四六正反反复复在说："庄屋老爷，起火了，庄屋老爷，起火了。"庄屋老爷的老婆大惊，赶忙去叫醒了庄屋老爷，庄屋老爷发了疯一样往出事地点跑去了。可是这时，火已经扑灭了，因为去迟了，代官

1.流传于大分县一带的民间故事，人物原型为江户时代初期丰后国野津院庄屋广田吉右卫门。明治时代以后被收集编纂并见诸文字，总数210篇左右。

把庄屋老爷狠狠训斥了一顿，庄屋老爷拼命地道歉赔罪。回到家，庄屋老爷把吉四六喊来大骂道："吉四六，失火的时候你叫俺也叫得实在太慢了，那可有什么用！下次要是再出大事，你就赶紧来敲俺家的门，用力地大声叫！"

吉四六听着这话只是答："是，是，知道了。"然后回去了。过了不久，一天晚上半夜三更，吉四六气喘吁吁奔到庄屋老爷家，抡起扛在肩上的粗圆木棒就朝窗子、防雨套门上一通乱打，最后，直把柱子敲出了一个一个的大圆坑，他扯着嗓子声嘶力竭地叫道："庄屋老爷，起火了！起火了！起大火了！"庄屋老爷吓坏了，铁青着脸跑出来："呀，是吉四六啊！知道了！你也别敲了，房子敲坏啦！是哪里失火啊？"吉四六一脸若无其事道："庄屋老爷，下回要是村里失火，就像这样叫你可以吗？"

（大分县）

看病人

村里的庄屋老爷得了感冒卧床不起，村民一个接一个去看望，可是也不知道咋回事，庄屋老爷等来等去就是不见吉四六。天快黑时，总算见他慢吞吞地到了庄屋老爷家，庄屋老爷变了脸骂道："别人早就来了，你呢，还当你会最早来，这么长时间你都干吗去了？"吉四六说："一听庄屋老爷您病了，俺马上就去叫医生啦！"庄屋老爷听了高兴起来，笑眯眯地说："俺知道啦，吉四六你也太周到了，真难得，难得啊！"

后来，庄屋老爷的病渐渐重起来，村里人又都去看望他，吉四六依然是最后一个到。庄屋老爷上气不接下气地问："吉四六，你呀，你把医生叫来了吗？"吉四六说："也不知道为什么，这回啊，俺觉得你没救了，所以呢俺去叫了和尚，又去了油豆腐店和棺材铺。"庄屋老爷一听这话，直惊得目瞪口呆。故事这就讲完啦，喂呀喂呀，糯米团子。

（大分县）

野鸭汤

村里的财主老爷打到了一只野鸭，做了野鸭汤请吉四六去吃晚饭。吉四六从中午起就没吃，专留着肚子等那好吃的。到了那儿，还光听财主老爷一个劲儿炫耀自己怎么打野鸭，等了好久，野鸭汤终于端来了。吉四六一边在嗓子里咕咕地咽口水，一边揭开碗盖看，谁知，碗中却只有两三片野鸭肉，余下的全是萝卜。吉四六有点恼，可还是不作声地吃完了。回去的时候吉四六说："老爷，我家附近呀，最近这段时间每天晚上都落着很多野鸭子，你要不要去打打看？"财主老爷说："有那么好的猎物怎么不早说！咱这就去，明天晚上我快快出门，烦请你给带个路吧！"

第二天晚上，财主老爷带上两个装满了美味的多层食盒去了吉四六的家。两人结伴出了门，因为肚子饿了，就在地里打开食盒吃起来，吉四六吃饱喝足，肚子鼓得溜儿圆。他说："财主老爷，你看那些青头野鸭子怎么样？那么一大群，多壮观！"财主老爷放眼往四下看，却连一只野鸭子也没见着。财主老爷问："鸭子在哪儿呢？"吉四六指着萝卜地道："你看那儿，不是很多吗？"

（大分县）

三宝鸟[1]

一天，大作逢人便说他在山上听到了三宝鸟的叫声。这话

1.佛法僧科候鸟，体长26—29cm，通体蓝绿色十分美丽。旧时人们认为其叫声与"佛法僧"的日语发音相似，故为其命名"佛法僧"，并视其为灵鸟。后查明此种叫声主要出自小鸮鸟。

传到王爷耳中，王爷也想听，于是，他从官代所往山里修了一条非常气派的路。王爷到山里一听，满耳都是"咕咕咕咕"的叫声，根本不是三宝鸟，王爷把大作喊来让他听，可大作听到的也只是满耳的"咕咕咕咕"声。"那不是山鸽子吗？！"大作被狠狠训斥了，可是，托这事儿的福，山路变得好走了，货物不再老是被树挂住了。

（高知县幡多郡）

老鹰的雏

一天，是市去领主那儿交年贡，领主想要一只鹰雏，就问在村里是否能搞到，是市随口应承道："这太容易了，我家后面山上就养着一只呢，请您一定到村里去一趟吧！"见长久的愿望就要实现，领主高兴极了，说他一定在近期视察领地的时候顺路过去。

是市回到村里，将这事告诉了村里的头领长辈们，村人顿时慌成了一锅粥，领主老爷大驾光临，那要如何接待才好呢？接待的费用，又该怎么出才好呢？众人每天为这些事儿头痛不已。是市看看看看，看不下去了，他说，如果领主大人来村里会给大家添那么多麻烦，不如现在就去拒绝他。众人疑惑道：

"事已至此，还怎么说得出口呀？"是市道："我这就去。"说着，一脸稀松平常地往城下町赶去了。

两天后，是市来到了城下町，他马不停蹄径直去了领主的住处，领主老爷高兴极了，问他道："鹰雏养得怎样了？"是市道："大了很多啦！这一向，每天都'嘚哟——嘚哟——'地叫呢！"话音刚落，领主朗声大笑起来："哎呀，你啊，你那是鸢[1]呢！我去了也白搭！"

领地视察就这样取消了，是市立马回到了村里，众人都安下了心。

（高知县高冈郡）

春耕

土疙瘩半四是个壮大汉，他特别能吃。一天，半四被人雇去春耕，一天之内居然挖了三反[2]地，四邻八乡都对他的本领赞不绝口。可是，那家的女主人却是个贪心不思悔改、又唠叨爱抱怨的女人，她挖苦道："那活儿才不是半四干的，是他吃的

1.鹰科的一种小型鹰，身体长度比老鹰小，老鹰取活食，鸢则吃死鱼之类，捕食能力亦不如鹰，鸢的鸣声特别，从鸣声可明确区分鹰和鸢。
2.日本度量衡土地面积单位，一反为一町的1/10，约合992㎡。

饭干的！"

第二天，半四照例拎着大饭盒出了门，可是不知道怎么回事，一整天他都晃晃悠悠在四处闲逛，回去了，主人媳妇问道："半四，今天挖了多少呀？""嘿，这话你得去问干粮！"半四冷笑道。主人媳妇去田里一看，只见田间立着一把铁锹，铁锹柄的头上，正挂着半四早上带去的那盒饭。

（高知县香美郡）

石磨与马

主人牵了一匹马给半七，嘱咐他去高冈取一个石磨回来，主人告诉他说："这匹马很瘦弱，驮了石磨呢，就不要骑人了。"半七应承道："嗯，好的！"说着出了门。不久，他回来了。主人一看，只见他正驮着石磨骑在马背上，主人道："都那么跟你说了，却为什么还不走着回来呢？"半七道："马要是驮了石磨就不能骑人了，所以，俺就自己驮上啦！"

（高知县香美郡）

过关卡

有个枥原[1]的大叔每天都去月濑[2]买酒喝，那时，别府[3]那儿有关卡。当差的问他道："大叔，你手上拿的是什么？""是酒。""哦？搞一杯来喝喝就让你过去！"大叔没办法，只好让他喝，这么的连喝了三天，大叔生气了，他想，得骗骗他才好。这不，又要过关卡了，当差的又问了，"这是水。"大叔回答道。"哦？正好口渴呢，快拿来喝！""刚才骗你的，其实，这是小便。""是什么都没关系，别啰唆了快拿来喝！不然就不让你过去！"当差的吓唬道。一边说，一边把酒喝了个精光，还说："啊，你的小便酒也太好喝了！"大叔只好哭啼啼地回去了。

第二天，大叔准备去报复，他往酒壶里灌上了真正的小便，然后抱着酒壶去了关卡。"大叔，酒，酒，等你好久啦！""当差的，今天真是小便呢，您就让俺过去吧！""又撒谎，我就想喝那小便！""今天真的是小便。""哎呀，别啰啰唆唆的啦，快把小便拿出来！""好吧，俺给你，可是回头不能怪俺啊！""啊，好啦好啦，不怪你，你的小便可真好

1.地名。

2.地名。

3.位于大分县中部，濒临别府湾，日本主要的温泉疗养地和旅游城市，有港口，为交通要地和九州东大门。

喝！"当差的一边说，一边就着壶口咕咚咕咚喝起来。哇地一下，当差的哗哗吐了出来。

臼杵[1]的鳗鱼

一天，吉四六出门去钓鳗鱼，不知怎么搞的，在臼杵地界一条也没钓着，因此，他渐渐沿着河道往上游走去了。吉四六在竹田[2]地界的河边正钓着呢，被竹田这儿的坏武士看到了，那武士想着要把吉四六的鳗鱼抢过来，于是，他走到吉四六跟前道："这个吉四六，你不是臼杵那儿的吗！怎么随随便便跑到俺们竹田来钓鳗鱼？钓到的都给俺拿过来！"一边说，一边向吉四六面前伸出手去。

吉四六狠盯着那武士道："欸，您说得真是莫名其妙啊！我可是野津[3]人人知道的吉四六，压根儿呢就没打算偷人家地界的鳗鱼，只是刚才，从下游我那地界逆流而上往这边游来了两三百条大鳗鱼，我钓的是它们！"这么说着，挥杆就钓起了一

1.地名，位于大分县东部，濒临丰后水道。

2.地名，位于大分县西南部大野川上游，为旧城下町。

3.地名，位于大分县东南部，大野川支流野津川沿岸。

条大家伙。"您看看，一点儿不错，这条看起来多眼熟！确定是从臼杵来的！"吉四六一边说，一边把鱼装进了鱼篓。没一会儿，他又钓起了一条特小的，吉四六又道："这小得不像话的家伙，你是竹田的吧，看着这么眼生！干什么还来乱吃臼杵的饵料，真是没规矩！今天饶了你算了，往后可要小心了！"一边说，一边把那小鳗鱼扔回了河里。就这样，他一边把大鳗鱼统统定为臼杵的，把小的说成竹田的，一边怒目瞪着站在一旁发呆的武士，拎着一大篓鳗鱼扬长而去了。

（大分县）

钓河童[1]

月濑的源九郎是个足智多谋的人，尽管有智谋，他却很穷。一天，是腊月年底了，因为之前他向财主老爷借了钱怎么也还不上，所以这回，他就想着去行一次骗。

他去了财主老爷家，说："那个……我现在呀，有人拜托我抓一个河童去马戏团表演节目，可是呢，钓河童必须要一贯重的红鲸肉才行。所以，能否烦请您帮忙买一下呢？……怎么样啊，只要能抓到一个河童，不要说本金了，就是支付利息也

1.民间传说中的水怪，详见上册P053脚注。

完全没有问题啊！"

财主是个贪心的，他说："怎么办，那就借给你啦！话虽这么说，可是钓河童的时候你得把俺也带上，再说，那稀罕玩意儿俺还从来没见过！"源九郎想，带上他一起多不方便，可又没办法拒绝，只好说："那就带你一起吧！不过，河童那家伙的耳朵可灵呢，你得保证绝对不出声才行。"

源九郎让财主老爷买来一贯重的红鲸肉，两个人一起去了河边。源九郎说："老爷，你去那边的竹林里躲着吧！千万不要出声啊，不然会把河童吓跑的！"财主老爷道："好的好的，你说一遍俺就记住了。"说着，他就去竹林里面蹲着了。

源九郎去了河边，做着样子把红鲸肉往自己的屁股上使劲摁，其实是装进了怀里，然后，他把屁股浸到水里，装模作样地钓起河童来。等啊，等啊，也不知道过了多久，却一丝一毫的动静也没有，财主老爷无聊极了，忍不住大声道："源九郎，还没钓着呀？""哇啊，吓跑啦！那么跟你说不要出声不要出声，都已经在吃食啦！"源九郎一边说，一边假装肚子鼓鼓气得不行。财主老爷可怜巴巴地说："那……那重新再钓一回吧，这回俺绝对不说话！"源九郎道："那哪行啊，没听说河童一年只能抓一次呀？这红鲸肉也还给你！""什么呀，在你屁股上贴过了还能要吗？给你吧！"财主道。就这样，源九郎得了红鲸肉回家了。

（熊本县山鹿市）

隐身蓑笠

　　从前，某地有一个叫彦八的人，这人常在海边捡了蛤蜊去熊本卖，因为早上若不起早去的话蛤蜊就会卖不掉，所以媳妇备好了干粮让他带着。可是这天，怎么也没找到包干粮的包袱布，没办法，就用媳妇当内裤用的四方布包着出了门，这么的，他被人取笑了。"货不卖了，俺去骗天狗[1]玩！"彦八一边说，一边往深山走去了，他看见天狗在树上敲太鼓。

　　彦八将一个米筛顶在头上，从那筛子眼里往外看着叫道："天狗！天狗！"天狗想，谁看见俺了在喊俺呢？它问："你怎么看到俺的呀？""俺有千里眼啊，千里眼什么都能看得见，哎呀呀，那不是熊本吗，连京都也看到啦！"彦八半愚弄半打趣地回答道。说得天狗动了心，天狗说："把你说的那东西给俺吧！"彦八说："这可是世上仅有的，不能给！"天狗道："那俺用隐身蓑笠跟你换！""要那么说，就顺了你的意换给你，俺这可是贵重物，你得把隐身蓑笠先拿来，俺再给你！"天狗从树上下来了，它把隐身蓑笠给彦八穿好，又拿起米筛从筛眼里使劲儿往外看，却什么也没看见，它问："彦八，彦八，怎么什么也看不见呀？"可是这时，彦八已经穿着隐身蓑笠逃走了。天狗只好作了罢。

　　只要穿上隐身蓑笠，别人就看不见他了，所以彦八又是偷

1.日本民间传说中的似人怪物。详见上册P079脚注。

米又是偷酒，最后，连工作也不做了，光跑到酒铺把脸埋到五尺高的大酒桶里去喝酒，喝饱了就回家。酒铺的掌柜犯了难，他把少酒的事儿告诉了老爷，老爷问："偷酒的长什么样儿？""像幽灵，嗖的一下进来，喝了就走。"老爷说："那不是酒神吗？酒神进门可是家里的荣幸啊，这事儿就这样吧！"于是，这事儿就随它去了。

看彦八净往酒铺跑，媳妇生气了，她趁彦八睡着的时候把隐身蓑笠烧掉了。彦八醒来又想去喝酒，他问媳妇："喂，俺的隐身蓑笠放哪儿啦？"媳妇道："那脏东西早被我烧掉了！"彦八问："灰还在吗？"媳妇说："在。"彦八脱光衣服泡进水里，把灰抹到了浑身上下，然后又去了酒铺。他想，这是最后一次了，从今往后再也来不了啦！贪心上来，一口气喝了很多很多酒，最后，一股小便歪歪扭扭从屋里往后门口流了出来。彦八的隐身魔法也消了。

（熊本县球磨郡）

石肥三年

很久很久以前，某地方有一个叫彦市的机灵人，那人和狐狸有交往。

一天早上，彦市去地里看了看，见地里被扔进了很多石块，彦市说："这是谁帮做的好事啊，石头作肥料施一次肥管三年，真是太好啦！要是被丢马粪可就完了。"彦市的话被狐狸听去了，那天晚上，狐狸把石头捡得一个不剩，换丢进了满满的马粪。次日早上彦市再来一看，见到地里厚厚的马粪，高兴极了。

☆

还有一个关于彦市的好玩的事。

一天，狐狸在堤坝下摇身变成了一个武士，彦市说："呀，你变得太好了！可是俺呢比你还会变，明天，会有八代[1]王爷的队列打这儿过，那就是俺变的。你可要来看哪！"第二天，狐狸急急忙忙去了那地方，一心专等着彦市来。很快，前面就传来了"下去！下去！"的开道声，狐狸想："呀，彦市变的王爷来了！"一边想，一边瞪圆了眼睛看，队伍很快开到了跟前，狐狸说："彦市，你搞得好！"边说边往王爷的轿子旁跑过去。家丁道："王爷在此，闪一边去！"狐狸不听也不避让，口中直叫道："你就是彦市嘛！"其实，那可是真正的八代王爷的队列，最后，狐狸被家丁抓住啦。

（熊本县球磨郡）

1.位于熊本县南部，球磨川河口，为旧城下町和河港町。

狐狸新娘

　　是很久很久以前的事儿啦。茂泽的阿吉听说长者老爷正在找媳妇，他去野地的时候，恰巧撞见狐狸在灌木下比化术，他开口招呼道："呀，狐狸，狐狸，你们做什么呢？"狐狸吃了一惊道："还以为是哪个，是阿吉呀！"茂泽的阿吉问狐狸："听说长者老爷正在找媳妇，你们几个能不能变一变？"狐狸说："只要有油豆腐和红豆饭，那就没问题！"

　　茂泽的阿吉去了长者老爷家，与老爷家说好由他来做媒，然后，他带上油豆腐和红豆饭去了狐狸那儿。"什么时候，怎么办，送亲队伍的人数呢要三十，马要变七匹……"连这些细节也一一和狐狸商量好了。很快，送亲的日子到了，长者老爷家做好了一切准备，只等新娘了。时辰到了，可是等啊等啊，却怎么也不见新娘来。众人正等得不耐烦，天黑下来了，忽见野地那边出现了足有三十架灯笼的长队伍，忽明忽暗往这边游移而来。媒人阿吉一马当先，紧接着，五花马、长衣柜，各种各样的嫁妆吱嘎吱嘎挑着过去，送亲队伍浩浩荡荡往长者老爷家来了。人们从廊檐蜂拥着往屋里进，阿吉则从每个送亲人手中一一接过灯笼，再把它们一溜儿挂在廊檐的顶棚上。

　　客厅里摆满了各种好吃的，倒酒、唱歌、跳舞，觥筹交错，每个人都兴高采烈，开心极了。不知不觉，厨房里的菜肴和饮料就哗啦哗啦吃没了。婚礼结束，媒人阿吉回家了，客人们也回去的回去，留宿的留宿。

第二天早上，长者老爷哗啦一下打开廊檐门，却被顶棚上挂下来的什么东西打到了头。"什么呀？"他嘀咕着抬头一看，见顶棚上晃晃荡荡吊着三十根马骨头。他"哎呀"叫着往四下看去，只见廊板上印满了狐狸脚印；赶紧把家人喊起来去各处查看，却见满屋子都是狐狸的脚印；去客厅一看，本当留宿的客人也不见一个；再去新娘子的床上看，床上也并没有人；待掀开被子，才见床上蜷睡着一只老狐狸，狐狸被惊得一弹跳起老高。几个年轻人正要将那狐狸摁住，却被它踢破客厅的小隔扇逃走了。

长者老爷想，这是被茂泽的阿吉骗了啊，他派一个年轻人去了阿吉家，阿吉家中只有一个烂眼老母，老母说："俺家阿吉出远门去奥州贩马了，到今天已经好多天啦，还不见回来！"四五天后阿吉回来了，他拽着一匹瘦马，边唱着赶马调边从长者老爷家门前走过去，长者老爷连忙喊住他质问娶亲的事，可是阿吉却一脸茫然："这一向俺去奥州贩马了，这不，才回来，你说狐狸送亲什么的，俺做梦也没梦到过！"长者老爷惊得目瞪口呆，只好作了罢。故事这就讲完啦，可喜可贺呀，可喜可贺。

（岩手县紫波郡）

328

牛鼻环

吉五整天琢磨有没有什么赚钱的好法子，想啊想啊，想得夜里都睡不着。后来，每天早上割完草回来，吉五就赶紧到通往臼杵的新开路上去占地儿，向去臼杵的村人一个一个拜托道："麻烦帮俺带个牛鼻环回来吧！"受托的村人百忙之中跑到各个土杂店去问，可是哪家店都说没有牛鼻环。到了傍晚，吉五等来了从臼杵城里回来的人："牛鼻环买到了吗？""没，哪儿都没卖的！"村里人回答他。那段时间，城里的杂货店每天都有很多人来问牛鼻环，因为没货，掌柜的发了急，想着若是有卖牛鼻环的来，一定要把货统统盘下来。城里所有的土杂店都望眼欲穿地盼着做牛鼻环的来。

那以后，吉五家就开始做牛鼻环，每天都做到半夜才歇。一天，吉五牵出了自家养的牛，他让牛驮上了很多很多牛鼻环，多得牛都差点走不动路了，他自己也扛上了很多，也多得差一点走不动路。就这样，人和牛一起去了臼杵城里，土杂店一看做牛鼻环的来了，二话不说把货全买下了，吉五赚得钱包鼓鼓地回了家。可是从那以后，就再也没有一个人去臼杵城里过问牛鼻环了。这个吉五，号称"九州的大阪佬"的臼杵商家也搞不过他。

（大分县）

水罐

　　吉四六家没有水罐，于是去竹田街上买。店里有小的大的两种水罐，一问价钱，说，小的三十钱，大的六十钱。吉四六买了一个三十钱的，急急忙忙拿回家给媳妇看，媳妇说："这么小的水罐谁要啊，去买个大的来！"吉四六返回店里道："这个太小啦，给俺拿大的！"店家拿了一个大的来，吉四六道："之前呢给过你三十钱，这又给了你三十钱的水罐，所以，这六十钱的水罐俺拿走啦！"说着，拿着大水罐回去了。故事这就讲完啦，喂呀喂呀，糯米团子，不快吃就馊啦！

（大分县大野郡）

老虎油

　　从前，中村有一个叫大作的男子，家里很穷，他常去山村卖一些针头线脑之类的小货。有一年的腊月底，他在深山被冬雨淋得浑身湿透，冷得实在受不了了，一边走一边想：不管怎样，得想办法把衣服烤干了才好。因为他总是装蠢骗人，所以这时候就连一个能让他烧火烤衣待见他的人也没有。走啊走啊，忽然看见一个人家的地炉里正烧着火，他进去搭讪道："话说，你可知道新年正月吃的一种竹子菜的做法？"对方问怎么吃，他说："把竹子切成圆薄片，用旺火使劲儿煮。"对方立马去后山砍来一根竹子，切成圆薄片煮了起来。大作也帮着不断地添柴吹火，过了一会儿揭开锅盖一看，竹子还是原先的竹子，硬邦邦的，一点变化也没有。对方生气地大声道："别骗人了！"大作一脸稀松平常道："你呀，得往里面加点儿老虎油。"那人大叫道："哪儿有那东西！"大作说："没有的话，再煮也不行呢！""哎，衣裳也干啦！"大作说着，嗨哟一声背起竹篓回家了。

（高知县幡多郡）

跳蚤是药

一年夏天，佐川[1]的佐治去山村办事，途中在一家旅店住了一晚，那旅店中的跳蚤多得惊人，他全身上下都被咬了，整夜整夜无法入睡。想想回去的时候还不得不在此住宿，若还那样怎么受得了！于是，临走的时候他对旅店的老婆子说："婆婆，真是可惜了！佐川的药店正高价收跳蚤呢，你为啥不捉了去卖呀？"老婆子吃惊道："跳蚤还能做药？治什么病呢？""那我就不知道了，可我知道肯定能卖掉，过三天，回程的时候我还会来住的，你就使劲儿抓吧，到时候我帮你带到佐川去卖！"说着，佐治出了门。

三天后回来，果然像是仔细捉过了，这回睡得很好，一口也没有被跳蚤咬。第二天早上，佐治只是兀自站着，一个字儿也不提跳蚤的事。旅店老婆子道："客官，请按之前说好的那样帮俺卖跳蚤吧，您看，俺都仔细抓好啦。"说着打开纸包来给他看，只见里面密密麻麻包着成百上千只抓来的跳蚤。佐治说："糟了，我忘记说啦，得二十只一串地串起来才行，若不是一串两串地数，又哪里能数得过来嘛！没事，我很快就会再来的，再来之前，你就做了竹签一串一串地串好吧，谢谢你啦！"一边说，一边迈出了旅店的门。

（高知县高冈郡）

1.位于高知县中部，南邻须崎市。

米槠[1]

有一年的正月，吉四六和附近村子的人一起去山里伐木头。因为那儿的山上长着很多米槠树，所以人们都卖力地拼命砍米槠。眼看就要砍够回去了，可吉四六却还像刚去时那样，把镰刀一扔，只是一个劲儿噗叭噗叭地抽着烟。很快，村里人砍好米槠开始捆扎了，"吉四六，你不回去呀？"人们说着，一个一个起身往回走。

吉四六这才转过身，对着村人说道："你们是要把那些米槠树带回家吗？'那些米槠'可是'伤心'呢，兆头也太不吉利啦，况且现在是正月！"这么一说，大家都把原先扛着的米槠丢下，又开始砍起了别的树。而吉四六却把大家扔下的树收捡一番，一个人带着那些树咚咚咚回去了。村里人吃惊道："这个吉四六，你刚才不还说'那些米槠'是'伤心'，兆头很不好吗？"吉四六说："不，这回的米槠呀有点不一样，俺的米槠是'开心'，是好东西，况且现在是正月，是很好的兆头呀！"[2]一边说，一边急急忙忙回去了。故事讲完啦，喂呀喂呀，糯米团子！

（大分县）

1.壳斗科锥属乔木，为优良的用材树种及香菇培养基。

2."那些米槠"日语发音"kana xi"，同"伤心"；"俺的米槠"日语发音"ule xi"，同"开心"。

吉五郎登天

从前有一个二流子吉五郎，整天吊儿郎当游手好闲地四处晃荡，地里的农活一样也不做。到了撒麦种的时候了，他家的地里还净是大土坷垃，母亲急得火急火燎："吉五郎，快去把地里的土坷垃敲敲吧！""就去，就去！"吉五郎一脸若无其事地回答道。一天，吉五郎竖起了一块很高的招牌，上面写道："某年某月某时，某地的吉五郎要登天。"

村里人说："也不知那男人要用什么法子登天呀？"大家纷纷议论着聚拢来。吉五郎在地的正中间插了一根细竹竿，抓着那竹子就往天上爬。村里人说："那多危险！太危险啦！"吉五郎在竹竿上爬了一会儿说："确实危险，那就算了吧！"一边说，一边停了下来。大家上了他的当，纷纷散开回去了。可是因为之前村里人争先恐后抢着看，但凡高一点的土坷垃上都站了人，所以，地里的土坷垃全叫人踩碎了。吉五郎这就在地里撒了麦种。

（长崎县壹岐郡）

打星星

一天，吉五在村里逢人便说："今天晚上俺要用扫帚打星星，你们都来捡吧！"村里人不睬他，都说："吉五这荒唐东西！"吉五却说："你们要是不愿意呢，不来也没关系，那么俺就自己打，星星可都是金子做的，俺自个儿捡自个儿得，你们就等着羡慕吧！到那时俺可不管！"不知不觉，村里人被说动了心，天一黑都聚到了吉五家。

吉五拿着长把竹扫帚爬上了屋顶，"吉五，吉五，还没打下来吗？""嗯，没那么快的，再等等！"吉五说着，望着满天的星星一个劲儿挥扫帚，忽然，一颗流星滑了过去，"快看快看，星星落啦，大家快捡呀，那可是货真价实的金子！"

（大分县）

公差饭

吉四六家很穷，一年到头除了盂兰盆节和正月，其他日子是断不会煮米饭的。吉四六想米饭想得实在不行，一天早上，他早早起床往屋后的河边走去了，"怎么，今天有公差？知

336

道了俺马上去，你等着！"他一边走，一边自言自语道。吉四六对媳妇说："媳妇，俺今天要出公差，快煮点饭给俺带上吧！"媳妇想，哦，要出公差呀，于是赶紧煮起了饭。饭要出锅了，吉四六又去了屋后的河边："怎么？公差取消了？这也太为难人啦！"他一脸无奈地回了家，"喂，媳妇，公差取消了，这可怎么办，这饭呢不吃却又不行！"一边说，一边打开食盒大吃起来。故事讲完啦，喂呀喂呀，糯米团子！

（大分县）

偷饭贼

吉四六拼命劳作却存不上一点钱，所以他觉得，过日子就非得从牙缝里往外抠不行。从那以后，他就成了村里人人侧目的吝啬鬼。

一天，庄屋老爷家办喜事，喊吉四六帮忙到臼杵城里买了鲷鱼。吉四六办完事儿回来正歇着呢，庄屋老爷家就送了两三条好鲷鱼来谢他。媳妇高兴坏了，对人家又是点头又是哈腰不住地鞠躬道谢，可吉四六却苦着个脸直瞪着鲷鱼看，看着看着，突然大叫一声："偷饭贼。"抓起鲷鱼就扔到了门前的水田中。媳妇大惊道："干吗这么糟蹋东西！"吉四六说："有这好鱼，饭还经得起吃吗？有这鱼，吃的饭肯定得是平时的两倍，不是偷饭贼是什么！"媳妇被惊得张口结舌，半天都闭不上嘴。

（大分县）

惜物

吉四六让媳妇去借东西，他说："媳妇，你去隔壁借一把铁锤来，外廊上有钉子冒了头，很危险呢。"

媳妇去了邻居家，可是眨眼工夫又空着手回来了。媳妇说："俺去隔壁家借了，人家问是钉竹钉、木钉还是铁钉，俺才说钉铁钉，人家就说'铁钉的话，会把铁锤砸凹的，不借'，所以没借来。"

吉四六皱眉道："欸，居然有这么小气的小气鬼！真没办法，算了，那就用咱自家的铁锤吧！"

（大分县）

洒出来啦

从前，某地方有个叫彦八的男子，生就会说一些好听话，哪里有喝酒吃饭的集会，哪里就绝不会少了他。因为每次都白吃白喝，所以众人都烦他。一天，朋友们决定凑份子聚餐，为了不让彦八来，他们去了离村很远的一个山里人家。为了阻止彦八从外面往里进，他们又把入口处的门牢牢锁上了。很快，各种各样好吃的就做好端上了桌。"这下，管他什么样的彦八也来不了啦！"众人正议论呢，就听门外有人道："洒出来啦，快开门！"听声音就知道是彦八，可是听他说"洒出来了"，大家都说："说不定是他带了什么东西来？"于是大伙决定去开门。一人起身开门道："你带什么来了？"开门一看却是什么也没带。众人目瞪口呆，问他："为什么撒谎？""若光说开门，你们不是不开吗？别说那个了，快让俺吃，口水洒出来啦！"这彦八边说边像平时惯做的那样吃起来。

（长崎县南松浦郡）

☆

也还有这样的事。

从前，某地方有一个叫遣兵卫的男子，因为老母久病缠身在家休养，他去豆腐店买豆腐给母亲吃。

回去的路上，遇着很多人正在煮泥鳅，他在边上站了一会儿道："因为想快点给母亲吃，就请让俺在这儿煮了吧！"说着，他把一块豆腐放进了煮泥鳅的锅里。看看煮得差不多了，遣兵卫说："俺急着要送去，这就拿着先走啦！"说罢，从锅中取出豆腐拿走了。

后来，等大家想着要开吃的时候往锅中一看，锅里却连一条泥鳅也没了。原来锅一升温，泥鳅全都钻进豆腐啦，就这样，豆腐连泥鳅全被遣兵卫拿走了。

（长崎县壹岐郡）

抓野鸭

一天，吉四六将一根绳子系在了一个大葫芦的葫芦腰上，那绳子的长度足能够到池塘底。他带着那两样东西到了一个有野鸭的池塘，又在绳子头上绑了一块石头，把石头扔到了池塘的正中间，这样，葫芦就噗的一下浮在了水面上。吉四六游到那儿，两手紧紧抓住水下的绳子，人藏在水里一动也不动，只在葫芦的掩护下露出一个鼻子尖。

过了一会儿，空中响起了啪啪的扇翅声，很快，鸭群飞落到了池塘里，野鸭们团团地游着，忽然，一只鸭子轻轻跳上葫芦，在上面扑扑抖动身体甩起了水珠。

吉四六猛地伸出右手抓住鸭子，把它拴到了垂在水下的绳子上。其他鸭子一点儿也没察觉到，紧接着，又有一只落在了葫芦上，吉四六又伸手将它抓住了。就这样，他抓了总有十五六只野鸭，沉甸甸地扛着回去了。

还有一天，吉四六将一个田螺挂在了一根拴着长线的钓钩上，他来到一个野鸭经常出没的河岸边，将穿好田螺的钓钩抛了出去，然后躲在树荫下悄悄看。

过了一会儿，猛一下飞来五六只野鸭一齐落了下来。最前面的那只鸭子发现了田螺，一口将它啄吃了，可是鸭子的消化太差啦，它急慌慌地摆动着屁股屙出了一整个田螺。第二只鸭子看见，又把那田螺吃掉了，也原样儿屙出了一整个田螺。第三只鸭子又捡起那田螺吃掉了，然后又噗的一下屙出了一个囫囵的。

就这样，五六只野鸭一只接一只吃了田螺屙了田螺，结果，它们一只连一只地被一根长线从嘴到屁股地串了起来。吉四六看准时机使劲儿一收线，不费吹灰之力抓住了鸭子，兴高采烈地回去了。

（大分县）

声音大

一天，吉五正在地里撒种子，住在附近的一个男子从旁边走过，那人高声招呼道："吉五，干得挺卖力呀！"

吉五猛一抬头说："声音太大，声音太大啦。"

搞得那男子以为吉五正瞒着别人偷偷撒什么稀罕种子，他悄悄走到吉五身边小声问："你那是什么种子呀？说俺声音大，该不会是结什么稀罕宝贝的种子吧？"

吉五板着脸，把嘴凑到那男子耳边一本正经道："种子呢只是豆种，可对面树上有鸟啊，被鸟听去就不好啦！所以俺才说你声音大。"

（大分县）

吉五板着脸，把嘴凑到那男子耳边一本正经道："种子呢只是豆种，可对面树上有鸟啊，被鸟听去就不好啦！

———《声音大》

小故事[1]

很久很久以前呀，有一个像诹访湖[2]那样的地方，湖里浮满了野鸭。好的，这时候猎人来了。嗯，他端起了枪就要射。嗯，是说呀？还是不说？——快说快说啊！砰！野鸭全飞了。故事讲完啦。

（长崎县南高来郡）

1.原文标题"はなし"一词三关，可分别释义为"故事""说"和"发射"。故文中"是说呀？还是不说？——快说快说啊"可双关为"是开枪呢？还是不开枪？——快开枪啊"。

2.位于长野县中部，是长野县最大湖泊。冬季湖面冰封，经常会有在冰面上打窟窿钓若鹭鱼的垂钓者。

解说

虽然我将此书命名为《日本昔话》，但若按之前的习惯来定义，则里面包含了狭义的昔话、动物谭和笑话三种。在集子的最后，我想试着就这些故事作一个极为初步简单的解说。

一、此处所说的"昔话"一词，来源于"很久很久以前"这样的开场句，当然也有些地方的说法是"是很久以前的事儿啦"。古时候，"话"一词曾读作"Monogatari"[1]，迄今，南岛的一些地方也还把这种"话"称作"Mungatai"（物语），所谓"物语"或"昔物语"，指的也是此类"话"吧。

可包含在"昔话"中的"话"（故事）却并不多么地受限制，我们在村中以"昔话"名义听来的故事里，有狭义的昔话，也有笑话与动物故事，还常常会包含传说故事和说唱故事。而从研究的实际情况来看，则有必要将它们进行区别使用。

最近，与广义的昔话具有相同意味的"民话"一词开始流行，因使用的人不同，其概念也形形色色，且被相当广泛而轻率地使用着。虽然也有必要对"传说"一词进行再商讨，但我

1.日语原文"ものがたり"，意为"故事"，此处强调发音。

却想用"民话"这词来称呼包含"文艺形式的传说"在内的口承散文学。说到"昔话",则想将它用到意味更为有限的特定范畴中去。

二、研究口承故事可从几个角度提出问题,但在提问之前,首先会有"昔话是什么"的疑问吧?不同角度即会有不同的研究方式,与目的相对应,错误也会随之而来。昔话研究的角度大致可归纳为以下四个:

第一是民族学、民俗学的角度。此角度首先要根据民族特质与文化特质,将昔话现在和过去的分布状态按民族的迁徙混合、文化传播等情形进行分类,就昔话发生的意味、时代、场所进行说明。这个角度最要关心的点是昔话的历史意味。

其次要说的是社会人类学角度。在此角度,比起昔话的发生与传播,更需研究的主要命题应是昔话在社会生活中担当的角色。也就是说,作为各民族社会生活的一环,昔话有着什么样的社会功用与性能,进一步说,这问题亦与第一个角度紧密关联,因为它在过去生活中担当过的社会角色也是我们必须要探讨的。

第三个是文学角度。昔话是从口到耳的文学形式,站在此角度,就必须研究美学的、文学史的、形态学的问题,也就是说,要将美、意味以及形态作为重要课题来研究。

最后一个是应用角度。最近在日本兴起的民话剧、人偶剧等取材于昔话的儿童文学,在儿童教育中的应用即属于此角度。应用亦与各个角度关系密切,可是在此根据基础上,理论建设就能被进一步推进了吗？对此，我现有的知识并不足以作出判断。站在此角度，目的不同也会有好几种不同的方法及不同的解释吧。

三、接下来我们要说：所谓"昔话"到底是什么？口承故事的研究是一个崭新的课题，同它的名称一样，如何界定它的范畴也是一件极其困难的事。德国的格林兄弟是最早想将其进行科学规范的人，他们站在刚才所说的第一角度，于19世纪初，在将昔话（märchen）与传说（sage）进行比较的同时作出了如下规范：即传说在民众的认知中是真实的，是与场所、历史人物、时代等相关联的短小的"报告"，而昔话则是由民众自身创作的，以娱乐为目的讲述的文学艺术。就是说，传说与昔话的区别，是历史与文艺的区别。

自格林兄弟将昔话作如此规范以来，此见解即被广泛运用，在日本也有很多对此规范作出的释义。我想说，这只是传说与昔话的一个很特别的外在特征。自他们提出这见解至今已过去了一百四五十年，在此期间，这方面的研究已取得了长足进步。不仅如此，现实中也常有用格林规范无法处理的案例，比如此书中收录的"傻瓜村故事""吉四六故事"等，它们是与现实的村子、特定地域上的历史小英雄有关的故事。这些，既不是格林所定义的昔话（märchen），也不是其定义的传说。另外，即使同样内容的故事，既与时代、人物、场所关联，也同样用"很久很久以前""某地方"作为开头来讲述，这样的例子也很不少。

口承故事并不是用一个定义即可规范、用一个种类即可统一的东西，它含有多个种类，对应各个不同种类，不光其内容各不相同，结构也不尽相同，且被不同的原理所支配，其发生、存在的条件、社会机能也都不同。

那么，现就从故事的结构、种类、内容这几点来简单说一下它的特征。这三点似乎又是互相关联的。

从结构看。正如大家都已注意到的那样，即刚才所说的：故事结构有由单一事件构成的单一形式，和由好几个事件组构而成的复合形式。

单一形式原则上是由单一主题乃至单一事件构成的，只讲述一个思想，其自身具有完整形式，但也常常出现建立在对立原则上的由两个主题构成的故事。这些小故事无论是谁只要听一遍就能马上记住，并能进一步向他人复述，因此，此类故事在一定地域内并无多大变化。

与上述相反，复合形式由多个主题构成，因此故事较长且极具色彩。其内容大约原本也只是想表现一种思想，但从现有形态来看，难以体会其中心思想的篇章也有不少。记忆它们也需要有相当的能力，为加深听众的印象还需要有巧妙的讲述技巧。与单一形式不同，复合形式故事的记忆和传承或许也需要依靠类似传承的方式，即由传承者讲述给家中的子孙后代，借此进行。我想把这种形式称作昔话。

复合形式由一定的理论法则构建而成，与其内容关系紧密，其构成方式有以下两种：

一种称为对立原理，由二元对立构成。

社会性的：有钱人与穷人、主人与仆人、支配者与被支配者、父母与孩子、兄与弟；伦理性的：正直与不正直、真实与虚伪、热心与不热心；心理性的：美与丑、无欲与贪心；宗教性的：有信念者与无信念者、恶神与善神、人类与怪物；肉体性的：大与小、残疾与正常、盲与聪。通过对这些性质、肉体、特征相反的两个人物的配置，使两者的对比极端化，以便将主人公的胜利乃至事件结果往幸福的解决之道上引领。这种形式非常多，常常是抱着伦理目的、以比喻谭的形式进行讲述。

再一个是以三段式原理为基础的结构，依据事件的发生、发展、解决三个阶段进行讲述。三段原理不只体现在外在结构或事件经过上，它还体现在主人公的心理上，比如采用正直、自大、后悔这三种形式。事件的发生常常有象征性讲述，叙述的重点为中间的发展过程，而中间讲述的一切事件又均被归纳到结果上，同样往幸福的解决之道上引领。事件的经过使用对立原理，从而得到符合朴素辩证法的统一结构。

事件呈三段式变化的同时，还有三个兄弟、三个女婿、三只动物（《桃太郎》）、三个危险（《赶牛车的与山姥》）、三个课题（《天女下凡》）、三个谜语（《一语值千金》）、三年、三个月、三天三夜，或者是同一叙述作三次重复（《猴女婿》）。《三兄弟》《三个女婿》等都为此种形式的典型代表。

从结构上看，有"累积谭""连锁谭"以及被称作"段段故事"的层层推进式等一系列形式。此种故事为单一事件的连续讲述，因此，在开头与结尾之间并无思想性的统一，主人公的性格也常会发生变化，从结构到逻辑并无一贯性，故事间的联结也极其松散。故事由其内容的印象性联想拼缀而成，并因讲述者的技巧、讲述时的条件不同而伸缩变化。单个事件多被单一形式的动物谭和笑话所采用，《咔嚓咔嚓山》《死心眼儿》《该这么做》即此种结构的典型。

另有一个形式谭，《无尽头故事》《寿限无》等即属于此，其中并无任何想表达的思想，仅仅只是就语言的趣味性进行的讲述。

五、在单一形式（小故事）中，有以动物为主人公的动物谭，有讲述人与动物之间交涉的，以及进一步仅以人类世界为对象的笑话。复合形（昔话）也同样，有以精灵（动物）为重点的故事、以精灵与人类的交涉为主题的故事，以及以人类社会生活为中心的故事，可它的表述中心却是人类，即便此两种故事的内容与事件常有共通之处，在表现方法上却是有差异的。

动物谭中，还有一些在日本尚无特定名称的故事，它们是"动物由来谭""动物寓言""动物叙事诗"等。动物由来谭讲述动物的外观、特性、命运等，虽因种类不同多少存有差异，但它讲述的主题却并非动物社会，而是戴上了假面的人类社会，尤其以社会冲突作为叙述中心。也有以人类为主人公的同一形式故事，它们虽是单一事件，很多却是遵循对立原理构建而成的。这形式在动物叙事诗中有所发展。隶属于此系统的，还有将动物以外的自然物拟人化的故事（《豆子、稻草和炭》），但在日本似乎还是比较少见。

笑话虽有以傻瓜、夸张、智虑、狡猾者为主的几个种类，但它们均是取材于日常生活，以笑为目的进行讲述的，叙述方式则遵循对立原理，努力提高可笑度。

还有一种称作"秀句故事""狂歌故事""连歌故事"的，是以谜语、诗歌为主的形式，常以和尚、座头、傻瓜为对象，根据对立原理描述赛诗、猜谜等知识性冲突。其中的一些谜语也常被取材运用到昔话中去。

这样的笑话不管谁都知道两三个，一经别人开口，自己也会即席说出自己所知的并积极参与，其中有一些甚至发展到了有儿童或异性在场便不可言说的地步。此种故事或许也有宗教性起源，但大多恐怕还是诞生于身强力壮的年轻人中间，并由他们发展壮大的吧。

六、复合形（昔话）中，有奇迹谭、现实谭、比喻谭等几个种类。

我们特别对奇迹谭抱有浓厚兴趣，它是昔话研究最为重要的领域之一，欧洲的märchen、Fairy tale、conte fées即这种故事。主人公具有异常能力，常是出生时的异常儿。故事以主人公与超自然的反对者之间的冲突纠葛为主题，将主人公借助超自然的援助者或奇异物的援手，解决难题、征服反对者、得到财富、获得幸福婚姻的过程按三段式原理进行组合构建，主人公多为年轻人，故事讲述其一生从诞生到婚姻，直至新家庭形成中的某个场景。

贯穿整个故事的思想背景中多含有原始信仰或原始观念。奇迹谭中出现的奇异物、超自然精灵、主人公或出场者的行为，都是讲述者在现实生活中不曾经验过的，是从脱离现实的想象中虚构而来的，并且，主人公的名字也非固有名词，而是绝无仅有、在其他地方并不通用的名字，如桃太郎、瓜姬、一寸法师，这些名字也是指示其出身与性格的名字。事件则按"很久很久以前，某地方"这样的叙述方式，由任何时间任何地点都通用的典型性人物往前推动。

现实谭与奇迹谭之间并无明确的区分线，但若其内容中有相对多的现实性，那么它即是写实的。其中虽有天狗、山姥、动物等的出现，但说到底其主体依然是人。现实谭一般以普通人性为趣味主体，原原本本描述人类的原始心性。

现实谭遵循对立原理，讲述社会的冲突和善恶对立，喜欢选取具有社会性的主题来叙述善的胜利，但却并不是单纯的比喻谭，其中也有极端的凭空虚构，可那虚构却与奇迹谭不同，很多是立足于现实的。当然，现实谭中也有奇迹，也常常表现超自然的东西。

现实谭的主人公也并非特定人物，而是普通的类型性人物，事件用"很久很久以前某地方"的形式展开。

比喻谭从结构来看可分为单一形式和复合形式，其内容也与现实谭一样：认真、现实、很多带有宗教、伦理性质，主要是以教诲为目的的讲述，虽然也表现超现实的东西，却是为了比喻而使用的。为达到比喻目的也常常应用其他种类的故事，但这却要看讲述者的性格如何了。

将昔话的内容作简单提要是件困难的事，可是，故事的主题无非是主人公的异常出生、婚姻（人类与人类、人类与异类）、财富的获得、为达成这些目的所遭遇的冲突、超自然宝物、命运的期待等等。

附文列出主要参考文献和资料。资料仅限于直接收集运用的，经文献资料、过往刊物汇编、做过很多修饰加工的则一律排除在外。

一九五七年四月

参考的研究书目

柳田国男《口承文艺史考》东京都 中央公论社 1947年

关敬吾《民话》 东京都 岩波书店 1955年

柳田国男《桃太郎的诞生》东京都 三省堂（后为角川文库） 1933年

柳田国男《民间故事与文学》东京都 创元社（后为创元文库） 1938年

柳田国男《民间故事备忘录》东京都 三省堂（后为创元文库） 1943年

柳田国男《日本民间故事名汇》东京都 日本广播协会 1948年

关敬吾《日本民间故事集成（第一、二部）》全四卷 东京都 角川书店 1950—1955年

资料

全国

柳田国男《民间故事采集指南》东京都 冈书院 1933年（《旅行与传说》1931年4月）

《民间故事研究（第一、二卷）》东京都 三元社 1935—1937年

青森县

内田邦彦《津轻口碑集》东京都 乡土研究社 1929年

川合勇太郎《津轻民间故事集》青森市 东奥日报社 1930年

斋藤正《津轻民间故事集》弘前市 津轻民间故事集刊行会 1951年

斋藤正《续津轻民间故事集》弘前市 津轻民间故事集刊行会 1955年

岩手县

小笠原谦吉《紫波郡民间故事集》东京都 三省堂 1942年（1926年曾以佐佐木喜善之名刊行）

森口多里《黄金的马》东京都 三国书房 1942年（1926年初版）

平野直《闹别扭的孩子·电车》东京都 有光社 1943年

佐佐木喜善《老媪夜谭》东京都 乡土研究社 1927年

佐佐木喜善《听耳草纸》东京都 三元社 1931年

佐佐木喜善《上闭伊郡民间故事集》东京都 三省堂 1943年（精选了《听耳草纸》中同一郡的民间故事）

佐佐木喜善《江刺郡民间故事》东京都 乡土研究社 1922年

菊地勇《二户的民间故事》岩手县福冈町 编者自行刊发 1937年

秋田县

武藤铁城《羽后角馆地区民间故事集》东京都 三元社

1941年（《旅行与传说》14—5.6）

福岛县

岩崎敏夫《磐城民间故事集》东京都 三省堂 1942年

栃木县

加藤嘉一《下野茂木民间故事集》栃木县逆川村 编者自行刊发 1935年

高桥胜利《栗山故事》栃木县逆川村 编者自行刊发 1929年

群马县

上野勇《儿子戴艾伦》东京都 创元书房 1951年

埼玉县

铃木棠三《川越地区民间故事集》东京都 民间故事传承会 1935年

新潟县

岩仓市郎《南蒲原郡民间故事集》东京都 三省堂 1943年

山田贡《有这样的事》东京都 编者自行刊发 1942年

水泽谦一《曾有过这样的事》长冈市 长冈史料馆 1956年（誊写版）

铃木棠三《佐渡岛民间故事集》东京都 三省堂 1941年

石川县

山下久雄《加贺江沼郡民间故事集》东京都 小川书店 1935年

山梨县

土桥里木《甲斐民间故事集》东京都 乡土研究社 1928年

土桥里木《续甲斐民间故事集》东京都 乡土研究社 1936年

长野县

岩崎清美《民间故事》饭田市 信浓乡土出版社 1934年

小山真夫《小县郡民谭集》东京都 乡土研究社 1936年

岐阜县

泽田四郎作《丹生川民间故事集》大阪府 编者自行刊发 1929—1931年（同著者《续飞驒采访记》收录于《鸭跖草》）

静冈县

静冈县女子师范学校《静冈县传说民间故事集》静冈市 同校 1934年

大阪府

南要《和泉民间故事集》大阪和泉町 编者自行刊发 1939年（誊写版）

兵库县

高田十郎《播州小河地区民间故事》奈良县 编者自行刊发 1931年（誊写版）

和歌山县

森口清一《纪伊有田郡童话集》和歌山县 编者自行刊发 1916年（誊写版）

中西包夫《贵志谷民间故事集》和歌山县中贵志村 贵志中学 1952年

鸟取县

因伯[1]史话会《因伯童话》鸟取市 横山书店 1925年

因伯史话会《因伯民间故事》鸟取市 横山书店 1931年

岛根县

森胁太一《大森民间故事集》岛根县迹市村 编者自行刊发 1937年（誊写版）

森胁太一《石见民间故事》岛根县迹市村 编者自行刊发 1936年采集（誊写版）

森胁太一《长谷村民间故事集》岛根县迹市村 编者自行刊发 1942年（誊写版）

浅田芳朗《隐岐岛民间故事及方言》兵库县谷外村 乡土文化社 1936年

冈山县

今村胜臣《御津郡民间故事集》东京都 三省堂 1943年

阪谷俊作《奶奶讲故事》名古屋市 编者自行刊发 1942年

广岛县

礒贝勇《安艺国民间故事集》东京都 冈书院 1934年

广岛县师范学校《民间故事研究》广岛市 1939年

山口县

宫本常一《周防大岛民间故事集》山口县橘町 大岛文化研究联盟 1956年

1.因幡国、伯耆国的简称。因幡国，日本古代令制国之一，位于今鸟取县东半部；伯耆国，日本古代令制国之一，位于今鸟取县西半部。

香川县

武田明《赞岐佐柳·志志岛民间故事集》东京都 三省堂 1944年

武田明《西赞岐民间故事集》丸龟市 丸龟女子学校 1941年

德岛县

武田明《阿波祖谷山民间故事集》东京都 三省堂 1943年

高知县

桂井和雄《土佐民间故事集》高知市 高知日报社 1948年

桂井和雄《笑话与奇谈》高知市 福利事业财团 1952年

福冈县

梅林新一《丰前民话集（第一辑）》福冈市 编者自行刊发 1931年（誊写版）

长崎县

山口麻太郎《壹岐岛民间故事集》东京都 三省堂 1942年

关敬吾《岛原半岛民话集》东京都 建设社 1935年

结城次郎《肥前国北高来郡民间故事集》东京都 国学院大学方言研究会 1939年

熊本县

木村祐章《肥后民间故事集》熊本县年鉴社 1955年

大分县

宫本清《吉四六故事》大阪市 御手洗觉圆商事出版 1927年

三箇尻浩《大分县民话集》东京都 朋文堂 1929年（内容大致与前者相同）

铃木清美《直入郡民间故事集》东京都 三省堂 1943年

鹿儿岛县

岩仓市郎《甑岛民间故事集》东京都 三省堂 1943年

田畑英胜《奄美大岛民间故事集》鹿儿岛县名濑市 编者自行刊发 1954年

岩仓市郎《喜界岛民间故事集》东京都 三省堂 1943年

岩仓市郎《冲永良部岛民间故事集》东京都 民间传承协会 1943年

另有山形县、宫城县、茨城县、东京都、千叶县、神奈川县、富山县、福井县、爱知县、三重县、滋贺县、京都府、奈良县、爱媛县、宫崎县的民间故事资料至今尚未整理和公开刊行。

图书在版编目（CIP）数据

日本昔话：全两册 /（日）关敬吾编著；美空译
. — 北京：北京联合出版公司，2021.3
　ISBN 978-7-5596-5031-3

　Ⅰ.①日…　Ⅱ.①关…②美…　Ⅲ.①民间故事—作
品集—日本　Ⅳ.① I313.73

中国版本图书馆 CIP 数据核字 (2021) 第 015355 号

日本昔话（下）

[日] 关敬吾 / 编著　美空 / 译

策　　　划：乐府文化
出 品 人：赵红仕
责任编辑：郭佳佳
特约编辑：王春霞
插图绘制：小　满
封面设计：崔晓晋

北京联合出版公司出版
（北京市西城区德外大街 83 号楼 9 层 100088）
北京联合天畅文化传播公司发行
北京美图印务有限公司印刷　新华书店经销
字数 230 千字　787 毫米 × 1092 毫米　1/32　印张 12
2021 年 3 月第 1 版　2021 年 3 月第 1 次印刷
ISBN 978-7-5596-5031-3
定价：98.00 元（全两册）

KOBUTORI JISAN, KACHIKACHIYAMA:NIHON NO MUKASHI BANASHI, 1
edited by Keigo Seki
©1956, 1990 by Takashi Seki and Mayumi Seki
Originally published in 1956 by Iwanami Shoten, Publishers, Tokyo.

MOMOTARO, SARUKANI SUZUME, HANASAKAJI:NIHON NO MUKASHI BANASHI, 2
edited by Keigo Seki
©1956, 1990 by Takashi Seki and Mayumi Seki
Originally published in 1956 by Iwanami Shoten, Publishers, Tokyo.

ISSUN BOSHI, SARUKANI GASSEN, URASHIMA TARO:NIHON NO MUKASHI BANASHI, 3
edited by Keigo Seki
©1957, 1990 by Takashi Seki and Mayumi Seki
Originally published in 1957 by Iwanami Shoten, Publishers, Tokyo.

This simpliflied Chinese edition published 2021
by Pan Press Limited, Beijing
by arrangement with Iwanami Shoten, Publishers, tokyo